‘문’과 ‘노벨’의
장르사회학

글쓴이
장성규(張成奎, Jang Sungkyu)
1978년 서울 출생. 성균관대학교 인문학부 및 서울대학교 국어국문학과 대학원 졸업. 문학박사. 가톨릭대, 경기대, 경희대, 광운대, 성공회대, 중앙대 등에서 문학과 글쓰기를 가르쳐왔으며, 2013년 한국연구재단의 지원으로 성균관대 국어국문학과에서 박사후국내연수 과정을 거쳐, 현재 서울대학교 기초교육원 강의조교수로 재직 중.

'문(文)'과 '노벨(novel)'의 장르사회학
1930년대 후반기 소설의 장르론적 연구

초판인쇄 2015년 1월 20일 **초판발행** 2015년 1월 25일
글쓴이 장성규 **펴낸이** 박성모 **펴낸곳** 소명출판 **출판등록** 제13-522호
주소 서울시 서초구 서초중앙로6길 15, 1층
전화 02-585-7840 **팩스** 02-585-7848 **전자우편** somyong@korea.com **홈페이지** www.somyong.co.kr

값 19,000원 ⓒ 장성규, 2015

ISBN 979-11-85877-96-9 93810

'문文'과 '노벨novel'의 장르사회학

1930년대 후반기 소설의 장르론적 연구

장성규 지음

소명출판

10년 전, 대학원에 입학하고 국문학을 조금씩 공부하면서 몇 가지 의문이 생겼다. 예컨대 이런 것들. '한국 근대문학은 서구 literature의 수용태일까?', '문학은 텍스트에 새겨진 발화만으로 현실과 관계 맺을까?'. 그리고 이러한 의문은 곧 욕심으로 진화했다. 그러니까 지금 돌아보면 객기에 가까울 텐데, 내가 저 의문에 대해 나름의 방식으로 답하고 싶다는 것이었다.

이런 욕심으로부터 박사학위논문의 주제가 조금씩 구체화되기 시작했다. 1930년대 후반기라는 시기는 나에게 매우 매력적으로 다가왔다. 일반적으로 '전형기'로 평가되는 이 시기는 흔히 문학적 주조가 사라진 일종의 문학사적 공백기로 호명된다. 하지만 나에게는 그 전 시기의 문학적 규범이 붕괴된 상황에서 다양한 방식으로 나름의 성찰과 실험을 수행한 작가들과 이로부터 생성된 새로운 징후들이 보다 정직한 것으로 다가왔다. 그러니까 카프로 대표되는 사회적 근대성과 구인회로 대표되는 미적 근대성의 서사적 규범이 사라진 시기, 이를 아프게 직시하면서도 다른 규범들을 모색했던 흔적들이 더욱 중요한 가치를 지닌 것으로 인식되었던 셈이다.

이런 문제의식은 대학원에 입학하며 지녔던 의문들과 마주치며 아주 조금씩이나마 진전되었다. 풍성한 조선 및 동양의 고전 서사 장르에 대한 재인식을 보여주는 텍스트들은 장르의 연속과 단절에 대한 사유를 자극해주었고, 다양한 서구 novel 장르의 탈식민적 수용 양상을 보여주는 텍스트들은 장르의 충돌과 교섭에 대한 인식을 심화시켜주었다. 나아가 이러한 장르를 배태한 시대는 문학이 텍스트 표면의 진술뿐 아니라 이면에 숨겨진 징후와 형식으로 현실과 관계 맺을 수 있다는 생각을 구체화시켜주었다. 그렇게 해서 「1930년대 후반기 소설의 장르 인식 연구」라는 제목으로 박사학위논문을 쓸 수 있었다. 그리고 이 논문을 한 권의 책으로 묶어낸다.

책 제목을 『'문(文)'과 '노벨(novel)'의 장르사회학』이라고 정한 것은 한국 근대소설이 '문'으로 표상되는 조선 및 동양의 고전 서사 장르와 '노벨'로 표상되는 서구의 근대 서사 장르들이 서로 충돌하고 교섭하며 새롭게 생성된 장르라는 것, 그리고 이러한 장르가 배태된 특정한 배경에는 모종의 문학과 현실 간의 관계맺음이 존재한다는 생각 때문이다. 어쩌면 이는 대학원에서 공부하면서 느꼈던 한국 근대문학 연구의 편향에 대한 나름의 대답일지도 모르겠다. 그러니까 한국 근대문학을 서구의 그것을 선험적인 기준으로 평가하려는 경향이나, 문학과 현실의 관계 맺음을 단순히 텍스트 표면의 진술로 한정짓는 경향을 조금은 거칠지라도 넘어보고 싶었다. 다시 찬찬히 읽어보니 성근 부분이 한두 군데가 아니지만 앞으로의 공부를 통해 채워나가겠다는 말로 변명을 대신할 따름이다.

당연한 사실이지만, 한 권의 책을 준비하며 다시금 여러 선생님들께 빚을 졌음을 깨닫게 된다. 부족한 아이디어를 논문으로 완성할 수 있도록 조언해주신 권영민, 장수익, 방민호, 신수정 선생님께 이렇게나마 감사의 말씀을 올린다. 내가 문학에 대해 알고 있는 대부분의 것들을 가르쳐주신 여러 은사분들께도 감사의 말씀을 올린다. 문학 연구의 시야를 넓혀주신 여러 선생님들과 문학과 현실의 관계에 대한 고민을 나누어주신 여러 선생님들께도 감사의 말씀을 올린다. 그리고 철없는 제자를 인자하게 거두어주신 조남현 선생님께는 감사의 말씀으로는 아무래도 부족할 것 같다. 성실한 연구로 보답 드리겠다는 말로 부족함을 대신할 따름이다. 논문작성과정부터 교정, 교열에까지 함께해준 동료들, 특히 유승환, 장문석 동학에게도 감사의 말을 드린다. 팔리지 않을 것이 뻔한 책을 흔쾌히 출간해주신 박성모 선생님을 비롯한 소명출판의 여러 분들께도 감사드리는 것이 예의일 것이다. 부모님과 장모님께도 죄송한 마음과 감사의 마음을 전할 뿐이다.

어쩌면 책을 내는 것, 아니 글을 쓰는 것 자체가 부끄러운 시대가 아닌가 싶다. 그럼에도 이 책이 의미를 지닌다면 아마도 이들 두 사람 때문일 것이다. 사랑하는 아내 오현숙과 아들 도원.

2015년 1월 관악의 연구실에서

장 성 규

__목차

서론

1. 연구사 검토 및 문제제기

1930년대 후반기는 문학사에서 흔히 '전형기(轉形期)'로 인식되어 왔다.[1] 즉, 카프의 해소와 중일전쟁의 발발 등 객관적 정세의 악화 속에서 전대의 문학적 지향 역시 실종되어 버린 시기라는 것이 일반적인 문학사 인식이다. 이러한 관점은 1930년대 후반기, 임화가 당대 문학을 '내성소설'과 '세태소설'의 분열로 평가하며 이를 종합한 본격문학이 부재하다는 점을 지적한 이후 현재까지 이 시기를 바라보는 기본적인 문학사적 관점으로 통용되고 있다.[2] 백철을 비롯한 초기의 문학사

---

1   김윤식, 『한국 근대문예비평사 연구』, 한얼문고, 1973.
2   임화, 「세태소설론」, 『동아일보』, 1938. 4. 1~6; 임화, 「본격소설론」, 『조선일보』, 1938. 5. 18~25.

연구자들 역시 당대 소설을 '심리 신변소설'과 '세태 시정소설'로 구분하는 등 임화의 구도를 계승하는 양상을 보여준다.[3]

이 시기를 '전형기'로 보는 관점은 임화에 의해 기본적인 문제설정이 이루어지고, 이후 김윤식에 의해 구체적인 문학사적 구도로 확정된 후, 지금까지 후대 연구자들에게 적지 않은 영향력을 미치고 있다. 이러한 연구 경향은 1930년대 후반기가 카프-리얼리즘 계열의 사회적 근대성의 추구 경향과 구인회-모더니즘 계열의 미적 근대성의 추구 경향 모두가 제국의 폭력에 의해 좌절된 시기라는 역사적 사실을 반영한 것으로, 연구사적으로 상당한 성과를 축적할 수 있었다.[4] 그러나 이러한 접근법은 역으로 기존의 규범적인 문학의 주조 대신, 새로운 문학적 지향을 모색하려한 다양한 시도들을 간과할 여지가 있다는 점을 한계로 남긴다.

한편, 1990년대 이후 근대성에 대한 이론적 탐구가 활발히 이루어지면서, 이를 기반으로 하여 1930년대 후반기에 새로운 관점에서 접근한 연구들 또한 다수 등장한다. 대표적으로 류보선은 이 시기 문학비평에 대한 연구를 통해 근대적 주체의 정립을 지향하는 문학적 경향과 근대의 초극론에 공명한 문학적 경향으로 대비하여 논증하고 있다.[5] 채호석 역시 당대 문인들의 작품을 분석하며 근대적 주체의 형성 및 모색 과정을 논증하고 있다.[6] 황종연은 1930년대 후반기 『문장』지를 중심으로 한 전통담론에 초점을 맞추어 근대와 반근대의 길항이라는 관점

---

3 백철, 『조선 신문학 사조사』, 백양당, 1949.
4 이 시기 일본 제국주의의 군국주의화와 이에 따른 문학적 현실비판에 대한 탄압에 대해서는, 권영민, 『한국 현대문학사』, 민음사, 2002, 443~445면을 참조.
5 류보선, 「1930년대 후반기 문학비평 연구」, 서울대 박사논문, 1996.
6 채호석, 『한국 근대문학과 계몽의 서사』, 소명출판, 1999.

에서 이 시기에 접근하고 있다.[7] 곽승미는 특히 김남천의 소설 작품에 집중하여 당대 문학의 지향을 인식론적 층위에서의 근대성 추구와 미학적 층위에서의 근대성 추구로 대별하여 논증하고 있다.[8] 이외에도 권성우,[9] 김외곤,[10] 이현식,[11] 조영복[12] 등의 연구는, 그 세부적인 차이에도 불구하고, 큰 틀에서 주체, 근대성, 타자성 등 탈구조주의 철학 이론에 입각하여 1930년대 후반기 문학의 다양한 양상을 탐색하고 있다.

이들 연구는 전대(前代) 연구가 전제한 리얼리즘과 모더니즘의 대립 구도를 극복하고, 이를 보다 상위 개념인 근대성, 즉 모더니티라는 범주 속에서 새롭게 해석하고 있다는 점에 그 의의가 있다. 특히 1930년대 후반기가 카프-리얼리즘으로 대표되는 계급적 주체와, 구인회-모더니즘으로 대표되는 미학적 주체가 공히 위기에 처한 시기이며, 이로인해 다양한 새로운 주체 형성의 기획이 모색되었다는 점을 논증한 것은 큰 성과로 평가될 수 있다. 채호석의 언급처럼 이러한 연구 경향은 "1930년대와 1940년대(한국전쟁 이전까지)의 문학에 대한 새로운 인식틀을 제공한 것이고, 이러한 근대와 관/비근대의 대립은 새로운 생산적인 논의가 나올 수 있는 터전을 마련"[13]한 측면이 있으며, 이로부터 "리얼리즘과 모더니즘의 대립을 넘어서기 위해서는 리얼리즘과 모더니

---

[7] 황종연, 「한국문학의 근대와 반근대」, 동국대 박사논문, 1991.

[8] 곽승미, 「김남천 문학연구-인식적·미학적 원리로서의 근대성」, 이화여대 박사논문, 2000.

[9] 권성우, 「1920~30년대 문학비평에 나타난 '타자성' 연구」, 서울대 박사논문, 1994.

[10] 김외곤, 「김남천 문학에 나타난 주체 개념의 변모과정 연구」, 서울대 박사논문, 1995.

[11] 이현식, 「1930년대 후반 한국 문예비평이론 연구-특히 주체 문제와 관련하여」, 연세대 박사논문, 1996.

[12] 조영복, 「1930년대 문학에 나타난 근대성의 담론 연구」, 서울대 박사논문, 1996.

[13] 채호석, 앞의 책, 28면.

즘, 그리고 둘 사이의 대립의 '해체'"를 통해 "이전의 틀 모두를 넘어서는"[14] 새로운 연구의 시각이 도출 가능한 성과를 지닌다고 볼 수 있다.

그러나 다른 한편으로는 이들 연구가 기반을 두고 있는 해체론적 사유가 자칫 1930년대 후반기 문학과 당대 현실 간의 긴장을, 추상적인 층위로 환원하는 것은 아닌가 하는 문제제기가 가능하다. 이들 연구 경향은 공통적으로 근대성에 대한 발본적 회의, 혹은 타자에 의한 주체의 해체와 재구성을 기본적인 연구의 전제로 제시하고 있는데, 이러한 해체론적 사유는 정작 조선의 근대성이 지니는 식민지적 특수성을 간과하거나, 혹은 현실과의 길항 속에서 능동적으로 재구성되는 주체 모색의 과정을 거시적인 철학적 담론으로 환원한 위험성을 내포하고 있기 때문이다. 더불어 근대성, 타자성, 주체성 등의 논의 자체가 문학 텍스트가 지니는 풍부한 해석 가능성을 간과한 채, 이를 서구의 탈구조주의 철학 개념으로 다소 기계적으로 대입시키는 한계 역시 종종 노정하고 있다는 점 역시 충분히 경계될 필요가 있다. 특히 이들 논의의 전제인 해체론적 사유가 지닌 위험성에 대해서는 엄밀한 검토가 필요한 것으로 판단된다.[15] 해체론적 사유는 총체성이나 역사, 현실, 이성 등의 개념을 '폐기'하며, 이를 대신해 인식론적 불가지론과 가치론적 상대주의, 철학적 회의주의, 역사적 허무주의 등의 문제설정을 제시한다.[16] 그러나 이러한 사유가 종종 문학과 현실과의 길항관계에 대한

---

14 위의 책, 29면.

15 물론 위에서 언급한 다양한 연구를 일률적으로 해체론적 사유에 기반한 것으로 평가할 수는 없다. 그러나 적어도 이들 연구의 기본적인 시각이 그 정도의 차이에도 불구하고 상당 부분 해체론적 사유에 기반을 두고 있음은 분명한 사실로 보인다.

16 해체론적 사유와 그 철학적 연원인 포스트 모더니즘에 대한 비판은, Terry Eagleton, 김준환 역, 『포스트 모더니즘의 환상』, 실천문학사, 2000을 참조.

회의나, 역사적 상황 속에서의 작가의식의 모색에 대한 간과로 나타난다는 점은, 특히 식민지 근대라는 특수한 역사적 정황, 나아가 1930년대 후반기라는 독특한 문학 장(場)의 특성을 충분히 고려하지 못하는 결과로 나타날 수 있음을 단적으로 보여준다.[17]

비교적 최근에 속하는 2000년대 이후에는 당대 담론 장(場)[18]에 대한 실증적인 복원을 통해 1930년대 후반기 문학을 새롭게 조망하려는 시도가 등장한다. 대표적인 연구로 김예림, 정종현, 차승기 등의 연구를 들 수 있다. 이들은 1930년대 담론 장을 복원시키며, 당대 신체제론과 대동아공영론이 조선 지식인과 문인들에게 어떻게 수용되었는가를 집중적으로 검토한다. 이들은 그 결과 공통적으로 사회적 근대성과 미

---

[17] 이와 관련하여 서영인의 다음과 같은 지적을 참고할 수 있다. "주지하다시피 근대성 담론에 의거한 연구들은 거대담론에 대한 거부감을 공통된 기반으로 하여 섬세한 개별적 차이를 구명하기 위해 개인의 내면과 욕망, 일상, 무의식 등의 미시담론에 주목한다. 그러나 이들 연구는 이러한 미시적 담론들 각각의 차별성, 그리고 그것들을 가능하게 하는 생산조건들을 엄밀한 구체성 하에서 거른하지 못함으로 인해 미시적인 것에 대한 국지적 연구를 어느새 근대성-탈근대성의 거대담론으로 확대하고 일반화하는 결과를 낳는다." 서영인, 「김남천 연구에 나타난 근대성 담론의 이데올로기」, 『어문논총』, 2002, 121면. 이러한 지적은 근대성 담론에 입각한 연구 경향이 자칫 기존 연구가 보여준 역사나 사회와의 관계에 대한 천착 대신, 주체나 타자 개념을 지나치게 강조함으로써 현실과 괴리된 이론편향적 성격을 보일 수 있다는 점을 적절히 지적한 것으로 평가할 수 있다.

[18] 장(場, champ)이란 부르디외가 고안한 개념으로 제도와 메커니즘에 따른 관계망을 통해 의미를 생성하는 특정한 위치들의 관계를 해명하기 위해 고안된 것이다. 이는 고전적인 맑시즘의 토대-상부구조론이 간과한 개별 관계망들의 자율성을 승인하면서도, 각각의 관계망들이 다른 사회적 제도 및 메커니즘의 영향력 아래 구성되는 가변적 개념임을 강조하기 위한 것이다. 이에 대한 구체적인 설명은 부르디외의 다음과 같은 언급을 참조할 수 있다. "장이란 위치들 사이의 객관적인 관계들(지배나 종속, 보충이나 적대성 등)의 그물이다. (…중략…) 각각의 위치는 그의 다른 위치들과의 객관적 관계에 의해 객관적으로 정의된다. 또는 달리 말하면, 속성들의 전반적인 배분 구조 속에서 그것을 다른 것들과의 관계 속에서 위치시킬 수 있게 해주는 변별적인, 다시 말해 유효한 속성들의 시스템에 의해 정의된다." Pierre Bourdieu, 하태환 역, 『예술의 규칙－문학 장의 기원과 구조』, 동문선, 1999, 305면. 이 책에서 이 개념을 사용하는 것은 1930년대 후반기 문학 영역이 고정된 것이 아니라 당대의 제도 및 메커니즘, 담론 등에 의해 유동적으로 재구성되는 것이었음을 강조하기 위해서이다.

적 근대성의 전망이 상실된 시기에, 역설적으로 새로운 주체 재건의
경로로서 제국적 주체의 승인이라는 문제가 제기되었음을 논증한다.
구체적으로 김예림은 당시 사회주의와 민족주의로 대표되는 근대적
해방의 기획이 좌절된 후, 제국 이데올로기에 의한 새로운 주체 재건
의 기획이 대두했음을 주장한다. 그리고 이러한 담론적 지형도 속에서
과거의 '몰락'과 미래의 '재생'이라는 내러티브가 소설 텍스트 속에 구
조적으로 반영되었음을 주장한다.[19] 정종현의 경우 특히 당시 동양론
이 식민지 작가들에게 의사-제국적 주체로서의 매혹을 제공했음을 주
장한다. 그는 이러한 관점에서 김남천, 이기영, 이태준 등의 작가들이
어떠한 방식으로 제국적 주체를 욕망하고 제국의 발화를 내면화하며,
또한 식민지와 제국 사이에서 분열했는가를 분석하고 있다.[20] 차승기
는 교토 학파 역사철학론의 수용을 중점적으로 검토하며, 당대 동양론
의 시공간적 사유가 문학 장에 어떤 영향을 미쳤는가를 특히 전통담론
을 중심으로 분석하고 있다.[21]

　이들 연구들은 '전형기'라는 호명 속에서 간과된 당대 문인들의 다양
한 현실 대응과 제국 이데올로기에 대한 반응을 새롭게 평가하고 있다
는 점에서 큰 의미를 지닌다. 특히 제국과 피식민지 간의 복합적인 관

---

19 김예림, 『1930년대 후반 근대인식의 틀과 미의식』, 소명출판, 2004. "현재의 문화체계,
문명 단계가 몰락하고 새로운 재생의 순간이 도래하고 있다는 데카당스의 상상체계는
1930년대 후반 당대인이 자기 시대를 파악하고 체험하는 가장 심층적이고 근본적인 틀
이었다. 정치적·사회적·문화적 차원의 복합적인 요인들이 데카당스 상상체계의 몰락
／재생 서사를 형성하는데 영향을 미쳤다. 이 점은 적어도 두 개의 사실을 함축하고 있
다. 하나는 이들이 특수한 맥락에서 형성된 역사적 구성물이라는 점이며, 또 하나는 시
대적 산물인 미의식 또한 이 상상체계의 테두리 내에서 어떤 식으로든 반응하지 않을 수
없었다는 점이다." 같은 책, 83면.

20 정종현, 『동양론과 식민지 조선문학』, 창작과비평사, 2011.

21 차승기, 『반근대적 상상력의 임계들』, 푸른역사, 2009.

계를 단순히 민족주의적 관점으로 환원하여 평가하는 것이 아니라, 식
민지 지식인의 제국에 대한 모방 욕망을 적극적으로 재구하면서 이 시
기 문학적 지형도에 대한 근본적인 재구성의 필요성을 주장하고 있다
는 점은 주목할 만하다.

그러나 이들 연구는 몇 가지 한계를 지닌 것으로 보인다. 첫째, 이들
은 공통적으로 서구의 정신분석학 이론에 입각한 포스트 콜로니얼 이
론을 연구 방법론으로 원용하고 있다.[22] 이를 통해 피식민 주체의 제국
적 주체에 대한 욕망과 혼종성을 규명하는 것이 이들의 연구 목적으로
보인다. 그러나 서구에서 생성된 포스트 콜로니얼 이론은 서구에 의한
식민 경험을 겪은 인도나 아프리카 등의 특수한 사정 속에서 발생한 것
이다. 이들 이론은 식민 문화의 창출과 정체성의 형성이 제국에 대한
모방을 통해서만 가능한 것으로 설정하는데, 이는 고유한 문화적 전통
이 1945년 해방까지 지속되었으며, 심지어 일제 말기에도 한국어 글쓰
기가 통용되던 식민지 조선에는 그대로 적용되기 어렵다. 이러한 까닭
으로 인해 이들 연구는 당대 작가들이 제국의 절대적인 문제설정이 아
닌 자신의 고유한 문제설정 속에서 다양한 문화적 기획을 전개했다는
사실을 간과하는 한계를 보인다. 이들 연구의 핵심적인 키워드인 제국
적 주체, 혼종성, 모방 등의 개념이 기계적으로 식민지 조선문학에 적
용될 수 없는 것은 이 때문이다. 나아가 이들의 문제설정이 결과적으로
식민지 지식인들의 다양한 문화적 저항과 탈식민적 전략의 가능성을

원천적으로 봉쇄한다는 점 역시 문제로 볼 수 있다. 이미 제국이 절대적인 대타자로 설정된 상황에서 필연적으로 식민지 문인들의 다양한 탈식민적 기획은 불가능한 것으로 파악된다.[23] 그 결과 이들 연구는 주로 당대 문인들이 제국 이데올로기에 포획되는 과정에만 집중하며, 정작 이에 대한 저항의 가능성을 간과하는 결과로 나타난다.[24]

둘째, 이들 연구는 당대 담론을 문학 장에 기계적으로 대입시키는 경향을 보인다. 예컨대 김예림의 경우 당대 담론적 지형도를 근대의 '몰락'과 신체제-대동아공영론에 의한 주체의 '재생'으로 규정한다. 그리고 이에 기반하여 최명익과 『단층』파의 소설에 나타는 몰락의 모티프를 근대적 기획의 좌절 인식으로, 이태준과 김동리의 소설에 나타나는 재생의 모티프를 신체제-대동아공영론에 의한 주체의 재생 인식으로 설명한다. 문제는 당대 담론 장 자체를 이와 같이 다소 편의적인 구

---

23 이들이 이론적으로 기반을 두고 있는 호미 바바 등의 포스트 콜로니얼 이론은 제국을 절대적인 대타자로 설정한다. 즉, 식민지인의 정체성은 오직 제국에 대한 모방의 형식으로만 형성 가능하다는 것이다. 그러나 라깡 등의 정신분석학 이론에서 선험적으로 제시된 대타자 개념은 종종 제국과 식민지 간의 다양한 '협상(negotiation)'을 단순한 모방으로 환원시킬 위험성을 지닌다. 알튀세르는 라깡의 정신분석학적 개념에 대해 다음과 같이 비판한 바 있다. "『잃어버린 편지』에 대한 자신(라깡－인용자)의 유명한 세미나에서 포우의 텍스트에 대한 치밀하고 재치있는 분석 후에 그는 '어떻게 해서든 **편지(lettre)는 항상 수신지(destination)에 도달한다**'고 결론짓는다. 이것은 시니피앙, 문자, 시니피앙으로서의 무의식의 어떤 철학 속에서의 의미들과 반향들이 덧붙여진(surchargé; 고쳐 써진) 말이다. 수신자(destinataire)가 아니라 운명(destin), 따라서 가장 고전적인 종말목적성(finalité)의 어떤 철학 전체에 의해 지지되는 이러한 진술에 대하여 나는 단지 **편지가 수신지에 도달하지 않는 일이 있다**는 유물론적 테제를 대립시키겠다."(강조는 원문), Louis Althusser, 「프로이트 박사의 발견」, 윤소영 편역, 『알튀세르와 라깡』, 공감, 1996, 48면.

24 이에 대해 김재용은 탈식민주의가 자칫 식민주의에 대한 비판적 시각을 무화시키는 경향으로 드러날 수 있는 위험성을 지적하며, 민족주의의 배타적 성격을 벗어나면서도 식민주의에 대한 비판적 시각을 유지하기 위한 방법론으로 '비민족주의적 반식민주의'를 제기한 바 있다. 이에 대한 자세한 논의는, 민족문학연구소 편, 『탈식민주의를 넘어서』, 소명출판, 2006을 참조.

도로 파악할 수 있는 가도 의문일뿐더러, 문학의 양식적 특성상 이와 같은 기계적인 대입은 사실상 성립하기가 어렵다는 사실이다. 소설은 그 미학적 특성을 통해 당대 담론을 다양한 방식으로 투영하거나 굴절할 수 있으며, 이로 인해 논리적인 담론 분석과는 다른 독특한 텍스트 분석 미학을 통한 섬세한 접근이 요구된다. 최근 연구 경향은 이와 같은 문학 텍스트의 미학적 특성을 간과한 채 담론을 기계적으로 대입한다는 면에서 결정적인 한계를 지닌다. 이는 정종현이나 차승기의 경우도 마찬가지인바, 텍스트 내에서 특정한 어휘나 모티프가 발견될 경우 이를 곧 당대 제국 담론의 발현으로 환원시키는 경향은 문학 텍스트의 미학적 특성을 고려하지 않은 다소 거친 분석 방법으로 보인다.[25]

이상과 같이 1990년대부터 2000년대 이후까지 1930년대 후반기 소설에 대한 연구는 질적, 양적으로 상당한 성과를 거두었다. 이들 선행연구들을 통해 1930년대 한국 소설의 근대성에 대한 인식과 대응의 양상들이 규명되었으며, 민족주의적 관점으로 환원되지 않는 다양한 피식민인들의 욕망과 정체성'들'이 복원될 수 있었다. 이러한 연구 경향은 당시의 시대적인 문제설정과 직결되어 그 의의를 확인받을 수 있었다. 1990년대 활발히 진행된 근대성 논의에 기반을 둔 연구들은, 1980년대 문학연구가 지향하던 자본주의 체제의 극복을 위한 기획으로서의 마르크스주의가 지닌 근대적 성격에 대한 본원적 성찰을 수행했기에 그 연구의 의의를 인정받을 수 있었다. 2000년대 이후 활발히 진행된 포스트 콜로니얼 이론에 기반을 둔 연구들은, 한국문학은 물론 인문사회과

---

[25] 이 책에서 다루는 개별 작가나 소설 양식어 대한 연구사는 본론의 해당 부분에서 서술하도록 하겠다.

학 전반에 걸쳐 강력한 영향력을 행사하는 민족주의의 배타성과 환원론적 성격을 비판하는 담론적 역할을 수행했기에 그 연구의 의의를 인정받을 수 있었다.

그런데 현재의 시점에서 보자면, 문학사 연구 초기부터 현재까지 지속된 다양한 연구 경향들은 공통적으로 서구 문학 이론을 절대적인 기준으로 설정한 것은 아닌가라는 비판이 가능하다. 주지하다시피 한국 근대소설의 경우 조선 및 동양의 고전 서사 전통과 서구의 근대적 'novel' 장르의 두 축의 충돌과 교섭을 통해 그 특수한 성격을 형성했다. 여기에 서구 문학의 매개로서 작동한 일본문학의 영향까지 고려한다면, 식민지 조선에서의 '소설' 개념은 서구적 장르 개념만으로 한정되지 않는 독특한 성격을 지닌다. 특히, 1930년대 후반기 문학 장의 재편 과정 속에서 새롭게 모색된 소설 장르의 특성에 대해서는 거의 연구가 수행되지 못한 것이 사실이다. 그러나 소설 장르가 고정된 것이 아니라는 점, 나아가 전통 장르의 재인식과 외래 모델의 수용 등을 통해 지속적으로 변형되는 가변적 개념이라는 점을 고려할 때, 서구 문학 이론을 절대화하는 기존 연구의 관점은 재고의 여지가 있다고 판단된다.

나아가 기존 연구, 특히 1990년대 이후부터 지금까지 지속되는 연구 경향이 결과적으로 당대 문학의 현실 대응 양상을 다소 간과하는 경향을 지닌다는 점 역시 지적될 필요가 있다. 1990년대 해체론적 사유에 기반을 둔 연구들은 거대담론의 허구성을 지적하는 과정에서, 역설적으로 식민 현실에 대한 문학 텍스트의 다양한 저항적 기능을 간과한 경향이 있다. 이는 2000년대 이후 활발히 진행된 일련의 포스트 콜로니얼적 관점에 기반을 둔 연구들도 마찬가지이다. 이들 연구는 기존의 민족주의적 관점에 대한 탈정전화를 강조하면서, 정작 식민 현실에 대한 문학 텍스트의 다양한 저항의 가능성들을 모두 제국의 문제설정으로 환원해 폐기해버리는 경향을 지닌다. 이러한 연구 경향은 그 이전 시기 연구가 보인 다소 과도한 문학의 현실 환원론적 경향에 대한 비판적 시각에서 도출된 것으로 판단된다. 그러나 둔제는 문학의 현실 대응 양상을 텍스트 표면에 진술된 이데올로기적 닫화로 한정짓는 경화된 반영론적 미학의 한계이다. 따라서 문학의 현실 대응 가능성 자체를 폐기하는 것이 아니라, 반영론적 미학의 환원론적 속성을 극복하고 문학 텍스트의 현실 대응 양상을 새로운 방식으로 규명하려는 연구의 관점을 도출하는 것이 필요할 것이다.

이러한 맥락에서 이 책은 1930년대 소설의 장르적 성격을 규명하고, 나아가 그 문학사적 의의를 새롭게 도출하는 것을 목적으로 한다. 장르가 특정한 사회 구조에 따라 새롭게 재편되는 개념이며, 특히 1930년대 조선의 경우 전통 장르와 외래 모델의 충돌과 교섭 과정을 통해 소설 장르에 대한 독특한 재인식이 활발히 모색되었다는 점에 주목하고자 한다. 구체적인 텍스트를 통해 당시 소설 장르의 특성을 규명할 경우, ① 서구 문학 장르론으로 환원되지 않는 독특한 조선 근대소설 장르의 형성 과정과 그 의미를 추출할 수 있을 것으로 기대되며, ② 장르 사회학적 관점에서 이 시기 소설 장르의 특성을 해명할 경우 텍스트 표면의 이데올로기적 발화가 아닌, 텍스트의 구성 원리라는 측면을 통해 당대 문학의 현실 대응 양상을 정치하게 유형화할 수 있을 것으로 기대된다.

이 책이 주목하고자 하는 1930년대 소설의 장르적 성격에 초점을 맞춘 연구는 그다지 많지 않다. 임화가 당대 소설을 '내성소설'과 '세태소설'로 구분한 사실은 앞서 언급한 바와 같다. 그는 1930년대 후반기 급격한 정세의 악화로 인해 작가의 추상적 주관에만 집중하는 내성소설과, 반대로 현실의 지엽적 객관에만 집중하는 세태소설의 두 가지 유형으로 당시 소설을 평가한 바 있다. 해방 후의 백철 역시 이의 연장에서 당대 소설을 '심리 신변소설'과 '세태 시정소설'로 평가하였다.[26] 이후 주된 연구 경향은 이들의 틀에서 크게 벗어나지는 않으나 몇몇 연구들은 내성소설과 세태소설의 문제 틀에 가려진 소설 양식을 문학사적으로 복원시키는데 중요한 성과를 내고 있다.

특히 주목되는 연구로는 김준오와 조남현의 연구를 들 수 있다. 김준오는 1930년대 후반기 소설의 중요한 양식적 특성으로 '사소설', '지식인소설', '풍자 및 해학 문학', '가족사 소설' 등의 대두를 지적하고 있다.[27] 조남현은 실증적인 연구를 통해 당시 소설 유형을 통속소설, 대중소설, 농민소설, 신변소설, 심경소설, 세태소설, 역사소설, 고발소설 등으로 구분하고 있다.[28] 나아가 당대의 역사소설,[29] 신변소설 및 사소설,[30] 대중소설,[31] 가족사 연대기소설[32] 등에 대한 개별적인 연구 역시

---

26 임화, 「세태소설론」, 『동아일보』, 1938.4.1〜6; 백철, 『조선 신문학 사조사』, 백양당, 1949.
27 김준오, 『문학사와 장르』, 문학과지성사, 2000. 특히 2부에 수록된 「문학 장르와 30년대 문학」을 참조.
28 조남현, 『한국 현대소설 유형론 연구』, 집문당, 2004. 특히 131〜178면을 참조.
29 주요 연구로 다음을 들 수 있다. 이승윤, 『한국 근대 역사소설의 형성과 전개』, 연세대 박사논문, 2006; 공임순, 「한국 근대 역사소설의 장르론적 연구」, 서강대 박사논문, 2001; 강영주, 「한국 근대역사소설 연구」, 서울대 박사논문, 1987; 송백헌, 「한국 근대 역사소설 연구」, 단국대 박사논문, 1983; 대중서사학회, 『역사소설이란 무엇인가』, 예림기획, 2003 등.
30 주요 연구로 다음을 들 수 있다. 진영복, 「1930년대 한국 근대소설의 사적 성격 연구」, 연세대 박사논문, 2003; 천정환, 「일제 말기의 작가의식과 '나'의 형상화」, 『현대소설연구』, 2010.4; 방민호, 「일제 말기 이태준 단편소설의 '사소설' 양상」, 『상허학보』, 2005.2 등. 다

상당히 많은 성과가 축적되어 있다.

그러나 이러한 성과에도 불구하고 1930년대 후반기 소설 전반에 걸친 장르적 변화 과정에 대한 연구는 거의 없는 것이 사실이다. 대부분의 연구가 1930년대 후반기의 시대적 상황을 텍스트에 대입시키는 환원론적 경향을 보이거나, 장르적 특성에 초점을 맞추는 경우에도 개별적인 사례에만 집중하면서 이 시기 문학 장 전반에 걸친 장르적 변화와 이에 따른 새로운 소설 유형의 장르적 특성에 대한 거시적인 탐구로까지는 나아가지 못하는 한계를 보이고 있다.

이 책은 이와 같은 선행 연구의 성과와 한계를 인식하며 1930년대 후반기 소설의 장르적 특성에 주목하고자 한다. 1930년대 후반기는 기존의 문학적 규범이 근본적으로 회의되던 시기였다. 거칠게 말하자면 리얼리즘 계열의 소설가들이 지향했던 사회적 근대성의 재현이라는 문학적 규범은 카프의 해소와 사회주의 운동의 쇠퇴로 인해 더 이상 유지될 수 없었고, 모더니즘 계열의 소설가들이 지향했던 미적 근대성의 창출이라는 문학적 규범은 근대 일반에 대한 회의로 인해 역시 더 이상 유지될 수 없었다. 이는 곧 소설의 영역에서는 기존에 자명한 것으로 여겨져 온 소설의 장르적 규범이 근본적으로 의심되는 상황이 도래

만 연구자에 따라 심경소설, 사소설, 자전적 소설 등의 용어가 혼용되고 있다는 점은 이 소설 유형에 대한 객관적인 개념설정이 아직 명확히 이루어지지 않았음을 반증하는 것이기도 하다. 이에 대해서는 2장에서 상술하겠다.

31 주요 연구로 다음을 들 수 있다. 이정옥, 「대중소설의 시학적 연구—1930년대를 중심으로」, 서강대 박사논문, 1999; 이미향, 「일제 강점기 애정갈등형 대중소설 연구」, 숙명여대 박사논문, 1999; 김강호, 『한국 근대 대중소설의 미학적 연구』, 푸른사상, 2008; 김현주, 『대중소설의 문화론적 접근』, 한국학술정보, 2005 등.

32 주요 연구로 다음을 들 수 있다. 류종렬, 「1930년대 말 한국 가족사 연대기소설 연구」, 부산대 박사논문, 1991 등.

했음을 의미한다. 따라서 1930년대 소설가들은 새로운 소설의 양식적 규범을 모색해야 하는 상황에 처하게 되었다. 이는 한편으로는 소설의 뚜렷한 장르적 규범을 상실한 시기가 도래했음을 의미하지만, 다른 한편으로는 리얼리즘과 모더니즘의 이분법적 규범으로 포괄되지 않는 다양한 소설의 장르적 특성에 대한 모색이 가능한 시기가 도래했음을 의미하는 것이기도 하다. 이는 당시 임화의 '본격소설론', 김남천의 '고발문학론', '관찰문학론', '풍속소설론', 최재서의 '로만 개조론' 등으로 대표되는 소설 장르론이 집중적으로 제기되었다는 사실에서도 방증 가능하다.[33]

이러한 관점에서 1930년대 후반기 소설을 내성소설과 세태소설로 구분하여 비판한 임화의 비평 이래 반복되어온 이 시기 소설에 대한 평가는 재고될 필요가 있다. 임화의 논의는 그 논리적 타당성에도 불구하고, 사실 리얼리즘 소설의 장르적 규범을 보편타당한 가치로 이미 전제한 것이었다. 그러나 장르적 규범 자체가 사회적 변화에 따라 변동하는 개념임을 고려한다면 이와 같은 평가는 커다란 한계를 지닌다. 이는 비단 임화의 논의뿐 아니라 이후 그의 논지에 기반을 두고 진행된 연구 경향에도 그대로 적용될 수 있다. 소설 장르 자체가 사회적 변화에 따라 유동적으로 변동하는 것이며, 따라서 1930년대 후반기의 급격한 시대적 변화는 곧 새로운 소설 장르에 대한 다양한 의식적 모색

---

[33] 그러나 기존 연구는 이들의 소설 장르론을 ① 비평사적 관점에서 해석하거나, ② 개별 해당 작품들에 국한시켜 논의하는 경향이 강하다. 이로 인해 이와 같은 다양한 소설 장르론이 제기된 배경과 이에 기반을 둔 당대 소설 장르의 변화 과정을 정치하게 분석한 연구는 절대적으로 부족한 것이 사실이다. 앞서 검토한 바와 같이 개별 하위 장르에 대한 연구는 있으나 이를 당시의 에피스테메와 연계시켜 본질적인 장르론적 관점에서 접근한 경우가 거의 없다는 점이 이를 단적으로 보여준다.

으로 나타날 가능성을 내재하고 있었다. 이 점에 주목할 경우 리얼리즘, 혹은 모더니즘이라는 규범과는 다른 이 시기 소설 장르의 미학적 특성을 규명할 수 있을 것으로 기대된다.

특히 이 책이 1930년대 후반기 소설 연구에서 장르적 특성에 주목하는 까닭은, 기존 연구들이 그 세부적인 차이에도 불구하고 당대의 시대적 상황이나 지배적 담론을 소설 텍스트에 기계적으로 대입하는 경향을 강하게 보이고 있다고 판단되기 때문이다. 앞서 언급한 것처럼 문학, 특히 소설의 경우 당대 담론과 밀접한 관련을 지니지만, 이러한 관련은 어디까지나 소설 고유의 미학적 특성을 통해 해명될 때 비로소 소설 텍스트가 지니는 특수성이 해명될 수 있다. 이 점이 간과되었을 경우 이 시기 소설은 당대 담론을 수동적으로 수용한 것에 머물게 되며, 그 결과 소설 텍스트의 다양한 미학적 대응 양상은 모두 간과되기 쉽다. 그러나 소설이 단순히 텍스트 표면의 발화만이 아니라 텍스트의 양식적 측면을 통해서 작가의 문제의식을 표출한다는 점을 고려한다면 1930년대 후반기 소설에서 두드러지는 장르적 특성에 대한 연구는 더욱 중요한 과제로 볼 수 있을 것이다.

2. 연구의 시각

이 책은 1930년대 후반기 소설의 장르적 변화, 작가들의 장르 실험 및 모색과정, 나아가 그 특성과 문학사적 의의를 규명하는 것을 목적으로 한다. 이를 위해서는 먼저 장르 이론에 대한 정치한 정리가 요구된

다. 장르 이론은 아리스토텔레스의 『시학』에서부터 시작되었다는 것
이 통설이다. 아리스토텔레스는 『시학』을 통해 현재까지 문학 장르 구
분에 강력한 영향을 미치고 있는 서정, 서사, 극의 장르적 특성을 구분
하여 설명한 바 있다. 물론 그의 이와 같은 분류는 지금 통용되는 장르
개념과는 거리가 있지만, 각 장르의 세계관과 미학적 특성 간의 관계를
명확하게 규정했다는 점에서 여전히 중요한 성과로 평가된다.[34] 그의
논의는 이후 헤겔과 루카치 등 서구 장르 미학에 커다란 영향을 미쳤다
는 점에서 중요한 참고가 된다. 그러나 그의 장르 논의 자체가 거시적
인 철학적 연구의 일환이었기 때문에 실제 구체적인 작품 연구에는 다
소 부적합한 것도 사실이다.

헤겔은 아리스토텔레스의 논의를 철학적 사유와 결합시켜 발전시킨
바 있다. 그는 서사시를 "총체적인 행위와 이 행위를 실체적인 위엄을
띤 형태 또는 외적인 우연성들과 모험적으로 뒤얽혀 솟아 나오는 성격
들이 폭넓게 주어져 진술되고 객관적인 것이 그 객관성 안에서 드러
나"[35]는 장르로, 서정시를 "주관적이며, 내면세계, 관찰하고 느끼는 심
정은 행동으로 나아가지 않고 오히려 내적 자아 속에 머무르면서 주체
가 스스로 말하는 것을 유일한 형식이자 궁극적인 목표로 취"[36]하는 장
르로 규정한다. 그리고 극시에 대해 "주체에게서 나오는 이 객관성과
더불어 실재성을 띤 객관적 타당성 속에서 표현되는 주관적인 것은 총
체성 안에 머무는 정신이자 행위로서 극시의 형식과 내용이 된다"[37]고

---

34 Aristotle, 천병희 역, 『시학』, 문예출판사, 2002.
35 G.W.F. Hegel, 두행숙 역, 『완역판 헤겔 미학』 3, 나남출판, 1996, 508면.
36 위의 책, 509면.
37 위의 책, 510면.

규정한다.

　루카치는 헤겔의 논의를 발전시켜 특히 소설의 장르적 본질에 대해 논한 바 있다. 그는 근대 시민사회의 대두와 함께 새롭게 재편된 서사시로부터 소설의 기원을 찾는다. 이러한 관점에서 그는 소설을 근대 부르주아의 서사시로 규정하며, 총체성이 이미 사라진 시대임에도 불구하고 그것을 끊임없이 추구하는 장르로 설명한다.[38] 이러한 루카치의 논의는 헤겔의 소설 장르론에 기반을 둔 것이지만, 헤겔이 주로 철학적인 측면에서 소설 장르를 규정하는 반면, 루카치는 역사적·사회적 변화 과정 속에서 새롭게 생성된 소설 장르의 특성을 규명하는데 초점을 맞추고 있다는 점에서 그 차이가 크다. 즉, 루카치의 논의는 장르 문제에 접근하는데 있어, 당대의 역사적·사회적 현실과의 상관성을 강조하고 있다는 점에 그 의의가 있다.

　보다 범위를 좁혀 서사 장르에 대한 대표적인 논의로는 바흐친과 프라이 등의 논의를 들 수 있다. 주지하다시피 바흐친은 소설 장르의 기원을 고상한 문학 장르가 아닌 카니발적 문학 장르로부터 찾는다. 그는 이러한 관점에서 서구 소설의 전개 과정을 고찰하며, 소설 장르의 특징을 다음과 같이 규정한다. "첫째, 소설에 실현된 다중(多重)언어적 의식과 결부되어 있는 소설의 문체상의 삼차원성. 둘째, 소설이 문학적 형상의 시간적 좌표에 야기하는 근본적 변화. 셋째, 문학적 형상들을 구조화하기 위하여 소설에 의해 개방된 새로운 영역, 즉 모든 미완결상태의 현재(당대 현실)와의 최대한의 접촉영역."[39] 바흐친은 특히 타 장르의

---

[38] G. Lukács, 반성완 역, 『소설의 이론』, 심설당, 1985.
[39] M. Bakhtin, 전승희 외역, 『장편소설과 민중언어』, 창작과비평사, 1988, 27면.

구별되는 소설 장르 고유의 본질을 언어적 측면에서의 '다성성'으로 규정하며, 이를 통해 소설은 '사회적 대화성'을 내재한다고 주장한다.

바흐친은 보다 구체적으로 담화 장르의 문제를 제기하면서 규범적 담화 장르와 구어적 담화 장르를 구분한다. 소설은 구어적 담화 장르의 특성을 지닌다. 그는 담화 장르의 문제를 언어학적, 문체론적으로 분석하면서 다음과 같이 언급한다. "세계관, 경향, 관점, 의견은 항상 언어적 표현을 갖는다. 이 모든 것은(개인적 또는 비개인적 형식의) 타자의 말이고, 그것은 발화 속에 반영되지 않을 수 없다. 발화는 자신의 대상뿐만이 아니라 그것에 대한 타자의 말을 향한다. 타자의 발화에 대한 아주 가벼운 암시조차도, 그 어떤 순수하게 대상적인 주제도 말에 부여할 수 없는 대화적 전환을 가져온다."[40] 이러한 담화 장르의 특성이 문학의 영역에서는 소설 장르를 통해 발현된다는 것이 바흐친의 주장이다. 바흐친의 소설 장르에 대한 논의는 소설 내적인 언어와 문체의 특성을 사회적 · 역사적인 배경과 결합시켜 설명할 수 있는 계기를 제공한다는 점, 그리고 이로부터 소설 언어의 특수성인 '다성성'을 이론적으로 해명하고 있다는 점에서 큰 의미를 지닌다.

바흐친이 거시적인 틀에서 소설 장르의 특징을 논의한 것에 반해, 프라이는 서사 장르 내부의 개별적 장르의 특징을 세밀하게 유형화하고 있다는 점에서 주목된다. 그는 서사 장르를 크게 두 축을 기준으로 하여 구분한다. 첫째, 에토스에 중점을 두는가, 혹은 디아노이아에 중점을 두는가의 여부이다. 에토스에 중점을 두는 경우 인물의 성격을

---

40 M. Bakhtin, 김희숙 · 박종소 역, 「담화 장르의 문제」, 『말의 미학』, 길, 2006, 393~394면.

형상화하는데 초점을 맞추며, 디아노이아에 중점을 두는 경우에는 내용을 표출하는데 초점을 맞춘다. 둘째, 수사적 측면에서 작자의 제시 방향이 객관성을 지향하는가, 주관성을 지향하는가의 여부이다. 전자의 경우 외향적인 특성을 지니며, 후자의 경우 내향적인 특성을 지닌다. 이러한 구분을 통해 프라이는 네 가지의 산문 픽션의 장르를 제시한다. ① 개인적이며 외향적인 장르-소설, ② 개인적이며 내향적인 장르-로만스, ③ 지적이며 외향적인 장르-아나토미(해부), ④ 지적이며 내향적인 장르-고백.[41] 프라이의 논의는 다소 도식적이라는 비판을 받지만, 신화비평 및 원형비평의 방법론을 정립한 대표적인 성과로 인정받고 있다.

　로버트 숄즈, 로버트 켈로그 등은 서사문학의 본질에 대해 논하며, 소설 장르가 서사시적 합성으로부터 생성되었음을 강조하면서 이를 경험적 유형과 허구적 유형으로 분류한다. 경험적 유형은 다시 역사적 충동을 강조하는 유형과 모방적 충동을 강조하는 유형으로 분류된다. 전자가 역사적 사실성을 강조하는 반면, 후자는 현재적 관찰을 강조하는 특성을 지닌다. 허구적 유형 역시 다시 낭만적 유형과 교훈적 유형으로 구분된다. 전자가 수사적 형식을 통해 사유를 제시하는 특성을 지니는 반면, 후자는 지적이고 도덕적인 주제를 제시하는 특성을 지닌다.[42]

　바흐친과 프라이, 로버트 숄즈 등의 논의는 장르의 문제 중, 특히 소설 장르와 그 하위 유형에 대한 다각적인 접근을 가능하게 해 준다는

---

[41] N. Frye, 임철규 역, 『비평의 해부』, 한길사, 1982, 429~447면.
[42] Robert Scholes · Robert Kellogg · James Phelan, 임병권 역, 『서사문학의 본질』(40주년 기념 수정증보판), 예림기획, 2007, 37~43면.

점에서 그 의의가 크다. 나아가 이들의 논의는 다소 거시적인 장르 이론과는 달리 구체적인 소설 장르의 분석 과정에 적용될 가능성이 크다는 점에서 주목된다. 그 중에서도 특히 바흐친의 논의는 소설이 다양한 서사적 구성물들 사이의 카니발적 혼합을 통해 구성되는 장르임을 규명하고 있다는 점에서 중요한 성과로 판단된다. 이는 1930년대 후반기 조선의 소설이 지니는 독특한 성격, 즉 전통적 서사와 외래 서사 장르의 충돌과 교섭을 통한 새로운 장르적 모색을 해명하는데 중요한 시사점을 제공해준다.

이후 전개된 현대문학 연구에서도 장르 개념의 해명은 여전히 난해한 과제로 남아 있다. 마이클 프린스(Michael B. Prince)는 근대적 장르 개념의 변화 과정을 당대의 철학적 에피스테메와의 관련성 속에서 설명하고 있다. 그러나 그는 장르 개념이 단지 문학적인 영역에 한정된 것이 아니라 철학적 인식론과 연계되어 있기 때문에 이를 규정하는 것 자체가 매우 난감한(mauvais) 작업임을 명시한다.[43] 쟝 마리 쉐퍼(Jean-Marie Schaeffer)는 다음과 같은 세 가지 이유로 인해 문학 장르의 규정이 어려운 과제임을 주장한다. 첫째, 장르 이론이 다루는 범위의 위상이 복합적이다. 둘째, 장르를 형성하는 개별적인 텍스트들의 집합을 설정하는 것이 어렵다. 셋째, 자기 지시적인 방식으로 리얼리티를 구성하는 장르 명칭의 특수성이 작동한다.[44] 그는 이러한 이유로 문학 장르와 텍스트에 내재된 장르적 특성을 구분해서 사용할 것을 주장한다.

---

43 Michael B. Prince, "Mauvais Genres", *New Literary History*, spring 2003, pp.453~479.
44 Jean-Marie Schaeffer, "Literary Genres and Textual Genericity", Ralph Cohen(ed.), *The Future of Literary Theory*, Routledge, 1989, p.167.

마이클 프린스와 쟝 마리 쉐퍼의 논의는 현대문학 연구에서 장르 개념이 지니는 문제성을 단적으로 보여준다. 이들 논의는 공통적으로 장르 개념이 문학뿐 아니라 당대의 철학적 인식론과 연계되어 있을 뿐 아니라, 장르를 구성하는 개별 텍스트들의 특성이 다양하다는 점을 들어 장르를 고정된 개념이 아닌, 시대적 변화에 따라 가변적인 개념으로 인식할 것을 주장한다. 이들의 연구는 아리스토텔레스 이후 지속되어온 장르에 대한 선험적인 개념 규정을 역사적인 개념 규정으로 전화할 사유의 단초를 제공한다는 점에서 그 의의가 크다. 나아가 이들의 연구가 장르 연구를 단지 문학 영역에 한정시키는 것이 아니라 당대의 철학적 인식론과의 연관성 속에서 진행해야 한다는 점을 상기시킨다는 점 역시 주목할 만하다.

현대 장르 이론은 이러한 문제의식 속에서 발전되어왔다. 특히 역사적 장르 개념에 대한 중요한 연구는 파울러(A. Fowler)에 의해 진행되었다. 그의 장르 연구에서 주목되는 것은 기존에 불변의 것으로 간주되어온 장르가 실상 역사적 변화에 따라 변화하는 유동적 개념이라는 점을 논증한 것이다.[45] 그는 이러한 판점에서 이론적 장르와 역사적 장르 개념을 구분하여 사용한다. 이러한 파울러의 연구는 아리스토텔레스 이래 고정된 것으로 간주되어온 장르의 역사성을 복원시키는데 큰 시사점을 준다.

파울러의 장르 연구에서 특히 중요한 것은 그가 장르의 변화 과정을 서구 문학에 대한 실증적인 검토를 통해 규명하고 있다는 점이다. 그

---

[45] Alastair Fowler, *Kinds of Literature*, Harvard University press, 1982, pp.44~45.

는 장르의 변화 과정을 다음과 같이 규정한다. ① 새로운 문제설정의 도입 → ② 과거 장르의 선별적 조합 → ③ 새로운 문제설정에 적합한 장르적 요소들의 집결 → ④ 형식상의 변화 → ⑤ 장르 기능의 변화 → ⑥ 과거 장르에 대한 대항적 서술 → ⑦ 다양한 장르적 요소들의 포괄 → ⑧ 장르적 정전의 선별 → ⑨ 장르적 혼합.[46] 그의 논의에 따르면 사회적 변화에 따라 장르에 대한 새로운 요구가 발생하면 우선 기존의 장르에서 이에 적합한 요소들이 추출되고, 간과되어온 장르에서 필요한 요소들이 집결된다. 이를 통해 장르 형식상의 변화가 일어나며 이는 곧 기존 장르가 지닌 기능에 대한 변화로 이어진다. 이후 기존 장르를 위반하는 장르 사용이 시도되며 이 과정에서 장르 간에 상이한 요소들이 새롭게 조합된다. 새로운 장르가 정착되면 이를 대표하는 정전이 선별되어 장르를 대표하게 되며 이후 기존 장르와 새로운 장르 간의 혼합이 일어난다.

이와 같이 파울러의 이론은 역사적 장르 개념의 도입을 통해 장르의 변화 과정을 설명하는데 많은 시사점을 준다는 점에서 그 의미가 크다. 특히 그의 장르 변화 과정에 대한 논의는 1930년대 후반기 소설의 경우에도 적용될 수 있는 여지가 크다는 점에서 주목된다. 왜냐하면 1930년대 후반기 시대적 변화에 따라 새로운 장르적 문제설정의 요구가 발생하였으며, 일련의 전통 담론과 외국문학 수용 속에서 외래 모델이 활발히 수용되었고, 이로 인해 새로운 장르가 등장했기 때문이다. 이와 같이 파울러의 이론을 정치하게 적용할 경우 1930년대 후반

---

46 Ibid., pp.170~190.

기 소설의 새로운 장르의 형성 과정과 그 특성을 해명하는데 큰 도움이 될 것으로 보인다.

　기존 장르 이론이 선험적이고 공시적인 층위에 집중된 것에 반해, 현대의 장르 이론은 장르를 역사적인 개념으로 규정하면서, 장르의 변화 과정을 해명하는 것에 집중되고 있다. 이들의 논의를 1930년대 후반기 소설에 섬세하게 적용시킬 경우 그 장르의 형성 과정과 미학적 특성을 규명할 수 있을 것으로 기대된다. 나아가 특정 장르의 선택이 지니는 의미와 이로 인해 발생하는 텍스트의 사회적 효과에 대해서도 규명할 수 있을 것으로 기대된다.

　그러나 위에서 검토한 이론들은 서구 문학을 준거로 삼는다는 점에서 1930년대 후반기 조선 소설에 기계적으로 대입하기는 어렵다. 특히 동아시아 서사 문학의 전통 속에서 형성된 조선 근대소설의 특성을 규명하기 위해서는, 기존 연구에서 간과되어온 동아시아 서사 장르론에 대한 이론적 검토를 참조하는 것이 필수적이다.

　전통적인 동아시아 서사론은 유협의 『문심조룡』에서부터 체계적으로 논의되기 시작했다는 것이 통설이다. 유협은 동아시아 문학 장르를 문체 및 창작 방법, 가치관 등의 다양한 층위에서 분류하고 있다. 그는 "성인은 문장을 써서 자연의 이치를 설명하니, 그것은 모든 방면에 관철되어서 그 어떠한 장애도 받지 않으며 사람들이 매일 그것을 활용하면서도 부족함을 느끼지 않는다. (…중략…) 말과 글이란 그렇듯 천하를 움직일 수 있는 것이니 바로 그것을 위하여 자연의 이치를 설명하는 것이 문장이다"[47]라고 논하여 문학이 '명도(明道)', 즉 우주의 원리를 밝히고 이를 성인을 통해 전달하는 도구적 가치를 지님을 명시한다. 보다 구체적으로 그는 당대 동아시아 문학의 다양한 장르들의 기원에 대해 "논(論), 설(說), 사(辭), 서(序)의 문장 양식은 『역경』에서 비롯되었고, 조(詔), 책(策), 장(章), 주(奏)의 양식은 『상서』에서 발원하였으며, 부(賦), 송(頌), 가(歌), 찬(贊)의 양식은 『시경』을 그 근본으로 삼았고, 명(銘), 뇌(誄), 잠(箴), 축(祝)의 양식은 『예경』에서 비롯하였으며, 기(紀), 전(傳), 맹(盟), 격(檄)의 양식은 모두 『춘추』를 근원으로 삼는다"[48]고 하여, 유교 경전을 중심으로 문학 장르를 분류하였다. 이러한 유협의 동아시아 문학 장르론은 이후 20세기 이전까지 중국은 물론 조선을 비롯한 동아시아 문화권 전반에 걸쳐 큰 영향을 미쳤다. 그는 특히 역사서술을 문학의 중요한 양식으로 삼았는데,[49] 이러한 관점은 동아시아 서사 양식 전반에 걸쳐 매우 큰 영향을 행사했다. 그러나 유협의 경우 문학 장르의 허구성을 부정했다는 점, 유교적 가치관의 기계적 반영으로 문학의 역할을 한정했다는 점 등으로 인해 이후 비판의 대상이 된다.

이후 루쉰이 『중국소설사략』을 편찬하며 비로소 동아시아에서 소설 개념에 대한 재해석이 이루어진다. 루쉰은 사가(史家)들의 논의와 전설 및 신화의 계승으로부터 소설 장르의 연원을 찾는다. 즉, 한편으로는 "史部雜傳類에 속해 있"던 일련의 "條列" 장르의 문장이 이후 "小說"로 형성되었으며,[50] 다른 한편으로는 신화와 전설이 이후 "詩文의 장식으로 사용되었으며", "소설 가운데는 늘 그 남긴 자취"[51]가 남아 있다는

---

47 劉勰, 최동호 편역, 『문심조룡』, 민음사, 1994, 34면.
48 위의 책, 57면.
49 위의 책, 201~219면.
50 魯迅, 정범진 역, 『중국소설사략』, 학연사, 2008, 15면.

것이다. 이러한 루쉰의 소설 개념에 대한 재해석은 이후 공식적인 역사서술에서 배제된 이야기들로부터 형성된 동아시아 서사 장르에 대한 탐색의 단초를 마련한 것으로 평가된다.

이러한 문제설정 이래, 이후 서구 서사학 연구 방법론과 동양 서사학 연구 방법론의 결합 속에서 동아시아 서사학에 대한 새로운 접근이 시도된다. 앤드루 플랙스(Andrew H. Plaks)가 대표적인 연구자인데, 그는 서구 서사학과 동양 서사학 연구 방법론을 비교, 활용하여 동양 서사의 특징을 규명하는 과정에서, "史傳文의 중요성과 어떤 의미에서는 문화의 총집합체이기도 한 역사주의어 대한 이해"[52]의 중요성을 강조한다. 이런 맥락에서 그는 동양 서사의 특징을 "역사적 허구와 허구적 서사" 간의 "긴밀한 상호 연관성"[53]에서 찾는다. 그리고 이를 수사학적, 구성적 측면과 연결시켜 서사 작품 안에서의 "정적 묘사나 일련의 대화, 다양한 방향으로의 퍼져나감, 기타 다양한 비서사적 요소"[54]의 두드러짐으로 요약한다. 이는 특히 서사 구조론적 측면에서 동양 서사의 특징인 "서사적 구성물의 일관된 골격보다는 동기, topoi, 일화 같은 작은 요소의 표면적이고 연속적인 중첩"성, 즉 "삽화적 성격"[55]의 규명으로 나아가고 있다는 점에서 그 의미가 크다. 이러한 앤드루 플랙스의 연구는 서구 서사의 특징과 구분되는 동양 서사의 특징을 그 연원과 이로 인한 서사 구성적 측면의 특성에 이르기까지 적절히 지적하고 있

---

51 위의 책, 25면.
52 Andrew H. Plaks, 「중국 서사론」, 김진곤 편역, 『이야기, 小說, Novel－서양학자의 눈으로 본 중국소설』, 예문서원, 2001, 109면.
53 위의 글, 110면.
54 위의 글, 114면.
55 위의 글, 139면.

다는 점에서 주목된다.

중국계 연구자로서 서구 서사 방법론을 본격적으로 동양 서사에 적용시켜 그 특성을 규명한 대표적인 인물은 루 샤오펑이다. 그는 동양 서사의 연원이 역사서술에 있음을 확인하면서, 역사서술에 필연적으로 수반되는 허구성이 알레고리 및 환상성 등과 결합하여 어떠한 방식으로 소설화되었는가를 실증하고 있다. 그는 특히 당대(唐代) 활성화된 전기 장르에 주목하여, 한 사회의 지배적 역사인식의 틀이 붕괴된 시기, "초자연적이고 낯설며 이해할 수 없는 이야기"[56]들이 '알레고리'적 장르로 수렴되며, 나아가 "공식 문화의 약호 안에서는 이해될 수 없었던 수많은 허구 서사",[57] 즉 '환상적' 장르가 탄생함을 논증한다. 그의 연구는 동양 서사가 역사서술과 맺는 관계에 대한 정치한 실증에서 출발하여, 역사서술에 필연적으로 수반되는 알레고리와 환상성 등이 동양 서사, 특히 소설 장르의 형성에 미친 영향을 논증하고 있다는 점에서 주목된다.

이들의 동아시아 서사론에 대한 연구는 기존 문학연구에서 관습화된 서구 서사론과는 구별되는 동아시아 서사의 특징을 규명하고, 이로부터 동아시아 서사의 새로운 접근 방법을 제시한다는 점에서 그 의미가 크다. 특히 역사서술에서 연원한 동아시아 서사의 일반적 특성으로부터, 사실성과 허구성의 긴장, 알레고리 및 환상성의 대두, 삽화적 구성 방식 및 서정 텍스트의 삽입 등 동아시아 서사의 구조적 특성을 실증적

---

56 Lu Hsiao-peng, 조미원 · 박계화 · 손수영 역, 『역사에서 허구로─중국의 서사학』, 길, 2001, 164면.
57 위의 책, 165면.

으로 도출해낸 것은 이 책의 주제와 관련해서도 시사해주는 바가 크다.

이와 같은 문제의식, 즉 서구의 문학 장르론과 동양의 문학 장르론을 통합적으로 인식하여, 조선 근대소설 장르의 특징을 규명하려는 연구는 아직 절대적으로 불충분한 것이 사실이다. 그러나 다음과 같은 연구들은 한국 근대문학 연구에서 절대적인 영향력을 행사하고 있는 서구 문학 장르론의 영향은 물론, 조선 및 동양 문학 장르론의 적용가능성을 보여주고 있다는 점에서 주목된다. 이들 연구는 공통적으로 서구 문학 장르론과 조선 및 동양 문학 장르론 간의 결합을 통해 비로소 한국 근대소설에 대한 장르론적 연구가 가능함을 시사해준다.

조남현은 중국과 조선의 소설론의 전개 과정을 실증하며 "소설본질론은 어느 시대의 소설, 어느 나라의 소설을 논의 대상으로 삼았느냐에 따라 달라진다. 어느 시대의 소설이나 어느 나라의 소설을 다 만족시킬 만큼 소설의 본질을 설명할 수 있는 이론은 생각하기 어렵다."[58]고 논한다. 이는 각 시대와 문화권에 따라 소설론이 가변적인 것임을 시사한다는 점에서 중요한 지적으로 보인다.[59]

조동일은 동아시아 서사 전통의 연속성 속에서 서구의 소설과는 다른 동양의 '소설' 개념이 지속, 변화되어왔음을 주장한다. 그는 "소설을 서양 중심으로 이해하는 편견을 시정"[60]해야 함을 주장하며, 동아시아

---

58 조남현, 『소설신론』, 서울대 출판부, 2004, 41~42면.
59 이와 관련하여 중국 및 동아시아 문화권에서의 소설 개념에 대한 다음과 같은 지적은 음미할 만하다. "그러나 좀 더 중요한 것은 소설이란 무엇인가라는 화두에 대해 분명한 정의를 내리는 것이 아니라, 시대에 따라 또 사회 상황에 따라 우리가 넓은 의미에서 소설이라 부를 수 있는 그 무엇에 대한 명칭이 갹각의 시대에 따라 달라지고 변한다는 것이다. 곧 랑그로서의 일반적이고도 포괄적인 소설 그 자체 또는 본질이 있고, 시대에 따라 옷을 갈아입고 나타나는 빠롤로서의 신화, 전설이니 지괴, 전기, 화본 등이 있다." 조관희, 『중국소설사론』, 차이나하우스, 2010, 68면.

에서 '소설' 개념의 역사적 변화 양상을 꼼꼼하게 실증하고 있다. 그는 동아시아에서의 소설 개념이 "① 대단치 않은 수작, ② 기록한 서사문학, ③ 작품으로 다듬어 수식하고 기록한 서사문학, ④ 자아와 세계가 상호우위에 입각해 대결하게 창작한 서사문학 작품, ⑤ 그 가운데 현실인식을 자세하게 나타낸 작품"[61]을 지칭하는 것으로 변천되어 왔음을 지적한다. 그는 현재에는 ⑤만을 소설로 규정하는 경향이 강하다는 점을 비판하며, "동북아시아에서는 ④인 소설이 중세에서 근대로의 이행기문학으로 크게 자라났으며 이른 시기의 발전은 서양보다 오히려 앞섰던 것"[62]을 주장한다. 나아가 그는 이러한 이론을 실제 한국에 적용시켜 서사무가가 판소리로 계승되며, 이것이 이후 소설로 발전된다는 점을 논증하고 있다.[63] 이러한 조동일의 논의는 주로 고전문학에 대한 연구를 논거로 삼고 있다는 점에서 현대문학 연구에 그대로 적용시키기는 어렵다는 한계를 지닌다. 그러나 현재 우리가 사용하고 있는 '소설' 개념이 서구의 'novel'의 무비판적 수용과 전통 서사 양식에 대한 몰이해로 인해 고전문학과의 '단절'을 가져왔으며, 앞으로의 연구는 이러한 한계를 극복해야 한다는 그의 주장은 상당한 설득력을 지니고 있다.

이러한 맥락에서 개화기 서사 양식의 분화 및 발전 과정을 통해 근대소설의 내적 형성 과정을 논증하고 있는 일련의 연구 역시 주목된다. 권영민은 개화기 서사 양식을 서사구성의 원리와 서사의 가치지향의 두 축으로 구분하여 우화 및 풍자 양식, 전기 양식, 역사기록 양식,

---

60 조동일, 「중국, 한국, 일본 '소설'의 개념」, 『한국문학과 세계문학』, 지식산업사, 1991, 348면.
61 위의 글, 345~346면.
62 위의 글, 349면.
63 조동일, 『동아시아문학사비교론』, 서울대 출판부, 1993, 424면.

신소설 양식으로 정리한 바 있다.[64] 그는 이러한 연구를 기반으로 문학 양식에서의 신／구의 구획담론이 "서구적인 규범의 절대성을 강조함으로써 고유한 우리 것이 서구적인 규범을 벗어나고 있다는 이유로 평가절하되고 문학사 논의에서 주변적인 것으로 밀려난다. 서구적인 규범에 따른 근대소설의 개념 앞에서 조선시대의 설화성을 바탕으로 하는 문학은 뒷전으로 밀린다. (…중략…) 이것은 문화적인 면에서 간과하기 쉬운 식민주의 담론의 영향을 말해 주는 것"[65]이라고 서구 중심적 양식론을 비판하고 있다.

전통 서사 양식과 서구의 'novel' 양식 간의 길항 관계는 비단 개화기에만 국한되어 나타난 것은 아니다. 이후에도 다양한 전통 서사 장르와 서구 'novel' 장르는 매우 복합적인 관계를 맺으며 서로 갈등하거나, 혹은 융합하는 양상으로 나타난다. 예컨대 이경돈은 최서해의 「탈출기」가 원래 소설이 아닌 "감상문"으로 당선된 작품임을 실증하며 이를 "체험이나 견문의 기록에 소설적 구성을 일부 차용한 동일 유형의 기록서사"[66]로 규정한다. 특히 그는 전통적인 실사(實寫)적 양식과 서구의 허구적 'novel'이 혼류되면서 만들어진 "감상형 기록서사"가 1920년대 후반 이후에도 활발하게 창작-유통되고 있다는 점을 실증하고 있다.[67]

64　권영민, 『서사양식과 담론의 근대성』, 서울대 출판부, 1999, 107면.
65　위의 책, 110~111면.
66　이경돈, 『문학 이후』, 소명출판, 2009, 224면.
67　유독 '감상형 기록서사'가 1920년대 후반기 이후에도 활발히 창작-유통될 수 있었던 것에 대해 이경돈은 다음과 같이 그 까닭을 논하고 있다. "감상형 기록서사는 기록성을 본질로 한다는 점에서 보고형 기록서사와 연관되고 내면을 토로한다는 점에서 허구와 관련된다. 이 양방향 친화성이 소설과 기록서사의 융합 가능성을 담지하게 되는 것이다. 환언하면 근대화를 서두르던 전통적 양식과 정착화를 시도하던 근대적 장르는 이 중재자를 통해 상호 침투의 호재를 마련했다고 볼 수 있는 것이다." 위의 책, 227~228면. 이외에도 특히 1930년대 채만식 문학을 다룬 연구들에서 판소리 양식의 계승을 논증한

　결론적으로 조선에서의 소설 장르를 설명하는데 서구 장르 이론뿐 아니라, 조선 및 동아시아 서사 장르론에 대한 검토는 필수적이라 할 수 있다. 특히 1930년대 후반기 소설 장르의 변화 과정에서 서구 문학뿐 아니라 조선 전통 서사 양식이 끼친 영향을 고려한다면 더욱 그러하다. 이 책은 이를 위해 위에서 정리한 서구 장르 이론들을 기본적인 연구의 방법으로 활용하되, 이외에도 조선 전통 서사 장르에 대한 연구나 동양에서의 서사 장르론 등을 적극적으로 활용하도록 하겠다. 이는 1930년대 후반기 소설의 장르적 특성 중 상당 부분이 조선 전통 서사 장르나 동양 서사 장르의 변용으로 인해 발생하였으며, 이를 설명하기 위해서는 서구의 장르 이론 외에 조선 및 동양의 장르 이론이 필수적이기 때문이다. 특히『문장』지 등을 통해 활발히 이루어진 조선 전통 서사 양식에 대한 탐구와 이에 영향을 받아 창작된 작품들의 경우 조선 전통 서사 양식 중 '전(傳)' 장르에 대한 인식을 통해 분석하는 것이 필수적이다. 기존에 서구의 자전적 소설, 혹은 일본의 사소설 등으로 분류되어온 작품들 중 상당수는 실제 전통 장르의 영향 속에서 새롭게 발생한 것이며, 이러한 점을 간과할 경우 1930년대 후반기 소설에 대한 연구는 일종의 '전파론적' 관점을 벗어나기 어렵다고 판단된다. 따라서 이 책은 조선 및 동양의 전통 서사 장르 개념을 충분히 활용하여 그 장르적 특성이 당대 어떻게 수용되었으며, 어떻게 변화되었는지를 해명하도록 하겠다.

　더불어 장르적 특성을 분석하는 과정에는 외래 모델의 영향관계를

　　사례가 다수 있으며, 최근에는 야담 등의 양식의 소설적 수용에 관한 연구들이 단편적이나마 제기되고 있다.

고찰하는 것이 필수적이다. 특히 1930년대 후반기 소설의 경우 서구 및 일본문학의 활발한 수용 속에서 그 장르적 모색이 이루어졌다는 점에서 이 점은 간과하기 어려운 부분이다. 그러나 이를 단순한 외래 모델의 수용과 모방의 관계로 해석하는 것은 큰 의미를 지니기 어렵다. 왜냐하면 장르 형성 과정에서 외래 모델을 수용하는 것은 매우 자연스러운 일이지만, 외래 모델의 수용은 수용자의 문제의식에 따라 상이한 변용 과정을 거치기 때문이다. 따라서 박성창의 언급처럼 "한국문학을 서구 문학의 이식이나 모방이 아니라 한국문학과 서구 문학 사이에 벌어지는 일련의 '교섭과 협상 그리고 변형'의 과정과 양상으로 이해"[68] 하는 관점이 필요하다. 이 책은 이와 같은 관점하에 1930년대 후반기 문학 장에서의 외래 모델 수용에 대한 실증적 분석을 수행한 후, 특정 작가가 외래 모델을 수용하는 고유한 문제의식 속에서 해당 작품의 장르적 특성을 규명하도록 하겠다.

그러나 장르론적 연구가 단순히 텍스트의 내적 규범을 밝히는 것에 머물 경우, 자칫 장르의 형성과 변화를 추동한 시대적 상황을 간과할 위험이 있다. 온전한 의미의 장르론적 연구는 특정 장르의 발생이나 변화, 쇠퇴 등의 다양한 양상의 원인을 시대적 상황과의 관계 속에서 해명하는 것으로 나아갈 때 비로소 수행될 수 있다. 페터 지마는 전통적인 문학사회학이 헤겔주의적 사유 구조를 벗어나지 못했으며 이로 인해 "루카치나 골드만이나 모두 헤겔의 동일화하는 술화에 사로잡혀서 결정적인 지점에서 텍스트사회학의 발전을 가로막고 있다"[69]고 지적

---

68 박성창, 『비교문학의 도전』, 민음사, 2009, 349면.
69 P. Zima, 허창운·김태환 역, 『텍스트사회학이란 무엇인가』, 아르케, 2001, 67면.

한다. 그는 이러한 전통적 문학사회학의 한계를 극복하기 위한 가능성
들을 "한 장르에서 다른 장르로의 이행을 사회학적으로 설명"[70]하고 이
를 기반으로 하여 "소설 문학의 영역에서 형식(서술구조)과 사회변동 사
이에 상호관계가 존재한다는 사실"[71]을 입증한 퀼러의 사례에서 찾고
있다. 그는 이러한 관점에서 문학 작품의 "'내용'만 다루는 것도 아니며,
그렇다고 '형식'만 다루는 것도 아"닌, "기호학의 대상영역(의미론, 통사
론, 거시통사론)을 사회적으로 매개된 변수로 파악"하는 "텍스트사회
학"[72]의 필요성을 제기한다. 이와 같은 페터 지마의 텍스트사회학적 문
제설정은, 텍스트의 내적 구성 원리인 장르를 사회적 층위에서 해명하
는 데 큰 시사점을 제공해준다. 특히 1930년대 후반기와 같이 장르적
규범이 급격하게 변화되는 시기, 그 사회적 층위와 문학 장르적 층위
간의 관계를 해명하는 과정에서 텍스트사회학의 관점은 매우 유용할
것으로 판단된다.

---

70 위의 책, 82면.
71 위의 책, 83면.
72 위의 책, 126면.

근대소설 장르에 대한 성찰과 새로운 소설 장르의 모색

1. 근대적 인식틀에 대한 성찰과 문학 장의 변동

본격적인 논의에 앞서 이 책이 주목하는 1930년대 후반기 소설 장르 인식의 변화를 추동한 사회문화적이고 역사철학적인 맥락을 간략하게 살펴볼 필요가 있다. 장르는 당대의 인식론적 에피스테메를 문학 형식의 층위에서 발현시키는 것이며,[1] 도든 장르는 일종의 사회적 제도로서 형성되는 것이기 때문이다.[2] 따라서 구체적인 소설 장르의 실험 양상을 규명하기 위해서는, 먼저 이 시기 문학 장을 규정하는 문제틀의 변화와 이에 대한 문학론의 대응 양상을 정리하는 작업이 요구된다.

---

1   Michael B. Prince, "Mauvais Genres", *New Literary History*, spring 2003.

2   사회적 제도의 일환으로서의 장르에 대한 논의는 David Fishelov, *Metaphors of Genre*, Pennsylvania State University Press, 1993, pp.85~117; Anis S. Bawarshi · Mary Jo Reiff, *Genre*, Parlor Press LCC, 2010, pp.44~46 등을 참조.

1930년대 후반기는 근대소설 개념에 대한 근본적인 회의와 성찰이 시도되던 시기였다. 1930년대 후반기를 관통하는 핵심적인 담론은 이른바 '근대의 초극'이었다.[3] 이 시기는 사회주의적 변혁이 좌절하고, 비타협적 민족주의 운동이 실질적으로 소멸하면서 사회주의와 민족주의로 대표되는 근대적 해방의 기획이 실패로 돌아갔음을 확인하는 시기였다. 그 결과 사회주의와 민족주의적 기획의 전제를 이루는 '근대'에 대한 광범위한 회의와 성찰이 대두하며, 이를 둘러싼 다기한 대응 논리의 모색이 이루어진다.

우선 1930년대 중반부터 이미 근대 일반에 대한 '위기' 담론이 광범위하게 유통되고 있었다는 점에 주목할 필요가 있다. 다음의 인용문은 1930년대 중반 유통되기 시작한 근대의 '위기' 담론의 일단을 잘 보여준다.

지금 全世界가 破局的 危機에 直面하여잇다는 것은 어느 나라 어느 國民을 勿論하고 거의 共通하게 意識的 或은 無意識的으로 抱懷하고잇는 一種의 强迫觀念이다.

그러면 대관절 그 危機의 正體는 무엇을 指稱하는 것인가 (…중략…)

世界的 體外로 紀하여 잇든 國際經濟의 聯鎖가 三十一年 以來의 末期的 恐慌 — 惡性의 農業恐慌과 工業循環으로 말미암어 農業及工業의 生產品의 需給行程과 國際貿易의 均衡關係가 決定的으로 乘離되지 아니치 못하게 된 必然的 事實과 아울러 그것을 匡救矯正코자 하는 各國의 一切의 對策이 解決의 光明을 가저오지 못하게 된 苦悶의 發露가 곧 危機의 正體라 할 수 잇는 것이다.[4]

‘世界的 危機라는 말’은 지금 全 世界를 風靡하는 가장 祥瑞롭지 못한 流行
語의 하나이다.

各其 國際的 及乃至國民的 見地에 依하야 或은 서로의 世界觀 及階級的 立場
에 依하야 ‘危機’ 그것의 本質的 把握을 서로 달리하고 잇기는 하지만은 ‘危機’
의 切迫을 直感하고서 各各 不安을 늣기는 點에 잇서서는 共通한 現象으로 表
現되고잇다.[5]

위의 인용문은『개벽』에 실린 신일용의 글들의 일부이다. 그는 당대
‘위기’의 본질을 전 세계적인 공황 발발과 이에 대한 국제적 층위에서
의 해결방안 제시의 실패로부터 찾고 있다. 나아가 그는 비록 개별 논
자들의 “世界觀 及階級的 立場”에 따라 이에 대한 “本質的 把握”은 다를지
라도, 이러한 위기의 도래가 당대 담론 장에서 “共通한 現象으로 表現”
으로 나타나고 있음을 지적하고 있다.[6]

이러한 근대의 ‘위기’에 대한 인식은 문화적 층위에도 영향을 미친
다. 김형준은 「위기에 빠진 현대문화의 특징」[7]이라는 글을 통해 다음
과 같이 지적한다.

文化危機의 特産物로서 우리는 現代의 많은 知識青年을 支配하고 잇는 일

---

4 신일용, 「세계적 위기와 구주정국(歐洲政局)」, 『개벽』, 1934.11, 8면.
5 신일용, 「세계적 위기의 전면적 의의」, 『개벽』, 1935.1, 12면.
6 김예림 역시 신일용의 글을 논거로 다음과 같이 논한 바 있다. “러시아 혁명, 세계 공황과
    더불어 세계 자본주의의 위기가 드러나면서 1930년대에 광범위하게 퍼지기 시작한 ‘세
    계적 위기’론이 조선에도 수용되기 시작했그, 이와는 또 다른 맥락에서 일본이 유포한 소
    위 일본의 위기론도 조선 내부로 전이되어 있었던 것이다.” 김예림, 앞의 책, 46면.
7 김형준, 「위기에 빠진 현대문화의 특징」, 『개벽』, 1935.1.

은바 '不安哲學', '不安文學', '危機의 神學' 등을 代表하는 몇 思想家의 主張을 삷여보기로 하자. '不安哲學'은 前 世紀 末에 나타난 '기루게-골'의 「不安의 槪念」이란 論文 가운대서 벌서 한 개의 典型을 갖이고 나타낫다고 볼 수 잇다. 그러나 이 不安哲學이 한 개의 體系 밑에서 組織된 것은 最近에 왔어 '하이데카!' '야스빠스' 등에 依한 것이라 아니할 수 없다.[8]

그는 당대의 문화적 특징을 위와 같이 정리한 후, 그 구체적인 사례로 하이데거와 야스퍼스 등의 철학적 유행을 들고 있다. 나아가 특히 문학 장의 논의와 연계시켜, "哲學에서보담 文學의 領域에 勢力을 갖고 잇는 것은 '세스토후'의 '悲劇哲學'이란 일음을 갖인 '不安思想'"[9]임을 지적하고 있다. 그의 논의는 당대 담론 장에서 광범위하게 논의되던 근대의 '위기'가 문화적인 층위에서 키에르케고르, 하이데거, 야스퍼스, 세스토프 등 생철학 연구를 중심으로 표출되고 있음을 지적하고 있다는 점에서 주목된다.

이와 같이 1930년대 중반기부터 제기된 근대에 대한 '위기'와 '회의'에 대한 논의들은, 이후 특히 당대 인정식, 서인식, 박치우, 김오성 등을 비롯한 역사철학자들에 의해 광범위하게 진행된다. 이들은 공통적으로 당대를 근대적 기획이 실패로 돌아간 시기이며, 이를 넘어서기 위한 새로운 기획이 요구되는 시기로 파악하고 있다.

現代는 歷史의 轉形期라 말한다. 轉形期란 말 그대로 커다란 危機이다. 우리

---

8   위의 글, 78면.
9   위의 글, 81면.

의 日常生活을 指導하던 모든 常識과 道德 傳統과 慣習이 묽어지는 代身 새것, 異常한 것을 創造하기 爲한 모든 情熱이 混沌하게 肉薄하는 時期이다. 이러한 時期에는 歷史의 尖端을 것는 歷史的 人物뿐 아니라 日常世界에 사는 우리 凡人의 生活까지도 어느 程度의 運命과의 賭博이 없이는 營爲할 수 없다. 歷史가 安定하던 時期에는 많은 國民이 그들의 生活을 傳統과 慣習에 내어맷길 수 있었으나 轉形하는 時期는 말 그대로 '카오스'이며 深淵으로 生活의 準則을 잃기 때문이다. 어데가 方面을 찾으며 어데가 秩序를 찾어야 할지 모른다.[10]

동아에서는 만주사변이 발흥된 이래의 또 구라파에서는 '나치스'가 정권을 장악하게 된 이래의 세계사는 확실히 종래의 인류사가 경험치 못한 새로운 원리 밑에서 진행되고 있는 것같이 보인다. 역사진행의 원리가 새로워졌을 뿐 아니라 역사의 추진력 내지 원동력에 있어서도 종래의 역사과학의 기성관념을 초극하는 새로운 범주가 전면적으로 관철되고 있다.[11]

과거 ML계 조선공산주의 운동의 주도자였던 서인식은, 1930년대 후반기를 '역사의 전형기'로 규정한다. 즉, 기존의 "모든 상식과 도덕, 전통과 관습이 무너지는" 시기가 바로 1930년대 후반기인 것이다. 그는 구체적으로 사회주의적 전망이 무너진 동시에, 근대적 자본주의 역시 그 폐해를 극단적으로 낳고 있는 시기, 새로운 역사적 전망이 도출되지 않고 있음을 지적하며, 이를 "카오스"적 시기로 표현하고 있다.

전향 사회주의자인 인정식 역시 간주사변의 발발과 독일에서의 나

---

10 서인식, 「현대의 과제 (2)—전형기 문화의 제상(諸相)」, 『역사와 문화』, 학예사, 1939, 223면.
11 인정식, 「조선사회와 신일본주의—역사의 새로운 추진력」, 『청색지』, 1939. 5, 19면.

치즘의 발흥을 근거로 새로운 "역사진행의 원리"를 추정하고 이다. 그는 구체적으로 이전에는 근대적 인식틀에 기반한 부르주아적 민족주의나 마르크스주의적 계급의식 등이 역사진행의 원리로 전제되었으나, 1930년대 후반기 이후 이러한 원리와는 다른 새로운 범주가 대두하고 있음을 주장하고 있다.

이러한 인식은 비단 서인식이나 인정식 개인의 층위에 국한된 것은 아니다. 왜냐하면 당대를 '전형기'로 인식하는 배경에는 당시 자본주의 질서 자체가 붕괴되고 있다는 판단이 작동하고 있었으며, 이는 전향 사회주의 진영은 물론, 근대적 인식틀을 공유하고 있던 민족주의 진영, 나아가 서구적 근대에 대한 강한 부정을 특징으로 삼는 제국 일본의 지식인들마저도 공유하고 있던 인식이기 때문이다. 바꾸어 말하자면, 이 시기 근대에 대한 광범위한 회의는 몇몇 역사철학자들의 개인적 경향이 아니라, 당대 조선의 지적 담론을 규정하던 공통된 문제설정이었던 것이다. 이러한 경향은 1930년대 후반기 생철학의 급격한 수용이나, 서구적 근대의 대타항으로서의 동양 담론의 확산, 근대적 인식틀에 입각한 구세대에 대한 부정과 신세대론의 대두 등에서 두드러지게 나타난다.

이러한 근대에 대한 회의는 문학의 영역에서도 강력하게 대두했다. 임화 등에 의해 제기된 주체재건론, 김남천·최재서 등에 의해 제기된 로만개조론, 이원조 등에 의해 제기된 교양론, 김동리 등에 의해 제기된 신세대론 등은 모두 다른 방식으로 근대를 넘어서는 새로운 질서를 문학의 영역에서 어떻게 모색할 것인가에 대한 논의로 볼 수 있다. 이중 특히 로만개조론의 경우 근대에 대한 회의를 문학 장르의 문제로까지 연결시킨 논의라는 점에서 주목된다.

그러나 누구나도 말하듯이 轉換期란 낡은 社會的 經濟的 文化的 秩序의 沒
落을 意味하는 同時에, 그것과 대신할만한 새로운 秩序의 階段으로 世界史
가 飛躍할려는 것도 意味하는 時期였다. 아메리카의 뉴―딜, 伊太利와 獨逸
의 팟시즘, 蘇聯의 試驗, ― 이러한 모든 것은 資本主義의 黃昏에 處하여 各
民族이 새로운 歷史의 階段으로 넘어설려는 看過치 못할 몸姿勢라고 보지
않을 수 없다. 그러나 낡은 此岸으로부터 새로운 彼岸으로 넘어 뛸려고 할
때에 우리가 想望할 수 있는 새로운 秩序의 構想은 어떤 것일까. 世界를 通하
여 우리 人類가 한 가지로 그려볼 수 있는 彼岸의 世界는 어떠한 것일까. 歐
羅巴를 席卷한 나치즘도 그것에 對한 明白한 構想을 表明하고 있다고는 믿
어지지 않는다. 그들이 標榜하든 血流理論은 인제 修正되지 않으면 아니 될
處地에 섰다고 한다. 歐羅巴를, 아니 全 世界를 統一한 理念은 우리의 앞에 아
직 나타나있지 아니한 것이다. 此岸의 沒落은 確實하지만 건너 뛰어야할 彼
岸의 世界는 나타나 있지 아니하다. 轉換期가 가지고 있는 危機의 하나는 이
彼岸의 缺如에 있지는 아니한가.

그러므로 우리는 나치스 獨逸에서 長篇小說이 將次 어떠한 運命을 지게 될
런지 想像할 수가 없는 것이다. 伊太利에서는, 西班牙에서는, 아니 지금 國家
의 모든 組織을 獨逸의 指導 밑에 새롭게 꾸미고 있는 佛蘭西에서는, 종차로
小說이 어떠한 거름을 걸어 나가며 그의 樣式과 形態를 바꾸어 가질 수 있을
것인가. 市民長篇小說은 인저 그가 生存할만한 발판을 잃어버렸다. 그러나
그가 새로운 樣式을 獲得할만한 彼岸의 思想은 缺如된 채 있다.[12]

---

12 김남천, 「소설의 운명」, 『인문평론』, 1940.11, 13~14면.

　김남천은「소설의 운명」을 비롯한 일련의 글을 통해 당대 근대의 몰락을 소설 장르의 문제와 연결시켜 논하고 있다. 그는 당시를 전환기, 즉 근대적인 "낡은 사회적 경제적 문화적 질서의 몰락"과 이를 대체할 "피안의 결여"로 파악하고 있다. 이는 당시 서구적 근대가 나치즘과 파시즘 등에 의해 부정당하고 있으나, 그것이 아직 과거의 근대적 질서를 대체할 만한 새로운 질서로 승인되기는 어렵다는 판단에 기인한다. 그는 단지 여기서 멈추는 것이 아니라, 서구적 소설 장르가 시민사회, 즉 근대적 질서의 소산임을 지적한다. 따라서 근대적 질서가 위기에 처한 현재의 시점에서, 더 이상 기존의 소설 장르가 유효한 문학 양식일 수는 없으며, 이러한 상황을 타개하기 위한 새로운 문학 장르의 모색이 필요하다는 문제제기로까지 이어지는 것은 자연스러운 귀결이다. 그가 이후『인문평론』지를 통해 서구의 가족사 연대기소설론을 활발히 수용하거나, 실제 창작의 영역에서 발자크적 연작 소설 및 가족사 연대기소설 창작을 통해 위의 문제제기를 실험하는 것은 이러한 소설 장르의 모색과 직결되는 것으로 평가할 수 있다.

　임화의 경우 주체재건의 기획이 실패로 돌아간 후, 문학사 서술로 방향을 돌린다. 그는『신문학사』를 서술하는 가운데, 서구적 근대와는 다른 경로를 통해 형성된 조선의 식민지 근대의 특수성을 확인하려는 의지를 보여준다. 예컨대 신문학의 기점을 18세기 조선 사회의 급격한 변동에서 찾는 점, 식민지 조선의 신문학 담당층이 지닌 과도기적 성격을 해명하려 하는 점 등에서 이를 확인할 수 있다.

　임화는 더불어 '학예사' 운영을 통해 조선문학의 연속성을 실제 작품을 통해 논증하려는 기획을 시도한다. 김태준과의 공동 작업을 통한 일련의 고전 텍스트의 번역과 발간, 조선 신문학의 사적 체계화의 기획 등이 이에 해당한다.[13] 이러한 임화의 변화는 과거 그가 추구하던 마르크스주의적 근대성의 실현이 불가능해진 시기, 조선적 근대의 형성과정을 해명함으로써 이를 극복할 새로운 지향을 모색하려는 시도로 평가할 수 있다.

이원조는 '교양론'의 제기를 통해 당시 담론장의 급격한 변동에 대응하고자 한다. 그는 당시 근대의 몰락과 새로운 '신체제'의 승인이 사회적으로 충분히 육화되지 못한 채 진행되고 있다는 점을 지적하며, 전통적 가치의 재인식을 통해 현재의 '위기'를 상대화시켜 인식할 것을 주장한다. 이원조의 문제의식은, 비록 그가 제창하는 '교양'의 실체가 불분명하다는 뚜렷한 한계를 지니고 있지만, 당대 사상적 조류를 상대화시켜 평가할 수 있는 여지를 제공한다는 점에서 주목된다.

김동리 등에 의해 활발히 제기된 신세대론 역시 큰 틀에서는 당대 근대에 대한 회의와 새로운 가치 지향에 대한 모색이라는 공통적 에피스테메의 발현 양상으로 볼 수 있다. 이들은 과거 카프와 구인회 등으로 대표되는 문인들이 지향한 근대가 위기에 처했다는 점을 강하게 인식하며, 이의 극복은 사회주의, 혹은 민족주의에 침윤되지 않은 새로운 세대에 의해 가능하다는 점을 강하게 주장한다. 물론 이들의 신세대론 자체가 일종의 세대론적 구별 짓기의 특징을 강하게 지니며, 이로 인해 신세대적 특성에 대한 다소 과도한 의미화가 진행된 것 역시

---

[13] 임화의 학예사 운영과 '조선문고' 발간에 대해서는 방민호, 「임화와 학예사」, 『상허학보』, 2009.6; 장문석, 「전형기 임화와 '조선'의 발견―출판활동과 신문학사 서술을 중심으로」, 서울대 석사논문, 2009.8 참조.

사실이다. 그러나 사회주의와 민족주의를 통한 근대적 기획이 좌절된 시기, 이를 대체할 새로운 가치를 모색하기 위해 새로운 세대의 인식틀을 도입해야 한다는 이들의 기본적인 논지 자체는 상당한 문제성을 지니는 것이었다.

이상의 검토를 통해 살펴본 것처럼, 1930년대 후반기를 규정짓는 문제틀은 근대에 대한 회의와 이를 대체하기 위한 다양한 담론의 실험이었다. 이는 비단 당대 담론장에서만 논의된 것이 아니라, 문학장에서도 결정적인 위상을 차지하는 문제틀이었다. 카프로 대표되는 사회적 근대성의 추구도, 구인회로 대표되는 미적 근대성의 추구도 좌절된 시기, 문인들의 문제의식은 근대적 문학에 대한 근본적인 회의와, 이를 대체하기 위한 문학적 실험이었다. 이는 김남천·최재서 등에게서는 로만개조론으로, 임화에게서는 문학사 서술로, 이원조 등에게서는 교양의 구축으로, 김동리 등 신세대 작가군에게서는 신세대론으로 각기 다른 방향으로 발현되었다.[14] 그러나 그 방향의 상이함에도 불구하고, 이들의 문학적 문제의식은 기본적으로 근대의 위기에 따른 근대문학 장르에 대한 성찰과 재설정으로 모아지고 있었다.

이와 같이 1930년대 후반기는 서구적 근대에 대한 인식론적 회의와 성찰이 광범위하게 진행되던 시기였다. 이러한 담론 장의 역학은 문학

---

[14] 더불어 이 시기 활발히 활동한 '단층'파 역시 근대에 대한 회의 속에서 발생한 불안과 허무를 단적으로 보여준다. "이미 부르주아적 사유방식에 대한 비판과 대안으로서 채택된 사회주의 이념에 대해서도 좌절을 맛본 지식인들인 '단층'파의 사유구조 역시 아도르노적인 비동일성의 사고를 지향하게 된다. 그들에게 객체는 그 자체의 논리를 지닌 것으로 명확하게 통일된 인식을 불가능하게 하는 단절된 실체이다. 그들의 불안과 허무가 이러한 경험으로부터 배태된 것임은 물론이다." 신수정, 「'단층'파 소설 연구」, 『외국문학』 33, 1992.12, 254면.

의 영역에도 큰 영향을 미쳤다. 그 결과 기존에 자명한 문학적 규범으로 인식되던 서구적 근대문학 개념에 대한 성찰 또한 심도 깊게 진행되었다. 이는 크게 두 가지 경로를 통해 수행된바, 한편으로는 조선 및 동양의 고전 서사 장르에 대한 재인식과 이에 기반을 둔 전통 장르의 현재화가 진행되었으며, 다른 한편으로는 외래 모델, 특히 서구 문학의 기계적 이식과 모방에 대한 성찰과 이에 기반을 둔 서구 문학의 능동적 수용과 조선적 특수화의 기획이 진행되었다. 이러한 양상을 실제 텍스트 분석을 통해 규명할 경우, 기존에 문학적 주조가 상실된 '전형기'로 호명되어온 1930년대 문학의 다채로운 양상을 새롭게 평가할 수 있을 것으로 기대된다. 나아가 이러한 연구를 통해 조선 근대문학이 지니는 특수한 장르적 성격, 즉 조선 및 동양의 전통 서사인 '문(文)'과 서구 근대 서사인 'novel'의 충돌과 교섭을 통한 독특한 '소설' 장르의 특성을 규명하는 단초를 제시할 수 있을 것으로 기대된다.

2. 전통론에 입각한 고전 서사 장르의 수용과 근대적 변용

1장 2절에서 살펴본 것처럼 파울러는 장르 변화를 추동하는 주요 요소로 ① 전통 장르의 계승, ② 외래 모델의 수용 등을 들고 있다. ①의 경우 표면적으로는 드러나지 않지만, 문학 장에 비가시적 형태로 계승되어 있던 전통 장르가 특정한 계기를 통해 전면화 되면서 장르 변화를 추동하는 경우이다. ②의 경우 기존의 장르를 구성하는 규범이 외부의 문학을 수용하며 변화하는 경우로 주로 비교문학적 접근을 요구하는 경우가 많다.

장르의 변동에 대한 이러한 시각은 1930년대 후반기 소설 장르의 변화 과정에도 상당한 시사점을 제공한다. 1930년대 후반 담론 지형의 변동 속에서, 당대 문인들의 소설 장르에 대한 재인식은 크게 두 가지 경로를 통해 진행된다. 첫째, 당대 전통 담론의 확산 속에서 동양 및 조선의 전통 서사 장르를 탐구하는 과정을 통해 새로운 소설 장르를 발견하는 경우이다. 둘째, 조선의 근대소설이 주로 단편 편향성을 강하게 지녔음을 인식하면서 외국문학의 수용을 통해 'novel' 장르 자체에 대해 재인식하려는 경우이다.

첫 번째 경우에 해당하는 조선 전통 서사 장르에 대한 탐구는 당시 활발히 전개되던 일련의 전통 담론과의 연락관계 속에서 진행된다. 이태준, 이병기, 정지용 등 『문장』지를 중심으로 활동하던 문인들과 김태준을 비롯한 고전문학 연구자들이 주로 이에 집중하는 양상을 보인다. 이병기, 이희승, 조윤제 등은 주로 조선 및 동양의 고전문학에 대한 소개와 주해, 연구 작업을 진행하며, 이를 통해 서구 근대문학과는 다른 개념의 전통적인 문학 장르에 대한 재발견을 가능하게 만든다. 특히 『문장』지를 통한 조선 고전문학 작품의 번역 및 연구는 당대 문학 장에 직간접적인 영향을 미쳤을 것으로 추정된다. 『문장』지에는 매호마다 조선 고전문학 작품의 번역과 연구가 소개되는데, 대표적인 것만 들어도 이희승의 「조선문학 연구 초」 연재,[15] 조윤제의 「신상촌의 "시여(詩餘)"」(1939.3), 「조선소설사 개요」(1940.9), 「설화문학고(說話文學考)」(1941.3), 이

---

[15] 「토끼화상 편」(1939.2), 「새타령 편」(1939.3), 「소상팔경(瀟湘八景) 편」(1939.4), 「강호별곡(江湖別曲) 편」(1939.6), 「유산가(遊山歌) 해설」(1939.8) 등.

병기 역주의 「한중록」(1939.3~1940.1), 「인현왕후전」(1940.2~9), 「요로원(要路院) 야화(夜話)」(1940.11), 이윤재 역주의 「도강록(渡江錄)」(1940.7~12), 그리고 당시 현존하던 「춘향전」 판본의 비교 및 복원(1940.12~1941.3) 등이 있다.

이러한 조선 고전문학에 대한 일련의 연구는 김태준과 임화의 문학사 서술을 통해 조선 근대문학과의 관련성에 대한 해명으로까지 진척된다. 그 이전 시기 이미 안확이 『조선문학사』를 통해 조선의 고유한 문학적 전통을 해명하고, 이러한 관점에서 조선의 소설을 예로 들어 그 장르적 특성을 설명한 바 있다. 안확은 조선 선조 이후부터 소설이 본격화되었음을 논증하며, "小說은 다 敍事詩에 屬하다. 內面의 描寫보다 外面의 描寫를 重하야 心의 狀보다 몬저 行의 態를 主하니 事件의 行과 行爲의 變化에 就하야 精叙를 怠치 안하나 心理의 變化感情의 內容에 就하야는 觀察을 緩한지라 何國을 勿論하고 當初의 小說은 다 此種에 屬니 西洋의 桶物語와 漂流記 等이 다 그러니라"[16]라고 서술한 바 있다. 이러한 소설 장르에 대한 인식은 일반적인 통념, 즉 소설은 서구 'novel'의 이식과 모방의 결과라는 오해를 적절히 비판한 것으로 볼 수 있다.

안확의 문학사 서술과 1930년대 후반기 일련의 조선 및 동양의 고전문학에 대한 재인식을 통해 김태준과 임화는 비로소 체계적인 문학사 서술을 시도하게 된다. 이들의 문학사 서술에서 주목되는 것은 조선 근대소설의 장르적 성격을 서구적 'novel'의 일방적 이식과 모방이 아닌, 조선 전통 서사 장르의 연속성 속에서 해명하려 하고 있다는 점이다.

---

16 안확, 『조선문학사』, 한성도서주식회사, 1922, 101면.

朝鮮에는 小說이 없었다고! 웨? 朝鮮에는 아무것도 人情世態를 描寫한 著作이 없었으므로! 나는 이에 對答코저 합니다. 정말 己未運動 前後로 文學革命이 일기 前까지는 롱ー氏의 定義한 노ー벨은 한 卷도 없었으므로써입니다. 그러나 많은 稗說・野談・隨筆도 있고 그 所謂 로맨스와 스토리(Story)와 픽숀(Fiction)은 내가 이에 例證치 아니하여도 많이 存在하였고 또 存在하는 것을 알으실 것이다. 다시 말하면 예전 사람들의 意味하는 小說은 헤일 수 없이 많다.[17]

김태준은 그의『조선소설사』에서 조선에는 서구적 의미의 "노ー벨"은 부재했으나, 'novel' 개념과는 다른 "稗說・野談・隨筆"은 물론 "로맨스와 스토리와 픽숀"을 비롯한 다른 의미의 고유한 "소설"이 다수 존재했음을 강조한다. 이는 그가 길게는『금오신화』부터 가깝게는 판소리계 소설들을 통해 조선 전통 서사 장르의 흐름을 인식했기에 가능한 진술이다.

임화 역시 한편으로는 "新文學史는 近代西歐的인 意味의 文學의 歷史"[18]라고 서술하고 있으나, 실제 문학사 서술에 있어서는 '조선 언문학사'와 '조선 한문학사'라는 "新文學의 先行하는 두 가지 表現形式을 가진 朝鮮人의 文學生活의 歷史의 綜合이오 止揚"[19]을 기획하고 있다. 이는 보다 구체적으로 그의『개설 신문학사』의 대부분을 차지하는 '신소설' 분석에서 두드러진다. 임화는 이인직의『치악산』을 분석하면서 이 작품

---

17 김태준,『조선소설사』, 학예사, 1939, 13면.
18 임화,「개설 신문학사 (3)」,『조선일보』, 1939.9.7.
19 임화,「개설 신문학사 (5)」,『조선일보』, 1939.9.9.

이 "季母小說에다 土臺를 두고, 家庭小說의 基軸을 비러다가 그 우에 構成한 것으로 原型을 삼엇다. 이러한 手法은 모두 朝鮮小說의 傳統的 構造樣式과 新小說이 密接하게 關係하고 잇는 證據다"[20]라고 서술하고 있으며 『은세계』를 분석하는 기준으로는 『춘향전』을 설정하고 있다. 또 이해조의 『자유종』 분석에 있어서도 "그 調子, 構造, 內容, 어디로 보든지 口傳民話를 巧妙히 再生시켰거나, 惑은 그 樣式을 驅便(使의 오식으로 보임－인용자)한"[21] 것으로 평가하고 있다. 이러한 사례는 그의 문학사가 실제 서술에 있어 신소설의 전통 서사 장르 계승과 변용에 초점을 맞추고 있음을 보여주는 것이다.

1930년대 후반기 이후, 당대 문학 장을 규정한 것은 서구적 근대문학에 대한 광범위한 회의였다. 이는 특히 소설 장르에 큰 영향을 미쳤는데, 임화, 김남천, 최재서 등 주요 비평가들은 시민 사회에 조응하는 근대소설의 위기와 이에 따른 새로운 소설 장르의 모색이라는 문제의식을 공유했다. 특히 당대 일련의 전통론의 확산 속에서 『문장』지를 중심으로 이병기, 조윤제, 이희승 등에 의해 전통 서사 장르 작품에 대한 번역과 연구및 소개가 활발히 소개가 활발히 진행되었으며, 이는 김태준, 임화의 문학사 서술에 이르러 전통 서사 장르인 '문(文)'과 서구 서사 장르인 'novel' 양자에 대한 통합적인 인식으로 나아가기에 이른다. 이러한 당대 문학 장의 논의는 실제 작품 창작을 통해 보다 풍부한 형식의 전통 서사 장르의 창조적 수용으로 발전한다.

이 시기 전통 서사 장르의 수용을 보여주는 대표적인 작가로는 이태

---

[20] 임화, 「속 신문학사－신소설의 대두 (10)」, 『조선일보』, 1940.2.2.
[21] 임화, 「개설 조선신문학사」, 『인문평론』, 1940.11, 232면.

준, 채만식, 박태원, 김동인 등을 들 수 있다. 이태준은『문장』지를 주재하며 앞서 살펴본 전통 서사의 번역 및 소개, 연구 등을 기획하는 역할을 수행한다. 그는 부친으로부터 개신유학적 사상의 영향을 받은 것으로 추정되는데, 이러한 배경 속에서 당시 전통론에 기반을 둔 전통 서사 장르의 현재화에 큰 관심을 보인다. 그의 고전에 대한 관심은 단순히 '상고주의'적 취향에 그친 것이 아니라, 이후 구체적인 작품 창작에까지 큰 영향을 미친다는 점에서 주목된다.[22] 그는 특히『문장』지를 주재하며 '전(傳)' 장르의 영향을 크게 받았을 것으로 추정되는데, 이는 1930년대 후반기 그의 일련의 자전적 소설과 역사소설의 특성을 해명하는 데 매우 중요한 요소로 볼 수 있다.

채만식은 당시 전통 서사 장르의 패러디를 통한 현재화 양상을 가장 뚜렷하게 드러내는 작가이다. 그는 이 시기『배비장전』,『심청전』,『흥부전』등 조선 전통 서사 장르 작품을 패러디하여 당시의 시대적 상황에 맞추어 재구성하는 독특한 양상을 보여준다. 그의 경우 전통 서사의 주요 모티프를 수용하면서도, 이를 독창적인 방식으로 패러디하여 현재화하는 드문 사례라는 점에서 전통 서사 장르의 수용과 근대적 변용을 대표하는 것으로 평가할 수 있다.[23]

---

22 기존의 이태준의 고전 수용에 대한 연구는 이를 주로 '상고주의'로 평가하는 경향이 강하다. 그러나 정작 그가 고전 수용을 통해 새롭게 구성한 서사 장르의 실체를 규명하려는 연구는 거의 없는 것이 사실이다. 이에 대해서는 3장 1절에서 보다 자세히 서술하도록 하겠다.

23 채만식의 전통 서사 장르 수용과 변용에 대한 연구는 상당수 축적되어 있다. 대표적인 연구로 다음을 들 수 있다. 이래수,『채만식 소설연구』, 이우출판사, 1986; 조동일,「서사시의 전통과 근대소설」,『관악어문연구』15, 1990; 유화수,「채만식 소설연구-서사 전통과의 연계 양상을 중심으로」, 전북대 박사논문, 1996; 방민호,『채만식과 조선적 근대문학의 구상』, 소명출판, 2001 등.

박태원은 앞서 언급한 이태준이나 채만식에 비해 전통 서사 장르 수용에 대한 연구가 절대적으로 부족한 것이 사실이다. 이는 기존의 박태원 연구가 주로 1930년대 중반기까지 그가 보여준 모더니스트로서의 면모를 규명하는 것에 집중되어 있기 때문으로 판단된다. 그러나 그가 문학수업 시절부터 백화 양건식의 영향을 크게 받았다는 점, 그리고 1930년대 후반기 이후 일련의 중국 전통 서사 작품의 번역 및 번안에 주력한다는 점, 나아가 이후 사담(史譚) 장르의 창작으로 나아간다는 점 등을 고려할 때 1930년대 후반기 이후 박태원이 보여준 문학적 변모 양상을 규명하기 위해서는 그의 조선 및 동양의 전통 서사 장르에 대한 인식을 먼저 해명할 필요가 있다.

김동인에 대한 연구는 주로 1920년대 초반 그의 단편에 집중되어 있다. 반면 1930년대 중반 이후 그가 주력하는 '야담' 장르의 창작과 이에 기반을 둔 독특한 역사소설 창작에 대한 연구는 양적으로 매우 부족할 뿐만 아니라, 그 평가 역시 대부분 서구 근대소설 장르론을 기반으로 하여 부정적인 평가가 주류를 이룬다. 그러나 이 시기 그가 이광수와의 논쟁을 경유하며 조선 전통 서사 장르에 대한 재인식을 수행한다는 점, 야담을 통해 유교적·공식적 역사서술의 한계를 인식할 수 있었다는 점 등은 간과된 것이 사실이다. 따라서 김동인의 1930년대 후반기 소설의 변화를 온전히 해명하기 위해서는 서구적 개념의 역사소설이 아닌, 조선 및 동양의 역사소설 장르론에 기반을 둔 문학사적 평가가 수행될 필요가 있을 것이다.

1930년대 후반 담론 장에서 두르러지는, 서구 근대에 대한 성찰이라는 에피스테메의 확산은 문학 장에도 큰 영향을 미쳤다. 특히 당시 일련의 고전론, 전통론의 확산 속에서 서구 근대소설 장르와는 다른 조선 및 동양의 전통 서사 장르에 대한 재인식이 활발히 진행되었다. 이는 단순히 담론의 층위에만 국한된 것이 아니라, 이태준, 채만식, 박태원, 유진오, 김동인, 현진건 등에 의해 구체적인 작품 창작의 영역으로까지 확산되었다는 점에서 주목된다. 나아가 이러한 의식적인 전통 서사 장르의 현재화에 대한 모색이 새로운 소설 장르 형성을 위한 실험으로까지 발전했다는 점에서 그 문학사적 의미를 확인할 수 있을 것이다.

3. 조선적 특수성의 인식과 외국문학의 탈식민적 수용

2장 2절에서 1930년대 후반기 장르 변화를 추동하는 배경으로 전통 장르의 계승과 재인식을 주로 살펴보았다. 이와 더불어 장르 변화를 추동하는 또 다른 요소는 외래 모델의 수용이다. 특히 조선의 경우 근대적 문학의 형성 과정에서부터 일본을 중개자로 한 서구 문학의 직간접적인 수용이 큰 영향을 미쳤기 때문에, 이에 대한 해명의 중요성은 더욱 크다고 할 수 있다.

외래 모델의 수용을 통한 장르 변화는 개화기부터 지속되어왔다. 그런데 1930년대 후반기 이후 외래 모델의 수용 과정에서의 특징은 단순한 이식과 모방의 과정이 아닌, 탈식민적 전유의 양상이 두드러진다는 점이다.[24] 이는 당시 외국문학의 주된 수용 주체의 문제의식과 결부시

---

[24] 탈식민주의 이론에서의 '전유' 개념에 대해서는, B. Aschcroft 외, 이석호 역, 『포스트 콜로니얼 문학이론』, 민음사, 1996, 65~69면을 참조.

켜 해명될 필요가 있다.

1930년대 후반기 이후의 외국문학 수용은 크게 두 가지 경로를 통해 진행되었다. 첫 번째 경로는 정인섭, 이헌구, 김광섭, 이하윤 등을 비롯한 외국문학 전공자들의 네트워크 및 최재서를 중심으로 한 경성제대 영문과의 네트워크이다. 이들은 아카데미즘적 경향을 강하게 드러내며 영문학을 비롯한 외국문학 수용의 한 축을 담당한다.

정인섭, 이헌구, 김광섭, 이하윤 등 외국문학을 전공한 이른바 '해외문학파'들은 1930년대 후반부터 일제 말기에 이르는 시기까지 활발한 외국문학 수용 양상을 보여준다. 특히 이들이 외국문학 중 유독 아일랜드문학에 대한 깊은 관심을 나타낸다는 점이 주목된다. 김광섭의 애란 근대시와 연극운동에 대한 논문, 이하윤의 예이츠 번역 소개, 정인섭의 애란 문단 방문기 등이 대표적인 사례이다.

주목되는 것은 당시 아일랜드문학 수용이 이른바 이중어 글쓰기의 문제와 결합되어 진행된다는 사실이다. 이는 다음과 같은 논의에서 확인된다.

그리고 예이츠나 싱그의 문학도 우리로 보아서는 그 내용상 즉 愛蘭의 情緒와 神秘과 土薰을 가장 잘 표현한 점에서 愛蘭文學이 될 것이나 愛蘭民族 그 자체로 보아서는 그 亦 純眞한 愛蘭文學이 안이다. 그러나 愛蘭은 오랜 殖民地로서 그 母語를 거진 일허버리고 앵그로 · 아이리쉬(anglo arish)라는 말 하자면 에리자베스朝 時代의 영어에 켈트고대어의 정서 가튼 일종의 언어가 있어서 싱그 · 예이츠 · 그레고리부인 등의 표현은 그것에 속하는 一의 特殊的 例外를 짓고 잇다.[25]

　김광섭의 논의가 주목되는 것은 식민 상황에서 제국의 언어를 전유한 "앵그로 아이리쉬"가 지닌 언어적 가치 때문이다. 이미 게일어가 식민지 대중에게 잊혀진 상황에서 싱그나 예이츠 등의 "앵그로 아이리쉬"는, 조선 문인들에게 제국의 언어에 맞서는 유효한 문학적 전략의 일환으로 읽힐 수 있었다.[26] 정인섭 역시 그의 「애란문단방문기」에서 아일랜드문학의 언어 문제를 중점적으로 다룬 바 있다.[27] 이러한 사례는 점차 이중어 글쓰기 상황이 도래함에 따라 조선문학에 중요한 참조항으로 기능하기 시작했다.

　한편, 최재서는 이 시기 『인문평론』을 주재하며 영문학을 비롯한 외

---

25 김광섭, 「언어에서 결정된다」, 설문 「『조선문학』의 정의 이러케 규정하려 한다!」에 대한 답변, 『삼천리』, 1936.8, 84면.

26 물론 앵글로-아이리쉬 자체를 탈식민적인 전략으로 규정하는 것은 다소 거친 판단일 것이다. 당시 아일랜드의 문화민족주의 진영 내부에서도 이를 둘러싼 다양한 입장들이 서로 경쟁하고 있었으며, 이 중 앵글로-아이리쉬를 실질적인 제국 언어로 파악하는 경우도 있었기 때문이다. 박지향의 지적은 이러한 상황을 단적으로 보여준다. "결국 아일랜드에서는 앵글로 아이리쉬 문화와 게일 문화가 함께 지배적인 잉글랜드 문화에 저항하면서도 서로 간에는 많은 갈등이 존재하고 있었던 것이다. 그것은 본질적으로 아일랜드적이지 않으면 모두 반(反)아일랜드라고 주장하는 아이리쉬 아일랜드와, 게일과 잉글랜드 문화 사이에 공유영역을 찾아내고 그것을 간단히 '아이리쉬'라고 부르고자 필사적으로 노력하는 앵글로 아이리쉬 간의 싸움이었다." 박지향, 「아일랜드 역사서술―민족주의와 수정주의를 넘어서」, 『역사비평』 50, 2000 봄, 265면. 그러나 당시 조선의 문인들은 이러한 갈등에 주목하기보다는 앵글로-아이리쉬가 가지는 탈식민적 가능성에 보다 주목한 것으로 판단된다.

27 "『다브린』와서 내가 조사한 바에 의하면 愛蘭文壇이란 것은 재래로 알려진 것과 같지 않고 분명히 두 가지 유파로 분해서 있다. 보통 우리가 말하는 愛蘭문학이란 것은 영어로 쓴 愛蘭정취의 문학을 의미하는데 이 밖에 이것과는 대립되는 愛蘭語 문학이라는 것이 있는데 『예츠 일파』는 전자에 속하고 『하이드 박사 일파』는 후자에 속하는 것이다. 그런데 세상에는 전자가 영어로서 창작함으로 해서 널리 알려져 있고 후자는 愛蘭語라는 특수용어 때문에 보통 알려져 있지 않다. 그리고 愛蘭서도 『순수 愛蘭人』이라던지 『리퍼브리컨』당 사람들, 즉 정치적 색채를 띈 사람들은 대개 후자 즉 하이드 박사 일파의 애란語 문학을 지지하고 (사실 거기서는 보통 愛蘭문학이라면 이것을 말하는 것이다) 후자 즉 예츠 일파의 소위 『아이리쉬 르네상스』에는 반대를 하면서 있다." 정인섭, 「애란 문단 방문기(속)」, 『삼천리문학』, 1938.4, 130～131면.

국문학의 활발한 수용을 기획한다. 이 과정에서 사토 기요시 교수를 중심으로 한 경성제대 영문과 네트워크가 아카데미즘의 형태로 영문학 수용 과정에 개입했을 가능성이 크다. 이와 관련하여 주목되는 것은 사토 기요시 교수의 다음과 같은 회고이다.

> 경성제대에는 매우 엄격히 선발된 소수의 입학자로 이루어진 예과가 있었으며, 따라서 문학부에 오는 학생은 소수였으나 영문과에 모이는 학생이 제일 많았으며 수재도 적지 않았다. 특히 조선인 학생의 우수한 자들이 모인 것은 제국대학의 이름에 이끌렸다기보다도 외국문학에 그들의 목마름을 풀어 주는 어떤 요소가 帝大 속에 있었던 까닭이다. 20년간 조선인 학생과 교제하는 동안, 얼마나 그들이 민족의 해방과 자유를 외국문학 연구에서 찾고자 하고 있었던가를 알고 충격을 받지 않을 수 없었다.[28]

여기에서 주목되는 것은 당시 식민지 조선의 영문학 연구가 "민족의 해방과 자유를 외국문학 연구에서 찾고자 하"는 문제의식 속에서 진행되었다는 진술이다. 그렇다면 이는 구체적으로 어떠한 외국문학 수용을 통해 전개되었는지를 추적할 필요가 있다. 이와 관련하여 일제 말기 영문학 중에서도 특히 아일랜드문학에 대한 수용이 활발히 진행된다는 점이 주목된다.

당시 『인문평론』지는 물론 『삼천리』지 등의 매체의 외국문학 수용에서 단연 두드러지는 것은 아일랜드문학에 대한 특화이다. 이는 당시

---

28 사토 기요시, 「경성제대 문과의 전통과 그 학풍」, 『영어청년』, 1959(김윤식, 『최재서의 『국민문학』과 사토 기요시 교수』, 역락, 2009, 234면에서 재인용).

외국문학 수용에서 최재서의 지도교수로서 일종의 지적 기획자의 역할을 수행하던 사토 기요시가 아일랜드문학에 대해 깊은 관심을 가지고 있었다는 점과도 상통한다. 사노 마사토는 사토 기요시가 "1922년에 아일랜드문학에 관해 고대로부터 현재까지 개관한 『愛蘭文學硏究』라는 책을 낸 것을 비롯해서, 1920년에는 「戰時中の愛蘭の叛亂と愛蘭詩人の群」라는 평론도 있었고, 지속적으로 동시대의 아일랜드문학에 대해서 깊은 관심을 가진 것은 흥미롭다"[29]고 지적한 바 있다. 이는 실제 그의 지도 제자였던 이효석의 졸업논문이 아일랜드 극작가 싱에 대한 것이었다는 점에서도 확인된다.

이와 같이 아카데미즘에 기반을 둔 해외문학파와 경성제대 영문과 네트워크는 공통적으로 외국문학 수용 과정에서 아일랜드문학에 초점을 맞추는 양상을 보인다. 이러한 사실이 주목되는 것은 아일랜드문학이 지닌 특수한 성격 때문이다. 아일랜드의 경우 영국의 식민지였기 때문에 일본의 식민지인 조선과 유비적인 관계를 형성할 수 있었다. 특히 아일랜드문학의 경우 제국의 언어 형식을 사용하면서도 독특한 탈식민적 '전유'를 사용하여 제국에 저항하는 특성을 지닌다. 이러한 사실에 주목할 경우, 이 시기 외국문학 수용에서 유독 아일랜드문학이 특화된 까닭을 추정할 수 있다. 즉, 해외문학파 및 경성제대 영문과를 중심으로 한 외국문학 수용 담당층은 아일랜드문학의 수용으로 대표되듯 당시 제국의 문학적 형식을 수용하면서도, 이를 탈식민적으로 전유하기 위한 문제의식을 강하게 표출하고 있었던 것이다. 이는 단지

---

[29] 사노 마사토, 「경성제대 영문과 네트워크에 대하여」, 『한국현대문학연구』, 2008.12, 332면.

아일랜드문학 수용의 문제에 국한된 것이 아니라, 당시 외국문학 수용이 능동적인 탈식민적 전유의 기획의 일환으로 전개될 가능성을 내재하고 있었음을 방증한다는 점에서 주목된다.

이 시기 외국문학 수용의 또 다른 경로는 인정식, 서인식, 이청원 등을 중심으로 한 전향 사회주의자들의 네트워크이다. 이들은 엄밀한 의미에서 문학자가 아닌 역사철학자 내지는 경제학자에 속하기 때문에 기존 문학사 연구에서는 그 위상이 충분히 평가되지 못한 것이 사실이다. 그러나 1930년대 후반기 이후 이들이 전개한 아시아적 생산양식 및 조선적 특수성에 대한 논쟁은 외국문학 작품의 수용으로까지 진전되는 양상을 보인다. 이는 특히 1933년 펄 벅의 노벨문학상 수상을 계기로 급진전된다. 펄 벅의 노벨문학상 수상 이후 그녀의 『대지』를 둘러싸고 아시아적 생산양식에 대한 이들의 논쟁이 확산되었기 때문이다. 특히 인정식이 이 과정에서 펄 벅 수용에 중요한 역할을 수행한다. 인정식은 「『대지』에 반영된 아세아적 사회」라는 글을 통해 이 작품이 "亞細亞的인 特殊 性格"[30]을 반영하고 있음을 지적한 바 있으며, 또한 「朝鮮 農民文學의 根本的 課題」에서도 "亞細亞的 性格을 如實히 理解했기 때문에만 '팔·뻑' 女史의 大地는 亞細亞의 農民文學으로서 偉大한 成功을 保證할 수가 있을 것이다"[31]라고 논한 바 있다.

이러한 인정식의 논의에 기반을 두고 임화 역시 펄 벅의 『대지』에 대해 "支那의 近代社會로서의 或은 一般 人類社會의 進步 行程에서 볼 때 發展이 停滯된 채 固着되어있고 뒤떨어진 部分의 明晳한 認識"[32]이라는

---

30 인정식, 「『대지』에 반영된 아세아적 사회」, 『문장』, 1939.9, 136면.
31 인정식, 「조선 농민문학의 근본적 과제」, 『인문평론』, 1939.12, 17면.

평을 내릴 수 있었다. 그리고 이러한 논의가 이후 구 카프 계열 작가들의 가족사 연대기소설, 즉 김남천의 『대하』, 한설야의 『탑』, 이기영의 『봄』 등의 작품에 영향을 미쳤으리라 추정할 수 있다.[33]

서인식의 경우에도 비록 영문학 수용 자체는 아니었지만, 당시 외국문학 수용 과정에서 중요한 역할을 담당한 것으로 보인다. 그는 루카치의 『역사소설론』에 대해 최초로 소개하는 등,[34] 특히 헤겔주의적 미학과 관련된 논점을 제시하여 당대 문학 장에 개입하였다.

물론 전향 사회주의자 네트워크의 경우에는 문학자라기보다는 역사철학자나 경제학자로서의 성격을 보다 강하게 지니기 때문에 구체적인 외국문학 수용과정에 의식적으로 개입했다고 하기는 어렵다. 그러나 이들은 당대 아시아적 생산양식과 조선적 특수성을 둘러싼 논쟁이나 헤겔주의 미학의 수용 과정에서, 아카데미즘적 경향과는 다른 또 하나의 경로의 역할을 수행했다. 무엇보다 이들은 과거 자신들이 지향했던 사회주의적 기획의 붕괴 속에서 새로운 가치 지향점을 모색하려는 문제설정을 일군의 작가들과 공유하고 있었다. 예컨대 인정식의 아시아적 생산양식의 극복과 동아협동체론 전유의 기획이라는 문제설정이나, 서인식의 보편주의적 사유의 재구성과 제국 담론에 대한 폐기의 전략이라는 문제설정 등을 예로 들 수 있다. 여기에 유사한 문제설

---

32 임화, 「『대지』의 세계성」, 『문학의 논리』, 학예사, 1940, 790면.

33 기존 연구에서는 이들 가족사 연대기소설 작품을 주로 최재서의 토마스 만 및 마르탱 뒤 가르의 영향 속에서 형성된 것으로 간주했다. 그러나 인적 네트워크의 측면은 물론, 펄 벅의 『대지』가 동양 봉건사회의 해체 과정을 다루고 있다는 점에서도 서구 가족사 연대 기소설의 영향보다는, 오히려 펄 벅의 『대지』의 영향이 더 클 것으로 추정된다. 이에 대한 자세한 논의는 4장 1절에서 서술하도록 하겠다.

34 서인식, 「깨욹·루카츠 역사문학론 해설」, 『인문평론』, 1939.11.

정을 지녔던 구 카프 계열 작가들은 특히 공명할 여지가 있었다. 그렇다면 전향 사회주의자 네트워크의 외국문학 수용은 문학 장에 직접적인 영향을 끼친 것은 물론, 카프 해소 이후 새로운 문학적 지향점을 모색하던 작가들에게 외국문학 수용의 방법론과 그 자의식에 상당한 영향을 미쳤을 것이다. 나아가 이들의 외국문학 수용은 실제 창작에 있어 김남천, 한설야, 이기영 등의 문학적 실천과 관련된다.[35]

이상에서 1930년대 후반기에 두드러진 영문학 수용의 두 가지 경로를 살펴보았다. 첫 번째 경로는 해외문학파 및 경성제대 영문과를 중심으로 한 아카데미즘적 네트워크로서, 이들은 특히 외국문학 중에서도 아일랜드문학의 수용에 큰 비중을 두고 있다는 점이 주목된다. 두 번째 경로는 전향 사회주의자들의 네트워크로서 이들의 경우 구 카프 계열의 문인들에게 직간접적인 영향을 미쳤을 것으로 추정되며, 특히 당대 담론 장의 메커니즘에 대해 매우 예민한 감각을 제공했을 것으로 판단된다.

두 경로를 통해 이루어진 외국문학의 탈식민적 수용은 실제 창작의 영역에서도 적지 않은 영향을 미치게 된다. 이러한 사실을 방증하는 대표적인 작가로 김남천을 들 수 있다. 그는 카프 해소 이후 한편으로는 아쿠타가와 류노스케의 수용을 통해 하나의 작품에 다양한 시각이

---

35 일제 말기 영문학 수용의 두 번째 경로, 즉 전향 사회주의자들의 네트워크에 대해서는 보다 실증적인 연구가 보충되어야 할 것이다. 이 책의 경우 외국문학 수용과 그에 따른 장르 변화 양상에 초점을 맞추기 때문에 이를 넘어서는 사상사적 층위에서의 검토를 충분히 수행하지 못한 것이 사실이다. 그러나 인정식, 서인식 등이 이 시기 문학 장에 적극적으로 개입하는 경향을 보이는 이유를 해명하는 것은 매우 중요한 과제로 판단된다. 이들은 당시 일종의 지적(知的) 기획자로서의 역할을 수행하는 것으로 보이며, 이는 구 카프 계열 문인들과의 인적, 사상적 네트워크의 존재를 매개로 가능했던 것으로 판단된다.

개입하는 독특한 서술적 실험을 수행한다. 이는 특히 과거 카프 문학이 지녔던 단성적 속성을 극복하기 위한 의식적인 실험이었다는 점에서 적극적으로 평가될 수 있다. 그는 다른 한편으로는 발자크와 알베르 티보데 등 서구 문학에 대한 수용을 진행한다. 그는 발자크의 수용을 통해 동일한 인물을 다른 작품에 재출(再出)하는 독특한 구성 원리를 실험하며, 알베르 티보데의 '총화소설' 개념을 수용함으로써 단일한 플롯으로 환원되지 않는 다성적 텍스트의 구성 원리를 실험한다.[36]

1930년대 후반기 외국문학의 수용은 단순한 이식과 모방이 아닌, 나름의 탈식민적 전유의 기획 속에서 진행된다. 이는 특히 서구 근대소설 장르에 대한 성찰이 진행되던 시기의 문제설정과 맞물려 조선의 고유한 특수성을 형상화하기 위한 매개로서의 외국문학 수용이었다는 점에서 이채를 띤다. 나아가 특히 구 카프계열 작가들의 소설 장르론으로 기능했던 사회주의적 리얼리즘의 단성적 한계를 극복하기 위한 형식적 실험의 참조항으로 외국문학이 수용되어 독창적으로 변용되는 지점에도 주목할 필요가 있다. 이러한 사실은 당시 외국문학이 식민지 조선의 특수한 현실 속에서 탈식민적으로 전유되어 새로운 소설 장르의 모색으로 나아가는 계기로 작동했음을 의미한다.

그렇다면 1930년대 후반기 소설 장르의 특성을 규명하기 위해서는 크게 두 가지 측면에서의 연구가 요구된다고 할 수 있다.

첫째, 파울러가 언급한 것처럼 전대의 문학적 전통이 어떠한 방식으

---

36 김남천을 비롯한 개별 작가들의 외국문학 수용과 탈식민적 전유의 구체적인 양상에 대해서는 4장에서 서술하도록 하겠다.

로 당대 소설 장르의 재형성에 영향을 미쳤으며, 이를 기반으로 하여 새롭게 구성된 소설 장르의 미학적 특성을 규명하는 것이 필요하다. 1930년대 후반기 『문장』지를 중심으로 조선 전통 서사 전통에 대한 활발한 재인식이 진행되었음은 주지하는 바와 같다. 특히 소설의 영역에서 이태준으로 대표되는 작가들은 실제 자신의 창작 과정에서 조선 전통 서사의 양식을 적극적으로 재해석하는 양상을 보여준다. 그러나 기존의 연구는 주로 전통 '담론'의 수용 양상에 초점을 맞추면서, 정작 전통적 서사 장르가 어떠한 방식으로 소설 장르의 재형성에 영향을 미쳤는가에 대해서는 규명하지 못했다. 기로 인해 1930년대 후반기 전통 담론에 대한 연구는 추상적인 층위의 민족주의나 상고주의 등의 '전통' 해명에 머물며, 구체적인 작품 해석으로까지 진행되지 못한 것이 사실이다. 그러나 당시 이태준, 채만식, 박태원, 유진오, 김동인, 현진건 등의 작가를 통해 조선 전통 서사 장르의 활발한 수용과 변용이 진행되었다는 점을 고려한다면, 이들 작가들의 구체적인 작품을 통해 당시 전대의 문학적 전통과 당대 문학 장이서의 문제설정이 결합되어 새롭게 형성된 소설 장르의 실체를 규명하는 것이 필수적이다.

둘째, 장르의 형성과 변화 과정을 구명하기 위해서는 외래 모델의 수용과 변용 과정을 고찰할 필요가 있다. 1930년대 후반기 해외문학파 및 경성제대 네트워크, 전향 사회주의자 네트워크 등에 의해 외국문학이 활발히 수용되었으며, 이는 비단 비평적 논의에 그친 것이 아니라 실제 창작의 영역에도 큰 영향을 미쳤다. 그러나 기존의 연구는 이를 주로 비평사적 층위에서만 접근함으로써, 실제 창작을 통해 이루어지는 소설 장르의 변화에 대해서는 충분히 규경하지 못한 것이 사실이다. 더불어 외래 모델의 수용 과정에서 이른바 '전파론적 관점'이 사용되면서 외국문학과 당대 조선문학의 평면적인 비교연구만이 진행되었으며, 그 결과 수용 과정에서 이루어지는 일련의 탈식민적 전유와 폐기의 양상에 대해서는 이렇다 할 평가가 이루어지지 못한 것이 사실이다. 그렇다면 외래 모델의 수용 과정에서 일어난 전유 및 폐기의 양상을 규명하면서, 당시 조선의 작가들이 외래 모델 수용을 통해 새롭게 구축하고자 한 소설 장르의 실체를 보다 섬세하게 복원할 필요가 있다. 특히 비평적 논의와 실제 작품 분석을 결합시킴으로써 이 시기 김남천, 한설야, 이기영 등이 시도한 소설적 실험을 의미화하고, 이로부터 이들이 추구한 새로운 소설 장르의 특성을 규명하는 것이 필요하다.

동양 고전 서사의 재인식을
통한 전통 장르의 현재화

1. 고전 텍스트 수용을 통한 조선적 자전소설의 창출

1) 서술자의 변화와 자기 객관화 기법의 도입

1930년대 후반기 소설의 중요한 특징 가운데 하나는 자전적 소설이 급증한다는 사실이다. 이 시기 이태준, 채만식, 박태원, 유진오, 김남천, 이효석 등 중요 작가들 대부분이 자전적 소설 창작에 나선다는 점은, 자전적 소설이 단순히 개별 작가의 층위에서 모색된 소설 장르가 아니라, 당대 문인들의 공통적인 문제설정 속에서 실험된 소설 장르라는 점을 반증한다. 따라서 자전적 소설의 급증의 문학사적 의미를 해명하기 위해서는, 먼저 이를 추동한 문학적 배경을 살펴볼 필요가 있다. 보다 구체적으로는, 당대 전통 서사 장르에 대한 재인식 과정을 실증하고,

이로부터 이들 자전적 소설 장르가 대두하게 된 원인과 그 장르적 특성을 해명할 필요가 있을 것이다.

이 시기 자전적 소설 창작을 가장 뚜렷하게 보여주는 작가 중 하나는 이태준이다. 1930년대 후반기 그의 전통 담론 인식에 대한 연구는 상당한 성과를 거두었다. 이들 연구는 크게 두 가지 경향으로 구분할 수 있다. 우선 이태준의 전통 인식을 민족주의나 문화주의적 관점에서 해명하는 연구 경향을 들 수 있다. 대표적으로 김택호[1]와 배개화[2]의 연구를 들 수 있다. 이들 연구는 공통적으로 이태준의 전통 인식이 일제 말기 민족의식의 발현으로서의 민족문화에 대한 관심으로 나타난다는 점을 지적하고 있다. 이러한 연구 경향은 일제 말기 민족문화가 지니는 의미를 강조하며 이태준의 전통 인식을 긍정적인 측면에서 평가하고 있다.

반면 최근에는 이태준의 전통 인식이 당시 제국의 동양론에 공명한 것이었다는 시각이 두드러지고 있다. 대표적으로 차승기, 김예림, 정종현 등의 연구를 들 수 있다. 차승기는 이태준의 전통 인식이 과거를 절대화시키며 고정된 것으로 환원시키는 '노스탤지어'적 성격을 벗어나지 못하며, 이로 인해 당대 제국의 동양론에 대한 비판으로까지 나아가지 못한다고 평가한다.[3] 김예림과 정종현은 공통적으로 이태준의

---

1 김택호, 『이태준의 정신적 문화주의』, 월인, 2003.
2 배개화, 『한국문학의 탈식민적 주체성 ─이식문학론을 넘어』, 창작과비평사, 2009.
3 "문학이 에피파니의 계기를 담지하고 있다면, 그리고 억압되었던 과거를 부활시키는 계기를 가지고 있다면, 그것이 발생시키는 감각은 ─ 아름다움보다는 ─ 오히려 '전율'이 되어야 할 것이다. 아이러니적인 태도에서 고수되고 있는 '초월적인 자기'가 한낱 가상에 불과하다는 사실을 일깨우며 그 고차원의 자기의 안정성을 뒤흔드는 전율 경험, 그리고 과거의 도구적 연관 속에 놓여 있던 사물이 그것이 속해 있던 세계와 함께 살아남아 현재 세계의 자명성을 파괴하며 침입해 들어올 때 발생하는 전율 경험만이 '과거적인 것의 부

전통 인식이 근대의 몰락과 새로운 제국적 주체의 욕망으로 이어지는 계기로 작동한다고 평가한다.[4] 이러한 연구 경향은 당시 동양론의 형성 과정과 그 제국 이데올로기적 성격을 면밀하게 지적한다는 점에서 그 의미가 크다. 그러나 제국의 동양론을 이태준의 전통 인식에 다소 기계적으로 연관 지으면서 이태준의 전통 인식이 지니는 복합적인 의미를 단순하게 환원한다는 점은 상당한 재고의 여지를 남긴다.

게다가 이들 두 가지 연구 경향 모두 그 의미에도 불구하고 이태준의 전통 인식을 다소 추상적인 층위에서만 다루었다는 한계를 지닌다. 즉 막연하게 '전통'이라는 표현을 사용하고 있지만, 구체적으로 이태준이 이 시기 수용한 전통 담론이 구체적으로 가리킨 바가 무엇이며, 그것이 문학적 영역에서는 어떠한 방식으로 표출되었는가에 대해서는 깊이 성찰하지 않고 있다. 특히 이태준의 소설 작품을 분석할 경우 소재주의적 차원에서의 전통 담론의 차용이라는 접근법을 넘어서기 위해서는, 전통적 서사 장르에 대한 그의 인식을 실증적이고 입체적으로 고찰하는 것이 무엇보다 중요한 과제로 보인다.

이를 위해 우선 이태준에게 전통은 단순히 '상고주의'로 표현되는 과거의 것에 대한 애착 이상의 의미를 지닌다는 점을 명확히 할 필요가 있다. 이는 다음과 같은 그의 글에서 명확히 드러난다.

활'이 갖는 비판적 의의를 퇴색시키지 않을 것이다. 이런 의미에서 『문장』의 '반복'은 엄밀한 의미에서 역사의 타자를 구제하는 반복이라기보다는 자기동일성의 범위를 확장하는 반복이라고 하겠다. 이 같은 동일성의 확장에 특정한 계기가 작용한다면, '조선적 고유성'은 '동양적인 것'이라는 더 큰 범주와 겹쳐지거나 '동양적인 것'을 상위범주로 하는 체계 속에 들어가 버릴 수 있다." 차승기, 『반근대적 상상력의 임계들』, 푸른역사, 2009, 169~170면.

4 김예림, 『1930년대 후반 근대인식의 틀과 미의식』, 소명출판, 2004; 정종현, 『동양론과 식민지 조선문학』, 창작과비평사, 2011.

古典이라거나, 傳統이란 것이 오직 保管되는것만으로 끄친다면 그것은 ‘주검’이요 ‘무덤’의 代名詞일 것이다. 博物館이란 한낱 ‘아름다운 墓地’에 不過할 것이다. 우리가 돈과 時間을 드려 自己의 書齋를 墓地化시킬 必要는 없는 것이다.

靑年層 知識人들이 陶瓷器를 蒐集하는 것은, 古書籍을 蒐集하는 것과 같은 意味를 나타내야 할 것이다. 玩賞이나 所藏慾에 끄치지 않고, 美術品으로, 工藝品으로 正當한 現代的 解釋을 發見해서 古物 그것이 주검의 먼지를 털고 새로운 美와 새로운 生命의 不死鳥가 되게 해주어야할 것이다.[5]

위의 글에서 나타나는 것처럼 이태준에게 전통은 "현대적 해석"을 거쳐 의미를 획득할 수 있는 것이었다. 기존의 연구에서 이태준의 전통 인식을 ‘처사 취향’이나 ‘고완 취미’ 등으로 평가한 것은 이러한 관점에서 재고될 필요가 있다. 특히 실제 소설 창작의 영역에서 「영월 영감」(『문장』, 1939.2)을 기점으로 "처사 취미"[6]에 대한 강한 비판이 이루어진다는 점을 고려할 때, 1930년대 후반기 이태준의 전통 인식이 당대 현실과 밀접한 관련 속에서 형성된 것임을 짐작할 수 있다.[7]

---

5 이태준, 「고완품(古翫品)과 생활」, 『문장』, 1940.10, 209면.

6 이태준, 「영월영감(寧越令監)」, 『문장』, 1939.2, 96면.

7 권성우는 이와 관련하여 다음과 같이 지적한 바 있다. "이태준은 고완품과 고전의 ‘현대적’ 수용을 강조하고 있다. 그러므로 이태준의 고전 탐구욕은 화석화된 취미가 아니라 일종의 온고지신(溫故知新)에 해당되는 자세에서 비롯된 것으로 해석될 수 있다. 실제로 이태준의 수필을 섬세하게 검토해 보면, 그가 이른바 ‘현대’, ‘현대성’, ‘현대적인 습속’에도 끊임없이 관심을 기울여 왔으며, 화석화된 고전에 대한 비판적 시선을 견지해왔다는 사실을 인식할 수 있다", 권성우, 「이태준의 수필 연구—문학론과 상고주의에 대한 해석을 중심으로」, 『한국문학이론과 비평』 22, 2004.3, 27면.
더불어 다음과 같은 이도연의 언급 역시 참조할 수 있다. "이태준의 전통주의는 근대주의와의 관련 속에서 고찰할 때 그 심층적인 의미가 드러나는 것이었다. (…중략…) 이태준의 전통주의가 목표로 했던 것은 ‘근대와 교섭하는 전통’이었고, 이는 왜곡된 식민지 근대성

　이와 관련하여 이태준의 전통 인식의 '실체'를 규명하는 것이 중요한 연구 과제로 제기된다. 즉, 막연한 전통이 아니라, 구체적으로 어떠한 사상적·문화적 전통인지에 대해 브다 실증적인 연구가 진행될 때, 비로소 이태준의 전통 인식이 지니는 문학사적 의의를 명확히 할 수 있을 것이라는 점에 주목해야 한다. 이러한 맥락에서 그의 자전적 소설인 『사상의 월야』의 다음과 같은 부분은 재해석될 여지가 있다.

> '개화당'은 둘재요 '역적'이란 이름만 붓는 날에는 전 문중이 결단나는 판이라 의병대장의 속이 흐뭇하도록 닥대한 돈을 거더다 바치고 피투성이된 전날의 '이감리'를 들것에 담어 차저왔다. (⋯중략⋯) 덕원감리란 개항원산(開港元山)의 외교행정관이라, 아라사 영사관에는 전날의 면분이 잇다 아라사 배만 어더 타면 우선 '우라지오스도크'로 갈 수 잇고 거기서는 구라파 직계의 문명을 시찰하면서, 한편 사탕에 흐터저 잇는 동지들과 연락해가지고는 서울의 완미한 세력권에서 멀리 떠러저 잇는 서북간도 일대(西北間島一帶) 중심으로 거기 널려잇는 조선 사람들을 모아 가지고 일본의 유신과 상응하는 이곳유신을 일으킬 큰 뜻을 이감리는 그 웅혈진 가슴속에 기피 품엇던 것이다.[8]

을 극복하기 위한 하나의 방법론적 모색이었다." 이도연, 「이태준의 전통주의 연구」, 『한국문학이론과 비평』 11-2, 2007.6, 345면. 그러나 이러한 이태준의 전통주의를 담론적 층위에서만 강조할 뿐, 실제 소설 작품과의 연관성 속에서 충분히 파악하지 못한 채 기계적으로 대입시키는 경향, 즉 "단편 속에 표면적으로 등장하는 이태준의 전통에 대한 관심은 그의 소설을 추동하는 서사의 핵심을 이루지도 않으며, 대부분 소재적인 차원에서 다루어지는 경우가 많다"(같은 글, 338면)는 관점은 재고를 요한다. 이러한 경향은 이태준의 전통 인식이 소설 장르론의 측면에서 발현되었음을 간과하는 것이기 때문이다.

8　이태준, 「사상의 월야(月夜) (4)」, 『매일신보』, 1941.3.7.

물론 자전적 '소설'이기에 전기적 사실과 소설적 의장 사이의 관계에 대해서는 추후에 보다 명확히 규명할 필요가 있으나, 위의 인용문에서 이태준의 부친이 "개화당"으로 활동하였으며 이후 "일본의 유신과 상응하는 이곳 유신"을 일으키기 위해 연해주 지방으로 망명하였다는 사실은 확인할 수 있다.[9] 일반적으로 개화기 '개화파'의 사상적 연원이 18세기 출현한 실학, 특히 그 중에서도 연암을 중심으로 한 이른바 '북학파'에 있음을 고려한다면 이태준의 부친이 직간접적으로 실학에 대한 인식을 가졌을 개연성은 충분하다.[10] 그리고 이태준이 부친의 영향을 통하여 실학에 대해 초보적이나마 나름의 인식을 가졌을 개연성 역시 존재한다. 이와 같은 가능성을 보다 적극적으로 뒷받침해주는 것은 「패강랭」이다. 이 책의 주제와 관련하여 주목되는 것은 이 작품의 중간에 삽입되어 있는 한시의 존재이다.

---

9 민충환은 이태준의 전기적 사실에 대한 실증을 통해 그의 부친이 "나라를 개혁하려는 일을 도모하다가 실패하여 일본으로 망명한 개화당의 일원"으로 "개화파라는 이유에서 친일분자로 오인되었던" 인물임을 밝히고 있다. 민충환, 「이태준의 전기적 고찰」, 『상허학보』 1, 1993.12, 39면.

10 개화파가 실학사상을 계승했다는 사실은 크게 두 가지 관점에서 그 논거를 찾을 수 있다. 하나는 개화사상의 주창자로 평가되는 박규수가 연암 박지원의 손자이며 북학파의 사상적 영향을 강하게 받았다는 인적 측면이며, 다른 하나는 중화주의적 세계관의 극복, 이념적 개방성, 실사구시적 사유 등 실학파, 특히 '북학파'의 사상을 계승했다는 사상적 측면이다. 이에 대해서는 한국철학사연구회, 『한국 실학 사상사』, 다운샘, 2000, 361∼364면을 참조. 더불어 연암의 개화파에 대한 영향은 다음과 같은 언급을 참조할 수 있다. "박지원의 손자이면서 정약용의 영향을 직접 받은 박규수를 통하여 실학파들의 사상은 개화파들에게 이어지고 있다. 개항이 이루어지기 훨씬 전부터 뒷날 개화의 명장들인 김옥균, 박영효, 홍영식, 유길준 등은 박규수의 집에 모여 함께 박지원의 『연암집』을 읽고, 평등사상과 이용후생 사상을 연구하였으며, 지구의를 돌리면서 시무를 토론하였다고 한다." 반창화, 「실학 개념에 대한 역사적 검토」, 계명대 철학연구소 편, 『실학사상과 근대성』, 예문서원, 1998, 193면.

박은 입을 씻고 씻고 하더니 곡조는 서투르나 그래도 꽤 어울리게 이런 시 한구를 읊어서 소리를 받는다.

"각하―안― 산―진 수궁처 …… 임흠정 ― 가고옥― 역난위를 ……"[11]

박이 부르는 시는 단재가 1914년 지은 「백두산도중(白頭山途中)」이라는 한시의 일부이다. 이는 곧 이태준이 단재 신채호의 영향을 받았음을 보여준다. 단재가 개화기 경화된 고전적 유학을 비판하며 이른바 '개신유학'의 입장을 보였음을 고려할 때 이 영향은 주목된다. 왜냐하면 '개신유학'이 전통적인 유학의 관념적 성격을 비판하면서 적극적인 현실 인식을 통한 유학의 개혁을 주장하며 나온 사상적 흐름이기 때문이다. 이런 맥락에서 개신유학은 실학의 현실 개혁적 성격을 계승하고 있다고 할 수 있다.

이러한 관점에서 「패강랭」은 재평가 될 수 있다. 즉 이 작품을 단순히 이태준의 상고주의적 취향의 발현으로 평가하는 것이 아니라, 1930년대 후반 이후 일제 말기 그의 전통인식의 구체적인 발현으로서 실학사상의 '우회적 발현'으로 평가할 수 있다.[12] 이 작품이 발표된 1938년에는 단재를 공식적인 지면에서 언급하는 것이 불가능했다. 그럼에도

---

11 이태준, 「패강랭(浿江冷)」, 『삼천리문학』, 1938.1, 37~38면.
12 한만수는 단재의 한시의 삽입을 검열에 저항하면서 단재 사상을 소설에 투영하려는 이태준의 전략으로 평가한다. "이 작품은 단재가 독립군 양성기지를 백두산에 구축할 것을 생각하고 그 답사를 겸하여 백두산을 등반하고 쓴 작품이다. (…중략…) 이태준은 첫 연의 전, 결 구만을 인용한다. '수궁산진처'란 국토의 끝이면서 정점인 백두산을 가리키며 동시에 그 국토가 식민화되었음을 암시한다. 결구는 물론 사상과 표현의 자유가 박탈된 상황을 말함인데, 「패강냉」이 조선어 교육 폐지를 중요한 계기로 삼고 있음과 긴밀하게 호응하고 있다. 따라서 이 두 구절만을 인용하더라도 암유의 효과는 충분하다." 한만수, 「이태준의 '패강냉'에 나타난 검열우회에 대하여」, 『상허학보』 19, 2007.2, 314~315면.

위와 같이 검열을 피해 작품 중간에 단재의 한시를 삽입한 것은 이태준의 작가의식에 단재가 미친 영향이 상당했음을 반증한다. 이는 이태준이 단재의 개신유학의 영향을 받았음을 단적으로 보여주는 것이며, 그 기반에는 그가 성장기 직간접적으로 접촉한 실학사상이 놓여 있다고 할 수 있다.[13]

이태준의 전통 인식은 실학사상을 매개로 하여 심화되었으며, 이로 인해 단순한 상고주의적 경향을 넘어서는 강력한 현실주의적 성격을 지니고 있다. 특히 1930년대 후반기, 그에게 전통은 현재적 문제의식에 의해 재해석되어야 하는 대상으로 설정되고 있음을 알 수 있다. 그의『문장』지를 통한 전통 인식의 심화는 이러한 문제틀 속에서 분석될 필요가 있다.

물론 그의 전통 인식이『문장』지를 통해 심화되었다는 것은 자명한 사실이다. 그런데 이 책의 문제의식과 관련하여 주목해야하는 것은『문장』지에서 조선 전통 서사 장르에 대한 탐구가 심도 깊게 진행되었다는 사실이다. 대표적으로 이병기의『한중록』 및『인현왕후전』에 대한 주해 작업과 정지용의 내간체 산문의 현대화, 당시 전래하던 각종『춘향전』판본의 복원, 박지원의『열하일기』의 번역 소개 등을 들 수 있다.[14] 이뿐 아니라 판소리계 소설의 복원, 한시 전통의 재해석 등이『문장』지를 통해 활발히 진행된다.

---

13 더불어 해방 이후 이태준이 「해방 전후」,「농토」 등의 작품에서 현실 개혁적 실학사상을 강하게 표출하고 있다는 점 역시 그의 전통 인식이 실학과 밀접한 관련을 맺고 있음을 방증하는 것으로 볼 수 있다.

14 『문장』지의 전통 서사 양식 수용에 대한 자세한 논의는, 배개화,『한국문학의 탈식민적 주체성 ― 이식문학론을 넘어』, 창작과비평사, 2009, 278~294면을 참조.

이태준 역시 이와 관련하여 조선 전통 서사 장르에 대한 관심을 나타낸다. 이는 「조선의 소설들」, 「춘향전의 맛」, 「기생과 시문」 등의 글에서 단적으로 드러난다. 이들은 뚜렷한 소설론으로까지 나아간 글을 아니지만, 적어도 이태준이 당시 『문장』지의 영향 속에서 조선 전통 서사 양식에 대해 나름의 견해를 형성하고 있었음을 방증하는 중요한 사례로 볼 수 있다.

1장 2절에서 검토한 것과 같이 새로운 장르의 형성에는 일정한 과정이 요구된다. 이태준의 경우에도 이러한 과정이 존재했다. 첫째, 근대소설에서 배제되어온 전통 서사 장르의 수용이다. 이는 위에서 살펴본 것처럼 『문장』지를 통해 조선 전통 서사 장르를 탐구하게 됨으로써 진행된다. 둘째, 주변 장르의 부상과 즈류 장르의 쇠퇴이다. 조선 전통 서사 장르는 근대소설의 형성 과정어서 주변 장르로 밀려나 있었으나, 1930년대 후반기 주류 장르가 근본적으로 회의의 대상이 되면서 역설적으로 새로이 부상하는 장르로 부각되었다. 이태준의 경우 전대 소설에서 주로 단편적 완성도에 집중하는 경향을 보이다, 이 시기 들어 주변 장르인 조선 전통 서사 장르에 다해 재인식하게 된다. 셋째, 이러한 과정을 경과하여 형성된 새로운 장르는 단순히 전통 서사 장르의 모방이 아니라 근대소설 장르와의 변형과 조합의 과정을 거쳐 형성된다. 즉, 이태준에 의해 수용된 조선 전통 서사 장르는 과거의 그것이 아니라 근대소설 장르의 미학적 특성과 결합되어 새로운 소설 장르의 형성으로 나아간다는 것이다.

이와 관련하여 그가 주목하는 조선 전통 서사 장르의 특성을 고찰할 필요가 있다. 이태준이 주로 수용하는 조선 전통 서사 장르는 '전(傳)'

양식이다. 전 양식은 전통적인 한문학 장르 중에서 특히 18세기를 전후로 활발히 창작되어 근대소설적인 성격을 보여주기도 하는 장르이다. 특히 당대 이미 김태준은 『조선소설사』에서 '전' 양식이 근대소설의 맹아로 기능함을 논증한 바 있으며, 『문장』지 역시 당시 존재하던 『춘향전』의 전 판본을 비교해서 주해하는 기획을 시도한다. 이러한 사실은 이태준이 직접적으로 『춘향전』 등으로 대표되는 '전' 양식을 수용했을 개연성을 방증한다.

이러한 전 장르의 특성이 중요한 것은 다른 전통 서사 장르에 비해 전 양식이 근대소설에 차용되기에 적합하다는 점 때문이다. 전대의 전통 장르가 현재화되기 위해서는 그 장르적 특성이 현재의 기준에 적합한 미적 특질을 내재하고 있어야 한다. 이태준이 전통 장르 중 유독 전 양식의 차용에 깊은 관심을 기울였던 것은, 그의 전통 장르 인식이 과거에 대한 상고주의적 취향에 의한 것이 아니라 현재의 문제설정 속에서 재구성하려는 주체적인 의식에 의한 것임을 방증하는 것이기도 하다.

비단 이태준뿐만이 아니라 채만식, 박태원 등도 전 양식의 활발한 수용과 변용 양상을 보여준다. 채만식은 『배비장전』, 『심청전』, 『흥부전』 등의 수용과 변용을 실험했으며, 이러한 문학적 실천은 "그가 조선문학 전통을 재발견하고 있음을 의미함과 동시에 서양문학 유산이나 전통을 상대화하는 안목을 지니게 되었음을 의미"[15]하는 것으로 평가된다. 그는 많은 평문과 수필 등을 통해 조선 전통 서사 장르에 대한 재인식의 중요성을 주장한 바 있다.

---

15 방민호, 『채만식과 조선적 근대문학의 구상』, 소명출판, 2001, 170면.

끄트로 지금 내 處地에 잇서가지고 남에게 參考될 勸言을 한다는 것은 퍽 외람한 일이오마는 君이 古典을 硏究하는 데서부터 再出發하겟다는 것은 나도 찬성이라고 해두갯소

그 中에도 春香傳은 우리가 文學을 뜻하는 때에 반듯시 한 번은 속속드리 씹어 맛볼 無限한 價値가 잇다고 나는 생각하오

나도 前에 春香傳을 古本을 비롯해서 몇 種 어름어름 잘 읽으려하는데 君이 수집해서 다보고난 끄치면 내게드 좀 보내주면 조켓소

英國의 쉑스피어의 여러 作品 日本의 源氏物語와 아울러 春香傳도 그것들에 겨눌만한 貴重한 古典이오

이 말은 決코 頑固스러운 어느 한편 사람들처럼 窮餘에 들고 나서서 자랑을 하엿다는 그런 수작이 아니라 참되게 評價해서 하는 말이오

아마 春香傳 하나만 잘 硏究하재도 한 사람의 文學者의 筆生의 事業으로는 넉넉할 줄 아오

이것은 朝鮮의 젊은 英文學徒들이 圖書館에 드러 백혀서 엘리사베스王朝의 文學을 硏究하느라고 몬지를 먹고잇는 이보다는 또한 훨신 有益할 줄 아오 누구 한 사람 春香傳의 眞價를 充分하게 우리에게 硏究해 보여준 사람은 업스면서 比較的 인연도 멀거니와 또 世界的으로 이미 그 硏究가 完成되어 잇는 쉑스피어에만 熱中이 되어잇는 젊은이가 더러 잇는 것을 보앗기에 하는 말이오[16]

가령 가차운 例를 들어 우리가 그다 두록 조아하고 사랑하고 하는 春香傳

---

16 채만식, 「소설 안 쓰는 변명 (4)」, 『조선일보』, 1936.5.29.

이 그대두록 春香傳인 所致는 物論 달리도 여러 가지로 잘된 點이 잇는 때문이기야 하지만 그러한 다른 여러 가지의 잘된 點과 아울러 진실로 春香傳은 春香傳 그 當時의 時代的인 社會的 現實을 如實히 反映하므로써 大文學의 大文學다운 條件을 充分히 가추엇다는 데예 一面의 決定的인 理由가 잇는 것이다.

　萬一 그러므로 春香傳이 한갓 李夢龍과 春香과의 戀愛나 그와 가티 달큰하고 제마다 人物들의 性格이나 그와 가티 살어잇고 全體의 構成이나 그와 가티 빈틈이 업고 말과 文章이나 그와 가티 능난하며 流麗하고 할 뿐이고서 充分히 地方長官 卞學道의 政事를 通하여 農民들의 氣質을 通하여 春香母며 방자며 御使며 等을 通하여 當時의 封建的이요 겸해시 朝鮮的인 獨自한 社會的 現實 이것을 背景삼지 안헛다고 한다면 決코 春香傳은 그대두록 크고 참다운 文學일 수는 업섯슬 것이며, 따라서 우리의 사랑을 그대두록 밧는 春香傳일 수도 업섯슬 것이다.[17]

　채만식은『춘향전』을 조선 전통 서사의 대표적인 사례로 제시하며 당대 소설 장르론에 대한 자신의 관점을 표명하고 있다. 특히 당시 조선문학이 영문학이나 일문학에 지나치게 경도되어 있음을 비판하며, 『춘향전』의 문학사적 가치를 주장했다는 점에 주목할 필요가 있다. 그가『춘향전』의 중요성을 강조하는 것은, 단순한 복고주의적 관점에서의 평가가 아니라, 이 작품이 당대 조선사회의 봉건적 성격을 구성과 문장의 층위에서 구현했다는 점 때문이다. 더욱 중요한 것은 채만식이 실제 창작의 영역에서『배비장전』,『심청전』,『흥부전』등 전통 서사

17　채만식, 「시대를 배경(背景)하는 문학 (1)」, 『매일신보』, 1941.1.5.

장르 작품의 패러디를 통해서 전통 장르의 현재화를 기획했다는 점이다. 그리고 이 책의 주제와 관련하여 그가 유독 '전' 장르의 작품에 주목했다는 점 역시 흥미로운 사실이다.

반면 박태원의 경우 이태준이나 채만식 등 다른 작가에 비해 전통 장르의 수용에 대한 연구가 절대적으로 부족한 것이 사실이다. 그러나 그가 다수의 수필과 평문을 통해 문학적 정체성의 형성과정에서 조선 및 동양 고전의 영향을 받았음을 언급하고 있는 점이나, 실제 1930년대 후반기 이후 『지나소설집』, 『수호지』 등 동양 고전의 번역(안) 작업에 치중한다는 점, 나아가 해방 이후 「고부민란」, 「이충무공행록」 등 '사담(史譚)' 장르의 작품을 다수 발표한다는 점 등을 고려할 때 그가 조선 및 동양 전통 서사 장르의 영향을 받았다는 사실을 쉽게 추정할 수 있다. 특히 그가 문학수업 과정에서 백화 양건식의 영향을 받았다는 점은 주목을 요한다.

> 春香傳, 深靑傳類의 舊小說을 耽讀하기는 就學 以前이거니와, 정말 文學書類와 親하기는 '附屬普通學校' 三四學트 때이었던가 싶다. 내가 산 最初의 文學書籍이 新潮社版『叛逆者の母』, 둘째 것이 亦是 같은 社版의『モオパツサソ選集』이었다고 記憶한다.
>
> 나의 叔父와 梁白樺先生과는 잘 아시는 사이엿다. 梁先生은 이 文學少年(?)에 興味를 느끼시고, 때때로 命하여 글을 짓게 하시었다. 나는 또 나대로 알거나 모르거나 '톨스토이', '트르게네프', '쉐익스피어', '빠이론', '께에테', '하이네', '유우고오' …… 하고, 小說이고, 誌고, 함부로 求하여 함부루 읽었다.[18]

위의 인용문에서 주목되는 것은 두 가지이다. 첫째, 박태원의 문학수업 과정에서 백화 양건식이 큰 영향을 미쳤다는 점이다. 주지하다시피 백화 양건식은 근대문학 형성기에 중국을 비롯한 동양 전통 서사 연구에 큰 기여를 한 인물이다.[19] 1930년대 후반기 이후 박태원이 진행하는 중국 전통 서사의 번역 및 번안, 이후 사담 장르 등을 비롯한 역사서술로의 전환 등은 이러한 문학적 배경 속에서 가능했던 것으로 추정된다.

둘째, 그가 어렸을 적부터 『춘향전』, 『심청전』을 비롯한 조선 전통 서사 장르의 작품을 탐독했다는 점이다.[20] 이는 그가 전통 서사 장르 중에서도 '전' 장르에 익숙했을 개연성을 방증한다. 특히 그가 일제 말기 『수호전』을 번역한다는 점, 해방 이후 '전' 장르에 가까운 『약산과 의열단』, 『이충무공행록』 등의 역사서술을 수행한다는 점에서도 이러한 사실은 확인된다.

보다 구체적으로 그의 작품 「최노인전 초록」은 제목에서 '전'이라는 장르표지를 사용하고 있다는 점에서 주목된다. 이 작품은 본래 「낙조」라는 제목으로 『매일신보』에 1933년 12월 8일부터 12월 29일까지 연재되었던 것이다. 그런데 박태원은 조선 및 동양 전통 서사 장르에 대한 재인식이 강하게 대두하던 1930년대 후반기, 동일한 모티프와 스토리를 지닌 작품을 『문장』지 1939년 7월호에 「최노인전 초록」이라는 제목으로 개작하여 발표한다. 이는 1930년대 후반기 전 장르에 대한 재인

---

18 박태원, 「춘향전 탐독은 이미 취학이전(就學以前)」, 『문장』, 1940. 2, 4면.

19 박용식·고재석, 「양건식 문학연구」, 『민족문화연구』 24, 1991; 이주미, 「백화 양건식 소설과 동양주의」, 『우리어문연구』 32, 2008 등을 참조.

20 박태원의 전통 서사 작품에 대한 탐독은 그의 문학적 자전으로서의 성격을 지니는 「순정을 짓밟은 춘자」(『조광』, 1937. 10)에서도 확인된다.

식이 비단 이태준이나 채만식뿐 아니라, 박태원까지를 포괄한 여타의 주요 작가들에게도 공시적으로 문제적이었던 문학사적 현상임을 단적으로 보여준다. 이러한 당대 장르 변화의 배경을 고려할 때, 1930년대 후반기 자전적 소설의 급증을 해명하기 위해서는 '전' 장르와의 연관성을 추적하는 것이 필요하다.

이태준은 「달밤」, 「손거부」, 「장마」, 「패강랭」, 「토끼 이야기」, 「사냥」, 「석양」, 「무연」 등의 작품을 통해 자신의 신변을 형상화하는 자전적 경향을 강하게 드러낸다. 이들 작품은 서사학적으로 볼 때 작가와 서술자 간의 유사성이 강하게 드러나며, 초점화 양상 역시 서술자 = 초점화자의 특징을 보인다는 점에서 자전적 소설로 분류할 수 있다.

그런데 주목되는 점은 그가 『문장』지를 통해 전통 서사 장르를 수용하기 이전 시기의 자전적 소설과 이후의 소설이 서술적으로 구분된다는 사실이다. 그의 자전적 소설은 『문장』지 주재시기를 기준으로 서술 차원(narrative level)과 스토리와의 관계 및 서술자의 위치 변화를 강하게 드러낸다.[21] 이와 같은 기준으로 이태준의 자전적 소설에 나타난 서술

---

21 쥬네트는 서술 차원을 서술 행위가 놓여진 차원과 서사에서 이야기되는 차원으로 나누어, 전자를 '겉 이야기(extradiegetic)', 후자를 '속 이야기(intradiegetic)'로 구분한다. 겉 이야기는 서술하는 '행위'를 지칭하는 반면, 속 이야기는 서술되는 이야기 자체를 지칭한다. G. Genette, 권택영 역, 『서사담론』, 교보문고, 1992, 217~221면. 그는 나아가 서술자와 스토리와의 관계를 분석하면서, 서술자가 자신이 이야기하는 스토리 속에 없는 경우와 스토리 속에 하나의 등장인물로 존재하는 경우로 나누어, 전자를 '이종 이야기(heterodiegetic)', 후자를 '동종 이야기(homodiegetic)'로 구분한다. 이를 종합하여 쥬네트는 서술자의 위치를 다음과 같은 네 가지로 유형화 한다. ① 겉 이야기이며 이종 이야기 패러다임, ② 겉 이야기이며 동종 이야기 패러다임, ③ 속 이야기이며 이종 이야기 패러다임, ④ 속 이야기이며 동종 이야기 패러다임. ①은 본인이 스토리에 나타나지 않는 이야기를 하는 겉 구조의 서술자, ②는 자기 자신의 이야기를 하는 겉 구조의 서술자, ③은 본인이 전혀 나타나지 않는 스토리를 이야기하는 속 구조의 서술자, ④ 자신의 이야기

〈표 1〉 이태준의 자전적 소설에 나타난 서술자 위치의 변화

작품	발표지	발표일	서술차원	스토리와의 관계
달밤	중앙	1933.11	겉 이야기	이종 이야기
손거부	신동아	1935.11	겉 이야기	이종 이야기
장마	조광	1936.10	겉 이야기	동종 이야기
패강랭	삼천리문학	1938.1	속 이야기	동종 이야기
토끼 이야기	문장	1941.2	속 이야기	동종 이야기
사냥	춘추	1942.2	속 이야기	동종 이야기
석양	국민문학	1942.2	속 이야기	동종 이야기
무연	춘추	1942.7	속 이야기	동종 이야기

자 위치의 변화를 정리하면 〈표 1〉과 같다.

초기의 자전적 소설이 스토리 외부에서 서술하는 행위 자체에 초점을 맞추는 서술 기법을 사용하는 반면, 1930년대 후반기 이후의 자전적 소설은 스토리 내부에서 자신의 이야기를 서술하는 특징을 드러낸다. 이는 초기 자전적 소설이 소설을 쓰는 자아를 작품에 기입하는 행위 자체를 주된 작가 의식으로 삼고 있음을 의미한다. 즉, 이태준의 초기 자전적 소설은 서술 주체로서의 자기 정체성에 대한 탐색에 초점을 맞추고 있다. 이런 점에서 이 시기 그의 사소설은 일본 사소설의 문법의 영향 속에서 형성된 것으로 볼 수 있다. 일본 사소설이 메이지시대 작가의 '자아'를 형상화하는 것에 초점을 맞춘 것임은 주지하는 바와 같다. 이른바 글쓰기에서의 자기 반영성이 이 시기 이태준의 자전적 소설의 주된 특징인 것도 같은 맥락에서 해명될 수 있다.

반면 1930년대 후반기 이후의 자전적 소설은 서술 행위 자체보다는, 자신의 실제 이야기 자체를 형상화하는데 초점을 맞추고 있다는 점에

를 하는 속 구조의 서술자로 볼 수 있다. 같은 책, 81~82면.

서 구분된다. 이러한 변화는 이 시기 이태준의 자전적 소설이 실제 자신의 내면을 표출하기 위해 사용되었다는 점을 단적으로 보여준다. 특히 전 시기의 자전적 소설이 서술 차원에서의 자전성이 부각되며 스토리 차원에서의 자전성이 거의 부재한 것에 반해, 이 시기 자전적 소설에서는 스토리 차원에서의 자전성이 매우 강하게 나타난다는 점이 주목된다.

이로 인해 초기 자전적 소설의 서술자는 사건을 관찰하고 중개하는 역할에 주로 초점을 맞추며, 서술자가 스토리 안에서 사건을 주동하는 경우는 극히 드물게 나타난다. 「달밤」의 경우 소설의 스토리는 황수건의 행동에 초점이 맞추어져 있을 뿐, 서술자인 '나'는 이를 관찰하는 역할에 멈추고 있다. 「손거부」의 경우이도 소설의 스토리는 손서방의 행동에 초점이 맞추어져 있을 뿐, 서술자인 '나'는 이를 관찰하고 중개하는 역할에 그친다. 이는 다음과 같은 부분에서 방증된다.

① 그는 길은 보지도 않고 달만 쳐다보며 노래는 그 이상은 외우지도 못하는 듯 첫 줄만 되푸리하면서 전에는 본 적이 없엇는데 담배를 다 퍽퍽 빨면서 지나갓다.

달밤은 그에게도 유감한 듯하엿다.[22]

② 손서방은 성북동에서는 꽤 인끼 있는 사람이다. 무슨 일이 버러지거나, 혼인이거나 초상이거나 집터 닦는 데거나 우물 파는 데거나 하다못해

뉘집 아이가 너머저 다처 갖이고 떠들썩 하는 데라도, 손서방이 아니 나서는 데는 별로 없다. 일정한 직업도 없지만 천성이 터벌터벌 하여서 남의 말 참예하기를 좋아하고 아모한테나 허튼소리를 잘 걸다가 때로는, 당치 않은 귀설도 듣는 수가 더러 있지만 아모턴지 떠들석하는 자리에는 누구보다도 잘 올리는 사람이 손서방이다. 그래 자기도 어디서 문소리 한 번만 크게 들려와도 이내 그리로 달려가는 버릇이거니와 저쪽에서들도 혼상간에 마당이 좀 왁자—해저야 될 일이 버러진 집에서는 으레 손서방을 찾아다니며 대려간다.[23]

①은 「달밤」의 결말부이다. 서술자인 '나'는 스토리상의 중심인물인 '그', 즉 황수건의 행동에 대해 평가하거나, 혹은 이에 개입하면서 사건을 전개하기보다는, 관찰하고 중개하는 역할에 멈추고 있다. 여기서 서술자 '나'는 1인칭 서술자의 형식을 취하고 있지만, 스토리상의 사건에 개입하지 않은 채로 등장인물인 '그'의 행동을 서술할 뿐이다. ②는 「손거부」의 도입부이다. 서술자인 '나'는 스토리상의 중심인물인 '손서방'의 성격을 요약적으로 제시하는 역할을 하고 있다. 여기서도 '나'는 스토리에 개입하거나 손서방과 충돌하면서 새로운 사건을 전개시키지는 않은 채, 관찰자의 시선을 작품의 마지막까지 유지한다.

주목할 것은 이들 작품이 모두 서술자를 1인칭 '나'로 설정하고 있다는 점이다. 즉, 1인칭 '나'는 스토리상의 중심인물이 아닌데도 불구하고, 자신이 보고 들은 이야기를 전달하는 서술적 역할을 하고 있는 셈

---

23 이태준, 「손거부(孫巨富)」, 『이태준단편집』, 학예사, 1941, 91면.

이다. 이들 작품은 모두 서술자가 이태준 자신과 유사한 인물로 설정되고 있으며, 작품 내에서도 서술자가 1인칭 '나'로 설정되고 있다는 점에서 자전적 소설로 볼 수 있다. 그럼에도 초기 이태준의 자전적 소설에서는 자아의 투명한 고백이라는 일반적인 자전적 소설의 문법이 특별히 강하게 나타나지 않는다. 이는 초기 그의 자전적 소설이 자신의 신변을 둘러싼 주위 환경에 대한 관찰과 묘사 이상의 의미를 획득하지 못하는 결과로 나타난다. 실제 이들 작품에서 두드러지는 성과는 탁월한 인물 묘사와 단편적 완성도의 측면이지, 특별히 문제적인 작가의 내면을 표출한 작품으로는 보기 어렵다. 이는 이태준 초기 자전적 소설에 대한 긍정적인 평가 대부분이 그의 묘사의 성취에 집중되고 있다는 점에서도 방증된다.

더불어 이러한 서술적 특성은 결국 외부 세계에 대한 관찰자적 시각만이 부각되면서 투명한 자아의 고백이라는 일본적 사소설의 특성이나, 공동체에 대한 회개의 고백과 새로운 자아의 모색이라는 서구 자서전의 특성과 같은 독특한 문학적 성격을 낳는 것으로까지 이어지지 못하고 있다. 특히 1인칭 '나'의 초점화자의 등장은 작가 자신의 자전적 체험에 대한 독창적인 해석으로 이어지지 못하면서, 결과적으로 작품의 관조적 성격만을 강화하는 장치로서 작동할 따름이다. 즉, 사건을 관찰하는 1인칭 '나'와 스토리상의 중심인물 간의 갈등이나 연대를 통한 새로운 사건의 전개가 부재한 상황이 지속되면서 굳이 자전적 소설의 문법을 사용할 이유 자체가 부재한 상황이 벌어지는 것이다.

반면 『문장』지를 통한 전통 서사 양식의 수용 이후, 이태준의 자전적 소설은 서술적 측면에서 상당한 큰 변화를 드러낸다. 우선 그 전 시기, 주로 사건을 관찰하는데 집중되어 있던 서술자는 1930년대 후반기 이후 주요 등장인물이 직접 스토리 안에서 자신의 이야기를 서술하는 특성을 강하게 보인다. 슈탄젤은 소설 서술의 유형원을 ① 인물시각적 서술상황(Die personable Erzählsituation), ② 1인칭 서술상황(Die Ich-Erzählsituation), ③ 주석적 서술상황(Die auktoriale Erzählsituation)으로 유형화 한 바 있다.[24] 이러한 관점에서 이태준의 자전적 소설을 분석할 경우 두드러지는 변화는, 초기 자전적 소설이 자전적 소설임에도 서술자가 스토리에 대한 관찰자의 역할을 수행하는 인물시각적 서술상황이 주로 사용되는데 반해, 후기 자전적 소설은 서술자와 작중인물 간의 존재론적 관계가 두드러지는 1인칭 서술상황이 주로 사용된다는 점이다. 그 결과 이태준의 후기 자전적 소설은 서술자의 내면을 직접적으로 표출하는 것에 서술 상황이 집중되는 양상을 보인다. 이는 「패강랭」, 「토끼 이야기」, 「사냥」, 「석양」, 「무연」 등의 작품에서 공통적으로 나타난다.

「패강랭」의 경우 '평양'을 배경으로 당시 이른바 '신체제'의 대두에 대한 이태준 자신의 심경을 탁월하게 형상화하는 성과를 낳고 있다. 이 작품의 경우 서술자인 '현'이 스토리상의 중심인물로 설정되며, 여기서 '김'으로 대표되는 당시 체제협력적 지식인들의 시대인식과의 갈등이 부각된다. 그 결과 1930년대 후반기 이태준의 내면이 효과적으로 표출되는 서사적 효과를 낳고 있다.

「토끼 이야기」의 경우에도 이와 유사한 서술적 특징을 보인다. 이 작품은 서술자 '현'의 발화를 통해 당시 신체제에 대한 이태준의 비판

---

[24] 슈탄젤의 세 가지 서술상황에 대한 자세한 논의는 F.K. Stanzel, 안삼환 역, 『소설형식의 기본 유형』, 탐구당, 1982, 2장을 참조.

적 인식을 단적으로 표출하는 성과를 낳고 있다. 이는 "'명랑하라' '건실하라' 시대는 확성기로 웨친다. 현은 얼떨떨하여 정신을 수습할 수 없는데다, 며칠 저녁 채 술이 취해 돌아왔던 것이다"[25]라는 진술에서 단적으로 드러난다.

특히 『문장』지의 폐간과 태평양 전쟁의 발발 이후 이태준은 「영월영감」이나 「패강랭」 등에서 나타나는 현실비판적 의식을 전통 인식을 통해 표출할 수 없었다. 이 시기 이태준의 전통 인식은 「무연」, 「석양」 등의 작품에서 나타난다. 그런데 홍기로운 것은 이들 작품이 공통적으로 현재의 시간을 상대화 시키는 매개로 전통 담론을 차용하고 있다는 점이다.

> 이 초당 주인께서 지금껏 현세해 계시다면 오늘의 쇠치망과 선비소에 심경이 어떠실 것인가?
>
> 잘 사시다 잘 가시었다!
>
> 자연도 주인과 함께 오고 주인과 함께 가는 것인지 몰라!
>
> 기거무시의 생활부터 없으며 이제는 전설일밖에 없는 그런 청복을 시정에서 파는 속취 분분한 물감 칠한 낚싯대로 더불어 낚으러 다닌다는 것은 그 생각부터가 한낱 부질 없은 꿈이런가![26]

표식이 선 좁은 길은 어둡도록 소나무에 덮여있었다. 천천히 걸어 땀이

25　이태준, 「토끼이야기」, 『문장』, 1941.2, 454면.

26　이태준, 「무연(無緣)」, 『돌다리』, 박문서관, 1943, 21면. 이 부분은 『춘추』 연재본(1942.7)에는 존재하지 않는 부분으로, 단편집 『돌다리』에 묶으면서 이태준이 가필한 부분이다.

들만해서다. 소나무들이 좌우로 물러서며 안윽한 공지가 틔이는데 봉분이
라기보다 기름기름한 잔듸의 산이 부드런 모필로 그은 듯한 곡선으로 허공
을 향해 봉긋봉긋 올려솟는 것이다. 신라의 시조 박혁거세(朴赫居世)를 비
롯해 다섯 능이 한자리에 모혀 있음이였다. 바라볼수록 그야말로 초현실적
(超現實的)인 기이한 풍경이다.[27]

　　모두 1942년 이후 창작된 이들 작품에서 전통의 표상은 곧 현재와는
단절된 시공간을 형성하는 매개로 작동하고 있다. 위의 인용문에 나타
나듯 여기서의 전통은 "초현실적인" 시공간으로 기능한다. 이 점은 이
시기『문장』지의 폐간과 태평양 전쟁의 발발 등으로 대변되는 파시즘의
압박으로부터 이태준이 도피하고자 하는 강한 욕망을 전통에 투사한 것
으로 볼 수 있다. 이른바 중일전쟁기(1937~1941)까지의 시기가 제국의 혁
신좌파 진영을 중심으로 일정한 전시변혁의 기획이 가능했던 시기이며,
이로 인해 조선에서도 제국 이데올로기의 적극적인 전유와 폐기의 전략
이 가능했던 시기인데 반해, 1942년 이후의 시기는 최소한의 제국 이데
올로기에 대한 탈식민적 전략의 사용이 불가능한 시기였다.[28] 이러한
시대적 상황 속에서 이태준은「영월영감」이나「패강랭」등의 우회적인
현실비판의 매개로서 전통 표상을 더 이상 형상화 할 수 없었다. 그가
「석양」,「무연」등의 작품에서 보여주는 전통 표상은 일상을 규율하는
파시즘 체제로부터의 강한 탈주의 욕망이다. 그리고 이것이 가능했던

27　이태준,「석양」,『국민문학』, 1942. 2, 81~82면.
28　이에 대한 자세한 논의는 이승엽,「조선인 내선일체론자의 전향과 동화의 논리」, 윤대석
　　외편,『근대를 다시 읽는다』 1, 역사비평사, 2006; 홍종욱,「중일전쟁기 사회주의자들의
　　전향과 그 논리」, 서울대 국사학과 석사논문, 2000등을 참조.

것은 이 시기 그가 형상화하는 전통이 일종의 추상적 무시간성의 세계
의 형식을 지니기 때문이며, 이러한 비현실적 공간의 창출이 파시즘으
로부터 자유로운 내면의 표출을 가능하게 했기 때문이다.

　주목되는 것은 1930년대 후반기 이후의 이태준의 자전적 소설이 분
명 이태준 자신의 이야기를 서술하고 있음에도 불구하고, 굳이 서술자
를 1인칭 '나'가 아닌, '현'이나 '매헌' 등의 3인칭으로 설정하고 있다는
점이다. 이러한 서술적 특성은 일반적인 자전적 소설의 규범과는 다소
거리가 있는 설정이다. 자신의 이야기를 마치 다른 인물의 이야기인
것처럼 서술하고 있기 때문이다. 이러한 서술적 특성을 정리하면 다음
과 같다.

〈표 2〉 이태준의 자전적 소설의 서술자 변화

작품	발표지	발표일	서술자
달밤	중앙	1933.11	'나'
손거부	신동아	1935.11	'나'
장마	조광	1936.10	'나'
패강랭	삼천리문학	1938.1	'현'
토끼 이야기	문장	1941.2	'현'
사냥	춘추	1942.2	'한'
석양	국민문학	1942.2	'매헌'
무연	춘추	1942.7	'나'

　초기 이태준의 자전적 소설은 주로 작가 = 서술자 = '나'의 도식을 사
용하는 반면, 1930년대 후반 이후에는 작가와 서술자의 유사성은 유지
되지만, 1인칭 '나'대신 3인칭의 서술자를 설정하는 변화를 보인다. 그
리고 이러한 변화가 이태준이 『문장』지를 통해 전통 서사 양식을 수용
한 과정과 동일한 시기의 것이라는 점에 주목할 필요가 있다.

앞서 살펴본 것처럼 『문장』지에서 주로 재발견된 전통 서사 장르는 '전'이었다. 그런데 전통적인 고전 장르에서 자전적 허구는 바로 이 '전' 장르로 나타난다. 그런데 이중 특히 한국에서 두드러지는 장르는 자신의 이야기를 다른 인물의 이야기인 것처럼 서술하는 '탁전(託傳)' 장르이다. 박희병은 한국 고전문학에서 유독 탁전 장르가 성행한 것에 대해 다음과 같은 주석을 붙인다.

> 왜 이들 작가는 자기 이야기를 하면서 굳이 남의 이야기를 하듯 3인칭을 쓴 걸까? 이는 유교의 문화적 관행 혹은 유교의 글쓰기 관습과 관련이 있는 바, 유교의 문화적 관행에서는 자전적 글쓰기가 잘 허용되지 않았던 데 기인한다. (…중략…) 전이란 제 3자가 써야 하며, 그래야 객관성과 공정성이 담보된다고 생각했음으로써다. 바로 이런 이유에서 자전을 쓰면서도 마치 제3자의 이야기를 쓰는 것처럼 쓸 수밖에 없었던 것이다. '자전적 탁전'이 보여주는 이런 면모는 스스로에 대한 평가는 후인이 해야지 자기가 해서는 안 된다는 유교적 의식을 반영하고 있다고 판단된다. 말하자면 유교적 자아관이 작용하고 있는 셈이다.[29]

이태준의 자전적 소설이 전통적인 전통 서사 장르의 수용 이후 변화하는 것은 이와 같은 조선 전통 서사에서의 자전적 소설 장르의 특징 때문인 것으로 볼 수 있다. 초기의 자전적 소설이 단순한 신변의 기록에 그친 반면, 1930년대 후반기 자전적 소설은 '탁전' 장르의 서술 기법

---

29 박희병, 『유교와 한국문학의 장르』, 돌베개, 2008, 55면.

을 수용함으로써 새로운 소설 장르로 형성된다. 주지하듯 1930년대 후반기 많은 작가들이 신변소설, 사소설, 심경소설 등의 표제를 통해 자신의 자전적 체험을 소설화했다. 그런데 다른 작가들의 자전적 소설과 이태준의 작품이 결정적으로 구분되는 것은, 그의 자전적 소설이 자신의 이야기를 제3의 시점을 통해 형상화하고 있다는 점이다. 일반적인 자전적 소설은 작가 = 서술자 = 주인공의 도식을 통해 작가 체험의 직접적인 기록이라는 투명성을 강조하는 경향을 지닌다. 이는 일본 사소설의 영향을 통해 형성된 기법으로 볼 수 있는바 작가의 투명한 자아의 폭로라는 문제의식이 서술 기법의 측면에서 표출된 것이다.

그런데 이태준의 자전적 소설은 자신의 이야기를 '현'이나 '매헌' 등 다른 인물의 시점을 통해 서술함으로써 일본 사소설의 문법과는 다른 효과를 낳는다. 즉, 자신의 이야기에 대한 "객관성과 공정성"을 담보하는 것을 목적으로 하는 독특한 장르적 성격을 이 시기 자전적 소설에 기법적으로 투영시키는 것이다. 앞서 언급한 것처럼 일본 사소설이 메이지시대 근대적 '자아'의 형성을 배경으로 한다면, 이태준은 이와는 다른 문제의식을 '탁전' 장르의 수용을 통해 표출하려 한 것이다. 이로 인해 "이태준의 새로운 '사소설'은 작가 자신과 주인공의 일치라는 일본식 사소설의 독법을 차용하면서도 이러한 개념으로 설명될 수 없는 새로운 유형의 '사소설'을 통해서 시대적 현실에 맞서고자 하는, 또는 그러한 현실에서 벗어나고자 하는 작가 자신의 사상적 태도를 담아내고자 했던 것"[30]이라는 평가가 가능해진다.

---

30 방민호, 『일제 말기 한국문학의 담론과 텍스트』, 예옥, 2011, 151면.

이러한 상황 속에서 이태준이 '탁전' 장르를 통해 자신의 이야기를 다른 이, 혹은 후대에 의해 평가받고자 했다는 점은 큰 의의를 지닌다. 1930년대 후반기는 기존의 자명한 가치체계였던 서구적 근대에 대한 광범위한 회의와 성찰이 진행되었고, 제국은 특히 자신의 새로운 가치체계에 대한 승인을 작가들에게 점차 폭력적으로 강요하기 시작한 시기였다. 그 결과 많은 문인들이 대동아공영론과 신체제론에 대한 '승인'의 내적 논리를 표출하기 위한 소설적 구성 원리로서 자전적 소설 장르의 문법을 사용했다. 예컨대 이광수의 「육장기」(『문장』, 1939.9), 「군인이 될 수 있다(兵になれる)」(『新太陽』, 1943.11), 「파리(蠅)」(『半島作家短篇集』, 1944.5), 정인택의 「청량리 교외」(『國民文學』, 1943.11), 이석훈의 「고요한 폭풍」(『國民文學』, 1941.12), 최재서의 「부싯돌(燧石)」(『國民文學』, 1944.1) 등의 작품은 모두 자전적 소설 문법을 사용하고 있다. 이는 당시 체제협력에 나선 자신의 내면을 토로함으로써, 그 진실성을 확인받는 효과를 낳는다. 이광수의 「군인이 될 수 있다」는 이러한 자전적 소설의 특성을 활용하여 일제 말기 징집을 정당화하는 효과를 낳고 있는 대표적인 작품이다.

봉일이 죽던 날 아침이었다. 유치원의 오구라(小倉)라는 선생이 봉일을 문병하러 왔다. 봉일이 며칠 동안 출석하지 않았으므로 아이들에게 물어보다 아프다는 것을 알았다고 한다. 그러나 그때 봉일은 혼수상태였다.

"얘, 봉일아, 오구라 선생님이 오셨다. 오구라 선생님이."

하고 나는 오구라 선생님에 대한 예의상 봉일의 귀에 입을 대고 불러보았을 뿐, 물론 대답을 기대하지는 않았다. 그런데 신기하게도 봉일은 번쩍 눈을 떴다.

"봉일 상, 나예요. 오구라 선생이어요."

하고 오구라 선생은 봉일의 병상 곁으로 달려갔다. 봉일의 얼굴 근육이 경련하듯이 움직이는가 싶더니,

"선생님. 조선인은 군인이 될 수 없습니까?"

봉일은 떨리지만 확실히 들리는 목소리로 말했다. 그 말은 실로 비통했다.

오구라 선생은 봉일의 말을 듣자, 얼굴이 흙빛으로 변해 정신이 빠진 사람처럼 앞으로 고꾸라졌다.

오구라 선생은 가까스로 정신을 가다듬고,

"봉일 상, 미안해. 지금은, 지금은 그렇다고밖에 할 수 없어요. 봉일이가 어른이 되었을 때는 조선인도 모두 군인이 될 수 있을지 몰라. 봉일 상, 김 상."**31**

이 작품은 이광수의 아들인 봉일의 죽음을 소재로 택하고 있다. 서술상으로도 작가＝서술자가 완전히 일치하는 구성을 취하고 있는 전형적인 자전적 소설로 볼 수 있다. 이러한 서술 원리를 통해, 이광수는 자신의 아들인 봉일의 죽음이라는 사건의 비극성을 강조하는데 성공하고 있다. 문제는 봉일의 마지막 소원을 '군인이 되는 것'으로 설정함으로써 독자로 하여금 당시 강제 징병을 감상적으로 호소하는 것에 작품의 주제가 모아진다는 점이다. 즉, 아들을 잃은 작가 자신의 체험의 진실성에 기대어, 당시 강제 징병을 정당화하는 서사 구성 원리로 자전적 소설의 문법이 활용되고 있는 셈이다.

이는 전향한 체제협력적 지식인의 내면을 토로하고 있는 이석훈의

---

31 이광수, 「군인이 될 수 있다」, 『신태양』, 1943.11(이경훈 편역, 『한국 근대 일본어 소설선 (1940~1944)』, 역락, 2007, 270~271면에서 재인용).

「고요한 폭풍」연작이나, 경성제대 교수로서 학생들의 강제 징병을 수행하는 자신을 정당화하고 있는 최재서의 「부싯돌」 등에서도 공통적으로 나타나는 특성이다. 즉, 당시 자전적 소설은 작가 = 서술자의 신빙성을 강화하여 자신의 체제협력의 진실성을 표출하고, 나아가 독자로 하여금 체제협력의 정당성을 호소하는 작품 구성 원리로 빈번히 활용되었다.

그런데 이와 같은 체제협력적인 작가의 내면을 토로하기 위한 자전적 소설과는 달리, 이태준은 철저하게 작가와 서술자 간의 거리를 확보하고, 이를 통해 자신의 삶을 객관화시켜 후대에 의해 평가받겠다는 구성 원리를 사용하고 있는 셈이다. 이는 그가 과거에 지향했던 근대적 기획이 붕괴되며 이를 대체하기 위한 새로운 기획으로서의 대동아공영론과 신체제론이 대두하던 시기, 섣불리 이를 수용하여 자신의 체제협력적 변모를 투영하는 것이 아니라 오히려 제국 이데올로기로부터 거리를 두고 이를 우회하려는 작가의식의 표출로 해석될 수 있다. 특히 이태준의 독특한 자전적 소설 장르의 모색이 주목되는 것은, 급격한 체제 협력의 대두 속에서 자신의 삶을 당대가 아닌 후대의 객관화된 시각에서 평가받겠다는 의식적인 노력이 전통 서사에 대한 적극적인 재해석과 이에 기반을 둔 새로운 소설 장르적 모색을 통해 구현된 사례로 평가될 수 있기 때문이다.

2) 동양 고전 텍스트 삽입을 통한 상호텍스트성의 발현

일본의 사소설은 투명한 자아의 폭로라는 문제의식을 형상화하기 위해 강한 사실 지향성을 보이며, 서구의 자전적 소설 역시 공동체에 대한 고백과 자아의 성찰이라는 문제의식을 형상화하기 위해 허구성을 최소화하는 경향을 보인다. 물론 이 과정에서 허구적 요소가 삽입되기 마련이지만, 적어도 이를 '사실'로 만들기 위한 서술적 장치가 사용되는 것이 일반적인 자전적 소설의 문법이다. 반면 1930년대 후반기 일련의 자전적 소설의 경우, 명백히 자신의 체험에 근거한 자전적 이야기의 소설화 과정에서 굳이 알레고리적 방식을 사용하는 특징을 보여준다. 이는 주로 작품 내에 한시를 비롯한 동양 고전 텍스트를 삽입하는 방식으로 진행된다. 이러한 자전적 소설 내의 동양 고전 텍스트의 삽입 양상은 이태준, 채만식, 박태원, 유진오 등에게서 공통적으로 나타나는 현상이라는 점에서 주목된다.

구체적으로 이태준과 채만식의 경우 작품 내에 한시가 삽입되는 경우가 발견되며, 박태원의 경우 동양 그전 중 정전(canon)에 해당하는 작품이 삽입되거나 고전 서정 양식을 패러디하는 경우가 발견된다. 유진오 역시 작품 내에 동양 고전이 삽입되는 작품을 창작한다.

본래 동양에서 문학의 주류적인 양식은 서정 장르였다. 즉, "고아하고 정교하며 서정을 중시하는 문인문학과, 거칠고 맑으며 서사에 장점이 있는 민간문학이라는 두 가지 전통"[32]이 서로 교섭하며 전개된 것

이 중국을 비롯한 동양 문학의 흐름이었다. 그 결과 서사 장르에 서정 장르가 삽입되는 양상은 일종의 장르적 규범으로 작동했다. 지금 전승되는 전통 서사 작품 대부분에 서정 장르가 삽입되어 있는 것은 이러한 까닭에 연유한다.

그런데 1930년대 후반기 소설에 삽입된 고전 서정 작품이나 정전화된 '문(文)'은 단순히 장르적 규범에 그치지 않는다. 사실 이들 작품들 대부분은 스토리상으로는 신변의 체험이나 과거 회상을 기록한 소품에 지나지 않는다. 반면 삽입된 고전 작품들은 알레고리적 효과를 생성하며 작품의 숨겨진 의미를 암시하는 기능을 수행한다. 루 샤오펑에 의하면 동양 전통 서사에서의 알레고리 양식은 서구의 알레고리 양식과 비교할 때, 특히 "'사건'과 '원리'의 불가피한 차이"로 인한 "텍스트와 의미의 비일치를 인정함에도 불구하고, 텍스트의 내재적 의미와 유사하게 만들어내는 것"[33]으로 기능한다. 즉 구체적인 역사적 '사건'과 이를 관통한다고 인식된 유교적 세계관에 입각한 '원리'가 불일치할 경우 알레고리 양식이 대두하며, 이는 텍스트 표면의 진술이 아닌 '내재적 의미'를 표출하기 위한 장치로 기능한다는 것이다.

이러한 관점에서 접근한다면, 1930년대 후반기 소설에 삽입된 일련의 고전 텍스트들은 단순히 스토리의 전개나 기법적 완성도를 위해 사용된 것이 아니라, 텍스트 이면에 숨겨진 주제의식을 환기하기 위한 서사적 장치로 볼 수 있다. 특히 표현의 자유가 억압되기 시작하던 이 시기, 유독 고전 텍스트의 삽입이 두드러진다는 사실은 이러한 가설을

---

33 Lu Hsiao-peng, 조미원 외역, 『역사에서 허구로─중국의 서사학』, 길, 2001, 152면.

뒷받침한다.

앞서 언급한 것처럼 『문장』지를 주재하기 이전과 이후 이태준의 작품은 상당한 차이를 지닌다. 그런데 그러한 차이 중의 하나가 바로 한시의 빈번한 삽입이다. 『문장』지를 주재하기 시작한 1930년대 후반기 이후 이태준의 소설에는 단재를 비롯하여, 이의산, 한퇴지 등의 한시가 삽입되어 작품의 주제의식을 환기한다.

① 각하 — 안 — 산 — 진 수궁처 ····· 임흠정 — 가고옥 — 역난위를 ·····[34]

② 夕陽無限好

只是近黃昏[35]

③ 坐茂樹以終日濯淸泉以自潔採於山美可茹釣於水鮮可食起居無時惟適之安 ·····.[36]

①은 앞서 살펴본 「패강랭」에 삽입된 한시의 일부로서 단재의 「백두산도중(白頭山途中)」의 일부이며, ②는 「석양」에 삽입된 한시의 일부로서 이의산의 「등락유원(登樂遊原)」의 일부이다. ③ 역시 한유의 문장 「송이원귀반곡서(送李愿歸盤谷序)」의 일부이다. 그리고 이처럼 소설에 삽입된 한시나 고전산문은 작품의 이면에 놓인 주제의식을 환기한다.

---

34 이태준, 「패강랭」, 『삼천리문학』, 1938.1, 38면.
35 이태준, 「석양」, 『국민문학』, 1942.2, 94면.
36 이태준, 「무연」, 『춘추』, 1942.6, 145면.

「패강랭」은 스토리 자체만으로는 막연한 시대에 대한 울분의 정조만이 표현될 따름이다. 그런데 작품 중간에 단재의 한시를 삽입함으로써, 우회적인 방식으로 당시 제국주의의 파시즘화에 대한 비판적 인식을 표출하게 된다. 이는 「석양」에서도 유사한 방식으로 나타나는데, 이 작품 역시 스토리 자체만으로는 일종의 소품에 불과하다. 그러나 작품 중간에 이의산의 「등락유원」이 삽입되면서 작품 이면에 놓인 주제의식이 부각된다. 이는 특히 "그가 산 시대의 憲·穆·敬·文·武·宣宗등의 帝王들에 대한 분노와 조정의 부패, 그리고 환관들의 횡포를 나타내고자"[37] 했다는 점을 고려할 때 그 의미가 명확해진다. 「무연」에 삽입된 한유의 「송이원귀반곡서」 역시 작품의 전문을 확인할 경우 그 의미가 보다 분명히 드러난다.

太行之陽에 有盤谷하니 盤谷之間이 甘泉而土肥하여 草木이 叢茂하고 居民이 鮮少라 或曰 謂其還兩山之間이라 故曰盤이요 或曰 是谷也 宅幽而勢阻하여 隱者之所盤旋이라하니라 友人李愿이 居之러니 愿之言曰 人之稱大丈夫者를 我知之矣로라 利澤이 施于人하고 名聲이 昭于時하여 坐于廟朝하여 進退白官而佐天子出令하고 其在外則樹旗旄, 羅弓矢하여 武夫前呵하고 從者塞塗하며 供給之人이 各執其物하여 夾道而疾馳하며 喜有賞하고 怒有刑하며 才俊滿前하여 道古今而譽盛德하여 入耳而不煩하며 曲眉豊頰이 清聲而便體하고 秀外而惠中하여 飄輕裾하고 翳長袖하며 粉白黛綠者 列屋而閑居하여 妒寵而負恃하고 爭妍而取憐은 大丈夫之遇知於天子하여 用力於當世者之爲也니 吾非惡此

---

37 장남희, 「이의산 시의 용사 연구」, 『중국인문과학』, 1986.12, 30면.

而逃之라 是有命焉하여 不可幸而致也니라

　躬居而野處하고 升高而望遠하여 坐茂樹以終日하고 濯淸泉以自潔하여 採於山에 美可茹요 釣於水에 鮮可食이라 起居無時하여 惟適之安하니 與其譽於前으론 孰若無毁於其後며 與其樂於身으론 孰若無憂於其心이리오 車腹不維하고 刀鋸不加하며 理亂不知하고 黜陟不聞은 大丈夫 不遇於時者之所爲也니 我則行之호리라 伺候於公卿之門하고 奔走於形勢之途하여 足將進而趑趄하고 口將言而囁嚅하여 處穢汙而不羞하고 觸刑辟而誅戮하여 僥倖於萬一하여 老死而後止者는 其於爲人賢不肖 何如오

　昌黎韓愈 聞其言而壯之하여 與之酒而爲之歌하니 曰 盤之中이여 維子之宮이요 盤之土여 維子之稼로다 盤之泉이여 可濯可沿이요 盤之阻여 誰爭子所오 窈而深하니 廓其有容이요 繚而曲하니 如往而復이로다 嗟盤之樂兮여 樂且無央이로다 虎豹遠跡兮여 交龍遁藏이요 鬼神守護兮여 呵禁不祥이로다 飮且食兮여 壽而康하니 無不足兮여 奚所望고 膏吾車兮여 秣吾馬하야 從子于盤兮여 終吾生以徜徉호리라[38]

　위에 인용한 것은 한유의 「송이원귀반곡서」 전문이다. 이를 살펴보면 이 작품이 부정한 세상을 떠나 은둔한 이를 기리는 글임을 알 수 있다. 이태준은 이러한 주제를 담은 한유의 고문(古文)을 작품 안에 삽입하여 「무연」의 진정한 주제의식을 환기하고 있는 것이다. [39]

---

[38] 한유, 「송이원귀반곡서(送李愿歸盤谷序)」, 성백효 역주, 『고문진보』 後集, 전통문화연구회, 1994, 204~207면.

[39] 더불어 한유의 고문계승의식이 단순한 복고주의가 아니라는 점 역시 주의를 요한다. 이는 특히 이태준 자신의 전통의식의 실체를 확인하는데 중요한 단서가 될 수 있을 것으로 보인다. "'사문(斯文)', 즉 '우리 이 문화'의 시대적 담당자로서, 더 나아가 그 전통의 새로운 획득자로서 한유 자신이 보인 독립성과 자각성이다. 이는 이전 시기 '사문(斯文)'의 계

이상에서 살펴본 바와 같이 이태준은 한시와 고문의 삽입을 통하여 작품의 스토리 이면에 놓인 주제의식을 환기하고 있다. 이들 작품이 스토리상으로는 일종의 신변의 서술에 그치는 소품임을 고려할 때, 이들 삽입된 동양 고전의 의미를 온전히 확인함으로써 비로소 이들 작품의 숨겨진 의미가 밝혀질 수 있는 것이다.

채만식 역시 같은 시기 소설 안에 한시를 삽입하곤 하였다. 그의 단편 「회(懷)」는 주인공이 기차 안에서 자신의 소학교와 중학교 시절을 회상하는 소품의 형식을 지니고 있다. 그런데 작품 안에 넌지시 단재의 한시가 삽입되어, 스토리상에서는 드러나지 않는 주제의식을 환기하고 있다.

> 소위 겉늙었다구 하는걸지! ……. 저, 무엇이냐, 人生四十이 太支離한데 貧病相隨 不暫移라구 안했소? 머리를 두룰 곳 없는 생애거니 하자니깐, 자연 인생이 부지럽기만 하구, 지리한 생각만 들구! 그러니 생으로 겉늙은거 아니요?[40]

위의 인용문에 등장하는 "人生四十이 太支離한데 貧病相隨 不暫移"는 단재의 한시 「백두산도중」의 일부이다. 이 시의 전체를 제시하면 다음과 같다.

승과 참여의 주체였던 황제와 조정, 그리고 세족 가문에 대한 한 개인의 당당한 독립 선언이 아닐 수 없다. (…중략…) '사문(斯文)'에 대한 참여 주체의 이러한 탈세족화, 개인화는 '사문'의 전통을 계승하는 것이 형식의 보존이 아닌 내용의 획득, 즉 '담론'의 문제임을 인식하게 된 것과 밀접한 관련이 있다." 박지현, 「당대(唐代) 정치 문인의 등장과 소설적 글쓰기」, 『중국소설논총』, 2009.9, 113~114면.

40 채만식, 「회」, 『조광』, 1940.12, 259면.

人生四十太支離

貧病相隨暫不移

最恨水窮山盡處

任情歌曲亦難爲

위의 한시의 중심적인 주제의식을 담은 부분은 마지막 부분이다. 그런데 이 부분, 즉 "한스러워라, 물 다하고 산 다한 곳 / 내 마음대로 노래 부르기도 어렵구나"는 그 저항적 성격으로 인해 검열을 통과하기 어려운 점이 있다. 따라서 채만식은 저항적 성격이 전면에 드러나지 않은 앞부분, 즉 "인생 사십 년이 너구도 지리하여 / 가난과 병 잠시도 날 떠나지 않는구나"라는 부분만을 작품에 삽입하여 검열을 우회하고 있는 것이다. 그러나 위의 대화에 등장하는 "人生四十이 太支離한데 貧病相隨 不暫移"가 단재의 한시의 일부임을 인지하는 이들에게 이 부분은 단재의 비타협적 반제국주의 사상을 환기시키는 역할을 한다. 이와 같이 표면적으로는 과거에 대한 회상에 그치는 「회」는, 작품 안에 단재의 한시를 삽입함으로써 그 이면에 반제국주의적 주제의식을 담아내고 있는 셈이다.[41]

그의 작품 「순공(巡公) 있는 일요일」역시 과거 주인공의 서당 선생님

---

41 이태준과 채만식 작품에 공통적으로 단재의 한시가 삽입되어 있다는 점은 주목된다. 이와 관련하여 1936년 단재의 죽음 이후, 그에 대한 추모나 회고 등이 활발히 진행되었다는 점을 고려할 필요가 있다. 예컨대『조광』지 1936년 4월호에는 '도라간 申丹齋의 面影'이라는 특집기획 하에 안재홍, 이광수, 홍명희, 이극로, 이윤재는 물론 미망인인 박자혜 등의 추모글이 실려 있으며, 단재의 유고 시들 역시 수록되어 있다. 이러한 단재에 대한 추모나 회고 등이 이 시기 이태준과 채만식 등의 작품에 단재의 한시를 삽입하게 하는 배경으로 작동했을 개연성이 크다.

에 대한 회고를 담은 자전적 소설이다. 이 작품 역시 과거 '문오 선생'에 대한 회고가 작품의 주를 이룬다. '문오 선생'은 "여섯 달이나 그렇게 고생을 하여 가면서 순검 공부를 하여 각구서니, 옳게 순검이 되었"[42]던 인물이다. 그러나 갑자기 순검 노릇을 그만두고, 다시 서당 선생으로 돌아온다. 그가 순검을 그만둔 이유는 다음과 같은 구절에서 추정할 수 있다.

> 그러다가 문득 청을 돋구어
>
> "孟子對曰何必曰利니꼬, 只有仁義矣已耳니이다."
>
> 하고 태규삼촌의 얼림글을 읽어주는 것이었었다.[43]

이 작품에 삽입된 동양 고전 텍스트는 『맹자』 양혜왕 편의 일부이다. 위 구절이 삽입된 부분을 제시하면 다음과 같다.

> 孟子見梁惠王 王曰 叟不遠千里而來 亦將有以利吾國乎
>
> 孟子對曰 王何必曰利 亦有仁義而已矣
>
> 王曰何以利吾國 大夫曰何以利吾家 士庶人曰何以利吾身 上下交征利 而國危矣
>
> 萬乘之國 弑其君者 必千乘之家 千乘之國 弑其君者 必百乘之家 萬取千焉 千取百焉 不爲不多矣 苟爲後義而先利 不奪不饜
>
> 未有仁而遺其親者 未有義而後其君者也
>
> 王亦曰仁義而已矣 何必曰利[44]

---

42 채만식, 「순공(巡公) 있는 일요일」, 『문장』 2-4, 1940(채만식, 『채만식 전집』 7, 창작과비평사, 1989, 534면에서 재인용).

43 위의 책, 532면. 인용 부분은 『문장』 판에는 없고 『채만식 전집』에만 있다. 채만식이 단행본 소설집 『집』(1943)을 출간하면서 추가한 부분으로 보인다.

이 인용문은 자신의 국가의 '이익'에 대해 묻는 양혜왕과 이에 대해 "오직 인과 의가 있을 따름임"을 강조하는 맹자의 대화의 일부이다. 이때 양혜왕이 말하는 '이(利)'는 곧 세속적인 의미에서의 국가의 부강함을 일컫는 말이며, 맹자가 말하는 '인의(仁義)'는 이에 반하여 유가적 윤리를 상징하는 말이다. 그렇다면 이러한 동양 고전을 작품에 삽입한 이유를 짐작할 수 있다.

「순공 있는 일요일」에서 중심적인 스토리는 '문오 선생'이 '순검'을 그만두는 이유를 해명하는 것으로 모아진다. 그런데 '문오 선생'은 위와 같이 『맹자』의 일부를 읽을 뿐이다. 따라서 삽입된 텍스트가 상기하는 암유적 효과를 해명할 때, 비로소 이 작품의 중심 주제가 드러내는 셈이다.

작품에서 '문오 선생'이 '순검'에 지원하는 이유는 기본적으로 경제적인 사정에 기인한다. 점차 몰락해가는 봉건적 교육제도인 서당 선생의 역할로는 변화하는 시대적 흐름에 맞추어 적절할 경제적 능력을 확보할 수 없기 때문이다. 그러나 '문오 선생'은 어렵게 합격한 '순검' 직위를 곧 스스로 그만둔다. 이는 그가 지향했던 유교적 가치관이 당시 '순검'이라는 제국의 하위관료의 역할과 상충되기 때문이다. 따라서 그가 『맹자』에서도 '이(利)'와 '인의(仁義)'를 다룬 부분을 강독하는 것은 자연스럽다. 그리고 이 부분을 통해 당시 독자들은 '문오 선생'이 '순검'을 그만둔 이유, 나아가 당시 제국의 관료제도에 대한 채만식의 비판적 인식을 추출할 수 있게 된다.

---

44 맹자, 성백효 역주, 『맹자집주』, 전통문화연구회, 1991, 15~17면.

더욱 문제적인 것은 '문오 선생'이 '순검'을 그만두는 해가 작품 구조상 3·1운동이 일어난 1919년이라는 점이다. 작품에서 글방이 생긴 것은 "내가 낳던 해라니까 경술년"[45]이며, '문오 선생'이 순검을 그만두는 것은 "내 나이 아홉 살 되던 그해 가을"[46]로 설정된다. 이로 미루어 '문오 선생'은 1919년 기미년 가을에 순검을 그만두고 다시 글방으로 돌아오는 셈이다. 이러한 시간적 구성을 고려할 경우, 이 작품에 삽입된 『맹자』의 경구가 지니는 제국의 관료제도에 대한 비판적 인식의 의미는 더욱 확장되어 해석될 여지가 있다는 점에서 주목된다.

이처럼 1930년대 후반부터 채만식 또한 자신의 자전적 소설에서, 한시나 동양 고전의 삽입을 통해 스토리 표면에 진술되지 않는 작품의 심층적 주제를 암시하는 서술 전략을 사용한다. 특히 단재의 한시나 『맹자』의 삽입을 통해 당시 제국주의에 대한 비판적 인식을 우회적으로 투영한 점은 높이 평가될 수 있다.

박태원의 경우 이 시기 들어 이른바 '자화상 3부작'으로 알려진 자전적 소설을 창작한다. 이들 작품은 스토리상으로는 박태원 자신의 신변 체험을 다룬 소품에 지나지 않는다. 이들 작품이 기존 연구에서 '산책자 의식의 후퇴'로 평가되는 것은 이 때문이다. 그러나 이들 작품에 삽입되어 있는 동양 고전 텍스트의 의미를 고찰할 경우 다른 평가가 가능하다.

「음우」에서 주목되는 것은 작품의 말미에 전통 서정 장르인 단가의 패러디가 삽입된다는 점이다. 이 작품의 마지막에는 아래와 같은 서술자가 지은 "단가(短歌)"가 삽입되어 있다.

---

45 채만식, 『채만식 전집』 7, 창작과비평사, 1989, 523면.
46 위의 책, 525면.

ワレナガテアマリカ

ケヌニアキレタリフツ

ヵノユウヨネガヘマ

モノカクホ[47]

　본래 "단가"는 "판소리를 부르기에 앞서 목을 풀기위해 부르는 짧은 노래"[48]를 지칭하는 개념이다. 그런데 위에 인용한 "단가"는 사실 "잡지사에다" 보내는 "전보"[49]이다. 그런데 바로 전보이기 때문에 행갈이가 필요했고, 이로 인해 일정한 시적 형식이 외양적으로나마 갖추어진 셈이다. 이를 박태원은 '단가'라고 명명하는 것이다. 그런데 위의 내용을 번역하면 대략 "나로서도 너무나 글이 써지지 않아 질린다. 이틀만 더 말미를 줄 수는 없는가— 구보" 정도의 메시지를 담고 있다. 즉, 박태원은 '단가'라는 고전 서정 장르의 형식을 패러디하여 글이 써지지 않는 당대 자신의 심경을 표출하고 있는 것이다.

　실제 이 시기 박태원의 자전적 소설의 핵심은 글을 쓸 수 없는 시대적 상황에 대한 인식과 이에 대한 알레고리적 표현이다.

　다섯 시간 전에 우리가 사랑으로 자러나려 갈 때까지도 아무렇지 않던 건넌방이 이것은 참말 뜻밖의 일로, 명색이 서재랍시고 책장 둘을 나란히 붙여서 세워 놓은 바람벽 위를, 도리에서 직 밑까지 그대로 빗물은 줄줄이 흘

47　박태원, 「음우」, 『조광』, 1940.10, 317면.
48　변성환, 「판소리 단가의 개념과 범주」, 『어문학』 97, 2007.9, 315면.
49　박태원, 앞의 글, 317면.

러 나리고 있었다. 이름이 책장이지, 그냥 대여섯층 선반이 놓였을 뿐으로 뒤는 그대로 터진 터이라, 무어 책 몇 권 뽑아서 새삼스러이 볼 것도 없는 노릇이었다.[50]

「음우」는 스토리상으로는 단순히 비로 인한 집의 침수를 그린 소품에 불과하다. 그런데 흥미로운 것은 집의 침수의 시작이 바로 "서재"에서 시작된다는 점이다. 이로 인해 서술자(= 박태원)의 글쓰기는 불가능해진다. 따라서 그가 "붓을 들어도 도무지 쓸 것이 없는 근래의 나"[51]라고 고백하는 것은 필연적이다. 더욱 주목되는 것은 이 작품의 결말에서 그가 「소설가 구보씨의 일일」의 결말과 동일하게 "'나는 이제 좋은 작품을 하나 쓰리라'"[52]라고 독백한다는 사실이다. 그러나 「소설가 구보씨의 일일」에서의 이 발화가 산책자의 패배를 상징하는 것과 마찬가지로, 「음우」에서 박태원의 독백 역시 더 이상 산책자로 표상되는 글쓰기에 대한 자의식의 유지가 불가능하다는 사실을 암시할 따름이다.

그렇다면 무엇이 산책을 불가능하게 하는가? 「음우」에 이어 발표된 '자화상' 연작의 두 번째 작품인 「투도」는 제목 그대로 도둑을 당한 이야기이다. 그런데 도둑이 훔쳐 가는 것은 정작 '지갑'이 아니라 '양복'일 따름이다. 아내의 말처럼 "그 녀석이 필시 양복에만 걸신이 들린"[53] 셈이다. 문제는 '양복'이 지니는 상징성이다. 모던한 산책을 위해서는 양복은 필수인 바, 도둑이 금전이 아닌 양복을 훔쳐간 것은 곧 글쓰기의

---

50 위의 글, 410면.
51 위의 글, 423면.
52 위의 글, 424면.
53 박태원, 「투도」, 『조광』, 1941.1, 488면.

자의식의 원천이었던 산책을 불가능하게 만들었다는 의미이다. 따라서 「투도」는 글쓰기 자체가 불가능해진 박태원의 문학적 상황을 우회적인 방식으로 표현한 작품이라고 할 수 있다.

중요한 것은 이들 연작을 미메시스적 독법을 통해 분석하는 것이 큰 의미를 지니지 못한다는 점이다. 「음우」에서의 '서재'나 「투도」에서의 '양복'을 지시적인 의미로 한정할 수는 없다. 이들 기호는 1940년 이후 파시즘의 급격한 대두에 따른 글쓰기의 자율성의 위기인식을 표상한다. 「음우」에서 서재의 침수를 일으키는 '장마'나 「투도」에서의 도둑이 사건 이후에도 박태원으로 하여금 끊임없이 '불안'을 느끼게 한다는 점이 이를 단적으로 보여준다. 「소설가 구보씨의 일일」에서 글쓰기의 자의식의 근원으로 작동했던 산책, 그 자체가 불가능해진 시대를 일종의 알레고리적 방식으로 형상화한 것이 바로 이들 사소설 연작인 것이다. 따라서 박태원이 장마가 끝나고 도둑이 든 이후에도 여전히 소설을 쓰지 못한 채 좋은 소설을 쓰겠다는 독백만을 반복하며, 끊임없는 외부의 침입에 대한 신경증적 징후를 보이는 것은 자연스러운 귀결이다. 왜냐하면 '장마'와 '도둑'은 점차 확대되어 일상까지 규율하는 파시즘의 알레고리적 표현이기 때문이다.

이러한 맥락에서 위에서 인용한 「음우」의 마지막에 등장하는 "短歌"는 의미심장하다. 동양 전통 서사에서 삽입된 서정 장르 텍스트는 표면적 서사에 숨겨진 주제의식을 환기하는 역할을 한다. 박태원은 '단가'라는 고전 서정 장르를 패러디하여, 글쓰기의 자율성이 위협받는 당대 파시즘 하의 글쓰기에 대한 비판적 인식을 우회적으로 표출하고 있는 셈이다. 특히 근대적인 문물인 '전보'의 줄 나누기 형식을 고전문학 텍스트의 행갈이 형식으로 변용한 것은, 박태원 특유의 모더니즘적 기법에 대한 자의식이 고전문학 장르의 수용 과정에서도 작동하고 있음을 보여주는 단적인 사례이다.[54]

유진오 역시 이 시기 「가을」, 「창랑정기」 등의 작품에서 동양 고전문학 텍스트를 삽입하는 양상을 보인다. 특히 이들 작품은 공통적으로 서사적 플롯이 매우 약화되어 나타나는데, 이는 작품 중간에 삽입되는 텍스트로 인해 스토리의 전개가 지연되거나, 혹은 아예 스토리 자체가 담론화되지 못하는 것에 기인한다. 이러한 사실은, 역으로 이들 작품에 삽입된 고전 텍스트가 서사보다 더욱 중요한 위상을 작품 내에서 차지하고 있음을 반증하는 것이다.

「가을」에는 당대 소설 작품 중에서도 유독 많은 양의 한시가 삽입되어 있다. 특히 유진오의 경우 고전문학에 대한 상당한 교양을 바탕으로 삽입 텍스트 내부에서의 상호의미망을 구축하고 있다는 점이 주목된다. 이는 유우석과 여온의 한시를 중간에 삽입하고 있다는 점에서 나타난다. 이 작품의 서두에는 다음과 같은 유우석(劉禹錫)의 한시가 삽입되어 있다.

何處秋風至

---

54 나아가 오현숙은 박태원의 일련의 사소설이 그의 「소년탐정단」(『소년』, 1938.6~1938.12) 등 소년탐정소설과 「온몸에 오리털이 난 사내」(『소년』, 1938.6) 등 중국번역동화의 모티프를 원전으로 삼은 장르 전이의 결과임을 설득력 있게 논증하고 있다. 오현숙의 연구는 특히 기존 박태원 연구에서 간과되어온 아동문학 및 번역문학과 1930년대 후반기 소설 간의 관련 양상을 치밀하게 고찰하고 있다는 점에서 주목된다. 자세한 논의는, 오현숙, 「일제 말기 박태원 소설의 장르 전이 양상 연구—소년탐정소설과 사소설을 중심으로」, 『한국문화』, 2011.9, 296~303면을 참조.

蕭蕭送雁君[55]

그런데 어제 밤 친구의 송별회에 대한 회상이 삽입된 후 스토리의 전개와 무관하게 다음과 같은 여온(呂溫)의 한시 또한 삽입되어 있다.

我心渺無際

河上空徘徊[56]

그렇다면 이 두 한시의 삽입을 통해 유진오가 형상화하고자 한 의미를 추적하는 것이 이 작품의 해석에 있어 핵심적인 과제가 된다고 할 수 있다. 이 두 작품은 표면적으로는 특별한 관계를 지니지 않는 것으로 보인다. 그러나 이들 한시의 작자인 유우석과 여온과의 관계를 추적할 경우 유진오의 고전 텍스트 삽입의 의미가 드러난다.

여온과 유우석 두 사람은 모두 대종 대력 7년(772) 생으로 동갑이며, 청소년 시절에 남방에서 수년간을 같이 보낸 바 있다. 상경시기가 정원 7년(791) 20세 무렵으로 서로 비슷하며, 모두 20대에 같은 座主(顧少連) 밑에서 진사에 급제하고, 박학굉사과를 거친 뒤에 관직을 제수 받았다. 첫 관직 재임 중에 부친상을 당해 3년간을 복상했고, 같은 해 정원 19년(803) 32세 때 조정 요직에 취임했으며, 얼마 후 왕숙문 당에 함께 가담하여 정치혁신을 도모하였다.

두 사람의 정치 주장이나 사상도 여러 면에서 비슷하다. 당시 환관의 전

---

55 유진오, 「가을」, 『문장』, 1939.5, 48면.
56 위의 글, 54면.

횡과 함께 사회의 고질이었던 번진의 발호를 평정하여 천하를 하나로 통합
해야 한다고 주장한 것이 그러하고, 천인관계에 있어 하늘과 사람을 상호
독립적인 것으로 파악하여 천명의 존재를 부정하고 인간본위의 적극적인
행위를 강조한 것이 그러하다. 그리고 육순 춘추학의 영향을 받아 백성중
시의 민본사상을 내세우고 이를 실천에 옮긴 것도 공통된다. 이상의 점들
은 두 사람을 '매우 사이좋게' 만드는 요인이 되었을 것이며, 특히 순종 즉위
전 두 사람이 왕숙문 당에 함께 참가한 것은 한유의 지적처럼 '요행을 바라
며 속진하기 위해서'보다는 이 같은 단순한 동기를 훨씬 뛰어넘는 정치적,
사상적 공통기반의 형성을 통해서였음을 알 수 있게 한다.[57]

이러한 문맥에서 「가을」을 분석한다면, 작중에 주인공인 기호와 경
석은 모두 "무슨무슨 운동을 한다고 하다가 고생도 여러 번"[58]했다는
점에서 유우석과 여온의 정치적 운동 참여와 유사한 관계를 지니고 있
다고 할 수 있다. 그런데 운동의 좌절과 함께 과거 동지들은 일종의 전
향을 한다. 즉, "동균(東均)도 경석들과 비슷한 길을 걸어온 사람이지만
오륙 년 전부터 어떤 내지인광업가의 집에 드나들어 인제는 그 밑에서
상당히 유력한 자리를 잡고 있는 것이다. 동균뿐 아니라 지금은 신문
기자로 있는 이빈(李斌)이며 광산부로ー커로 굴너다니는 상두(尙斗)며
엉터리 잡지지만 어쨋던 잡지사를 하나 맨들어 가지고 이럭저럭 목구
녕에 풀칠을 해가고 잇는 민수(敏洙)"[59] 등도 그러하다. 반면 경석의 경

---

57 유성준, 「유우석과 여온(呂溫)」, 『중국연구』 39, 2007, 329면.
58 유진오, 앞의 글, 49면.
59 위의 글, 49~50면.

우 이러한 경향과는 달리 "이십여 년 전에 청운의 큰 뜻을 품고 처음 발을 들여 노앗든 서울을 떠나기로 된"[60] 인물이다. 따라서 건강상의 이유로 술을 끊고 있던 주인공 기호가 경석의 송별회에서 무리하며 술을 마시게 되는 것은 필연적이다. 흥미로운 것은 그의 음주 행위가 경석을 송별하는 일종의 '의식'의 의미를 지닌다는 점이다. 이는 유우석이 여온의 죽음에 대해 비문을 짓겠다는 의지를 보이는 것과 유사한 관계를 형성한다.

> 유우석은 여온이 문장에 뛰어나고 治道에 밝았으나 早死하여 국가에 공헌할 수 있는 기회를 얻지 못한 것을 슬퍼하면서 뒷날 그를 위해 비문 지어 생전의 업적을 전하겠다는 뜻을 밝히고 있다. (…중략…) 그러면 유우석이 여온의 죽음을 오랫동안 변함없이 슬퍼한 까닭은 무엇일까? 관견으로는 마음이 통하는 진실한 벗을 잃은 때문이기도 하지만, 이보다는 그의 죽음이 유우석에게 혁신사업의 또 다른 좌절로 비쳐진 때문이 아니었을까 한다.[61]

이러한 유우석과 여온의 관계를 고려할 경우, 유진오가 구성이 난삽해지는 난점을 감수하면서까지 이 둘의 한시를 작품에 삽입한 이유를 해명할 수 있다. 당시 유진오는 과거 이른바 동반자작가 시절 지향했던 마르크스주의 운동의 쇠퇴 속에서 '시정소설'을 주장하는 한편, 과거에 대한 복고적 회상을 주된 정조로 하는 작품을 창작했다. 이러한 유진오의 내면과 당대 파시즘의 대두라는 시대적 상황이 중첩되어 표출된 것

---

60 위의 글, 49면.
61 유성준, 앞의 글, 321면.

이 바로 유우석과 여온의 한시였던 것이다. 특히 유진오는 고전에 대한 교양을 바탕으로 삽입된 텍스트 간의 관계를 통해 자신의 문제의식을 투영하는 매우 고도의 기법을 사용하고 있어서 주목된다. 즉, 단순히 고전 텍스트를 작품 내에 삽입하여 작품의 정조를 형성하는 것에 그치는 것이 아니라, 삽입된 고전 텍스트 간의 의미를 통해 작품의 주제의식을 형성하는 고전 텍스트의 전유가 시도되고 있다는 점에서 유진오의 「가을」은 각별한 의미를 지닌다. 이들 한시 외에도 「가을」에는 이백(李白), 형숙(荊叔), 왕유(王維) 등의 한시가 삽입되어 있는데, 이들 작품 역시 공통적으로 과거 사회주의 운동과 현재 파시즘의 대두라는 시대적 변화를 암시하는 역할을 한다는 점에서 그 의미를 획득한다.[62]

「창랑정기」에서도 다음과 같은 구절을 발견할 수 있다. "옛날『귀거래사』의 시인은 '새는 날으다 고달프면 도라올 줄을 안다'고 읊었고"[63] 이는 도연명의 「귀거래사」 중 "鳥倦飛而知還"을 지칭한다. 「창랑정기」는 일반적으로 유진오의 회고적 성격이 표출된 작품으로 평가된다. 이 작품은 표제에서 '기(記)' 장르임을 표명하고 있는데, 보다 구체적으로는 '누정기(樓亭記)' 장르에 해당한다. 본래 누정기 장르는 "자연 속에서 심성을 도야하고 풍류를 즐겨야 한다는 생각을 가졌던 조선 사대부의 유교 미학이 담지된 장르"[64]이다. 이러한 특성으로 인해 「창랑정기」 역시 '창랑정'을 배경으로 한 회고적 정조의 형상화가 주를 이룬다.

그렇다면 1930년대 후반, 그가 회고적 성격을 표출하게 된 이유를

62　각기 "五陵年少金市東 / 銀鞍白馬度春風 / 洛花踏盡遊何處 / 笑入胡姬酒肆中"(58면), "暮雲千里色 / 無處不傷心"(62면), "日暮飛鳥還 / 行人去不息"(67면).
63　유진오, 「창랑정기(滄浪亭記)(1)」, 『동아일보』, 1938.4.19.
64　박희병, 『유교와 한국문학의 장르』, 돌베개, 2008, 48면.

찾을 필요가 있다. 도연명의 「귀거래사」 창작 배경에 대해 한 연구자는 다음과 같이 지적하고 있다. "儒家的 敎育을 받고 不朽의 功業을 이루고자 하던 젊은 시절의 포부는 현실에 의해 좌절되었다. 陶淵明은 이 과정에서 냉정하게 현실을 직시하고 자신의 去就를 결정하였다. 不義의 시대에 처하여 세상에 대한 책임을 외면할 수 없었던 陶淵明은, 행동으로 그 不義를 糾正할 수 없었기에 時文을 통해서 不義를 매도하고 義를 드러내고자 하였다. 또 현실에 대한 정확한 인식에서 자신이 취해야할 최선의 태도를 갖는 것이 가능하였다."[65] 「귀거래사」를 둘러싼 이러한 맥락을 참조한다면 「창랑정기」의 회고적 성격은 과거 자신이 지향했던 사회주의 운동의 쇠퇴와 파시즘의 점차적 대두라는 시대적 상황 속에서 갈등하던 유진오의 내면이 표출된 것으로 볼 수 있다. 그리고 이는 삽입된 동양 고전 텍스트인 도연명의 「귀거래사」를 통해 그 구체적인 의미를 확인할 수 있다. 더불어 유진오의 경우 본래 누정기 장르가 지니는 "조선 사대부의 유교 미학"을, 당시의 시대적 상황과 연결시켜 전유하고 있다는 점에서 그 의미가 크다.

1930년대 후반기 자전적 소설에 삽입된 조선 및 동양 고전 텍스트는 작품의 스토리 이면의 숨겨져 있는 주제의식을 표출하기 위한 장치로 기능한다. 기존 연구에서 이들 작품이 충분히 조명되지 못한 것은, 그 스토리가 작가의 신변 체험의 서술에 멈추어 있기 때문인 것으로 볼 수 있다. 그러나 이들 작품의 진정한 주제는 삽입된 한시나 고사, 고문

---

65 김창환, 「도연명 시 연구」, 서울대 박사논문, 1999, 170면.

등을 통해 우회적인 방식으로 표현되어 있다. 이들 삽입 텍스트의 의미를 추적할 경우, 1930년대 후반기 자전적 소설에 대한 재평가가 가능하다. 이들 작품은 단순히 작가의 신변 체험을 다룬 것에 그치지 않는 모종의 의미를 지니고 있다. 이 숨겨진 의미는 삽입된 조선 및 동양 고전 텍스트를 통해 우회적인 방식으로 표현되어 있다. 이러한 방식을 통해 이들 작품은 작가의 신변 체험을 넘어 당대 시대적 상황에 대한 비판적 의식을 표출하고 있다.

더 중요한 것은 이들 자전적 소설에서 사용되는 서정 장르, 혹은 고문의 삽입이 조선 및 동양의 전통 서사 장르의 중요한 서술적 특징이라는 사실이다. 앞서 이태준, 채만식, 박태원을 비롯한 당대 자전적 소설을 창작한 주요 작가들이 '전' 장르로 대표되는 전통 서사의 재인식을 수행했음을 살펴보았다. 이들은 이 과정에서 고전 텍스트의 삽입을 통한 주제의식의 환기라는 전통 서사 장르의 서술적 특성을 직간접적으로 익혔을 가능성이 높다. 이들 작가들은 전통 서사 장르의 특성을 수용하면서, 이를 당대의 시대적 상황과 결부시킴으로써 현재화시키는데 성공한 셈이다.

이상의 논의를 통해 1930년대 후반기 자전적 소설이 전통 서사 장르의 수용과 현재적 변용의 결과임을 살펴보았다. 이태준의 경우 『문장』지를 주재하며 '탁전' 장르의 서술적 특성을 중점적으로 수용한다. 그 결과 자전적 소설이 지니기 쉬운 자기중심적 서술을 방지하고, 자기를 객관화시켜 형상화하는 독특한 구성 원리를 획득한다. 이태준은 물론 채만식, 박태원, 유진오 등은 자전적 소설 내에 조선 및 동양의 고전 텍스트를 삽입하여 스토리 이면의 주제의식을 환기하는 장치로 활용한다. 그 결과 이들의 자전적 소설은 공동체에 대한 참회에 초점을 맞추는 서구의 '고백' 장르나, 투명한 자아의 폭로에 초점을 맞추는 일본의 '사소설'과는 다른 독특한 장르적 성격을 획득한다. 이러한 성과는 전통 장르의 창조적 변용을 통한 독특한 조선적 자전소설의 장르적 성격을 형성했다는 점에서 그 문학사적 의의를 지닌다.

2. 전통적 역사서술 기법의 변용과 동양적 역사소설의 기획

1) '사전(私傳)' 장르의 수용과 공식적 역사서술의 극복

1930년대 후반기 소설의 특징 중 하나는 역사소설 창작이 급증한다는 점이다. 이 시기 김동인, 이태준, 현진건, 박종화, 윤백남 등 일련의 작가들이 다수의 역사소설을 창작하며, 대중적으로도 상당한 반향을 거두는 데 성공한다. 그런데 이들의 역사소설을 장르론적으로 평가할 경우, 서구의 근대 역사소설 장르론과는 다른 독특한 장르적 성격이 두드러진다. 특히 이태준의 경우 그 이전 시기 스스로 역사소설에 대해 부정적인 입장을 표명한 바 있기에, 그의 역사소설 창작을 둘러싼 인식 변화의 배경을 고찰할 필요가 있는 것으로 판단된다.

3장 1절에서 살펴본 바와 같이, 이태준의 전통 장르 수용이 단편에서 주로 탁전 장르로 나타난다면, 장편에서는 주로 사전(私傳) 장르로 나타난다. 동시에 그는 같은 시기 『황진이』, 『왕자 호동』 등의 역사소설을 발표한다. 그런데 이전 시기 이태준의 문학관으로 본다면 이와 같은 역사소설은 그가 추구한 근대소설과는 다소 거리가 있다. 이태준은 여러 평문이나 수필을 통해 단편의 형식적 완결성을 강조한 바 있으며, 역사소설에 대해서는 다소 부정적인 견해를 피력한 바 있다.[66] 그럼에도 1930년대 후반기 이후 그가 역사소설을 창작했다는 점은 이 시기 이태준의 소설 장르에 대한 인식이 변화했음을 의미한다. 이러한 배경에는 『문장』지를 통한 전통 서사 양식에 대한 탐구가 놓여 있는 것으로 추정된다. 『문장』지는 실제 『인현왕후전』을 비롯한 '전' 양식의 역사 서술이 활발히 번역, 소개되는데 이태준의 역사소설 창작은 이와 같은 전통 서사 양식의 수용과 밀접한 관계가 있다.

본래 동양의 전통 서사 양식은 역사 서술로부터 시작되었다. 루 샤오펑은 중국의 서사 양식을 검토하면서 다음과 같이 언급한다.

중국 서사이론을 서양의 서사이론과 비교 연구할 때 첫 번째로 제기되는 문제는 서구 용어인 '서사'와 같은 용어가 중국에는 없다는 것이다. 사실 서술하다, 말하다, 전달하다라는 의미를 가진 술(述), 서술(敍述), 서사(敍事)와 같은 용어가 비평이론 가운데 자주 등장하는 것은 확실하다. 그러나 장르 연구나 목록학에서 '서사'는 문학 범주로 인식되지 않고 있다. 서사적 글쓰기의 전체 범위를 포괄하는 말로는 사(史, 역사)라는 말만이 선택될 수 있

---

[66] 대표적으로 다음과 같은 언급을 들 수 있다. "역사에 있는 인물이나 사건이나 배경을 쓰는 것을 역사소설이라 통칭되는데 역사의 문예적 강의가 아니요 창작인 이상 그냥 단편, 장편이라 구별하기만 하는 것이 원칙일 듯하다. 구태여 '역사소설'이란 관사(冠詞)를 갖기 때문에 작자 자신부터 사기(史記)에 구속을 당하고 독자들도 사기 이상의 진실을 작품에서 찾기는커녕 작자가 사기에 맹종하기를 도리어 강요하는 폐단이 생기는 듯하다." 이태준, 「조선의 소설들」, 『무서록』, 박문서관, 1944(이태준, 『이태준 문학 전집』 15, 깊은샘, 1994, 67면에서 재인용).

었다. 서사시가 부재하고 극이 뒤늦게 등장하는 중국의 문학 체계에서 역사는 중심적인 위치를 차지했다. 다음의 분석에서도 드러나겠지만, 중국의 역사 개념은 '역사적 사실' 및 소설처럼 준 역사적인 글쓰기의 다양한 유형까지 모두 포괄하는 것으로 이해되었다.[67]

루 샤오펑의 논의에 의하면 중국의 전통 서사 양식은 역사 서술로부터 시작된다. 이는 전통적인 유교적 세계관에 의해 '술이부작(述而不作)'으로 대표되는 사실의 기록이 서사의 핵심적인 규범으로 자리 잡았기 때문이다. 그런데 역사 서술 자체가 사관에 의해 선택된 개별 사건들에 내적 개연성을 확립하는 과정이기 때문에, 여기에는 필연적으로 허구적 성격이 개입된다. 특히 당(唐)대를 경유하면서 '전' 양식이 활발히 창작-유통되는데, 이때 전통적인 사실성을 강조하던 서사 양식은 알레고리나 환상적 성격을 강하게 표츨하면서 사실성과 허구성을 융합시키는 방향으로 나아간다. 이는 공식 역사 서술의 규범에 의해 은폐되거나 배제된 사실을 환기시키기 의한 미학적 장치로 기능한다. 이 시기 일련의 전 양식이 한 인물의 생애를 알레고리나 환상적 기법을 통해 형상화하면서 공식 역사 서술의 '이면'을 복원시키고 있다는 점은 동양의 소설 장르가 역사로부터 분기되면서 형성된 중요한 특성으로 볼 수 있다.

이와 같은 논의는 비단 중국에만 적용되는 것은 아니다. 조선의 경우에도 역사와 소설 사이에 유사한 곤계가 존재했다. 한편으로는 전통

---

67 Lu Hsiao-peng, 조미원 외역, 『역사에서 허구로─중국의 서사학』, 길, 2001, 75면.

적인 유교적 세계관에 입각한 '사실성'을 중시하는 서사가 존재했지만, 동시에 역사 서술의 규범으로부터 일탈하는 전기 소설 장르 역시 뚜렷한 하나의 흐름을 형성하고 있었다. 멀게는 『금오신화』부터 가깝게는 18세기 활발히 창작 및 유통된 전기소설류가 이에 해당한다.

흥미로운 것은 동양 전통의 역사소설이 사실과 허구 간의 긴장을 통해 형성된다는 점이다. 정통 역사 서술은 자신의 규범적 성격을 강조하며 사실성을 극대화시켜 표현하려는 성격을 지니는 반면, 이로부터 벗어나려는 일련의 흐름은 알레고리나 환상 등을 통해 사실성 이면에 존재하는 다른 '사실'에 대해 서술하려는 경향을 지닌다. 그 결과 동양 전통의 역사소설은 그 내부에 이질적인 구성 원리를 지니게 된다.

이점에서 동양 전통의 역사소설은 서구의 근대적 역사소설과는 큰 차이를 지닌다. 서구의 근대적 역사소설은 문제적 개인의 일생을 통해 역사 발전의 합법칙성을 규명하려는 장르적 규범을 지닌다. 루카치에 의해 체계적으로 이론화된 것에서 볼 수 있듯, 서구의 역사소설은 단선적 발전사관을 그 핵심적인 역사인식으로 삼고 있다. 그리고 역사소설에 대한 이러한 서구적 이해는 식민지시대 조선문학장에 강력한 영향을 미치고 있다. 특히 이광수로 대표되는 계몽주의적 역사소설론은 전통적인 유교적 역사인식과 서구의 단선적 발선사관이 결합되어 강력한 영향력을 행사한다. 개별 논자의 차이에도 불구하고, 일반적으로 당시 지배적인 역사소설의 장르적 규범으로 작동하고 있었다.[68]

---

[68] 이광수로 대표되는 역사소설론, 즉 허구를 최대한 배제하고 역사적 사실에 충실한 재현을 시도하는 것은 이후 김동인 등에 의해 논쟁의 대상이 된다. 이에 대해서는 다음 항에서 보다 자세히 서술하도록 하겠다.

이태준은 이러한 당대 역사소설의 장르적 규범에 대해 비판적인 입장을 보인다. 그는 당대의 역사소설에 대해 굳이 '역사소설'이라는 명칭을 쓸 필요가 없다는 언급을 하며, 아예 역사소설 자체를 부정하는 경향을 강하게 드러낸다.[69] 그런데 그가 1930년대 후반기를 전후하여 역사소설 창작에 나선다는 사실은, 이 시기 이태준의 역사소설에 대한 장르적 인식이 변화했음을 방증하는 것이다. 이와 관련하여 그의 역사소설이 서구적 의미의 근대적 역사소설이라기보다는 전통적인 조선 전통 서사의 '사전' 양식에 가깝다는 점이 주목된다.

이태준의 역사소설은 역사적 인물의 선택 기준과 사건 전개 과정에서 서구적인 역사소설과는 상이한 장르적 특성을 보인다. 우선 그가 선택한 역사적 인물은 황진이와 호동 왕자 등 기존의 역사 서술에서 배제되거나 높은 평가를 받지 못한 인물로 국한된다. 그리고 사건 전개 과정 역시 특정한 역사적 사건을 통해 역사의 변화 과정과 향후 역사의 발전 경로를 제시하는 것이 아니라 오히려 역사적 허무주의를 강하게 표출하는 것으로 귀결된다. 이러한 장르적 특성은 서구적 의미의 역사소설이 아닌 전통 서사 양식에서의 '사전'에 가깝다고 할 수 있다. 본래 전 장르는 "공식적 장르인 사전(史傳)으로부터 파생되었"으며 사전은 "사관(史官)만이 쓸 수 있었던"[70] 것이다. 즉, 전 장르 자체가 역사 서술 양식으로부터 파생된 것이며, 이로 인해 전 장르는 근대 역사소

<hr>

[69] 이러한 이유 등으로 인해 이태준의 역사소설에 대한 연구는 그의 단편소설에 대한 연구에 비해 절대적으로 부족하다. 비교적 최근의 연구로는 페미니즘적 관점에서 이태준의 『황진이』를 해석한 차혜영의 논문(「사실, 주체, 섹슈얼리티」, 『대중서사연구』14, 2005.12), 『왕자 호동』을 네이션 서사학이라는 틀에서 분석한 진영복의 논문(「네이션의 서사학과 낭만성」, 『대중서사연구』15, 2006.6)을 들 수 있다.

[70] 박희병, 『유교와 한국문학의 장르』, 돌베개, 2008, 51면.

설과 밀접한 관계를 맺게 된다.

그런데 사전 장르가 근대 역사소설과 결정적으로 구분되는 것은 장르의 세계관 문제에서이다. 근대 역사소설이 문제적 개인을 통해 역사 발전 경로를 해명하는 것에 초점을 맞추는데 반해, 사전 장르는 "천도에 대한 회의로부터 비롯되는 역사에 대한 강한 믿음 위에서 현세에 자기 삶의 정당한 보답을 받지 못한 사람들을 동정하면서 그들을 역사 속에 길이 전함으로써 그 삶을 보상받게 한다는 전의 역사철학적 토대"[71] 위에서 성립된다. 이로 인해 사전 장르에서 주로 형상화하는 대상은 "덕과 재주, 혹은 높은 뜻을 지녔으면서도 부당한 현실이나 불행한 운명 때문에 불우하게 생을 마쳤고 그 이름조차 사람들의 기억에서 이내 잊혀 버릴 운명에 처해 있었던 그런 인물"[72]들이다.

이러한 맥락에서 이태준이 형상화한 역사적 대상이 황진이와 호동 왕자라는 점은 주목을 요한다. 황진이는 자신의 계급적 한계로 인해 그 자신이 지녔던 능력을 온전히 펼치지 못한 인물이며, 호동 왕자는 차비(次妃)의 아들로서 이후 원비(元妃)의 경계로 인해 자살하게 되는 인물이다. 이들은 정통적인 유교적 역사서술에서 배제되었는데, 역설적으로도 바로 이 때문에 사전 장르의 형상화에 적합한 인물들이기도 하였다.

실제 이태준은 『황진이』의 작자 후기에서 다음과 같이 자신의 창작 동기를 밝히고 있다.

누구나 다 아는 황진이, 누구나 다 좋아하는 황진이, 그러니까 젠체하고 붓

---

71 박희병, 『조선 후기 전의 소설적 성향 연구』, 성균관대 대동문화연구원, 1993, 37면.
72 위의 책, 35면.

을 들 용기가 나지 않았다. 더구나 문헌에 나타난 사적을 모아 보니 이름난 풍수로는 기록이 너무 영성(零星)람에라. 이덕형『송도기이(松都記異)』에 드러난 것이 기중 소상한 편이라 하나 그것도 몇 줄 되지 않을 뿐 아니라 진이를 친히 보고 적은 것도 아니요 진이는 이미 타계(他界)에 간 지 여러 해 뒤 그의 외척되는 한모라는 팔십 노인에게서 들은 바에 의지함이었다.[73]

위의 글에서는 두 가지 사실이 주목된다. 첫째, 그의 창작 동기 중 하나가 황진이의 "문헌에 나타난 사적"이 인물의 비중에 비해 지나치게 적다는 사실이라는 점이다. 이는 '사전'으 장르적 규범 중 하나가 바로 그 인물의 비중에 비해 기록이 없거나 부족한 이들의 생애를 복원시킨다는 점과 직결된다. 둘째, 이태준이 참조한 문헌이 이덕형의『송도기이』라는 점이다. 이덕형은『송도기이』외에도『죽창한화(竹窓閑話)』라는 문집을 남긴 바 있다. 이 두 문집은 모두 명사들의 알려지지 않은 일화를 기록한 것으로 평가된다. 즉, 이태준은『황진이』를 창작하는 과정에서 공식 역사 서술에서 은폐되거나 배제된 이야기를 복원시키는 것에 초점을 맞추기 위해 이덕형의『송도기이』를 참즈한 것으로 볼 수 있다.

특히 이태준이『황진이』를 창작하면서 원텍스트로 참조한 이덕형의『송도기이』의 장르적 성격이 주목된다.『송도기이』의 장르적 성격에 대해서는 다음과 같은 연구를 참조할 수 있다.

1961년(인조 9년)에 쓰여진 이 서둔은『송도기이』의 형성과정을 밝혀주

---

73 이태준, 「책 뒤에」,『황진이』, 동광당서점, 1938.2(『이태준 문학 전집』12, 깊은샘, 1999, 224면에서 재인용).

는 것으로서 조선 중기 일화의 성격변화에 대해 시사해 주는 바가 크다. 먼저 편찬자 이덕형은 민간의 街談과 야화를 듣고 기록했다고 했다. 가담이나 야화란 민간에 떠도는 이야기로서 평민일화나 전설 등이 그 주류를 차지한다고 보아야 할 것이다. 그것들을 1629년 향노들로부터 들었다고 밝혔다. 향노란 시골의 늙은 농부 정도로 이해하면 될 것이다.

그리고 이덕형은 그 전인 1604년경에도 개성에 머물게 되었는데, 그때는 안사내와 진주옹으로부터 신이한 이야기를 들었다고 했다. 이 두 사람은 초보적인 이야기꾼으로서 스스로의 경험내용이나 견문한 내용을 모아 이덕형에게 이야기 해준다. 안사내는 安慶昌으로 천민이다. 그는 남에게 구속되기를 싫어하는 성격을 갖고 있었는데, 어릴 때 어떤 중으로부터 가르침을 받아 비범한 면을 보였다. 그는 자기가 중을 만나 문답을 통해 도를 터득하는 과정과 박연폭포에서 일어난 괴상한 일에 대해 이덕형에게 이야기해준다. 이를 통해 안경창은 천민으로 태어나 중으로 행세했음을 알 수 있겠다. 진주옹은 서리 陳福의 아버지로서 그 역시 아전이었다. 그는 이덕형에게 황진이와 관련된 많은 일화들을 이야기 해주었다. 이 두 사람 중 안경창은 천민으로 태어나 중이 되기까지 민간의 다양한 삶의 모습에 익숙해질 수밖에 없었을 것이다. 진주옹은 아전노릇을 했기에 사대부사회와 민간사회를 모두 꿰뚫어 볼 수 있는 처지에 있었다. 그러므로 이 두 사람에 의해 이덕형에게 전해진 이야기는 주로 평민일화였으며 진주옹에 의해서는 사대부일화도 전해졌을 것이다.[74]

---

74 이강옥, 「일화의 설정과 그 정의 및 역사」, 정명기 편, 『야담문학연구의 현단계』 1, 보고사, 2001, 126~127면.

이덕형의『송도기이』는 "민간의 街談과 야화를 듣고 기록"한 것으로, "평민일화나 전설"에 가까운 장르즈 특성을 지닌다. 구체적으로 이덕형은 안사내와 진주옹으로 대표되는 당대 천민과 하급 관리 등의 이야기를 토대로『송도기이』를 구성하고 있는데, 이들은 당시 지배 담론을 규정하던 유교 이데올로기로부터 상대적으로 자유로운 인물들이었기에 유교적 정사(正史)에서 배제된 채 민간에서 유통되던 '황진이' 등의 '일화'를 구술할 수 있었다. 황진이 일화는 그녀가 기생이라는 점, 사대부들의 관념적 유교 윤리를 전복했다는 점, 당대 지배적인 유교 이데올로기에 대한 비판을 담고 있다는 점 등으로 인해 공식적인 역사서술에는 기록될 수 없었다. 따라서 이덕형의 황진이에 대한 기록이 민간의 야담 형식을 채록한 것은 필연적이며, 이태준이 이를 토대로『황진이』를 창작할 때 전이나 야담 등의 장르적 성격이 발현되는 것 역시 필연적이라 할 수 있다.

이러한 관점에서 본다면『황진이』는 단순히 유명한 인물의 일대기를 서술한 역사소설로 평가하기 어렵다. 오히려 서구적인 역사소설의 장르적 규범, 혹은 전통적인 유교적 역사서술의 장르적 규범에서 제외된 인물의 삶을 문학적 상상력을 통해 복원시키고, 이를 통해 이들의 삶을 기록에서 배제한 "천도에 대한 회의"를 표현하기 위한 것이『황진이』의 진정한 창작 의도라고 볼 수 있다.

실제『황진이』를 분석할 때 두드러지는 것이 환상성이라는 점에도 주목해야 한다. 루 샤오평의 분석을 빌자면, 중국 당대(唐代) 역사 서술은 역사적 양식, 알레고리적 양식, 환상적 양식으로 나눌 수 있는데, 역사적 양식이 전통적인 유교적 세계관의 표명에 기반을 둔다면, 알레고리적 양식은 텍스트 이면의 주제를 환기시키는 양식에 해당한다. 그리고 환상적 양식은 "역사 담론 속에서 사실적인 것으로 간주되는 세계에 질문을 던지고 그 세계를 부정"[75]하는 것으로 기능한다. 환상적 양식이 지니는 부정성은 이태준의 『황진이』에도 적용될 수 있는데, 이 작품에서 환상은 단단한 현실 세계를 상대화하는 것으로 기능한다.[76] 즉, 봉건적 신분질서가 강고하게 유지되고 있으며, 여성에 대한 강한 억압이 존재하던 조선 시대의 현실을 부정하는 장치로서 환상이 사용되고 있는 것이다.

다만 『황진이』에 등장하는 환상이 강한 허무주의적 세계 인식으로 이어진다는 점 또한 지적할 필요는 있다. 실제 작품에서 화담을 통해 형상화되는 환상적인 장면은 그에 의해 "잡기"이며 "명리지학(明理之學)"[77]을 방해하는 요소로 표현된다. 그 결과 환상은 현실을 대체할 수 있는 새로운 질서로 인식되는 것이 아니라, 일시적인 일탈로 귀결되는 경향이 강하게 나타난다. 그리고 이는 결과적으로 현실을 부정하기는 하나, 이를 극복할 수는 없다는 인식으로 귀결된다. 이는 이 작품의 결말이 황진이가 화담의 죽음을 접하고 "한 번 꺼져버린 그 환상은 억만 년을 기다린들 다시 한 번 이 조대 위에 나타날 리 없는 것"[78]이라고 발화하는 것으로 귀결되는 것에서 단적으로 나타난다.

『왕자 호동』의 경우에도 『황진이』와 유사한 특성이 발견된다. 이 작

---

75 Lu Hsiao-peng, 조미원 외역, 『역사에서 허구로—중국의 서사학』, 길, 2001, 188면.
76 이 작품에서 환상성은 특히 황진이와 화담과의 만남을 서술하는 부분에서 두드러지는데, 화담이 용(龍) 자를 써 냇물에 던지자 글자가 곧 실재 용으로 변하는 것이나, 종이를 찢어 던지자 이것이 나비가 되는 것 등의 삽화에서 단적으로 나타난다.
77 이태준, 『황진이』, 앞의 책, 203면.
78 위의 책, 222면.

품의 도입부에서 주목되는 것은 왕비에 대한 묘사가 다소 길게 처리된
다는 점이다.

> 왕비는 공신(功臣) 의 누이이기도 했거니와 자색의 맑음으로사 뽑히엿섯
> 다. 고읍기보다 어여쁜 얼굴과 몸매엿다. 차비(次妃) 는 보름달이라면 이 왕
> 비는 초승달이다. 날카롭고 차다. 얼굴에 화색이 적고 입을 여는 일이 드물
> 어 시녀들이 항상 마음을 못 노코 조심한다. 더욱 둘째마마의 몸에서 왕자
> 가 먼저 잇자, 더욱 왕자 호동을 귀애하는 대왕의 사랑이 그 어머니에게까
> 지 한 겹 더 언처감을 느끼자, 왕비의 얼굴은 푸르기를 자조하엿고, 입은 말
> 을 가두기만하는 적이 많엇다. 그러다가도 한 번 음성이 잇스면 그것은 반
> 듯이 정침해야할 명령이거나 추상가튼 꾸지람이엇다. 시녀들은 잠시도 귀
> 를 다른 데 두지 못하고 옹송그리고 지내인다.[79]

이 묘사는 객관적 묘사라기보다는 서술자에 의한 가치판단이 강하
게 투영된 묘사이다. 왕비의 외양은 차비의 그것과 대비되어 냉혹하고
날카로운 것으로 묘사된다. 미케 발은 묘사 대상인 '주 테마'와 묘사 대
상을 구성하는 요소들인 '서술부'의 관계에 따라 묘사를 6가지로 유형
화한다. 이러한 관점에서 보자면, 위의 묘사의 주 테마는 '왕비', 서술
부는 '초승달', '날카로운', '찬', '(얼굴이) 푸르다', '추상같은 꾸지람' 등이
다. 이는 미케 발이 유형화한 묘사 중 '체계화된 은유'에 해당한다.[80]
즉, 이 작품의 도입부에 비중 있게 묘사된 '왕비'에 대한 묘사는 그녀의

---

79 이태준, 「왕자 호동 (9)」,『매일신보』, 1943.1.8.
80 M. Bal, 한용환・강덕화 역,『서사란 무엇인가』, 문예출판사, 1999, 240~242면.

냉혹함과 차가움을 강조하며, 이후 스토리의 전개에서 '호동'의 좌절을 암시하는 역할로 기능한다.

따라서 이 작품의 결말이 왕비의 음모로 인한 호동의 자결로 끝나는 것은 이미 텍스트 도입부에서부터 서사적으로 예비된 것으로 볼 수 있다. 결국 이태준은 이 작품에서 호동과 왕비의 대립각을 형상화하고, 이를 통해 호동의 죽음의 비극성을 형상화하고자 한 것으로 평가할 수 있다. 이 점이 주목되는 것은 호동이 실제 '차비'의 아들이었으며, 이로 인해 정통 유교적 역사 서술에서 배제된 인물이기 때문이다. 즉, 이태준이 호동의 일생을 형상화하기 위해『왕자 호동』을 썼다는 것은, 전통 역사 서술의 장르적 규범에서 배제된 인물을 형상화하기 위한 동양 역사 '소설'의 장르적 규범을 따르고 있음을 방증하는 것이다. 따라서 이 작품이 역사적 양식에 비해 알레고리적 양식에 가까운 특성을 보이는 것 역시 자연스러운 결과이다.

이상에서 살펴본 것과 같이, 이들 작품에서 공통적으로 표출되는 것은 역사적 인물을 통한 역사에 대한 강력한 허무주의적 인식이다. 인물의 선택부터 그에 대한 형상화는 물론, 결말의 비극성에 이르기까지 허무주의적 인식은 작품의 전체 서사 구조를 결정하는 요인으로 작동하고 있다.

그렇다면 이태준이 이와 같은 허무주의적 역사인식을 보여준 배경을 살펴볼 필요가 있다. 1930년대 후반 서구 근대의 기획에 대한 회의와 동시에 대동아공영권이나 신체제 등으로 표상되는 새로운 역사에 대한 기대가 조선의 담론장에 존재하고 있었다. 이때 이광수, 백철, 최재서를 비롯한 많은 문인들이 근대의 몰락과 새로운 역사의 기획이라는 제국 이데올로기에 공명하거나 그것을 내면화한 것은 사실이다. 이는 다음과 같은 언급을 통해 확인할 수 있다.

> 프랑스혁명 이래 50여 년에 걸쳐 세계를 지배해 온 구질서는 완전히 그 역사적 사명을 다 하고, 지금은 도리어 인류의 발달을 방해하는 질곡이 되었습니다. 이 질곡을 부수고 인류를 새로운 질서 안으로 해방시키지 않으면 안 됩니다. 이 역사적인 대사업을 담당하는 것은 누구인가? 그것은 신흥국가, 즉 유럽에서는 독일과 이탈리아이며 동양에서는 일본입니다. 특히 동양은 오랫동안 구미제국의 제국주의에 지배되어 발전을 대단히 저해 당했었습니다. 그런 모든 민족을 해방하여 진정으로 자주적인 동양을 만들지 않으면 안 됩니다. 그리고 그것을 잘 이뤄낼 수 있는 것은 우리 일본입니다. 따라서 팔굉일우의 대이상은 오늘 다 동아공영권의 확립이라는 역사적 위업 속에서 실현되는 것입니다.[81]

최재서는 근대적 기획을 "구질서", "인류의 발달을 방해하는 질곡"으로 표현하며, 이를 극복하기 위한 대안을 "대동아공영권의 확립이라는 역사적 위업"으로 제시하고 있다. 이는 비단 최재서뿐 아니라, 1930년대 후반기 체제협력적 입장으로 변화하는 대다수의 문인들이 공유한 인식으로 볼 수 있다.

그렇다면 이태준이 이러한 담론장 속에서 고전 역사 서술 양식, 그 중에서도 특히 '사전' 장르를 통해 역사소설을 창작한 것은 상당한 문

---

81 최재서, 노상래 역, 「신체제와 문학」, 『전환기의 조선문학』, 영남대 출판부, 2006, 33면.

제성을 내포하는 것으로 볼 수 있다. 우선 그가 서구적인 의미의 역사소설의 장르적 규범을 폐기한 것은, 문제적 인물을 통해 역사적 발전 과정을 확인한다는 그 장르적 규범이 더 이상 유효하지 못한 시기였기 때문이다. 이는 특히 당시 구 민족주의 계열의 문인들이 창작한 역사소설의 장르적 규범과는 결정적으로 구분되는 특징이다. 예컨대 이광수의『원효대사』,『세조대왕』등의 작품은 유교적 역사서술의 규범과 서구 역사소설의 규범을 결합시켜 당시 이른바 '신체제'와 '대동아공영론'에 대한 협력적 양상을 형상화하는 경향을 지닌다. 그러나 이태준의 경우 '사전' 장르의 차용을 통해 "천도에 대한 회의"를 강하게 표출하는 장르적 규범을 표출하고 있다. 이는 이태준이 인식한 근대적 기획[82]의 좌절이 소설 장르적 측면에서 나타난 것으로 볼 수 있다.

　나아가 이태준의 허무주의적 세계 인식과 이의 문학적 표현으로서의 사전 장르의 선택은 당시 근대를 대체할 새로운 원리로 대두하던 신체제와 대동아공영론에 대한 비판적 인식의 발현으로 평가할 수 있다.[83] 당시 이들 제국 이데올로기는 많은 문인들에게 근대를 대체할 수 있는 유력한 경로로 인식되었던 것이 사실이다. 백철이 「전망」에서 보여주는 구세대의 몰락과 신세대의 대두 역시 이러한 인식의 발현으로 볼 수 있다. 이러한 가운데 이태준은 섣부른 새로운 역사의 승인 대

---

[82] 이태준이 초기작에서부터 보여주는 근대적 기획은 거칠게 말해 '이상적 공동체주의'라고 할 수 있다. 그는 초기작에서 오스키 사카에로 대표되는 급진적 아나키즘에 대한 공명을 보여주며, 1930년대 일련의 장편에서는 우치무라 간조로 대표되는 무교회주의 운동과 헨리 데이빗 소로우의 원시공동체 주의에 대한 지향을 보여준다. 이에 대한 자세한 논의는, 졸고, 「이태준 문학에 나타난 이상적 공동체주의」, 『한국문화』38, 2006 참조.

[83] 방민호 또한『왕자 호동』의 호동이 가지는 허무주의적인 면모에 주목하여, 이것이 '국체를 위한 멸사봉공의 태도'에 균열을 형성하고 있음을 지적하고 있다. 방민호,『일제 말기 한국문학의 담론과 텍스트』, 예옥, 2011, 138면.

신, 강력한 허무주의적 역사인식을 표명하고 있는 것이다. 그리고 이러한 역사인식의 배경에는 사전 장르가 지니는 "천도에 대한 회의"라는 역사철학적 인식이 놓여 있었다. 그의 사전 장르를 변용을 통한 역사소설 창작은 전통적인 서사 장르의 역사철학적 성격을 당대 에피스테메에 대한 우회적인 비판으로 활용하기 위한 장르적 모색의 결과였다는 점에서 높게 평가될 수 있을 것이다.

2) '야담' 장르의 변용과 창안적·환상적 역사소설의 대두

한편 1930년대 후반기 문학에서 간과할 수 없는 현상 중 하나는 대중적인 '야담'의 생산과 유통이다. 윤백남, 김동인 등에 의해 전문적인 야담 매체가 발간되며, 그 대중적 영향력은 매우 컸던 것으로 보인다. 그러나 기존 연구는 이에 대해 본격적인 문학의 범주에서 벗어난다는 판단하에 이렇다 할 논의를 전개하지 못한 것이 사실이다. 그러나 이승윤의 논의처럼, 이들 야담 창작자가 강조하고 있는 "'야담의 역사화'와 허구성의 강조, 장편화 경향은 이들이 점차 역사소설로 나아가게 되는 하나의 징후로 파악할 수 있다."[84] 이러한 논의를 수용할 경우, 야담 장르의 수용을 통해 김동인, 현진건 등의 작가들이 서구 근대 역사소설의 장르적 규범과는 다른 독특한 역사소설 장르론을 작품으로 구현했을 가능성이 크다고 할 수 있다.

---

[84] 이승윤, 『근대 역사담론의 생산과 역사소설』, 소명출판, 2009, 149면.

  1930년대 후반기 김동인 문학, 특히 그의 야담 및 역사소설에 대한
평가는 대체로 부정적이다. 그 이전 시기 김동인 문학이 근대소설의
문법의 전형을 창조하고, '자아'를 매개로 예술적인 리얼리티를 추구했
건 것[85]에 반해, 이 시기 그가 보여준 일련의 야담 창작과 역사소설 창
작 등은 이러한 문학적 성과로부터 대폭 후퇴했다는 것이 보통의 평가
이다. 특히 그의 야담 창작은 근대소설로부터의 이탈이라는 점에서 김
동인의 문학적 생애에서 매우 부정적으로 평가되었다.

  김동인에 대한 이러한 견해가 기반하고 있는 전제가 서구 근대소설
의 문법이라는 점을 고려할 필요가 있다. 특히 1920년대 초반에 집중
되는, 김동인에 대한 대부분의 문학사적 평가는 서술자 개념의 도입과
'그' 등 3인칭 시점의 창출 등에 초점을 맞추고 있다. 바꾸어 말하면 김
동인 문학을 평가하는 기준은 서구 근대소설의 장르적 성격에 선험적
으로 설정되어 있는 것이 사실이다. 이는 1930년대 중후반의 김동인에
주목하는 최근 연구에서도 두드러지는 점이다. 현대문학 연구자로서
는 거의 유일하게 1930년대 중후반기 김동인의 '야담'에 대한 본격적인
연구를 진행한 차혜영 또한 다음과 같이 평가한 바 있다. "1930년대 중
반『월간야담』과『야담』잡지의 존립을 가능케 한 문화 구성체는, 야
담이 이전시기의 존재형태인 구연의 방식과 결별하고, 순수한 활자 매
체인 정기간행물로 정착됨으로써 근대적 독서대중과 만난다. 특히 기
관지나 동인지가 아닌 돈을 주고 사서보는 대중잡지의 형태로 이루어
졌다는 것은 이야기, 서사에 대한 욕망이 자본주의적인 질서 속에서

---

85 유승환, 「김동인 문학의 리얼리티 재고」,『한국현대문학연구』22, 2007.8, 101~143면.

하나의 문화상품으로 존재하게 되었다는 것을 말해준다."⁸⁶ 이러한 평가는 기본적으로 김동인의 야담 창조을 "자본주의적 질서 속에서 하나의 문화상품"으로 평가한다는 점에서 사실상 이전 시기 통념화된 김동인에 대한 평가와 크게 다르지 않은 것으로 사료된다.

이러한 연구 경향은 고전문학 연구에서도 크게 다르지 않다. 대표적으로 임형택은 1930년대 중후반 이후의 야담에 대해 다음과 같이 평가한 바 있다. "여기서 언급해 두어야 할 사실은 금세기 초 애국계몽기에 간행된 신문·잡지들을 들추어보면 소위 소설란에 허다히 한문단편들이 번역으로 실려 있는 점이다. 그리고 1930년대로 내려오면 '야담'이란 형태로 한문단편의 유사작품들이 리바이벌되기도 했다. 애국계몽기나 일제저항기에 출현한 한문단편들의 잔존물들이 어떠한 시대성을 갖게 될 것인지도 의심스럽지만, 그것들은 한문단편의 진면목을 상실하고 마침내 저속한 흥미 본위의 통속물로 떨어지고 말았다."⁸⁷

그러나 김동인의 야담 창작을 부정적으로 평가하는 이러한 입각점들은 그의 문학을 평가하는 '절대적인' 기준으로 1920년대 초반 그가 거둔 서구 근대소설 장르의 도입을 제시하거나 혹은 반대로 공시적인 전통 서사 장르론을 전제하고 있다는 점에서 공히 한계를 노정한다. 왜냐하면 1930년대 중후반 김동인이 보여준 야담 장르의 재인식은 서구 서사 장르와는 다른 서사 장르의 모색으로 평가될 수 있으며, 이때 전통 서사 장르인 야담을 서구 근대소설 장르를 기준으로 하여 일방적

---

86 차혜영, 「1930년대 『월간야담』과 『야담』의 자리」, 『1930년대 한국문학의 모더니즘과 전통 연구』, 깊은샘, 2004, 226~227면.
87 임형택, 「한문단편 형성과정에서의 강담사(講談師)」, 정명기 편, 『야담문학연구의 현단계』 1, 보고사, 2001, 51~52면.

으로 폄하할 수는 없기 때문이다. 그리고 같은 맥락에서 18세기 한문 단편 성격의 야담의 장르적 성격을 1930년대 후반기 김동인의 야담 창작 평가의 절대적인 기준으로 설정할 근거 또한 희박하다. 기실 장르가 특정한 사회적 에피스테메에 의해 재구성되는 개념임을 고려할 때, 이러한 연구 경향이 지니는 한계는 더욱 명확해 진다. 따라서 이 시기 김동인의 야담과 역사소설에 대한 평가는, 그가 유독 이 시기 전통 장르의 계승에 관심을 갖게 된 내적 논리를 규명하고 이를 통해 그가 새롭게 형성한 소설 장르의 특성을 도출하는 것으로부터 가능할 것이다. 더불어 본래 동아시아 서사 문학의 전통에서 역사와 소설이 분리되어 인식되지 않았다는 점에 유의할 필요가 있을 것이다.[88]

우선 김동인이 이 시기 야담 장르에 관심을 갖게 된 배경을 살펴볼 필요가 있다. 김동인은 「춘원연구」 및 「한국 근대소설고」 등의 평문을 통해 전통 서사 장르에 대한 관심을 나타낸다.

① 高麗朝에 와서 著作된 金富軾의 三國史記와 一然의 三國遺史를 보면 거기는 歷史的 事實보다 傳統的 事實이라고 認定할 수박게 업는 이야기가 만히 잇다. 바보溫達의 이야기라든가 官昌의 이야기라든가 百結先生의 이야기라

---

[88] 이에 대해서는 다음과 같은 연구를 참조할 수 있다. "중국 소설 연구에서 역사와 소설의 관계는 고금을 통틀어 많은 학자들이 천착했던 주요 과제 가운데 하나였다. 한편 전통 시기 중국인들은 소설에 대해 이중적인 태도를 견지했다. 곧 근대 이전에 지괴나 전기, 나아가 화본이나 백화소설가 같은 서사 작품들은 경시되고 하찮게 여겨졌지만, 동시에 이런 작품들이 갖고 있는 교화력은 필요 이상으로 과장되었던 측면이 없지 않다. 이것은 고대 중국인들이 이러한 서사물들을 그저 단순한 허구적 사실의 기록으로만 인식하지 않았다는 사실을 반증하는 것이기도 하다. 이 모든 것은 결국 전통적으로 중국인들이 모든 소설을 역사의 일부라고 생각했던 데 기인한다고 볼 수 있다." 조관희, 『중국소설사론』, 차이나하우스, 2010, 132~133면.

든가 이박게도 이와 近似한 자미잇는 이야기들은 實在한 史談이라기보다
三國時代의 小說이 아닐가 추측된다. 三國時代의 小說이 전하고 전해서 高麗
朝에 와서는 史上에 實在化하여 울리지 안헛나, 이러케 추측되는 점이 만타.

(…중략…)

正本이며 그 作者까지도 알 수 업는 만코 만흔 平民文學이, 愛讀되고 愛聽
된 크나큰 事實을 우리는 이저서는 안 된다.

임진록, 춘향전, 심청전, 장화홍련전, 금송아지전, 홍부놀부전, 토끼전,
숙영낭자전 그 박 헤일 수 업스리 만치 만코 만흔 文學作品이 귀로, 눈으로,
이 民族의 새를 께어 다녓다.

文學을 사랑하고 文學에 대한 欲求心은 가지고 잇스나, 政治적 결함 때문
에 文學의 指導者를 못가지고, 文學의 提供을 밧지 못한 이 民族의 새에는 正
本도 알 수 업고 作者의 氏名도 알 수 업는 平民文學이 흘너 다녓다.[89]

② 朝鮮의 過去의 小說은 엇더하였는지 文獻이 업스니 參加(參考의 오식으
로 보임 – 인용자)할 바이 업다. 現在에 남어잇는 것은 僧侶들의 손으로 된
몃 가지의 歷史譚과 奇談 外에 春香傳 深靑傳 等이 잇스되 모도 그 이야기의
主志를 傳할 뿐 正本은 求할 수가 업다.[90]

①에서 주목되는 것은 김동인이 일련의 사화 장르의 작품들을 '소설'

---

89 김동인, 「춘원연구 (1)」, 『삼천리』, 1934.6, 217~219면.
90 김동인, 「조선근대소설고」, 『조선일보』, 1929.7.28.

로 평가하고 있다는 점이다. 그는 현재 전래되는『삼국사기』나『삼국유사』에 수록된 일화들을 '역사적 사실'이 아닌 '이야기'이자 '소설'로 평가한다. 이러한 인식은 1920년대 초반 서구 근대소설만을 '소설'로 평가하던 김동인의 소설 장르론이 변화했음을 반증한다. 특히 전통 서사 장르의 연원을 현존하는 "사담(史談)"에서 찾고 있는 것은 그의 야담 창작이 단순한 근대소설로부터의 일탈이 아니라, 나름의 변화된 소설 장르론에 기반을 둔 것임을 단적으로 보여준다.

그렇다면 이들 고전 '소설'의 전개를 실제 작품을 통해 확인하고, 이로부터 고전 장르의 현재화를 기획하는 것이 필요하다. 인용문 ①의 뒷부분은 김동인이 전통 서사의 전개 양상을 어떻게 파악하고 있었는지를 단적으로 보여주는 자료이다. 그는 "임진록, 춘향전, 심청전, 장화홍련전, 금송아지전, 흥부놀부전, 토끼전, 숙영낭자전" 등의 작품을 실례로 들어 고전 소설이 꾸준히 전개되고 있었음을 논증한다. 나아가 그는 이러한 전통 서사 장르가 지속되지 못한 이유를 "정치적 결함"에서 찾으며, 그럼에도 불구하고 문화적 저층에서는 이들 전통 서사 장르가 "평민문학(平民文學)"의 형태로 계승되고 있었음을 주장하고 있다.

문제는 이들 전통 서사 장르가 대부분 문자화되지 못한 채 유실되었다는 사실이다. 이는 문자를 독점했던 지배층이 "평민문학"의 성취를 기록하지 않은 사실에 연유한다. 따라서 김동인이 주목하는 것은, 인용문 ②에 나타난 바와 같이 지배층이 기록한 "역사담(歷史譚)"과 "기담(奇談)" 등이다. 즉, 이들 문헌으로부터 조선 전통 서사 장르의 원형을 찾아내고, 이로부터 전통 서사 장르의 현재화가 가능하다는 것이 김동인의 기획이다. 결국 그가 "역사담"과 "기담" 등을 포괄하는 '야담' 장르에 주목한 것은 필연적이었다고 볼 수 있다.

중요한 것은 그가 주목하는 "역사담"이나 "기담"은 "實在한 史談"이 아닌, "平民文學"의 성격을 지닌다는 점이다. 따라서 그의 '야담' 창작은 실재 역사의 충실한 재현이나, 혹은 유교 이데올로기의 계몽 등을 목적으로 한 것이 아니라, 오히려 당대 지배적 규범 '이면'에 놓인 '소설'의 문제의식을 복원하려는 성격을 지닌다.

이와 관련하여 이 시기 김동인의 야담 창작이 대부분 전대 야담 중 '사화(史話)' 장르에 집중되고 있다는 점이 부각할 필요가 있다. 야담의 주요한 장르적 특성이 '역사성'에 있다는 점, 특히 지배 규범에 의한 공식적인 역사서술과는 다른 비공식적 역사서술의 양상을 강하게 보인다는 점은 주지하는 바와 같다. 이로 인해 야담의 주요 장르적 특징으로 다음과 같은 논의가 일반적으로 통용되는 것이다. "설화성과 아울러 야담의 또 하나의 특징은 역사성이다. 야담은 주로 역사적 사건, 역사적 인물에 관련되어 이야기되고 있는 것이다. 야담이 흔히 야사나 인물전설처럼 보이는 것은 바로 이 때문이다. 야담의 작자, 즉 민중은 야담을 통하여 그들의 역사인식을 허구화한다. 그들은 야담 속에서 역사적 인물을 허구적 인물로 재창조해 내기도 하고, 가상의 인물을 역사적 실제인물로 만들어내기도 한다. 물론, 야담 속에서 재창조되어진 인물들과 역사적 실제인물들이 동일시될 수는 없다. 야담적 사실은 결국 '참 역사'는 아니기 때문이다. 다만 야담의 擬似歷史性은 민중의 꿈과 이를 성취하고자 하는 그들의 바람으로부터 생겨난 허구의 소산인 것이다."[91]

---

91 조희웅, 「야담」, 정명기 편, 『야담문학연구의 현단계』 1, 보고사, 2001, 12~13면.

실제 김동인의 야담 창작 중 사화 장르가 차지하는 비중은 절대적이다. 특히 주목되는 것은 당대 공식적인 역사서술에서 배제되거나, 혹은 부정적으로 평가된 인물에 대한 재평가이다. 이는 특히 신돈의 일화를 다룬 「반야(般若)의 죽음」이나 세조의 일화를 다룬 「수양(首陽)」 등의 작품에서 두드러진다.

「반야의 죽음」에서 주목되는 것은 두 가지이다. 첫째, 이 작품은 일반적인 공식 역사서술에서 부정적 인물로 평가되는 고려 말 신돈에 대해 긍정적인 평가를 내리고 있다. 이는 다음과 같은 부분에서 단적으로 나타난다.

> 그것은 일즉이는 옥천사(玉川寺)의 사비의 몸에서 난 한 개의 천승이엇으나 한 번 그가 왕의 부름을 받고 이 나라의 정치계에 발을 들여 놓은 뒤에는 그의 업적이 얼마나 놀라윗든가.
>
> 우으로는 왕이 소생하엿다. 왕후 노국공주를 잃기 때문에 거진 정신 잃은 사람 같이 되엿든 왕이 이 신돈의 놀라운 기략아래 다시 사람다운 감정을 회복하엿다.
>
> 아레로는 백성들이 기운을 폇다. 누대 이 나라 재상들의 학정아래 시달리고 시달렷든 고려 백성들은 이 시민출신의 위대한 정치가 아레서 그들의 기운을 다시 회복하엿다.
>
> 밖으로는 아직껏 대대로 고려나라를 눌러오든 상국(上國)의 세력이 이 평민재상의 손으로 꺾여저 나갓다. 안으로는 끊임없이 일어나든 내란이 이 위인의 아레서는 다시 일지 못하엿다.[92]

위의 인용문에 나타나듯 김동인은 신돈에 대해 높은 평가를 내리고 있다. 이는 일반적인 공식 역사서술과는 반대되는 평가이다. 즉, 김동인은 '야담' 장르의 특성을 활용하여 공식 역사 서술에서 부정적으로 평가된 인물에 대한 재평가를 내리고 있는 것이다.

두 번째로 주목되는 점은 신돈에 대한 부당한 평가의 원인을 공식 역사서술의 한계에서 찾고 있다는 점이다. 김동인은 이 작품에서 신돈이 부정적으로 평가된 이유를 다음과 같이 설명한다.

> 사관(史官)은 모도 동류이니 역사상에 신돈을 대역무도한 인물로 올리는 것은 어렵잖은 일이다. 재상도 모도 동류이니 장내 신왕에게 대하여 신돈의 위대한 인격을 일러바칠 리는 없다.[93]

김동인은 유교적 사관에 의해 역사서술을 객관적 '사실'의 기록이 아닌 상대적인 이데올로기적 서술로 파악하고 있다. 따라서 현존하는 역사서술을 절대적인 사실로 간주하는 것은 결국 당대 지배 이데올로기에 포획되는 결과를 낳는다. 오히려 그는 야담 장르의 특성을 통해 공식적인 역사 서술 '이면'의 '다른' 역사적 가능성을 탐색하는 것의 중요성을 강조하고 있다.

이러한 인식은 「수양」에서도 유사하게 나타난다. 일반적인 역사서술에서 '수양대군'의 왕위찬탈은 비도덕적이며 반유교적인 행태로 비판된다. 반면 김동인은 이 작품을 통해 수양대군이 왕위를 찬탈하는

---

92 김동인, 「반야(般若)의 죽음」, 『월간야담』, 1935.3, 6면.
93 위의 글, 8면.

근본적인 원인을 당시 무능한 단종의 정치를 극복하기 위한 백성들의 바람에서 찾고 있다. 즉, "태조 때부터 완비되엿든 국방적 무비 세종시대에 이룩햇든 난숙한 문교— 이 모든 것이 선왕과현왕의 대에 와서는 나날이 줄어들어 가는 것"[94]이 수양의 왕위찬탈의 근본적 배경으로 설정되는 것이며, 이후 세조에 대한 평가 역시 이러한 기준에서 "이 신왕(세조대왕)의업적은 리조 五백 년을 통하여 가장 빛나고 호화로운 것"[95]로 서술된다.

흥미로운 것은 동시대 야담으로 발표된 작품 중에도 김동인과는 정반대의 관점, 즉 단종에게 역사적 정통성을 부여하며, 수양의 왕위찬탈을 부정적으로 평가하는 텍스트가 존재한다는 사실이다. 『월간야담』 1935년 5월호에 발표된 이청의 「수양대군수선사화(首陽大君受禪史話)」가 그것이다.

이리하여 수영(수양의 오식으로 보임—인용자)의 손안으로 온갖 세력이 드러가게 되니 단종은 하는 수 업시 왕위를 수양에게 전하엿다. 수양이 즉위하니 좌우종신에 한 사람도 감히 입을 버려 말참네를 하는 자가 업섯다. 다만 때에 례방승지인 성삼문은 국시를 가삼에 안고 소리를 노하 통곡하였다.

(⋯중략⋯)

이리하여 경복궁까지 쪼겨나와 수성궁으로 옴겨오신 상왕단종은 앙앙불

94　김동인, 「사담(史譚)—수양대군」, 『중앙』, 1934.9, 114면.
95　위의 글, 116면.

락한 세월을 헛되히 보내실 뿐이엇다 집현전학사 성상문 박팽년, 하위지, 리개, 류성원, 유응부 등 역시 앙앙불락한세월을 보내며 상뒹단종의 왕위를 복구시킬 기회만을 엿보고 잇을 뿐이였다.[96]

위의 인용문에서 나타나듯, 김동인의 수양대군에 대한 해석은 일반적인 야담의 그것과도 상당한 차이를 지닌다. 이청의 야담이 단종에게 역사적 정통성을 부여하고, 이를 사육신의 단종복원운동을 통해 형상화한 것과 비교할 때, 이러한 사실은 더욱 두드러진다. 이는 김동인의 야담 수용이 단지 '옛 이야기'에 대한 탐구가 아니라, 나름의 역사적 재해석에 대한 의지의 일환으로 나아가고 있음을 보여준다.

이 책의 입장과 유사하게, 고전문학 연구자인 정부교는 김동인의 야담에 대해 다음과 같이 평가하고 있다. "사화를 수용해서 창작한 경우에는 인물 중심의 서술을 하고 있는데, 이는 역사적 인물을 현대적 관점에서 재평가할 뿐 아니라 역사적으로 잘 알려지지 않은 숨은 인물을 발굴하여 역사의 이면을 드러내고 있다. 이러한 사실은 김동인이 소설가에서 야담전문작가로 변신하는 과정에서 보다 선명하게 부각된다. 그는 사화를 저술하면서도 기존의 史實을 비판적으로 수용하여 스스로 새롭게 재해석하고 있다. 그런 한편 사화에 새로운 의미를 부여하면서 현대적 관점에서 역사적 인물에 대해 재평가하거나 숨은 인물을 발굴하는 데 주력하고 있다."[97]

---

96 이청, 「수양대군수선사화(首陽大君受禪史話)」, 『월간야담』, 1935.5, 89~90면.
97 정부교, 「근대 야담의 전통 계승 양상과 의미」, 정명기 편, 『야담문학연구의 현단계』 3, 보고사, 2001, 454면. 김동인의 야담 수용에 대한 이 책의 논의는 정부교의 이 논문에서 시사 받은 바가 크다는 점을 밝혀둔다.

　김동인의 야담 수용과 창작은 단순히 과거의 이야기에 대한 소개에 그치는 것이 아니라, 조선 전통 서사 장르에 대한 나름의 인식으로부터 비롯되어 공식적인 역사서술에서 제대로 평가받지 못한 인물에 대한 재평가와 역사서술에서 배제된 인물의 복원을 목표로 하는 특유의 역사소설 장르론으로 이어진다.

　그렇다면, 1930년대 후반기에 두드러지는 김동인이 상재한 일련의 역사소설들을 루카치로 대표되는 서구 역사소설 장르론으로 해명하는 것은 큰 의미를 지니지 못할 것이다. 물론 이 시기 루카치의 역사소설론이 점차 수용되기 시작했으며, 김동인 역시 이러한 서구 역사소설 장르론을 직간접적으로 접했을 가능성은 배제할 수 없다. 그러나 그의 역사소설은 스콧(W. Scott)의 작품을 준거로 논의된 루카치의 다음과 같은 역사소설 장르론과는 판이하게 구별된다.

　스콧은 역사적 필연성에 관한 한 이전의 작가들보다 한층 심오하고 진정한, 그리고 다각적인 감각을 가졌기 때문에 위대한 역사소설가가 되었다. 그의 소설에서는 역사적 필연성이 극히 엄격하게 관철되었다. 그러나 이 필연성은 인간을 넘어선 운명이 아니며, 변혁과정에 있고, 구체적 개인들과 상호작용하는 구체적인 역사상황의 복잡한 상호작용인바, 구체적 개인들은 역사상황하에서 성장하고, 이 상황으로 인해 매우 다양한 영향을 받으며, 그들의 개인적 정열에 따라 개별적으로 행동한다. 따라서 스콧이 묘사한 역사적 필연성은 항상 결과이지 전제가 아니며, 한 시대의 비극적 분위기이지 작가의 재고의 대상은 아니다.[98]

루카치의 역사소설 장르론은 "역사적 필연성"을 "구체적 개인"의 삶을 통해 형상화하는 것을 핵심으로 한다. 반면 김동인이 야담 장르를 통해 인식한 역사소설론은 공식적 역사서술에서 온전히 평가되지 못하거나, 혹은 아예 배제된 인물의 삶을 복원하는 것을 목적으로 한다. 따라서 1930년대 야담 장르 수용 이후 발표된 김동인의 역사소설은 서구의 그것과는 다른 장르론적 성격을 통해서만 온전히 그 특성이 규명될 수 있다.[99]

이 시기 김동인의 대표적인 역사소설로는 『대수양』(『조광』, 1941.3~12)과 『백마강』(『매일신보』, 1941.7.24~1942.1.30) 등을 들 수 있다. 그는 그 이전시기에도 『젊은 그들』(『동아일보』, 1930.9.2~1931.11.10), 『운현궁의 봄』(『조선일보』, 1933.4.26~5.14) 등의 역사소설을 발표한 바 있다. 그런데 『젊은 그들』이나 『운현궁의 봄』 등의 작품이 당대 공식 역사에서 일정한 평가를 받고 있던 대원군의 인간적 면모를 부각시키는 데 초점을 맞추고 있는 반면, 『대수양』은 공식 역사에서 철저히 부정적인 인물로 인식되었던 수양대군의 고뇌를 복원하는 것에, 그리고 『백마강』은 공식 역사에 기록되지 않은 인물을 김동인 자신이 픽션으로 창작하는 것에 초점을 맞추고 있다.[100]

---

98 Georg Lukács, 이영욱 역, 『역사소설론』 거름, 1987, 71~72면.

99 이러한 맥락에서 김치홍의 다음과 같은 초기 연구에는 재고의 여지가 있다. "당시 사정을 집권층 위주로 그릴 것이 아니라 왕실과 서민계급을 통틀어 총체적으로, 그리고 사건도 단종을 중심으로 할 것이 아니라, 그 사건이 생길 필연적 이유까지 상세하게 밝혀야 한다는 것이다. 이러한 金東仁의 견해는 루카치의 이론과 상당히 가까운 거리에 있음을 볼 수 있다." 김치홍, 「김동인의 역사소설론연구」, 『국어국문학』 88, 1982, 103면. 이러한 김동인의 견해는 루카치에 가까운 것이라기보다는, 오히려 공식적인 역사서술 이면의 이야기를 형상화하려는 구성적 측면에 과한 것으로 판단된다.

100 권영민의 연구를 참조할 수 있다. "역사소설은 역사적인 소재를 허구적인 서사 원리에 의해 구성한다. 이 경우에 역사적 사실과 허구적 요소가 서로 결합되면서, 역사의 문제

실제 1930년대 당시 제기된 역사소설론은 이전 시기 이광수로 대표되는 기록적 역사소설론으로부터 상당부분 벗어난 양상을 드러낸다. 조남현은 당시 이병기 등의 역사소설론을 검토하며 이에 대해 다음과 같이 언급한 바 있다. "이병기는 역사소설에서 소설 못지않게 역사에도 비중을 두기는 하였지만 사실을 충실히 기록한 그 자체를 문학이라고는 할 수 없다, 문제는 어디까지나 작가의 창작태도에 달려 있다, 역사소설은 다루는 이의 능력과 태도 여하에 따라 순문예가 되기도 하고 통속소설이 되기도 하며 長短과 技巧가 생겨난다는 것이다. 그런가 하면 그야말로 단순한 역사기록이 되고 말 때도 있다. 비록 짧기는 하지만 이병기의 「역사소설론」은 역사소설에 대한 원론을 충실하게 담은 것이라고 할 수 있다."[101] 이와 같은 조남현의 연구는 그 이전 시기 '술이부작(述而不作)'의 유교적 역사서술의 원칙에 기반을 둔 일련의 역사소설 창작과 이 시기 역사소설 창작 간의 차이를 잘 보여준다.

공임순은 역사소설 유형과 관련하여 엘리자베스 웨슬링, 해리 쇼, 터너 등 서구 이론가들의 논의는 물론, 루 샤오펑 등 동양 서사 이론가 등의 논의를 종합하여 기록적 역사소설, 가장적 역사소설, 창안적 역사소설, 환상적 역사소설 등으로 유형화 한 바 있다. 기록적 역사소설은 역사서술에 충실하며 가까운 과거를 다루는 경향이 강한 반면, 창

────────────────

를 현실 속에서 미학적으로 조망할 수 있는 가능성을 열어놓게 되는 것이다. 1930년대의 역사소설은 역사적으로 존재했던 영웅적 인물의 소설적 재구성을 목표로 한 작품들이 많다. 소설 속에서 그려지는 역사적 배경과 그 사회적 의미는 대부분 인물의 형상을 위해 장식적으로 기능한다. 이 시기의 역사소설이 대부분 역사적 상황의 소설적 재현보다 인물의 재구에 관심을 두고 있다는 것은 과거의 역사를 배경 삼은 인간의 성격에 대한 소설적 형상화를 목표로 하고 있음을 말한다." 권영민,『한국 현대문학사』1, 민음사, 2002, 540~541면.
101 조남현,『한국 현대소설 유형론 연구』, 집문당, 2004, 175면.

안적 역사소설은 픽션 형식의 소설에 가까우며 비교적 먼 과거를 주로 다룬다. 가장적 역사소설은 이 둘의 중간 형태로서 역사서술과 픽션의 혼합양상이 두드러진다. 환상적 역사소설은 이른바 가상 역사소설, 즉 팩션(fact + fiction)과 같이 가상의 역사를 재구성하는 성격을 지닌다.[102] 물론 이들 간의 경계는 모호한 것이어서, 기계적으로 개별 작품을 이 유형에 대입할 수는 없지만, 이러한 유형화 자체가 역사소설의 성격을 규명하는 것에는 유용할 것으로 판단된다.

이러한 관점에서 본다면 김동인의 경우 초기 역사소설에서 후기 역사소설로 갈수록 역사서술보다는 픽션 형식에 가까워지며, 다루는 시기 역시 점차 먼 과거로 이동하는 경향이 두드러진다. 즉, 초기 역사소설이 상대적으로 기록적 성격에 가깝다면, 후기로 갈수록 가장적·창안적 성격이 강하게 드러난다. 이는 야담 장르가 지니는 성격에 기인한 것으로 볼 수 있다. 야담 장르가 피지배층의 욕망이 투사된 허구의 역사로서의 성격을 지니기 때문이다. 그 결과 이전 시기 작품들이 상대적으로 공식 역사의 기록의 재현에 충실한 성격을 지니는 반면, 야담 수용 이후 발표된 작품들은 이에 비해 공식적 역사 서술의 이면에 대한 재해석과 작가의 새로운 역사적 상상력을 기입하는 경향이 두드러진다. 이러한 변화는 김동인이 1930년대 후반기 일련의 야담 수용을 통해 새롭게 인식한 야담 장르의 특성에 기인하는 것으로 볼 수 있다. 이러한 관점에서 『대수양』과 『백마강』을 다시 검토해야한다.

---

102 공임순,『우리 역사소설은 이론과 논쟁이 필요하다』, 책세상, 2000, 113~143면. 공임순은 기록적 역사소설의 대표적인 예로 이광수의『단종애사』를, 가장적 역사소설의 대표적인 예로 김동인의『대수양』을 들고 있다. 같은 책, 172~174면.

『대수양』의 경우 기존 연구에서는 김동인 특유의 '영웅주의'적 성격을 지적하거나, 혹은 이광수의 『단종애사』와의 비교연구가 주로 진행되었다. 예컨대 다음과 같은 백낙청의 지적은 지금까지도 큰 틀에서 김동인은 물론 한국 근대 역사 소설을 평가하는 기준으로 작동하고 있는 것으로 판단된다.

> 이러한 안목에서 단종 시대를 소재로 한 역사소설을 쓴다면 그것은 역사소설의 정석에 따라 단종과 수양 이외의 어떤 '중도적 주인공'을 등장시킴으로써 당시 사회의 구석구석을 보여줄 수 있어야 할 것이다.
>
> (…중략…)
>
> 결국 『端宗哀史』와 『大首陽』은 역사적 진실성을 제대로 포착하지 못했다는 점에서 야담과 실화의 뒤범벅이나 크게 다를 것 없이 되었다. 이 광수 식의 감상적이고 권선징악적 우국지사의 史觀을 날카롭게 비판한 김 동인 자신도 따지고 보면 이 광수 못지않게 권선징악적인 우국지상 감상적인 영웅숭배론자였다. [103]

이러한 논의 과정에서 김동인이 전 시기 수용한 야담 장르와의 연관성이 간과된 것이 사실이다. 김동인은 이미 야담 창작을 통해 수양의 고뇌를 형상화 한 바 있다. 이러한 사실은 그의 역사소설 『대수양』에

---

103 백낙청, 「역사소설과 역사의식」, 『창작과비평』 5, 1967.2, 26면.

야담의 장르적 성격을 내재했을 가능성이 크다는 가정을 가능하게 한다. 실제 이 작품은 유교 이데올로기에 입각한 역사서술과는 달리 수양의 왕위찬탈에 대한 새로운 해석을 보이고 있다.

가까이 지낼 동안 차차 무서움ㅅ증이 멀어졌다. 동시에 수양숙의 헌신적 보호가 차차 눈에 뜨이어 갔다. 그 처격, 음성, 모도가 유달리 굵고 큰 그 숙에게서 어디서 그런 세밀한 주의가 나오는지. 어린 왕이 피곤한 기색이 보이면 곧 누울 자리를 준비하였다. 갈한 듯하면 무엇으로 눈치를 채는지 곧 내관에게 시캐나 밀수를 부른다. 원상(院相―왕이 빈전에 있을 동안 정무를 맡아보는 대신)이 무슨 문제를 가지고 빈전까지 찾아오면 수양이 맞아서들고, 거기다가 이 문제를 해결할 방책을 상책 중책 하책의 세 가지로 나누에 그 문제(원상이 가저온)와 아울러 해결 방책까지를 왕께 아뢰어 어느 방책을 취할지 선택하기를 청하고 한다. 간간신료의 어리석은 행동에는 왕을 대신하여 책망도 하였다.

만사를 독재(獨裁)하는 일은 없고 반드시 왕의 윤허를 얻어서야 행하고 아직 어린 임금이라 잘 이해하지 못하는 일이 있으면 소상하고도 명쾌하게 가르키어 올리고 지도하며 올리고 그러면서도 또한 옥체 보중에까지 용의주도하게 감독하고 돌보는 것이었다.[104]

김동인은 수양의 왕위찬탈의 배경을 단종의 관점에서 승인하는 관점으로 서술하고 있다. 이러한 역사인식은 공식적인 역사서술과는 상

---

[104] 김동인, 『대수양 (5)』, 『조광』, 1941.6, 258면.

당한 거리를 지닌 것은 물론이다. 즉, 유교적 관점에서 조카의 왕위를 찬탈한 수양의 역사적 행적이, 김동인에게는 정당한 것으로 재해석된 것이다. 이러한 김동인 특유의 역사인식은 당대 지배 규범으로 통용되던 유교 이데올로기에 입각한 역사서술을 해체하는 효과를 낳는다. 이러한 효과가 가능한 것은 1930년대 후반기 이후 김동인의 야담 수용과 깊은 관련이 있다. 야담 장르가 정사(正史)에 대한 전복적 성격을 지니기 때문에, 수양에 대한 재평가 역시 가능해진 것이다.

김동인의 수양대군에 대한 해석은 일반적인 야담의 그것과도 상당한 차이를 지니며, 이는 특유의 역사적 재해석으로 귀결된다. 물론 그 역사적 재해석이 결과적으로 수양으로 표상되는 "초인의 논리"[105]와 "영웅 예찬"[106]으로 귀결되고 있으며, 이는 결국 "진정한 의미에서의 새로운 역사 해석"[107]으로까지 나아가지 못한 원인으로 작동하고 있다는 점 역시 한계로 지적될 수 있다.

역사가 단일한 '사실'의 객관적 재현이 아니라 다양한 담론 간의 경쟁 속에서 형성된 내러티브라는 점은 이미 역사학계에서 활발히 논의된 바 있다. 헤이든 화이트는 역사서술이 일종의 내러티브 형식이라는 점을 강조하며 객관적이고 단일한 사실로서의 역사 개념을 부정한다. 그에 의하면 "현상에 관한 모든 역사적 설명에는 반드시 이데올로기적인 요소가 내포"[108]되어 있으며, 따라서 "역사 서술의 형식은 플롯 구성의 형

---

105 유재엽, 『한국 근대역사소설 연구』, 국학자료원, 2002, 86면.
106 위의 책, 87면.
107 강영주, 『한국 역사소설의 재인식』, 창작과비평사, 1991, 79면.
108 Hayden White, 천형균 역, 『19세기 유럽의 역사적 상상력 – 메타 역사』, 문학과 지성사, 1991, 34~35면.

식 논증과 이데올로기적 측면과의 독특한 결합체의 표현"[109]이다. 이러한 관점에서 객관적 역사라는 가상의 개념은 부정되며, 다만 다양한 역사적 플롯과 이에 기반을 둔 내러티브들이 존재할 따름이다. 나아가 폴 벤느는 공식적으로 기록된 "'사건적인' 역사"가 아닌 "비-사건적 역사"[110]의 중요성을 강조한다. 그는 이러한 관점에서 다음과 같이 논한다.

> 역사는 예술작품이다. 왜냐하면 객관적이면서도 과학적이지 않고 정해진 방법이 없기 때문이다. 그래서 한 권의 역사책의 가치가 어디에 있는지 평가하려고 할 때, 우리는 예술작품을 평가할 때 동원하는 단어들을 쓴다. 대문자로 시작하는 '역사'는 존재하지 않기에, '무엇 무엇의 역사'들만이 존재하기에, 사건은 줄거리들로 이루어져 있기에, 한 권의 역사책의 가치는 우선 이 줄거리를 어떻게 자르느냐에, 거기 포함된 행동의 단위에, 가장 전통적인 재단을 통해 이 행동의 단위를 끌어낼 줄 아는 대담함에, 한 마디로 말해서 그 독창성에 달려 있다.[111]

이들의 논의는 유교적 정사 개념이 지배적인 역사적 내러티브로 유통되던 시기, 김동인의 역사소설이 지닌 전복적 성격을 뒷받침해준다. 김동인은 야담 장르의 수용을 통해 단일한 대문자 역사의 이면을 탐색하는 역사소설론을 형성하게 되었으며, 이는 『대수양』에서 나타나는 공식 역사 이면에 놓인 수양의 내면을 재구성하는 작업으로 표출된다.

---

109 위의 책, 44면.
110 Paul Veyne, 이상길·김현경 역, 『역사를 어떻게 쓰는가』, 새물결, 2004, 350면.
111 위의 책, 363~364면.

물론 『대수양』의 문학적 성과에 대해서는 다양한 이견이 존재할 수 있다. 그러나 김동인의 경우 전통 서사 장르인 야담 장르의 수용을 통해 유교적인 지배 역사의 해체를 추구하는 양상을 의식적으로 보여준다는 점에서 그 문학사적 의의를 인정받을 수 있을 것이다.

그러나 이러한 지배 역사의 해체가 자칫 또 다른 지배 역사의 기획으로 이어질 경우, 이는 역으로 다른 지배 이데올로기의 재현으로 전락할 위험성을 지닌다. 『백마강』의 경우 한편으로는 유교 이데올로기에 의해 서술된 고대사의 한계를 작가의 역사적 상상력을 통해 극복하려는 문제의식을 보여주지만, 결과적으로 이러한 기존의 지배적 역사의 해체가 당대 대동아공영론과 내선동조론이라는 또 다른 지배적 역사로 귀결됨으로써 본래 야담 장르가 지니고 있었던 지배 이데올로기에 대한 비판적 성격을 상실하는 사례로 볼 수 있다.

이러한 현상을 살핀 집기는 소가와 의논한 바가 있었다. 즉 현재 야마도에는 왕자 풍(豐)이 있다. 풍 왕자를 모셔다가 부러진 사직의 새 주인으로 삼고 천하에 호령하면― 명목이 떳떳하였다. 여기 대하여 경쟁할 자 없고 불복을 말할 자 없다.

이 점을 자세히 관찰하고 집기는 소가와 의논하여 소가가 잠깐 본국에 돌아갔다가 오기로 하였다.

먼저 나라에 품하여 풍 왕자의 귀국의 칙허를 얻고 겸하여 정병 얼마를 빌어가지고 다시 백제로 돌아와서 풍 왕자의 즉위를 천하에 공포하고 겸하여 이곳의 근왕병과 왜인의 구원병을 합세한 세력으로 당병과 신라병을 온 백제국에서 소탕하고 이렇게 하면 백제는 다시 살아날 것이었다.[112]

위의 인용문은 나당연합군에 의해 몰락한 백제가 일본과의 연합을 통해 다시 재건을 기획하는 작품의 결말부이다. 이 부분뿐 아니라 작품 전반에 걸쳐 고대사의 형상화를 통해 백제와 일본 간의 이른바 '동조동근론'을 설파하는 부분이 매우 빈번히 나타난다.[113] 즉, 이 작품의 경우『삼국사기』로 대표되는 중화주의적, 유교주의적 역사 이데올로기를 해체하고 있으나, 동시에 동조동근론을 새로운 대문자 역사 이데올로기로 구축하려는 의도를 담고 있는 것이다. 그 결과 야담 장르가 지닌 대문자 역사에 대한 전복적 성격 대신, 새로운 지배 이데올로기서의 동조동근론과 내선일체론을 승인하는 효과를 낳는다. 이는 김동인의 야담 장르 수용으로부터 가능했던 대문자 역사에 대한 해체의 기획이 결국 당대 지배 이데올로기로 포획되었음을 의미한다. 따라서 『백마강』에 등장하는 야담적 요소는 작품의 전개 과정에서 구성상 사용될 뿐, 그 장르적 성격은 소거되어 버리고 만다.

1930년대 후반기 '전'과 '야담' 장르의 수용은 비단 이태준이나 김동인 등에게 국한된 것이 아니었다. 앞서 잠시 언급했듯이 이 시기 일련의 전통론과 고전론의 대두 속에서 당대 문학 장 전반에 걸쳐 조선 및

---

112 김동인,『백마강』,『김동인 문학전집』12, 대중서관, 1983, 249~250면.
113 이에 대해 허병식은 당대 제국의 부여 표상과 관련하여 이 작품을 해석하고 다음과 같이 해석하고 있다. "부여를 내선일체의 영지이자 고대로부터 이어져온 내선의 '피'의 친연성을 증명하는 장소로서의 신도로 건설하고자 했던 1940년대 초반의 움직임에 부응하는 작품으로 김동인의 장편역사소설『백마강』을 들 수 있다. (…중략…) 혈통의 친연성과 거주의 잡거성에 대한 확인을 통해 두 나라의 관계는 굳건하게 복원된다. 위기가 이미 봉합되었으므로, 서사는 이미 하나의 상징적 종결을 맞은 것이나 다름없다. 작품의 결말이 부여를 나당연합군에게 내어준 종실집기와 소가를 중심으로 한 백제인들과 야마토의 청년들이 마지막 항거를 하던 주류성에 복신과 풍(豊) 왕자가 이끄는 야마도 원정군의 무리가 극적으로 나타나면서 종결되는 것은 그러한 흐름의 자연스런 매듭에 해당하는 것이다." 허병식,「폐허의 고도와 창조된 신도(神都)」,『한국문학연구』36, 동국대학교 한국문학연구소, 2009.6, 95~97면.

동양 전통 서사에 대한 탐구가 확산되었으며, 이는 당대 문인들에게 폭넓은 직간접적인 영향을 미쳤을 가능성이 크다.

이러한 맥락에서 1930년대 후반기 역사소설이 급격히 대두했다는 점이 주목된다. 김윤식과 정호웅이 "1930년대는 '역사소설의 시대'"[114]라고 단언한 바 있는 것처럼, 이 시기 역사소설은 문학의 주류적 흐름 중 하나로 부상했다. 그러나 이에 대한 문학사적 평가는 다소 부정적인 것이 사실이다. 즉, 이 시기 역사소설은 "현실도피의 방안으로 또는 눈앞의 현실에 대한 직접적인 표현과 비판이 제약받는 상황을 우회하여 과거를 현재의 비유로 이용하고자 하는 의도에서 이루어졌던 것이다. 그러나 이 같은 의도의 작품들은 거의 예외 없이 과도한 주관 개입에 의한 역사적 사실의 왜곡"[115]을 가져왔다는 것을 일반적인 평가로 볼 수 있다. 그러나 장르의 계승이라는 관점에서 볼 때, 이러한 현상은 "조선시대의 서사문학 장르, 예컨대 국문소설·야담·전 등의 양식"이 "애국계몽기 전기문학"[116]을 거쳐 계승된 것으로 평가될 수 있으며, 이러한 관점에서 새로운 해석이 가능할 것으로 기대된다.

이 시기 발표된 역사소설 중 이 책의 주제와 관련하여 주목되는 작품으로는, 앞서 논한 이태준과 김동인의 작품 외에, 현진건의 『무영탑』(『동아일보』, 1938.7.20~1939.2.7) 등이 있다. 이 작품이 주목되는 것은 모두 전통 서사 장르의 하위 장르인 설화나 야담을 소설화한 것이며, 또한 공식적인 역사서술과는 다른 독특한 서술 방식을 보여주기 때문이다.

---

114 김윤식·정호웅, 『한국소설사』, 예하, 1993, 201면.
115 위의 책, 202면.
116 강영주, 「한국 근대 역사소설 연구」, 서울대 박사논문, 1986, 15면.

현진건은 1930년대 후반기 이후 『무영탑』, 『흑치상지』(『동아일보』, 1939.10.25~1940.1.16), 『선화공주』(『춘츄』, 1941.4~9) 등의 역사소설을 창작한다. 그는 역사소설을 "作者가 虛心坦懷로 歷史를 耽讀玩味하다가 偶然히 心琴을 울리는 事實을 發見하고 作品을 비져내는 境遇"[117]와 "作者가 主題는 벌써 作定이 되었으나 現代에 取材하기도 거북한 點이 있다든지 또는 現代로는 그 主題에 適當한 事實을 찾아 대어 얽어놓은 境遇"[118]로 나누고, 후자를 이상적인 경우로 규정한 바 있다. 즉, 그에게 중요한 것은 역사적 사실의 재현이 아니라, 이미 설정되어 있는 특정 주제를 우회적인 방식으로 형상화하기 위해 역사적 소재를 차용하는 것이었다.

따라서 현진건의 역사소설을 실제 역사와 대비하여 평가하는 것, 예컨대 "『무영탑』에서는 당학파와 국선도파 간의 대립이 피상적으로 그려져 있기 때문에, 그와 관련하여 피력된 민족주의적 이념 역시 피상적일 수밖에 없게 되었다"[119]는 평가나 혹은 "『흑치상지』는 애국계몽기의 역사 전기류 소설에 표명된 구국적 영웅을 통한 국권 회복 의지를 밑바닥에 깔면서 역사 발전의 주체자로서의 민중을 참여시킴으로써 발전된 역사의식을 보여주고 있다",[120] 나아가 "당시 신라 사회의 계급적 분열과 그 분열에서 파급된 서민의 피해 그리고 지배층에의 적개심과 같은 것이 저항적인 의식 속에서 식민지 사회와 결부되면서 파악·묘사되고 있다"[121]는 등의 평가는 작품의 핵에 닿지 못한 것으로

---

117 현진건, 「역사소설문제」, 『문장』, 1939.12, 123면.
118 위의 글, 128~129면.
119 강영주, 『한국 역사소설의 재인식』, 창작과비평사, 1991, 89면.
120 유재엽, 『한국 근대역사소설연구』, 국학자료원, 2002, 131면.
121 김종균, 「현진건의 역사의식연구」, 『국어국문학』 85, 1981.5, 72면.

판단된다.[122] 오히려 작품에 서술된 내용보다 주목되어야 하는 것은, 현진건이 스스로 밝힌 바와 같이 특정한 주제를 형상화하기 위해 그가 선택한 역사소설의 서술원리를 규명하는 것이다.

그는 두 가지 서술원리를 도입함으로써 이와 같은 역사소설 형상화를 기획한다. 첫째, 유교적 역사서술 전통에 입각한 원 텍스트의 차용 대신, 전설과 야담 등 구술되어 전승된 서사 장르를 원 텍스트로 차용하고 있다. 유교적 역사서술의 경우 '술이부작'의 전통에 의해 기록된 것 이외의 작가의 상상력이 개입될 여지가 매우 적다. 반면 구술, 전승된 전통 서사 장르의 경우 바로 그 구술성으로 인해 작가가 이야기소들을 재편집하여 새로운 텍스트로 형성할 수 있다. 둘째, 시간적 배경을 고대시대로 설정하고 있다. 일반적인 서구 역사소설이 근대의 바로 전 시기를 다루는 것을 장르적 규범으로 삼는 것은, 이를 통해 '현재의 전사(前史)'를 규명하고, 이후 역사발전의 법칙을 해명하기 위해서이다. 반면 시간적 배경이 먼 과거로 설정될수록 남아 있는 역사적 자료가 부족하기 때문에 자연스럽게 작가의 상상력이 투영될 여지가 커진다. 『무영탑』, 『흑치상지』, 『선화공주』 등의 역사소설에서, 현진건이 공통

---

122 한편 한상무는 다음과 같이 단재의 역사인식과의 상관성 속에서 『무영탑』의 의미를 해석하고 있다. "『無影塔』(1938~1939)은 申采浩의 초기 사상과 20년대의 고대사 연구에 표명된 역사 사상을 직접 차용하여 이룬 작품이다. 이 작품은 韓國史를 민족자주적인 郎家(國仙徒)와 사대주의적인 儒家의 대결로 파악하는 申采浩의 민족사관을 반영하고 있는 작품으로, 郎家의 尚武之風의 재흥, 곧 武力養成으로 당대의 식민지 상황을 타개하고 '大朝鮮主義的'인 강성한 고대 民族史像의 재현을 예견하는 미래 지향적 역사의식을 우회적인 방법으로 표현한 작품이다." 한상무, 「현진건의 역사의식 형성」, 『국어국문학』 94, 1985.12, 59면. 그러나 이러한 평가는 다소 과도한 민족주의적 해석으로 판단된다. 오히려 실증적인 측면에서 보자면 『무영탑』은 오사카 긴타로와 오사카 로쿠손의 설화 해석의 영향을 받은 것으로 보인다. 이에 대한 자세한 논의는, 강석근, 「무영탑 전설의 전승과 변이 과정에 대한 연구」, 『신라문화』 37, 2011.2 참조.

적으로 시대적 배경을 고대로 설정한 것은 이러한 사실에 기인한다.

현진건의『무영탑』은 신라 불국사 삼층 석탑인 '무영탑'에 얽힌 전설을 소설화한 작품이다. 이 작품의 경우 공식 역사서술에는 기록되지 않은 채, 특정 장소와 결합되어 구전되는 전설을 소설화한 것으로 볼 수 있다. 사실 현재의 역사적 지식에 비추어 본다면 이 작품은 역사적 '오류'를 상당 부분 지니고 있다. 특히 아사달을 '백제'인이 아닌, 신라의 변방인 '부여'인으로 형상화한 부분은 상당한 오류로 볼 수 있다. 그러나 이 작품이 역사'서술'이 아닌 역사'소설'임을 고려한다면 이러한 오류가 작품의 큰 결함으로 평가될 수는 없다.

이 작품의 경우 1930년대 역사소설들 중 창안적 역사소설의 성격이 가장 강하게 나타난다. 앞서 살펴본 이태준, 김동인, 박종화 등의 역사소설들이 기록적 역사소설로부터는 상당히 벗어난 양상을 보이지만, 실재했던 역사적 소재에 기반을 두고 있으며 이에 대한 복원과 재해석에 초점을 두고 있다는 점에서는 가장적 역사소설에 가까운 특성을 지닌다고 할 수 있다. 반면 현진건의『무영탑』의 경우 우선 그 소재 자체가 실제 역사적 인물과 사건으로 보기에는 다소 어려운 면이 있으며, 시간적인 측면에서도 고대사를 배경으로 하기 때문에 작가의 상상력이 매우 강하게 개입하는 특성을 지닌다. 이런 면에서 터너의 구분을 따른다면 이 작품은 창안적 역사소설로 볼 수 있을 것이다.[123]

창안적 역사소설의 경우 기본적인 소재는 역사에서 추출하지만, 이를 실제 역사와의 일치 여부와는 무관한 작가의 상상력을 통해 재구성

---

123 터너의 역사소설 하위 장르론에 대해서는, J.W. Turner, "The kinds of historical novel", *Genre* 12, 1979, pp.333~335 참조.

한다는 점에 그 장르적 특징이 있다. 이러한 장르적 성격으로 인해 창안적 역사소설을 종종 환상적 특성을 드러내며, 이를 통해 당대의 규범적인 텍스트의 기대지평을 붕괴시킨다.

다른 한편으로 루 샤오펑은 동양 고전 역사서술이 본래 '술이부작'의 전통을 서사 원리로 설정한 역사적 유형을 전범으로 삼았다고 강조했다. 그런데 이러한 역사적 유형은 당대 사회의 규범적 에피스테메가 사회구성원들에게 보편적인 세계관으로 어느 정도 공유될 때만 유효할 수 있을 것이다. 반면 알레고리적 유형이나 환상적 유형들은 역사적 유형과는 달리 '정사' 서술의 방식 대신, 알레고리나 환상성을 서사 원리로 설정하는 특성을 지닌다. 이들 유형은 지배적 에피스테메에 기반을 둔 규범적 역사관이 회의되는 시기에 출현하여, 당대 담론 장의 인식 구조에 균열을 가하는 특성을 지닌다. 이와 같은 루 샤오펑의 구분에 따를 경우 현진건의 『무영탑』은 환상적 유형에 가까운 것으로 볼 수 있다.

현진건의 『무영탑』이 터너의 구분으로는 창안적 역사소설, 루 샤오펑의 구분으로는 환상적 역사소설 장르에 속한다는 것은, 이 작품이 조선 고전 역사소설은 물론, 1930년대 후반기 당대에도 매우 이례적으로 작가의 역사적 상상력을 극대화시킨 작품임을 의미한다. 창안적 역사소설의 경우 사료에 구애받지 않는 특성을 지니며, 환상적 역사소설의 경우 지배적 역사서술 자체를 부정하는 특성을 지닌다. 이는 동아시아 서사의 전통에서 '소설'이 형성된 배경과도 밀접한 관계를 지닌다. 즉, 동아시아 문화권에서 "문학 서사는 특별한 목적의식을 가진 작가에 의해 의도적으로 구성된 산문체의 허구적 이야기"이며, 이는 "문학 서사를 옹호했던 논자들은 스스로 정식 역사의 보충물이라거나 감정을 통해 독자를 교화함으로써 유가경전진의 역할을 더욱 효율적으로 대신할 수 있다는 논리로 무장하여 허구적이고 상상적인 이야기를 정당화"[124]하는 과정을 통해 형성되었기 때문이다. 따라서 이 시기 유독 창안적, 환상적 역사소설이 빈번히 등장하는 것은 당시 야담 부흥 운동을 비롯한 동아시아 서사 문학에 대한 관심이 직간접적으로 작용한 결과로 볼 수 있을 것이다. 보다 구체적으로 현진건의 『무영탑』이 이러한 특성을 획득하게 된 것은 크게 세 가지 사실에 기인하는 것으로 볼 수 있다.

첫째, 이 작품은 역사적 사건을 소재로 삼지만, 문자화된 공식적인 사료 자체가 지극히 빈약한 '전설' 장르를 그 원천으로 삼고 있다. 전(傳) 장르는 지식인층에 의해 형성된 장르이기 때문에 각종 문집 등을 통해 그 역사적 사료가 비공식적 형식으로나마 전승되고 있다. 야담 장르의 경우에도 본래 민간에서 구술, 전승되어온 장르이지만, 이후 몰락한 사대부 층과 직업적인 강담사들에 의해 기록되어 전승되고 있다. 반면 전설 장르의 경우 큰 틀에서는 야담 장르에 속하지만, 그 중에서도 특히 사료로 활용될 수 있는 문자화된 기록이 빈약한 경우에 속한다. 따라서 이 작품은 기본적인 모티프만을 사료를 통해 얻을 수 있을 뿐, 구체적인 서술 과정에서는 작가의 상상력이 강하게 개입되는 특성을 지니게 된다.

둘째, 이 작품의 시간적 배경이 비교적 가까운 과거인 조선이나 고려시대가 아닌, 고대사에 속하는 신라시대로 설정되어 있다는 점이다. 가까운 과거일수록 공식적, 비공식적인 사료가 많이 남아 있을 가능성

---

124 홍상훈, 『전통 시기 중국의 서사론』, 소명출판, 2004, 46면.

이 크며, 반면 먼 과거일수록 전승되는 사료가 부재하는 것은 필연적이다. 앞서 살펴본 1930년대 후반기의 역사소설들은 대부분 조선시대를 그 시간적 배경으로 설정하고 있다. 이러한 경우 전승하는 사료가 상대적으로 많기 때문에, 이로부터 작가가 자유롭지 못한 한계를 지닌다. 반면 현진건의 『무영탑』은 매우 먼 과거를 시간적 배경으로 설정하고 있기 때문에 역사에 대한 작가의 재구성이 활발히 전개될 가능성이 크다는 특징을 지닌다.

셋째, 이 작품은 특정한 역사적 사건에 대한 서술보다는 아사달을 중심으로 한 무영탑 건축 과정과 아사달의 예술가적 정신을 형상화하는 것에 초점을 맞추고 있다. 따라서 당대 신라사회의 정치적·역사적 배경은 부차적인 것으로 설정되며, 오히려 작품의 초점은 이와는 무관한 아사달의 무영탑 건축 과정으로 모아진다. 그 결과 역사에서 소재를 취하고는 있으나, 정치사나 사회사, 경제사 등 대문자 역사와는 무관한 아사달 '개체'의 역사를 구축하는 것이 작품의 주된 모티프이다. 따라서 역사서술에 대한 미메시스적 재현 대신, 아사달의 예술가적 내면을 형상화하기 위한 작가의 상상력이 전면화 된다.

현진건의 『무영탑』은 창안적·환상적 역사소설 장르에 속한다 할 수 있다. 그렇다면 이 작품에서 유독 빈번히 환상적 요소가 등장하는 배경을 고찰할 필요가 있다. 기본적으로 "환상문학은 문화적 질서가 의존하고 있는 토대를 지적하거나 제시하게 된다. 왜냐하면 그것은 무질서, 불법적인 것, 법과 지배적 가치 체계 바깥에 놓여 있는 것들에 대해서 짧은 순간 개방되기 때문이다. 환상적인 것은 문화의 말해지지 않은 부분, 보이지 않는 것, 즉 지금까지 침묵당하고 가려져왔으며 은

폐되고 '부재하는' 것으로 취급되어온 것들을 추적한다."[125] 이를 통해 "'가능함'에 대한 '불가능함', '실재'에 대한 '비실재', 명명될 수 없고 형태가 없는 것, 알려지지 않고 보이지 않는 것 등"[126]을 복원하는 것이 문학에서 환상이 추구하는 역할이다.

이는 특히 동양의 소설적 전통에서 더욱 큰 비중을 차지한다. 루 샤오펑은 중국 당(唐)대의 소설을 분석하며 전통적인 역사서술 원리가 분화되는 과정을 논증한다. 이 과정에서 환상적 양식이 대두하는 경향에 대해 그는 다음과 같이 언급한다. "이러한 새로운 글쓰기(환상적 양식―인용자)의 기본적인 문제는 공식 역사가의 수사학을 사용하면서도 근본적으로는 비역사적이고 비합리적인 초자연적 세계를 재현하려고 한다는 데에 있다. 이야기 내부의 긴장은 역사적이고 실제와 같으며 사실적 재현의 양식을, 비역사적이고 초세속적인 현실 재현과 나란히 늘어놓는 데에서 발생한다. 그 결과 당대의 허구 담론은 서사의 경계를 확대하고 의미화의 범위를 확장시킨다."[127] 이러한 관점에서 환상적 양식의 대두는 기존의 "역사"와 "실제"의 개념과는 다른 "비역사"와 "초세속"적 양상을 대립시킴으로써, 단단한 인식론적 규범에 대한 회의를 표출하기 위한 장르사회학적 결과로 볼 수 있다. 그 결과 동양의 고전 "소설은 역사적으로 '사실적'인 것을 자세히 조사하고, 사회적 위치의 정당성에 의문을 던지며, 문화의 주변부를 발견하여 일반적으로 공인되고 있는 인식론적이고 존재론적인 가정들을 그 한계까지 밀고

---

[125] Rosemary Jackson, 서강여성문학연구회 역,『환상성―전복의 문학』, 문학동네, 2001, 12~13면.

[126] 위의 책, 40면.

[127] Lu Hsiao-peng, 조미원 외역,『역사에서 허구로―중국의 서사학』, 길, 2001, 184면.

나간다. 환상적인 것은 새로운 존재 지평을 향하여 열려있으며, 관습적으로 알려진 것을 넘어 가능한 세계의 비전을 창조한다. 이것 모두가 인식론적이고 개념적인 혼란을 일으키는 데 기여하며 궁극적으로는 동질적이고 자율적인 유가적 주체의 탈중심에 기여한다."[128]

캐스린 흄은 문학에서 환상의 기능에 따라 이를 다시 4가지 하위 장르로 유형화한다. 현실 도피를 특징으로 하는 환영 문학, 새로운 리얼리티를 제시하는 성찰 문학, 리얼리티의 개선을 추구하는 교정 문학, 리얼리티 자체를 알 수 없게 만드는 탈환영 문학 등이 그것이다.[129] 이에 따를 경우 현진건의 『무영탑』은 성찰 문학에 속한다. 이 유형은 "우리 자신의 리얼리티에 관한 생각과 이야기 속에서 만나는 리얼리티를 의식적으로 비교하게 만든다. 이들은 차이점에 주의를 돌리게 한다. 가끔은 보다 풍부하고, 보다 격렬하며, 보다 논리적이며(또는 모순되며), 아무튼 보다 의미 있는 리얼리티를 보여줌으로써, 리얼리티에 관한 우리의 생각이 지닌 한계를 느끼게 만든다."[130]

현진건의 『무영탑』은 두 개의 리얼리티의 대조를 통해 당대의 규범적 에피스테메에 의해 억압되었던 '다른' 리얼리티에 대한 인식을 제기하는 작품으로 평가할 수 있다. 이 작품의 기본 서사 구조는 무영탑 건축에 몰입하는 아사달과 이를 억압하는 당대 정치세력 간의 대립으로 볼 수 있다. 그런데 후자가 우리에게 익숙한 역사적 리얼리티의 영역에 속한다면, 전자는 낯선 경험을 제시하는 환상적 영역에 속한다. 이는 이

---

128 위의 책, 187면.
129 Kathryn Hume, 한창엽 역, 『환상과 미메시스』, 푸른나무, 2000. 특히 2부를 참조.
130 위의 책, 143면.

작품이 발표된 시기를 고려할 때, 일종의 알레고리적 효과를 생성한다. 아사달이 속한 환상적 영역은 예술가의 창작이 진행되는 영역이며, 반대로 당대 정치세력이 속한 현실적 영역은 정치 논리에 의해 예술가의 창작 의지를 방해하는 영역으로 독해된다. 이러한 대립적 서사 구조를 통해 이 작품은 자명한 리얼리티로 제시되던 당대 '근대의 몰락'과 이를 대체할 '새로운 질서'와는 다른, 예술가적 창작의 욕망이 분출되는 환상적 영역의 존재를 환기시킨다. 이는 당대 새롭게 대두하던 이른바 '국민문학'이 예술가적 창작 욕망을 철저히 부정하는 것과 대비되는 '다른' 문학적 지향의 일단을 보여준다. 당시 국민문학은 오직 '국민'으로서의 작가만을 강요하며, 이로부터 벗어나는 예술가적 욕망을 철저히 부정하는 경향을 강하게 나타낸다. 예컨대 다음과 같은 언급이 대표적이다.

저도 문학의 신체제화에는 무슨 일이 있어도 개인주의, 특히 말기의 개인주의 청산이 전제 되어야 한다고 생각합니다. 오늘의 문학은 조선이라고도 일본이라고도 하지 않습니다. 뿐만 아니라 동양이라고도 서양이라고도 하지 않습니다. 다만 개인주의적 예술의 일부분인 것은 새삼 말할 것도 없습니다. (…중략…) 마치 중세기의 봉건주의가 막다른 길에 봉착하자 인간의 자유로운 발달을 방해한 것과 마찬가지로, 자유주의 체제는 오늘날 완전히 막다른 상태가 되어 거꾸로 인간의 자유로운 발달을 방해하기에 이르렀다는 간단한 이유 때문입니다. 이것은 문학에 있어서도 마찬가지입니다, 자유주의의 문학적 해석인 개성 추구나 개성 표현이라는 것도 지난날과 같이 적극적인 의미는 갖지 못합니다. 게다가 무리하게 그것을 하려는 과정에서 오늘날의 말기 개인주의적 문학의 여러 가지 폐해가 생겨난 것입니다.[131]

1930년대 후반기는 기존에 자명한 것으로 간주되어온 서구적 근대의 가치가 근본적으로 회의되는 동시에, 점차 이를 대체하기 위한 새로운 규범으로 신체제와 대동아공영론이 제기되던 시기였다. 현진건의 『무영탑』은 환상적 영역과 현실적 영역 간의 대립을 기본 서사 구조로 설정한다. 이때 전자는 예술가적 욕망을, 후자는 이를 억압하는 정치 논리를 알레고리적으로 반영한다. 이를 통해 이 작품은 이른바 '국민문학'의 논리와는 '다른' 예술가적 욕망을 환상적 형식으로 표현한 것으로 평가할 수 있을 것이다. 그리고 이러한 환상적 역사소설 장르의 구축이 가능했던 것은, 그가 야담, 특히 그 중에서도 전설 장르를 수용함으로써 작가적 상상력의 개입을 극대화시킬 수 있는 역사소설 장르를 모색했기 때문인 것으로 볼 수 있을 것이다.

1930년대 후반기 전통론과 고전론의 대두 속에서 소설 장르 역시 전통 서사 장르의 활발한 계승과 변용을 통해 새로운 양상을 모색하게 된다. 특히 이태준, 이병기, 김태준 등을 중심으로 활발하게 수용된 '전' 장르와, 김동인, 윤백남, 박종화, 현진건 등을 중심으로 활발하게 수용된 '야담' 장르는 이후 서구 근대 'novel' 장르와 결합되면서 독특한 변용 양상을 보인다. 그 결과 이 시기 활발히 창작된 일련의 역사소설은 조선 및 동양의 고전 역사서술과 서구의 근대 역사소설의 결합과 변증을 통해 새로운 '동양적 역사소설' 장르의 특성을 내포한다.

장르론적 측면에서 조선 및 동양의 전통 서사는 기본적으로 역사서

---

131 최재서, 노상래 역, 「신체제와 문학」, 『전환기의 조선문학』, 영남대 출판부, 2006, 37~38면.

술의 하위 장르로 형성되었다. 이는 본래 '소설'이 '역사'를 보완하기 위한 가공의 이야기에 그 근원을 두고 있다는 점에서 확인된다. 그러나 이는 당대 사회구성원의 가치관이 절대적인 하나의 규범으로 포획될 때만 가능한 것이었다. 따라서 고대에서 중세를 경유하며, 소설은 역사서술과는 다른 독립적인 장르적 규범을 확립하게 된다. 이는 가치론적 측면에서는 당대 지배 이데올로기에 의한 공식적인 역사서술의 이면이나 아예 배제된 이야기들을 복원하려는 장르적 특성으로 나타난다. 또한 구성원리의 측면에서는 정사(正史)를 구성하는 '술이부작(述而不作)'의 원리와는 달리 알레고리적이거나 환상적인 구성 방식이 장르적 특성으로 정착된다. 이러한 형성 과정을 통해 조선 및 동양의 소설을 유교적 역사서술을 전복하는 장르적 성격을 획득하게 된다.

그런데 1930년대 후반기는 이미 일정 정도 서구 근대 'novel'의 장르적 규범이 문학 장에 정착된 시기였다. 따라서 이 시기 재인식된 조선 및 동양의 소설 장르론은 서구 근대 'novel'의 장르론과 때로는 결합되고, 때로는 충돌하면서 새로운 장르적 특성을 형성하게 된다. 이 점이 중요한 것은 당대 전통 서사 장르의 계승이 단순한 복고주의적, 회고주의적 전통주의에 그치는 것이 아니라, 서구 문학 장르와의 적극적인 교섭을 통해 전통 장르를 현재화하려는 문제의식의 소산이었기 때문이다.[132]

---

[132] 이는 예컨대 홍명희의 『임꺽정』 등의 작품에서도 확인가능하다. 이에 대해 장수익은 다음과 같이 논한 바 있다. "문제는 『임꺽정』을 서구 소설의 기준으로 보느냐, 반대로 동양 소설의 기준으로 보느냐에 있다. 서사의 일관성과 통일성을 바탕으로 현실을 보다 깊은 차원에서 반영하는 것을 우선으로 볼 것인가, 아니면 동양적인 소설의 전통을 되살린 것을 우선으로 볼 것인가의 여부가 『임꺽정』에 대한 작품 분석과 문학사적 가치 부여의 핵심적 관건이 되는 것이다. 홍명희는 이 문제에 대해 두 가지 언급을 남기고 있는데, 그 하

그 결과 이태준의 『황진이』, 『왕자 호동』, 김동인의 『대수양』, 현진건의 『무영탑』 등의 역사소설은 동양의 전통적인 '문(文)' 장르와 서구의 근대적인 'novel'이 결합된 독특한 장르적 성격을 내포하게 된다. 이는 구체적으로 다음과 같은 장르적 특성으로 나타난다.

첫째, 역사소설에서 지배적 역사서술에 대한 전복적 상상력이 활발히 대두한다. 이들 역사소설을 하위 유형으로 분류한다면, 앞서 언급한 터너의 기준에서는 가장적, 창안적 역사소설의 경향이, 루 샤오펑의 기준에서는 알레고리적, 환상적 역사소설의 경향이 강하게 나타난다. 이는 개화계몽기부터 1920년대까지의 역사소설이 기록적 양식에 가까운 경향을 보이는 것과 구분되는 지점이다. 이전 시기 역사소설은 정사(正史)에 충실한 양상을 지니며, 이로부터 당대의 역사적 전망을 도출하는 것을 그 장르적 본질로 삼았다. 이는 개화계몽기의 역사전기소설이 애국계몽이라는 뚜렷한 가치를, 그리고 1920년대 역사소설이 민족주의에 입각한 독립이라는 뚜렷한 가치를 지녔던 것과 연관된다. 즉 미래에 대한 전사(前史)로서의 역사에 대한 객관적 재현을 가능하게 한 당대의 규범적 지향이 존재했기 때문에 이와 같은 기록적 역사소설 유형이 활발히 창작될 수 있었던 것이다.

그러나 1930년대 후반기 일련의 역사소설은 이와는 달리 정사 자체를 부정하고, 그 이면의 다른 역사적 가능성을 모색하거나, 아예 공식

나는 중국이나 구미 문학의 영향을 받지 않고, 사건이나 인물, 묘사, 정조 등을 '순(純)-조선'의 것, 곧 '조선 정조에 일관된 작품'으로 만들려고 했다는 것이며, 다른 하나는 '소설이 아니라 강담(講談) 식으로 시작했다는 것, 곧 이야기꾼이 역사를 알기 쉽고 흥미 있게 전달하는 방식으로 시작했다는 것으로서, 이러한 언급은 홍명희의 의도 자체가 이미 서구 소설의 기준을 벗어난 지점에 있었음을 말해준다." 장수익, 「강담 양식으로 담은 민중적 시각─홍명희의 『임꺽정』론」, 『한남어문학』 26, 2002, 216면.

역사서술에서 배제된 이야기를 복원하려는 경향을 강하게 보인다. 이는 이 시기 근대에 대한 회의가 광범위하게 논의되며, 문학 장 역시 뚜렷한 가치 지향점을 획득하지 못한 채, 다양한 새로운 가치를 모색하려던 상황과 연결된다. 루 샤오펑의 지적처럼 알레고리적, 환상적 양식은 당대의 규범적 에피스테메에 대한 회의를 장르사회학적으로 반영한 결과로 볼 수 있다. 이는 예컨대 이태준의『황진이』와『왕자 호동』에서 두드러지는 허무주의적 인식이나, 김동인의『대수양』등에서 두드러지는 지배적 역사서술에 대한 전복적 상상력의 발현, 현진건의 『무영탑』에서 두드러지는 환상적 세계로의 침잠과 현실에 대한 부정의식 등의 문제의식과 결합되어 해석될 필요가 있다. 이들은 사전 장르나 야담 장르의 수용과 변용을 통해 전대와 구별되는 새로운 역사소설 장르를 모색했다. 그런데 이들이 수용한 사전이나 야담 장르는 지배적인 역사서술에 대한 강한 부정의식을 그 장르적 특성으로 삼는다. 여기에 1930년대 후반기 근대의 몰락으로 상징되는 지배적 에피스테메에 대한 광범위한 회의가 결합되면서 서구 근대 역사 소설 장르와 구분되는, 그리고 동시에 동양의 공식적 역사서술 장르와도 구분되는 독특한 역사소설 장르가 형성된 것이다. 이는 특히 전통 서사 장르를 당대의 문제의식과 결합시켜 현재화한 중요한 사례로서 의미화할 수 있을 것이다.

둘째, 이들 역사소설은 전통 장르의 계승과 동시에 이를 당대의 문학 장에 유통되던 서구적 근대소설 장르의 특성과 결합시켜 재구성하는 양상을 활발히 보인다. 사전과 야담은 모두 전근대적 장르이기 때문에, 이미 근대문학 장르가 상당부분 정착된 1930년대 후반기 조선문학에 그대로 수용될 수 없었다. 따라서 일련의 작가들은 전통 장르의 한계를 서구 근대소설 장르의 특성을 차용함으로써 극복하려는 실험을 수행한다.

　우선 주로 스토리 중심으로 서술되던 전통 장르의 한계를 극복하기 위해, 이들은 서구 근대소설 장르의 토대가 되는 인물의 내면 묘사에 큰 비중을 할애한다. 사전(私傳)과 야담 등의 전통 장르의 경우 인물의 내면에 대한 묘사보다는 스토리의 전개가 보다 중요한 서사 구성 원리로 작동한다. 그러나 이 과정에서 사건의 중심인물이 지녔을 법한 내면의 고뇌나 내적 행동 논리 등은 간과되는 경우가 많다. 특히 사전과 야담이 한 인물의 일화를 주로 다루는 특성을 지님에도 불구하고, 이들 인물의 내면이 충분히 조망되기 어렵다는 점이 전통 서사 장르를 수용하는 과정에서 큰 어려움으로 작용했을 가능성이 크다. 이를 극복하기 위해 당대 작가들은 내적 초점화의 사용을 통해 중심인물의 내면을 복원하는 것에 큰 비중을 둔다. 그 결과 건조한 사건의 재현 대신, 그 이면에 놓인 중심인물의 내면의 고뇌와 내적 행동 논리에 대한 형상화가 활발히 이루어진다.

　더불어 서술자와 중심인물 간의 거리감이 확보된다는 점 역시 중요한 성과로 볼 수 있다. 전통 서사 장르, 특히 야담 장르의 경우에는 구전되는 경향이 강했기 때문에 자칫 구연자와 중심인물 간의 객관적 거리가 상실된 채, 일방적인 동일시가 진행될 가능성이 크다. 그런데 이러한 서사 구성 원리는 결과적으로 중심인물에 대한 작가의 논리적 평가를 불가능하게 만들 가능성이 크다. 이를 극복하기 위해 1930년대 후반기 역사소설 작가들은 서술자와 초점화자 간의 구분을 통해 객관적 거리를 확보하고자 한다. 물론 서술자는 초점화자에 대해 우호적인 입장을 지니는 경우가 빈번히 나타난다. 그러나 이 경우에도 서술자와 초점화자의 거리가 존재하기 때문에, 서술자가 내포 독자에게 설득력 있게 초점화자의 내적 논리를 해명하는 서사적 개입을 수행해야 한다. 그 결과 단순한 감정적 동일시가 아닌, 나름의 논리적인 중심인물에 대한 역사적 평가가 진행된다는 점이 이 시기 역사소설 장르가 획득한 새로운 장르적 특성으로 볼 수 있다.

나아가 사전과 야담이 단편적인 사건의 서술에 초점을 맞추는 반면, 이 시기 역사소설들은 사건과 사건의 개연성에 입각한 플롯 구성을 강조하는 경향을 보인다. 사전과 야담 장르의 경우 하나의 단편적인 사건을 통해 이야기의 흥미성을 극대화하거나, 혹은 역사적 교훈을 전달하려는 특성을 지닌다. 그러나 역사‘소설’의 경우 개별 사건들이 연쇄적인 내러티브를 구성하며 하나의 주제로 모아지는 플롯 구성이 필수적이다. 이러한 플롯 구성을 통해 단순한 이야기나 교훈담을 넘어, 비로소 동양적 역사소설 장르가 형성된다.

이와 같은 서사 구성 원리의 도출은 동양적 ‘문(文)’과 서구의 ‘novel’의 결합을 통해 형성된 것이다. 이태준, 김동인, 현진건 등은 모두 1920년대부터 서구의 ‘novel’ 장르의 특성을 인식하고 있는 상황에서, 1930년대 후반기 동양적 서사 장르를 능동적으로 수용했다. 그 결과 이들은 두 장르 간의 변증을 통해 전통 장르의 현재화를 기획할 수 있었고, 이것이 위와 같은 새로운 서사 구성 원리의 도출로 나아갔던 것이다. 이는 전통 장르의 외래 모델의 능동적인 변증 과정의 결과라는 점에서 그 문학사적 의의를 확보할 수 있을 것이다.

셋째, 문학사적 연속성의 측면에서 이들 역사소설은 장르 진화의 매개로서 기능한다는 점을 들 수 있다. 한국문학의 경우 개화기를 전후로 하여 문학사적으로 급격한 단절이 가로놓였다는 것이 일반적인 통념이다. 그러나 장르의 경우 급격한 외래 모델의 수용 과정에서도 잠재태로서 기존의 장르가 그 문화적 저층에 잔류하여 존재한다. 역사소설의 경우 개화기 일련의 역사전기물을 통해 전통 서사 장르인 전 장르가 변용되는 양상을 보이다, 이후 서구의 근대적 역사소설로 변이되었다는 것이 일반적인 문학사적 구도이다. 그러나 1930년대 후반기 일련의 역사소설들은 전과 야담 장르 등에 대한 재인식을 통해 개화계몽기 역사전기물을 계승하는 한편, 이를 서구 'novel' 장르와 접합시킴으로써 장르 진화의 한 사례를 보여준다. 이후 해방 이후 현재까지 활발히 창작, 유통되고 있는 역사소설이 단순히 서구 'novel'의 이식만으로 형성된 것이 아니라, 이러한 장르 진화의 과정을 통해 형성된 것임을 확인시켜준다는 점에서 이들 동양적 역사소설의 기획은 그 의미를 지닌다고 할 수 있다.

서구 문학의 능동적 수용과 'novel' 장르의 분화

1. 조선적 특수성의 발견과 가족사 연대기소설의 전유

1) 삽화적 구성을 통한 조선적 특수성의 해명

2장 3절에서 살펴본 바와 같이, 1930년대 후반 이후 서구 문학에 대한 탈식민적 수용이 매우 풍부하게 진행된다. 이 중 두드러지는 서구의 소설 장르론 중 하나는 토마스 만의 『부덴브로크 가의 사람들』이나 마르탱 뒤 가르의 『티보 가의 사람들』을 중심으로 수용된 이른바 '가족사 연대기소설론'이다. 실제 『인문평론』 1940년 1월호에는 '노벨상 작가 선(選)'이라는 기획 아래 토마스 만의 「묘지로 가는 길」이 번역 및 소개되었으며, 최재서는 이들을 중심으로 「가족사소설의 이념」이라는 논문을 1940년 2월 역시 『인문평론』에 발표한다. 이러한 '가족사 연대

기소설론'이 제기된 배경에는 당대 소설 장르에 대한 근본적인 회의와
재편에 대한 문제의식이 놓여 있다. 이는 다음과 같은 글들에서 단적
으로 나타난다.

① 小說의 로만스化는 世界를 통터러 現代的인 病弊이지만 그 中에서도 페
이젠트나 메로드라마로 轉向할 智慧도 없이 다만 消極的인 어떤 氣分만을
가지고 小說을 쓰랴는 이곳 形便은 實로 답답한 일이다. 이때야말로 敍事詩
의 精神을 硏究하고 體得할 일이 아닌가?[1]

② 그러나 누구나도 말하듯이 轉換期란 낡은 社會的 經濟的 文化的 秩序의
沒落을 意味하는 同時에, 그것과 대신할만한 새로운 秩序의 階段으로 世界史
가 飛躍할려는 것도 意味하는 時期였다. 아메리카의 뉴-딜, 伊太利와 獨逸
의 팟시즘 蘇聯의 試驗, — 이러한 모든 것은 資本主義의 黃昏에 處하여 各民
族이 새로운 歷史의 階段으로 넘어설려는 看過치 못할 몸 姿勢라고 보지 않
을 수 없다. 그러나 낡은 此岸으로부터 새로운 彼岸으로 넘어 띌려고 할 때
에 우리가 想望할 수 있는 새로운 秩序의 構想은 어떤 것일까. 世界를 通하여
우리 人類가 한 가지로 그려볼 수 있는 彼岸의 世界는 어떠한 것일까. (…중
략…) 市民長篇小說은 인저 그가 生存할만한 발판을 잃어버렸다. 그러나 그
가 새로운 樣式을 獲得할만한 彼岸의 思想은 缺如된 채있다.[2]

인용문 ①은 최재서의 평문의 일부로, 당대 소설이 "로만스化" 되고

---

1   최재서, 「서사시·로만스·소설」, 『인문평론』, 1940.8, 23면.
2   김남천, 「소설의 운명」, 『인문평론』, 1940.11, 13~14면.

있으며, 이 과정에서 소설의 기원이라고 할 수 있는 "敍事詩의 精神"에 대한 장르적 탐구가 철저히 진행되지 못하고 있음을 비판하는 글이다. 그는 이 평문에서 서사시와 로망스, 소설 간의 관계에 대해 학술적으로 논하면서, 현대 사회에서 근대적 양식인 소설을 대체하기 위한 새로운 양식은 서사시의 정신으로부터 도출되어야 한다는 논의를 펼치고 있다.

인용문 ②는 김남천의 평문의 일부로, 당대 이른바 "轉換期"적 상황 속에서, 근대가 몰락했음에도 불구하고 아직 이를 대체할 실험이 완결된 질서로 나타나지 못하고 있음을 지적하고 있다. 그는 근대적 질서를 기반으로 한 "市民長篇小說"이 그 유효성을 상실했으나, 이를 대체할 새로운 소설 장르는 출현하지 못한 상황임을 날카롭게 인식하고 있다.

이와 같이 근대소설 장르에 대한 광범위한 회의 속에서, 이를 극복하기 위한 새로운 소설 장르의 일환으로 가족사 연대기소설론이 수용된다. 최재서는 토마스 만의 『부덴부르크 일가』를 중심으로 가족사 연대기소설론을 제기한다. 그가 제기하는 가족사 연대기소설론의 개념은 다음과 같다.

요새 우리가 家族史小說이라고 부르는 諸作品 — 여기서 취급하려는 토마스・만(獨)의 『붓덴부로—크 一家』, 골—즈워—지(英)의 『포어싸이트・싸가』, 말탄・듀・갈(佛)의 『티보—家의 사람들』과 기타 — 은 家族制度를 擁護한다든가 排擊한다든가 하는 社會學的 關心에서 씨워진 것이 아니라 한 크로니클(年代記)로서 어쩌한 家族의 歷史를 三世代 乃至 四世代에 亘하여 取扱하려는 것이다. 嚴密하자면 그들을 '家族史年代記小說'이라 불러야할 것이다.[3]

　기존 연구는 위의 글을 근거로 1930년대 가족사 연대기소설을 서구 문학의 이입으로 평가해온 경향이 강하다. 예컨대 "최재서는 가족사소설 양식에 대해 선구적인 공헌을 하였다. (…중략…) 그는 당시의 노벨문학상 수상작인 가족사소설 『붓덴부로크 일가』, 『포사이트 싸가』, 『티보가의 일가』를 집중분석하면서 가족사소설의 개념을 규명해나갔다"[4]는 신상성의 평가나, "30년대의 評壇에서 가족사 소설에 대하여 최초의 관심을 표명한 사람은 崔載瑞이다. 그는 자신이 주재한 『人文評論』誌에 「家族史 小說의 理念」이란 글을 실었는데, 거기에서 그는 가족사소설의 원리와 특징을 나름대로 명료하게 밝혀 놓고 있다"[5]는 황윤철의 평가가 대표적이다.

　그런데 최재서의 위와 같은 '가족사 연대기소설'의 장르적 개념은 지나치게 광범위한 것이어서, 실제 소설 장르론으로까지 발전된 것으로 평가하기는 어렵다. 단순히 "한 크로니클(年代記)로서 어떠한 家族의 歷史를 三世代 乃至 四世代에 亘하여 取扱하려는것"이라는 규정만으로는 이것을 특정한 소설 장르의 성격을 규명한 것으로 이해하기는 어렵기 때문이다.[6]

3　최재서, 「토마스 만 『붓덴부로-크 일가』-가족사소설의 이념」, 『인문평론』, 1940.2, 113면.

4　신상성, 「가족사소설의 비교문학적 연구」, 『용인대학교 논문집』 4, 1988, 151면.

5　황윤철, 「1930년대 가족사・연대기소설 연구」, 『우리말글』 9, 1991, 287∼288면.

6　이는 최재서가 가족사 연대기소설의 '정전'으로 설정하는 토마스 만의 『부덴부르크가의 사람들』 등의 작품이 서구 문학사에서 가족사 연대기소설 장르로 평가되기보다는, 오히려 "작가 자신의 가족사가 기본 소재가 된" '자전적 소설'이나(김륜옥, 「'가부장적 가문의 몰락', 혹은 토마스 만의 장편 『부덴부르크 일가』에 그려진 젠더 상」, 『뷔히너와 현대문학』 22, 2004, 150면), "'시대소설Zeitroman' 내지 '사회소설Gesellschaftroman'"(원당희, 「토마스 만의 『부덴부르크 일가』」, 『독일문학』, 1993, 495면) 등의 하위 소설 장르로 평가되는 사실에서도 알 수 있다.

오히려 1930년대 후반기 가족사 연대기소설론의 형성 과정에서는 최재서의 외국문학 수용보다, 인정식 등을 비롯한 전향 사회주의자들의 '펄 벅' 수용이 보다 큰 영향을 미친 것으로 판단된다. 이는 전향 사회주의자들과의 인적, 사상적 교류를 지속하던 김남천의 다음과 같은 언급에서도 확인된다.

> 朝鮮的인 特殊性格 ― 그것은 一般的으로는 社會的諸關係의 東洋的 後退性에 由因되면서, 特殊的으로는 出版諸關係와 條件의 微微한 發達과 制約에 依하야 長篇小說이 新聞小說로서 成長하였는데 表現되여있다 ― 이 明白히 되는 同時에, 現在의 長篇小說이 環境과 性格, 內向과 外向, 世態描寫와 心理內省, 푸롯트와 細部描寫等의 分裂相을 露呈하고 있음이 明白한 事實로되어, 드디어 이의 統一을 꾀하는 '로만' 改造設이 擡頭함에 이르렀다.[7]

여기에서는 두 가지 사실이 주목된다. 첫째, 그의 장편 소설론이 단순히 소설론의 층위에 국한된 것이 다니라 장르론적 층위에서의 "로만 개조"의 문제설정과 연관되어 있다는 점이다. 이와 관련하여 김남천이 『인문평론』지에 최재서, 임화, 이원조 등과 함께 연재하던 「모던문예사전」에 '장르' 항목을 집필하면서 "文學上의 장르가 形成되기 爲하여 必須的인 社會的前提, 그構造의特徵과 特性의 由來"는 물론, "모든 歷史的 時代에 있어서, 모든 文學的 장르가 種屬되어있는 法則을 發見하고, 장르의 歷史的 形態論을 創造하고, 歷史的過程의 一般的根源의 存在를, 特殊

的인 文學材料에 依하여 確定"하는 것을 당대 "文藝學의 焦眉의 任務"[8]라
고 주장한 것을 참조할 수 있다. 그에게 가족사 연대기소설론을 비롯
한 일련의 소설론들은 단순히 창작방법론의 층위에 한정된 것이 아니
라, "무엇보다 歐羅巴的 二十世紀的 小說形態, 다시 말하면 지금의 '市民
社會의 敍事詩'로서의 '로만'을 危機에서 救出"[9]하기 위한 장르사회학적
관점에서 파악되어야 할 것이었다. 그리고 이러한 장르론적 관점이 위
의 글에서 단적으로 나타난다.

둘째, 김남천의 장편 소설론의 제기 배경이 당시 사회주의 경향의
연구자들에 의해 활발히 논의되던 "조선적인 특수성격", 즉 "동양적 후
퇴성"으로 표상되는 '아시아적 생산양식'의 문제와 직접적으로 연관되
어 있다는 점이다. 그는 가족사 연대기소설론의 수용의 목적을 단순한
서구 가족사 연대기소설의 이식이 아니라, "우리 文學이 갖어야할 基本
的인 任務"로서의 "亞細亞的 停滯性의 克復"[10]을 목표로 한 의식적이고
능동적인 전유의 성격을 지닌다. 이는 앞서 언급한 "'시민사회의 서사
시'로서의 '로만'을 위기에서 구출"하기 위한 당대 조선문학의 핵심적
인 과제로 설정된다.

1930년대 후반기 이후 백남운, 인정식, 이청원, 서인식 등을 비롯한
일련의 마르크스주의 계열의 경제학, 사회학, 역사철학 연구자들은 아
세아적 생산양식에 대해 본격적으로 논의하기 시작한다. 특히 이 과정
에서 이전 시기 간과되었던 조선적 특수성에 대한 부분이 상당부분 해

8　김남천, 「모던문예사전―장르」, 『인문평론』, 1940. 2, 103∼104면.
9　김남천, 「현대 조선소설의 이념 (7)」, 『조선일보』, 1938. 9. 18.
10　김남천, 「세태와 풍속」, 『동아일보』, 1938. 10. 23.

명된다.

백남운의 경우 마르크스주의적 보편성의 관점에서 조선의 사회구성체 전개 과정을 논증하기 위해 1933년 『조선사회경제사』를 집필한다. 그는 이 책의 연구방법론을 논하면서 "조선민족의 발전사는 그 과정이 아무리 아시아적일지라도 사회구성의 내면의 발전법칙 그 자체는 완전히 세계사적이다. 삼국시대의 노예제사회, 통일신라기 이래의 동양적 봉건사회, 이식자본주의 사회는 금일에 이르기까지 조선역사의 기록적 총 발전을 표시하는 보편사적 특징(!)이고, 그 각각은 그 특유의 법칙을 가진다"[11]고 명시하여, 마르크스주의적 보편성의 틀 안에서 조선사회의 내적 발전의 경로를 사적으로 해경하려는 문제의식을 드러낸다.

반면 인정식의 경우 1936년 2월부터 9월까지 총 7회에 걸쳐 『중앙』지에 연재한 「조선농촌경제연구」와 1936년 9월부터 1937년 4월까지 총 4회에 걸쳐 『비판』지에 연재한 「농업자본제화의 제형과 조선토지조사사업의 의의」 등을 통해 이와는 다소 다른 관점의 접근을 시도한다. 그는 이 글에서 박문병, 박문규 등 식민 자본주의 발달론을 염두에 두면서, 조선 사회에 잔존하고 있는 봉건적 성격을 지적하고 있다. 그는 그 구체적인 사례들을 제시하며 이러한 봉건성의 근본적 요인을 "亞細亞的封建主義"[12]로 규정한다. 인정식은 이러한 관점에서 식민지 조선 사회의 변화가 지니는 특징을 다음과 같이 지적한다. 즉, 식민지 조선의 자본주의화는 결국 "이미 高度化된 日本內地의 資本主義가 朝鮮의 農村을 過余利潤의 培養體로 또는 資本蓄積의 土地的地盤으로 再編成

---

11 백남운, 하일식 역, 『조선사회경제사』, 이론과실천, 1994, 22면.
12 인정식, 「조선농촌경제연구 (8)」, 『중앙』, 1936.7, 60면.

하려는 經濟的要求에 呼應된 것이었으며 따라서 아래로부터 이러난 變革이 아니라 우로부터 强制된 變革"[13]이라는 것이다.

이러한 일련의 논의는 1930년대 후반기 더욱 강하게 대두한다. 특히 마르크스주의적 보편성으로 해명되지 않는 조선 사회의 특수성에 대한 관심이 고조되면서, 과거 카프 계열 문인들에게 일정한 영향을 미쳤을 것으로 추정된다. 이는 김남천의 평안도 지역의 조선적 특수성에 대한 기록이나, 임화의 신문학사 서술에서 나타나는 조선적 근대의 특성에 대한 지적 등에서 단적으로 확인된다.[14]

그런데 중요한 것은 이들이 구체적인 외국문학 수용의 사례로 제시하고 있는 토마스 만이나 마르탱 뒤 가르 외에, 오히려 펄 벅의『대지』가 활발히 주목되었다는 점이다. 이 작품의 경우 동양을 배경으로 한 삼대에 걸친 가족사 연대기소설이라는 점에서 토마스 만이나 마르탱 뒤 가르의 작품보다 실제 당대 조선문학 장에 미친 영향이 실질적일 것으로 추정된다. 그런데 펄 벅의『대지』의 경우 서구 가족사 연대기소설과 같이 체계적인 문학론의 형태로 수용되지 못했기 때문에, 기존 연구에서는 그 수용의 중요성이 충분히 해명되지 못한 것이 사실이다. 그러나 펄 벅의 노벨상 수상을 전후하여 임화 등 문학이론가는 물론, 인정식 등을 비롯한 구 사회주의 계열의 이론가들에 의해 이 작품은 매우 활발히 수용된다.

임화는 펄 벅의『대지』가 구성적 특성에 있어 "十九世紀 西歐小說樣

---

13 인정식, 「조선농촌경제연구 (4)」, 『중앙』, 1936.5, 47면.
14 "신문학사" 서술의 지적 배경에 대해서는 다음 연구를 참고할 수 있다. 장문석, 「임화의
　　참고문헌」, 임화문학연구회 편, 『임화문학연구』 2, 소명출판, 2011 참조.

式"인 "家族史的 樣式"[15]임을 지적하거 그 의의를 "支那의 近代社會로서의 或은 一般 人類社會의 進步 行程에서 볼 때 發展이 停滯된 채 固着되어 있고 뒤떨어진 部分의 明晢한 認識"[16]으로 정리한다. 인정식 역시 펄 벅의 『대지』를 경제사학적 관점에서 분석하며, 이에 대해 "支那 社會의 亞細亞的 停滯性"[17]을 뛰어나게 형상화한 작품으로 높이 평가한다.

이러한 논의는 1930년대 후반기 이후 구 카프 계열 작가들의 가족사 연대기소설 창작에 상당한 영향을 미쳤을 것으로 추정된다. 특히 인정식은 위의 글을 통해 펄 벅의 디테일한 묘사를 통한 아시아적 특수성에 대한 형상화를 매우 구체적으로 분석하고 있는데, 이러한 논의는 당시 김남천은 물론, 한설야, 이기영 등의 소설창작과 관련될 것이다.[18]

이와 같이 전향 사회주의자들은 아세아적 생산양식론을 매개로 하여 펄 벅을 인지하였으며, 이를 통해 서구의 가족사 연대기소설과는

---

15 임화, 「『대지』의 세계성」, 『문학의 논리』, 학예사, 1940, 795면.
16 위의 글, 790면.
17 인정식, 「『토지』에 반영된 아세아적 사회」 『문장』, 1939.9, 136면.
18 나아가 이들 가족사 연대기소설이 조선의 고전 소설 장르의 영향 속에서 형성되었을 개연성 역시 존재한다. 조남현은 가족사 연대기소설론을 분석하면서 "가정을 무대로 한 소설은 조선조시대에서 개화기까지 중심유형의 하나가 되었"(조남현, 『한국 현대소설 유형론 연구』, 집문당, 2004, 188면)다는 점을 지적한다. 이러한 지적은 가족사 연대기소설이 장르의 심층적인 층위에서 펄 벅을 비롯한 서구 문학은 물론 조선의 전통 서사 장르의 영향을 동시에 받아 형성되었을 가능성을 보여준다.
  류종렬 역시 가족사 연대기소설의 형성 과정에서 서구의 가족사 소설론은 물론, "우리의 전통적 서사문학에서, 세대담의 가족구성과 가족사의 서사적 진술방식이 가족사 · 연대기소설에 긍정적으로 계승되었다"(류종렬, 『가족사 · 연대기소설 연구』, 국학자료원, 2002, 180면)고 논한 바 있다. 보다 구체적으로 "일제 말 가족사 · 연대기소설의 내재적 맥락은 우리의 서사문학 중에서 가계적 플롯을 지닌 신화와 열전, 그리고 가문소설과 가정소설 등에서 추출할 수 있다. 이밖에 각증 문집에 수록된 가전이나 행장도 이러한 소설 발생의 내재적 요소로 취급될 수 있을 것이다. 이들은 물론 가족주의적 문화의 산물로서 일제 말 가족사 · 연대기소설 발생에 직접, 간접으로 영향을 끼쳤을 것이다"(같은 책, 26~27면)라고 언급한다.

다른 독특한 조선의 가족사 연대기소설론이 형성된 것으로 볼 수 있다. 그리고 주지하듯 이들이 제기한 가족사 연대기소설론은 과거 카프에서 활동했던 김남천, 한설야, 이기영 등에 의해 실제 창작으로 이어진다. 이는 전향 사회주의자들의 문제의식, 즉 조선적 특수성의 해명이라는 문제의식을 공유했던 이들에게 가족사 연대기소설론이 당대 근대소설의 위기를 극복할 수 있는 유력한 하나의 경로로 인지되었음을 방증한다.

김남천의 『대하』, 한설야의 『탑』, 이기영의 『봄』은 모두 공통적으로 조선적 특수성을 규명하는 것에 작품의 초점이 맞추어진다. 우선 이들 작품의 시간적 배경이 모두 개화기로 설정되어 있다는 점이 주목된다. 그 이전 시기 염상섭의 『삼대』나 채만식의 『태평천하』 등의 작품이 당대를 배경으로 설정한 것에 반해, 이들 작품의 배경은 철저히 개화기에 국한되어 설정된다.

『대하』의 경우 아버지 세대인 박성권이 재산을 치부하는 과정이 "갑오란에 엽전 몇 냥씩과 박구어서 모든 그 은전"을 밑천으로 한 "돈노이"[19]로 서술된다는 점에서 1894년 갑오년에서 시작하여, "서얼(庶孼)"[20]인 아들 형걸이 청년이 되어 가출하는 시기에 끝난다. 그런데 김남천의 창작 기록에 의하면 작품의 시간적 배경은 구체적으로 "1906년"으로 특정되어 있다.[21] 그리고 작품 안에는 기독교와 천도교 등 근대 종교, 근대적 학교제도의 도입, 운동회, 단발 등이 묘사되고 있다.

---

19 김남천, 『대하』, 인문사, 1939, 9면.

20 위의 책, 11면.

21 김남천, 「직업과 연령」, 『조광』, 1940.11 참조

『탑』의 경우 주인공 우길(상도)이 "겨우 여섯 살"이던 "바루 일로전쟁 직후"[22]에서 시작되므로, 1905년경부터 작품이 시작된 것으로 볼 수 있다. 그리고 상도가 "경성 고등보통학교"[23]에 재학 중 가출하는 것으로 끝나므로, 대략 1910년대 후반 경 작품이 끝나는 것으로 볼 수 있다. 이는 작품 안에 러일전쟁과 홍범도의 갑산 의병 봉기, 근대 교육 기관 및 극장의 도입 등이 묘사되고 있다는 점에서도 나타난다.

『봄』의 경우 아버지 세대인 유선달이 "과거(科擧)에 무과급제"한 인물이며, "갑오 을미년의 동학난리"[24]를 겪은 후 낙향하는 시점에서 작품이 시작되므로 1890년대 중반부터 작품이 시작된 것으로 볼 수 있다. 그리고 주인공 석림이 성장하여 결혼한 후 근대적 학교에서 신문물을 배우는 부분에서 끝나므로, 대략 1900년대 후반에서 1910년대 초반 경에 작품이 끝나는 것으로 볼 수 있다. 이는 작품 안에 동학운동, 야학, 근대적 교육기관의 도입 등이 묘사되고 있다는 점에서도 엿볼 수 있다.

이처럼 이 세 작품은 공히 개화기를 작품의 시간적 배경으로 설정하고 있다. 한 시기에 카프라는 문학적 실천의 경험을 공유하는 일군의 작가들이 모두 동일한 시간적 배경을 형상화하고 있다는 점은, 비록 명시하지 않았더라도 이들이 공통적인 문제의식을 공유하고 있었다는 추정을 가능하게 한다.

2장 1절에서 살펴본 것처럼, 당시 담론 장의 공통적인 문제설정은 서구적 근대에 대한 회의와 이를 극복하기 위한 새로운 에피스테메의

---

22 한설야, 『탑』, 매일신보사 출판부, 1942, 1견.
23 위의 책, 463면.
24 이기영, 『봄』, 대동출판사, 1942, 36면.

모색으로 모아진다. 이는 문학 장에서도 마찬가지였던 바, 전 시기 서구 근대문학을 전범으로 설정했던 경향에서 벗어나, 이에 대한 근본적인 성찰과 새로운 문학 장르에 대한 모색이 광범위하게 펼쳐진다. 그런데 이러한 기획을 위한 일차적인 작업으로, 서구와는 다른 역사적 경로를 통해 형성된 조선의 특수한 근대적 성격을 해명하는 것이 필요할 것이다. 봉건적 질서가 잔존하는 상황에서 외부 제국주의의 침입으로 인해 형성된 식민지 조선의 근대성의 중층적 성격을 탐구하려는 문학적 시도가 자연스럽게 발현되었던 것이다. 이를 위해서는 무엇보다 봉건적 질서가 급격히 붕괴되기 시작하며 외부 제국주의에 의한 근대의 이식 과정을 검토하는 것이 요구된다. 이러한 일련의 과정이 가장 잘 드러나는 시기가 바로 1890년대부터 1910년대까지의 개화기이다. 따라서 김남천, 한설야, 이기영이 공통적으로 개화기를 시간적 배경으로 설정한 가족사 연대기소설 창작에 나선다는 것은, 이들이 조선의 식민지적 근대의 특수성이 형성된 기원을 탐구함으로써, 당대 서구 근대에 대한 회의와 새로운 문학적 지향의 등장에 성찰적인 방식으로 대응하기 위한 나름의 필연적인 결과로 볼 수 있다.

특히 이들 작품은 일반적인 소설과는 다른 독특한 구성 원리를 표출하고 있다는 점에서 주목된다. 이들 작품은 공통적으로 완결적인 플롯을 통한 스토리의 전개보다는, 플롯 구성과 무관하게 삽입된 풍속 묘사에 큰 비중을 두고 있다. 과거 카프 계열의 소설이 디테일한 묘사보다는 서사 전개에 중요성을 두고 있었다는 점을 감안하면 이는 흥미로운 변화라고 할 수 있다. 그런데 이들이 다소 장황하게 묘사하는 부분들은 서사 전개와는 무관하게 삽입된 '여담'의 성격을 지닌다. 즉, 작품의 내러티브 구조상으로는 오히려 생략되는 것이 플롯 구성에 도움이 됨에도 불구하고, 굳이 서사와 무관한 장면을 삽입하고 있는 것이다.

란다 사브리에 의하면 이러한 여담은 작품에서 "다뤄지고 있는 문제와 무관하거나 거기서 빗나간 논술이지만 (…중략…) 소송 중인 사건을 진행시키고 해명하는 데 기여"[25]하는 서술 기법이다. 여담은 "스토리(사건, 주제)에서 벗어나서 다른 것을 말하거나 자기 자신에 대해 말하려 할 때, 그리고 이로 인해 정해진 결말(이야기를 이끌고 갈 목표지점인 결말fin뿐 아니라 이야기를 잘 이끌어나간다는 목표fin)을 향한 서술의 방향 설정이 붕괴될 때"[26] 빈번히 사용된다.[27]

실제 서사 전개와 그다지 관련이 없는 여담의 삽입을 통한 삽화적 구성이 김남천의 『대하』, 한설야의 『탑』, 이기영의 『봄』 등의 작품에서 공히 강하게 드러나는데, 예컨대 다음과 같은 장면을 들 수 있다.

그러나 그까짓 국수를 먹는 것보담 아이들은, 지금 한창 짐을 끌르는대로

---

25 Randa Sabry, 이충민 역, 『담화의 놀이들』, 새물결, 2003, 40면.
26 위의 책, 275면.
27 이와 관련하여 다음과 같은 가족사 연대기소설 장르의 구성적 특성을 참조할 수 있다. "가족사·연대기소설은 세대담의 가족플롯이라는 측면에서 보면, 표면적으로는 세대의 순환과 교체라는 즉, 가족사를 중심으로 서사가 진행된다는 점에서 통일성을 가지지만, 역사적 격변기의 가족사를 다루는 것이기에 연대기적 성격을 띠게 된다. 이 때문에 작품의 구성은 자연히 외적인 시간의 틀 속에서 잡다한 일화들이 허술하게 짜여있는 에피소드적 성격을 지닌다. 다시 말하면 가족 개개인의 생활이나 가족 간의 갈등, 그리고 이들이 관계 맺는 다른 인물들이나 사회 속에서 일어나는 사건들은 독립적 성격이 강하고 이들 사이의 인과관계가 미약하다. 그리고 이들 작품들은 풍속을 통해 역사적 변혁기인 개화기의 가족사와 사회사를 다루고 있기 때문에, 당대의 풍속이 많은 분량을 차지함으로써 자연히 가족플롯에서의 일탈이 일어나고, 에피소드적 성격이 더욱 뚜렷해진다." 류종렬, 앞의 책, 75면.

그 상자나 볏집 쑤세미 속에서 보지 못하던 이상하고 괴상한 물건이 작구만 쏟아저 나오는 것이 더 재미나고 신기하였다. 한 가지 물건이 나올 때마다 어른들 틈에 어깨를 겯고 서서, 그들은 그것이 무엇에 쓰는 것인지를 마처 대노라고 재재덕거리고 재깔대였다. 나까니시도 우쭐했고, 그 집 고쯔까이 '다로오'라고 하는 군청 하인의 아들도, 무슨 큰 벼슬이나 한 것처럼 의기양양하다.

달구지에 실어다 부리고, 지금 가게에 버려놓고 싸어놓고 하는 상품가운데서는, 석유(石油) 열 상자가 제일 돈 먹은 물건이었다. 미국 뉴욕 솔표 석유라고 쓴 나무상자 속에 흰 상철로 만든 왜유초롱이 두 갯식 들어있었다. 이놈을 아홉 상자는 그대로 저다가 뜰 안에 쌓어놓고 분주한통에 천천히 해도 좋으련만, 여러 사람이 보는 중에서 그중 한 초롱을 쑥 뽑아놓드니 아깝지도 않게 장도리로 칼을 대고 구멍을 뚫는다. 그리드니 볏집 쑤세미 속에서 양철로 만든 뽐뿌를 빼들고 와서 구멍에다 넣고, 연신 쇠줄을 한 손으로 낙구었닥 놓았닥 한다. 수채처럼 된 구멍에서 석유가 쪼루루 갓난 애기 오줌 싸듯 나와서는, 남포방등이 속으로 들어가는 것이 보인다.[28]

위 인용문은 김남천의 『대하』의 일부로 '운동회'를 앞두고 마을의 상점이 신상품을 들여놓는 장면에 대한 묘사이다. 서사 구조상 운동회가 삽입되는 것은 적자인 형선보다 뛰어난 서자인 형걸의 위상을 부각시키고, 기생 부용을 둘러싼 아버지와 서자 간의 갈등을 표면화하기 위해서이다. 이는 이 작품의 기본 서사 구조가 서자인 형걸이 적자인 형

---

28 김남천, 『대하』, 인문사, 1939, 272면.

선과 보부를 두고 대결하는 것과 아버지와 기생 부용을 두고 대결하는 것으로 설정되어 있기 때문에 자연스러운 삽입으로 볼 수 있다. 그런데 위의 인용문에서 나타나듯, 김남천은 의도적으로 기본 서사와는 무관한 당대 풍속에 대해 상당히 구체적인 묘사를 보여준다.[29]

사실 위의 풍속 묘사는 서사의 완결성을 고려한다면, 삭제하는 것이 오히려 플롯의 핍진성을 높이는 데 보다 유리할 것이다. 이 장면이 서사 구조와는 무관하게 삽입된 독립적인 에피소드인 셈인데, 그럼에도 김남천은 굳이 "미국 뉴욕 솔표 석유라고 쓴 나무상자 속에" 들어있는 "왜유초롱"의 유통과정에 대해 길게 묘사하고 있다. 이뿐만 아니라 장자 형선의 혼례, 동명학교에서의 신교육, 운동회를 둘러싼 마을의 동요 등을 비롯해서 『대하』의 상당 부분이 위와 같은 당대 풍속 묘사로 구성되어 있다.[30]

이는 한설야의 『탑』에서도 유사하게 발견된다. 마을의 연설회 장면, 우길의 형 상무의 혼인 장면이나, 헌무시찰관의 지방 시찰 장면 등의 묘사는 전체 서사 구조와 무관함에도 불구하고 에피소드로 삽입된다.

---

29 정여울은 『대하』에 나타난 풍속과 관련하여 다음과 같이 언급한 바 있다. "『대하』의 형걸은 이미 개화사상을 소년시절부터 접해왔고, 신식교육의 커리큘럼을 이수하고 있었지만, 정작 형걸을 '실천적 비약'으로 이끈 것은 교사나 교과서의 힘이었다기보다는 다양한 인물의 '풍속'과 '욕망'의 충돌이 빚어내는 '사건'과 '우연'의 힘이었다. 즉 인간을 변화시키는 힘은 담론 자체의 충실성 속에서만 찾을 수 있는 것이 아니라, 이성의 외부 혹은 계몽의 외부에 있는 것은 아닐까." 정여울, 「'풍속'의 재발견을 통한 '계몽'의 재인식 - 김남천의 『대하』론」, 『한국현대문학연구』 14, 2003.12, 325면.

30 조남현은 이러한 풍속묘사가 새것과 옛것의 혼합 양상에 초점을 맞추고 있음을 지적한 바 있다. "새것과 옛것이 병행이나 혼합의 양태를 보여준 예로, 단오날 풍습에 운동회 행사가 가미된 것, 동명학교 학생들이 삭발 권유에 여러 반응을 보인 것, 학생들이 예수를 믿게 된 동기가 여러 가지로 나타나는 것 등을 들 수 있다." 조남현, 「『대하』 1, 2부 잇기와 끊기」, 『한국 현대문학사상 연구』, 서울대 출판부, 1994, 278면. 이러한 지적은 김남천의 풍속 묘사가 봉건성과 근대성이 중첩된 독특한 식민지 근대성의 양상을 드러내는 데 집중되어 있음을 뒷받침한다.

이기영의 『봄』의 경우도 마찬가지인바, 마을 농민들의 도박 장면, 추석 명절의 풍속, 광명학교의 신식 교육 등이 이에 해당한다. 이들 에피소드는 예컨대 "활동사진 이야기, 전차, 전등이야기 하며, 나발 같은 유성기 속에서는 사람의 목소리가 천연스럽게 나오고 안경 같은 두 바퀴 자행거"[31]로 표상되는 신문물에 대한 묘사와, "여름한철 모 심으고 논밭을 맬 때에는 물론이요, 정월이나 추석 같은 이런 명절 때"의 "풍물"[32]로 표상되는 전통적 민중문화에 대한 묘사가 중첩되어 구성된다.

특히 이기영의 『봄』은 에피소드적 구성이 전체 작품 구조상 매우 두드러진다. 이 작품의 경우 아예 한 장의 제목을 '화중화(話中話)'라고 설정하고, 이 장 전체에 걸쳐 강 생원의 옛 이야기의 '강담' 구연을 보여준다. 제목 그대로 '이야기 안의 이야기'가 작품에 삽입되어 있는 것이다. 그런데 문제는 삽입된 이야기가 전체 작품의 서사 구조와 특별한 연관성을 지니지 못하는 일화에 불과하다는 것이다. 이는 이 작품의 서사 구성 원리가 장편적 플롯의 완결성에 초점을 맞추기보다는, 개별 에피소드 자체에서 독립적인 의미를 부여하는 것에 초점을 맞추고 있음을 방증한다.

여담의 삽입을 통한 에피소드적 구성은 그 자체로는 서사의 완결성을 떨어뜨리는 한계를 지닌다. 그럼에도 김남천, 한설야, 이기영이 모두 유사한 형식으로 개화기의 풍속 묘사에 큰 비중을 두고 있다는 점은, 풍속 묘사가 단순한 '여담'이 아닌 그 이상의 주제의식을 내포하고 있음을 반증하는 것이기도 하다. 이들 작품에서 풍속은 앞서 살펴본

---

31 이기영, 『봄』, 대동출판사, 1942, 378면.
32 위의 책, 286면.

것처럼 전근대적인 것과 근대적인 것, 전통적인 것과 서구(혹은 일본)적인 것이 중첩되어 나타나는 양상을 보인다. 이는 외부 제국주의에 의한 근대화 과정의 모순을 단적으로 보여주는 사례들이다. 즉, 봉건적 질서가 내부의 모순에 의해 자생적으로 붕괴되기 전에, 외부의 제국주의에 의해 이식된 근대적 문물이 기형적으로 결합된 양상이 이들 풍속을 통해 단적으로 형상화되고 있는 것이다.

나아가 이들 작품에 나타나는 풍속은 당대의 식민지 규율권력의 내재화 과정을 매우 뚜렷하게 보여주는 것이기도 하다.[33] 예컨대 다음과 같은 장면이 그러하다.

그들이 방깨울 동구 앞을 접어들자 다시 정병태 등 큰 사람이 나팔을 불고 발을 마주며 행진의 보조를 마주쳤다. 반장 오재철이와 신참위는 앞뒤로 서서 행군의 자세를 교정해가며 구령을 불러서 발을 맞추게 한다.

"하나, 둘! 하나, 둘!"

(…중략…)

별안간 쌍나발 소리가 좁은 산꼴을 쨍쨍 울리자 마을사람들은 웬일이 났

---

³³ 식민지 규율권력의 개념과 관련해서는 다음과 같은 연구를 참조할 수 있다. "식민지 권력은 식민지의 주민들을 통치대상으로 전락시키면서, 동시에 식민지적 질서 속에서 각 개인들을 스스로 그것을 유지, 재생산 할 수 있는 주체로 만들려고 시도하였다. 일제는 각종 직업과 사회적 지위에 대하여, 일상생활의 모든 영역에서, 새로운 내용의 규율을 제정하여, 이를 주기적으로 외우게 하였다. 일제는 이런 규율들에 '심득'이라는 이름을 붙였다. 그것은 일상적 내면화를 의미하였다. 이런 류의 '심득'은 변화된 가족제도를 포함하여, 학교, 공장, 병원, 그리고 각종 근대적 사회제도에 두루 존재하였다." 김진균 · 정근식 편저, 『근대주체와 식민지 규율권력』, 문화과학사, 1997, 24면.

는지 모르고 문밖으로 뛰어나갔다. 강렬한 금속성(金屬聲)의 음향(音響)이 양쪽 산에 산울림을 마주치며 골짝이 안으로 퍼지는 대로, 요량하고도 우렁찬 나팔소리가 마치 대군(大軍)의 행진과 같은 위엄을 보이는 것이였다.[34]

근대적 학교 제도인 '광명학교'의 첫 교육은 위에서 인용한 것처럼 "군대식으로 행진"[35]하는 것을 가르치는 것이다. 이는 이 학교의 설립자인 신참위가 과거 구한말 '무관학교' 출신의 군인이었다는 것과도 관련되어 더욱 강한 효과를 낳는다. 근대적 질서의 급격한 도입과정이 '군대'에 비유되어 서술된다는 점은, 그만큼 개화기의 식민지 근대화 과정이 외부에 의해 강압적으로 수행되었음을 의미한다. 그러나 이러한 강압적인 방식의 근대화는 내적 성숙 과정을 겪은 것이 아니기 때문에 곧 모순에 직면하게 된다. 이러한 모순을 한설야의 『탑』은 다음과 같이 서술한다.

학무시찰은 결국 우길이 학교 학생동무를 바지에 똥을 싸게까지 만들고 조이 다섯 시간이나 늦게 왔다.

동무는 규측을 잘 직히기 위해서 진작부터 뒤가무즐 한 것을 억지로 참아오다가 정녕다급해가서 선생과 말할까 하는 무렵에 공교히 그렇게 기다려도 아니오든 경편차가 막 나타나서 그만 선 자리에서 기착을 한 채 그 꼴이 되었다.[36]

---

34 이기영, 앞의 책, 422면.
35 위의 책, 420면.
36 한설야, 『탑』, 매일신보사 출판부, 1942, 224면.

"학무시찰"관은 근대적 교육 제도를 주관하는 주체로서 "신개화의 사절(使節)"[37]이다. 그를 기다리는 향사 중에서 "규측"의 이름으로 위와 같은 웃지 못 할 일이 벌어진다. 이러한 묘사는 당시의 급격한 식민지 근대화의 특수한 성격을 단적으로 보여준다. 즉, 봉건제가 내적으로 붕괴되며 자생적인 근대의 맹아가 자연스럽게 발아하는 것이 아닌, 외부 제국주의에 의해 강제로 '이식'된 근대의 기형성이 이들 작품의 풍속 묘사에서 빈번히 등장한다. 이는 이들 작품에 나타나는 '여담'으로 서술된 풍속들이, 기실 식민지 근대성의 형성 과정에 대한 날카로운 탐구의 결과임을 방증해준다.

더불어 이들 작품이 당대 마르크스주의 계열의 학자들 사이에서 논점으로 떠오른 이른바 '아시아적 생산양식'에 대한 탐구를 보여준다는 점 또한 주목할 필요가 있다. 앞서 살펴본 것처럼, 구 카프 계열 작가들이 동시에 가족사 연대기소설 창작어 나선 배경에는, 마르크스주의 계열의 학자들에 의한 조선적 특수성에 대한 사회학·경제학적 논의가 놓여 있었다. 이는 서구를 전범으로 한 마르크스의 사적 유물론으로 해명되지 않는 식민지 조선의 특수성을 해명함으로써, 과거 카프 문예 운동의 한계를 극복하기 위한 노력의 일환이었다. 특히 김남천의『대하』에는 이와 관련하여 흥미로운 장견이 등장한다.

식구에게나, 절게에게나, 막서리에게나, 또 작인이나, 종들에게 전부 일

러둘게니 너이덜두 서루 새이름으로 불러라.[38]

위의 인용문에서 '작인'이나 '종'과는 구별되는 개념은 "절게"와 "막서리"이다. 이들 개념은 작인과 구분되는 것으로 보아, 서구 봉건제도의 소작인과는 다른 개념으로 추정되며, 또한 종과도 구분되는 것으로 보아, 서구 노예제도의 노예와도 다른 개념으로 추정된다. 이에 대해 김남천은 다른 글에서 다음과 같이 밝힌 바 있다.

> '머슴'과 같은 것은 '幕人'이 아니고 '절게'다. 平安道에 固有한 이 制度는 '막서리' 或은 '막간사람'이라고 '幕人制度'라고 불을 수는 있을지 모르나 南道에서 보는 '머슴'은 아닌 것이다.[39]

> '막서리'가 農業耕作을 爲한 制度의 産物인 것은 '절게'와 같으나 그는 爲先 大部分이 獨身者가 아니고 시체말로 世帶를 갖훈 者가 '절게'와는 一段(外觀上에 不過하지만) 올라선 身分에 依하야 地主나 上典에게 매워있다. (…중략…) '막서리'는 그러므로 장차 小作人이 될 수 있는 幻想을 갖는 그러한 程度로 매워있는 身分의 사람이다.[40]

'절게'와 '막서리'는 경제외적 강제에 속박되어 있다는 점에서는 노예제도와 일부 유사성을 지니지만, 독립적인 세대를 거느리며 비록 어

---

38 김남천, 『대하』, 인문사, 1939, 12면.
39 김남천, 「절게・막서리・기타」, 『조선문학』, 1939.4, 111면.
40 위의 글, 112면.

럽기는 하지만 소작농으로 상승할 가능성 또한 열려 있었다는 점에서는 오히려 소작인과 유사성을 보인다. 이러한 독특한 신분제도는 이른바 아시아적 생산양식의 산물로 볼 수 있다. 즉, 고대 노예제와 중세 봉건제의 특성이 결합되어 20세기 초반까지 지속되고 있었던 것이다.

『대하』에서 '막서리'로 등장하는 대표적인 인물은 김두칠이다. 그는 박씨 가문에 의한 경제외적 강제에 속박되어 있으나, 쌍네와 혼인하여 별도의 세대를 이루었다는 점에서 막서리에 해당한다. 흥미로운 것은 그가 일반적인 막서리 신분의 기대처럼 소작인으로의 상승을 원하는 것이 아니라, 결국 "도로공부(道路工夫)",[41] 즉 근대적 임노동자로 전환한다는 점이다. 이는 급격한 근대화 과정에서 진행된 하위 농민 계층의 임노동자화 과정의 일환으로 볼 수 있다. 즉, 고대 노예제와 중세 봉건제적 성격이 혼합된 '막서리'인 김두칠은, 작품 안 서사의 진행과 더불어 소작인이 아닌 근대적 임노동자로 전환되는 존재로 형상화된다. 이는 당시 조선의 아시아적 생산양식이 급격히 외래 자본주의화에 의해 붕괴되는 과정을 단적으로 보여주는 사례이다.

김남천의 『대하』, 한설야의 『탑』, 이기영의 『봄』은 공통적으로 서구 가족사 연대기소설과는 구분되는 독특한 당대 조선문학에서의 가족사 연대기소설의 장르적 특성을 보여준다. 이들 작품은 공통적으로 개화기를 시간적 배경으로 설정하며, 조선의 급격한 식민지 근대화 과정에 대한 역사적인 탐구를 보여준다. 이는 당시 근대에 대한 회의라는 문제설정 속에서, 조선의 근대가 형성되는 과정을 검토함으로써 그 근

---

41 김남천, 앞의 책, 342면.

본적인 극복 방안을 모색하려는 문제의식의 소산으로 볼 수 있다.

특히 구성 원리의 측면에서, 이들 작품에는 기본 서사와는 무관하게 에피소드처럼 삽입된 여담 형식의 풍속 묘사가 두드러진다. 그런데 이들이 묘사하는 풍속은 조선의 급격한 외부에 의한 근대화 과정의 기형성을 드러내는 장면에 집중되는 경향을 보인다. 그 결과 단순한 세태 묘사를 뛰어넘어 조선의 근대화 과정의 특수한 성격을 구체적인 풍속 속에서 구현하는 성과를 낳고 있다. 특히 식민지 규율권력화 과정에 대한 묘사는 위로부터의 강압적 방식으로 진행된 조선의 식민지 근대화 과정을 뚜렷하게 보여준다.

나아가 이들 작품은 당시 마르크스주의 계열의 학자들 사이에서 논점으로 떠오른 이른바 '아시아적 생산양식'의 문제와 긴밀한 관련을 맺는 특수한 경제적, 사회적 모순의 형상화에 초점을 맞추고 있기도 하다. 대표적으로 김남천의 『대하』는 '막서리'라는 독특한 신분의 임노동자로의 전화 과정을 보여줌으로써 개화기 급격한 근대화 과정 속에서의 아시아적 생산양식의 해체 과정을 단적으로 형상화하고 있다.

이러한 1930년대 후반기 이후 발표된 일련의 가족사 연대기소설 작품들은, 서구의 가족사 연대기소설 장르와는 다른 독특한 양상을 표출한다. 서구의 가족사 연대기소설이 주로 3~4대에 걸친 가족사의 전개 과정을 통해 역사의 발전과정을 구체적으로 서술하는 장르적 규범을 지닌 반면, 이들 조선의 가족사 연대기소설의 경우 압축적인 식민지 근대화 과정과 이로 인한 조선적 특수성의 문제를 특유의 구성 원리, 즉 시간 축을 통한 가문의 변모 양상이 아닌, 여담 형식을 통한 풍속의 삽입을 통해 형상화하고 있다는 점에서 그 의의가 인정될 수 있을 것이다.

2) 비-오이디푸스 서사를 통한 서구 가족 로망스의 전유

공시적 장르의 측면에서 파악할 때, 가족사 연대기소설은 가족소설의 범주에 포함된다. 이때 가족소설의 근저에는 프로이트에 의해 발견되고, 이후 마르트 로베르 등에 의해 미학적으로 규명된 이른바 '가족 로망스'적 성격이 놓여 있다. 프로이트는 어린 아이들이 부모로부터 독립하는 과정에서 자신의 부모에 대해 다음과 같은 상상을 수행한다고 지적한다.

> 어린아이에게 부모는 유일한 권위자이자 믿음의 근원이다. 어린 시절 아이들의 강렬하고 유일한 소원은 동성(同性)의 부모와 같이 되는 것, 부모처럼 크게 되는 것이다. 그러나 점점 자라면서 아이들은 자기 부모가 어느 범주에 속한 사람인지 깨닫게 된다. 다른 부모들을 알게 되면서 자기 부모와 비교하기도 하고 그때까지 절대적인 것으로 여겼던 부모의 권위를 의심하게 된다. (…중략…) 자신이 좋아하는 것만큼 부모에게 충분히 사랑받고 있지 못한다는 느낌은 의식적으로 옛 기억들을 떠올리며 자신이 입양아거나 의붓자식이라는 생각을 하게 된다.[42]

프로이트의 논의에 기반을 두고 마르토 로베르는 서구 소설을 업둥이적 경향과 사생아적 경향의 두 가지로 나누어 설명한다. 자신의 진정한 아버지가 존재하지 않는다고 생각하는 전자의 인물들은 아버지

---

42 Sigmund Freud, 「가족 로맨스」, 김정일 역, 『성욕에 관한 세 편의 에세이』, 열린책들, 2003, 199~200면.

가 존재하지 않는 공간으로 도피하려는 경향을 보이며 이는 문예사조 상 낭만주의로 나타난다. 반면 자신은 어머니의 부정에 의해 태어났으며 현존하는 아버지는 가짜라고 생각하는 후자의 인물들은 현실에서 아버지를 부정하고 스스로가 아버지로 성장하려는 경향을 보이는데, 이는 문예사조 상 사실주의로 나타난다. 그는 이러한 맥락에서 서구 소설에 대해 다음과 같이 언급한다. "소설가가 오이디푸스적인 사생아의 성향을 강하게 갖고 있으면 세상을 향해 뛰어들게 되고, 업둥이의 성향이 강하다면 의도적으로 '다른' 세계를 창조하게 되는데, 이것은 결국 진실에 저항하는 것이다."[43] 이러한 마르트 로베르의 논의는 가족사 연대기소설에서 빈번히 등장하는 아버지와 아들 간의 갈등 관계를 해명하는 데 상당한 시사점을 준다.

그런데 프로이트의 가족 로망스 개념은 조선 근대소설에는 그대로 적용되기 어렵다. 왜냐하면 프로이트의 개념이 절대적인 부권을 전제하는 데 반해, 조선 근대소설에서는 종종 아버지가 부재한 상황이 나타나거나, 혹은 아버지와 아들 간의 관계가 종종 비정상적인 방식으로 나타나기 때문이다. 이에 대해 김명인은 다음과 같이 논한 바 있다. 다소 길지만 이 책의 주제와 관련하여 중요한 시사점을 제공하고 있다고 판단되기에 인용한다.

내발적 경로를 통해 주체적으로 자본주의적 근대를 이룬 서구사회의 경우, 봉건체제의 부정과 자본주의체제의 성립 과정이 자기 사회 내의 논리

---

43 Marthe Robert, 김치수·이윤옥 역, 『기원의 소설, 소설의 기원』, 문학과지성사, 1999, 72면.

에 따라 계기적으로 일어남으로 해서 이러한 낡은 아버지의 부정과 새 아버지의 긍정이 비교적 자연스럽게 연결되고, 그런 점에서 가족로망스는 치유 가능한 신경증이 된다고 할 수 있다. 물론 그들의 '새 아버지'인 자본주의 근대체제가 '좋은 아버지'가 아님이 판명됨에 따라 다시 또 아버지 부정이 일어나고 있기는 하지만 그 경로는 비단층적이고 예측 가능한 것이다. 그러나 식민지라는 경로를 통해 외재적으로 자본주의적 근대의 길로 들어선 비서구 지역에서 이러한 아버지 부정과 새 아버지 모시기라는 가족로망스의 시나리오는 처음부터 자연스러운 것일 수가 없다. 낡은 아버지는 부정되어야 하지만, 그것이 나의 힘에 의해서가 아니라 남의 힘에 의해 부정되고 쫓겨난다면, 그리고 그 자리를 차지한 새 아버지가 처음부터 적대성을 드러낸다면, 가족로망스라는 신경증은 신경증으로 자각되기도 전에 또 다른 트라우마에 의해 왜곡되는 것이다.

그런 경우 가족로망스는 정지되거나 지연되거나 변형될 수밖에 없다. 낡은 아버지는 부정되어야 할 존재이면서 동시에 지켜져야 할 존재이며, 새로운 아버지는 받아들일 수밖에 없는 존재이면서 동시에 부정되어야 마땅한 존재이다. 낡은 아버지를 가장으로 하는 낡은 가족을 회복할 수도 없고, 새로운 가족에 적응할 수도 없고, 자신이 새 아버지가 될 길도 막혀 있는 것이다.[44]

김남천의 『대하』의 주인공 형걸이 서자라는 점은 이러한 맥락에서 주목할 필요가 있다. 그는 아버지와의 관계에서 단지 서자일 뿐 아니

---

[44] 김명인, 「한국 근현대소설과 가족로망스」, 『민족문학사연구』 36, 2006, 334면.

라, 실제 기생 부용을 두고 대결하는 인물로 형상화된다. 나아가 그는 배다른 형인 형선과도 형수인 보부를 두고 대결하는 인물이다. 이러한 구도는 서구의 가족 로망스로 포괄되지 않는 독특한 가족 로망스의 양상으로 발전한다.

그 배경에는 아버지 박성권의 부권이 온전한 방식으로 형성되지 않았다는 사실이 놓여 있다. 아버지 박성권은 고을에서 유지로 권위를 지닌 인물이지만, 이 권위는 급격한 식민지 근대화 과정의 모순에 기인한 것이다. 즉, 자생적인 방식으로 봉건적 질서를 해체하고, 근대적 맹아를 선취함으로써 획득한 부권이 아니라. "갑오란에 엽전 몇 냥씩과 박구어서 모은" 돈으로 "기일에 딜어 놓지 못하면 집이고 토지고 사정없이, 다 꾸아디"리며 "세간이 아직 넉넉하고 땅땡어리나 갖이고 있는 집이라면, 일 년만에 이자를 꼬아 매고 하야, 이삼 년 안팎에 원금보다 이자가 몇 곱이 되게 만"드는 "돈노이를 무섭게 하"[45]여서 획득한 부권이기 때문이다. 따라서 아버지 박성권의 부권은 도덕적 층위에서 부정적인 것으로 추락하며, 이는 특히 서자 신분으로 인해 어렸을 적부터 "셋채는 자기인데도 불구하고 어린 형식이를 셋채라고 불르는데 반감을 갖이고 있던"[46] 주인공 형걸에게 두드러진다.

프로이트는 가족 로망스를 논하면서 "형들의 특권을 박탈하기 위해, 어머니가 부정한 정사(情事)로 경쟁자인 그들을 낳았다고 상상하기도 한다. 이런 식으로 형제자매들을 서자(庶子)로 만들어 제거함으로써 영웅이자 주인공인 자신은 합법성을 얻는 흥미로운 가족 로맨스의 변형

---

45 김남천, 앞의 책, 9면.
46 위의 책, 12면.

이 생긴다"[47]고 지적한다. 그러나 『대하』의 형걸과 같이 주인공이 서자인 경우에 해당하는 가족 로맨스에 대해서는 언급한 바 없다. 왜냐하면 봉건적 질서가 잔존하던 조선 사회에서 서자는 부정한 방식으로 만들어진 '사생아'가 아니라 합법적인 방식으로 만들어진 '서자'이기 때문이다.

『대하』의 기본 서사 구조는 앞부분은 보배를 놓고 벌어지는 형걸과 그의 형 형선의 대결로, 뒷부분은 부용을 놓고 벌어지는 형걸과 아버지 박성권의 대결로 요약될 수 있다. 그러나 이 대결은 모두 부권에 의한 형걸의 패배로 귀결된다. 이 부분에서 『대하』는 일반적인 서구의 가족 로맨스와는 다른 특성을 형성한다. 형걸은 두 번의 대결에서 좌절한 후, 가출을 결심한다. 그런데 이 가출은 아버지가 아닌 '형제'로서의 "문 선생"과의 상의를 경유하는 것으로 작품은 끝난다.

> 문 선생한테로 가자! 그러나 문 선생을 찾어가는 목적은 아까와는 판판 달랐다. 어떻게 할 바를 몰라 해결의 방도를 상논하고 위안을 받으려 가는 것이 아니고, 새로운 결심을 실행하는 첫 계제로 그를 찾는 것이다. 문 선생은 벌서 선도자의 지위에서, 수단을 조력해주는 원조자의 지위에 내려선 것이다.[48]

위 인용문에서 주목되는 것은 문 선생이 "선도자의 지위"가 아니라, 형걸과 동등한 "원조자의 지위"로 변화한다는 것이다. 이는 작품 중반에 등장하는 문 선생에 대해 형걸이 "문교사의 하는 말은 모두 옳은 말

---

47 Sigmund Freud, 앞의 글, 201면.
48 김남천, 앞의 책, 396면.

이라고 생각"[49]하던 것과 비교할 때 상당한 변화로 볼 수 있다. 이러한 지위의 변화를 통해 형걸과 문 선생은 사제지간에서 일종의 '형제애'를 담지한 관계로 변화한다.

그 결과 김남천의 『대하』는 서자인 형걸이 문 선생으로 대표되는 '형제애'를 통해 부권과 대결하며, 세계와 대결하기 위해 가출하는 형식의 새로운 가족 로망스의 유형을 창출한다. 린 헌트는 프랑스혁명의 서사를 분석하며 봉건적 부권에 대항하는 '형제' 간의 연대의 형식으로 가족 로망스가 변화되어 나타남을 지적한 바 있다.[50] 나병철은 린 헌트의 논의를 한국 근대소설에 적용시켜, 한국의 성장소설이 "식민주의적 오이디푸스를 전복시키려는 '고아들의 연대'"[51]의 성격을 지닌다는 점을 지적한다. 이러한 선행 연구를 참조할 때, 김남천의 『대하』는 '서자'인 형걸과 "엄격한 양반집안의 자손"이나 "개화사상"[52]에 감화되어 홀로 집으로부터 떠나와 사는 문 선생 간의 형제애적 연대라는, 가족 로망스의 변형 양상을 보여준다고 평가할 수 있다.[53]

---

49 위의 책, 249면.

50 Lynn Hunt, 조한욱 역, 『프랑스혁명과 가족 로망스』, 새물결, 1999 참조

51 나병철, 『가족로망스와 성장소설』, 문예출판사, 2007, 75면.

52 김남천, 앞의 책, 247면.

53 물론 이러한 '형제애'에 입각한 가족 로망스는 여성을 배제한 채 이루어진다는 점에서 그 한계 역시 뚜렷하다. 권명아는 1980년대 민중문학에서 나타나는 형제애에 입각한 가족 로망스의 한계에 대해 다음과 같이 지적한다. "형제들의 세계는 아비의 질서와 원칙을 거부하고 새로운 권력 관계를 상상한다. 이는 새로운 정체성을 형성하는 중요한 서사화의 원리를 제공한다. 하지만 이러한 서사 속에서 여성들은 형제가 됨으로써 주인공이 되지 못하는 한 여전히 부차적 인물 ─ 형제들의 세계 속에서의 또 다른 민중 ─ 로 남게 된다." 권명아, 『가족이야기는 어떻게 만들어지는가』, 책세상, 2000, 97면. 동일한 맥락에서 『대하』의 형걸과 문교사의 형제애에 입각한 관계는, 하층 여성인 쌍네에 대한 형걸의 무책임성을 대가로 이루어진다는 점 역시 지적될 수 있다. 이와 관련하여 이혜령의 다음과 같은 지적은 경청할 필요가 있다. "(가족사 연대기소설에서의 ─ 인용자) 이러한 여성과 하층민의 형상화 방식은 한편으로는 자연적 연속성의 시간이 관장하는 가부장적 질서를 이상화

서구 가족 로망스의 일반적 유형과는 다른 가족 로망스의 모색은 한
설야의 『탑』에서도 나타난다. 이 작품의 기본 서사는 아버지와 아들 간
의 관계가 아니라 오히려 여동생과의 관계로 집약된다. 아버지의 부권
에 대해 주인공 상도가 저항할 수 있는 근거는, 그 부권의 형성 과정이
아들 세대에게 승인될 수 없는 방식이기 때문이다. 상도의 아버지 박
진사는 "삼수군수"[54]의 지위에 있는데, 이는 그가 "홍범도"[55]의 항일 의
병 봉기의 진압과정에서 공을 인정받았기 때문이다. 나아가 박 진사는
자신의 경제적 위기를 모면하기 위해 딸 이순을 송병교의 아들에게 강
제로 결혼시키는 인물이다. 따라서 상도가 아버지의 부권에 저항하며
이순을 데리고 가출하는 것으로 작품의 결말이 이루어지는 것은 필연
적이다.[56]

그런데 이 작품에서 장자(長子)인 상무는 아버지의 뜻에 충실한 인물
로 형상화된다. 그는 아버지 박 진사에 의해 "공부 하면서도 치가하고
치가하는데 들어서도 남에게 지지 않는"[57] 인물로 발화된다. 그는 이
러한 연유로 인해 아버지와 대결하는 상도와 대비되는 유교적 의미의

하는 데 기여했다면, 다른 한편으로는 역사적 목적론의 기획에서 누가 계몽의 주체일 수
있는가를 논증해주기도 했다. 역으로, 이러한 재현의 질서는 가족사 연대기소설의 내러
티브가 (엘리트) 남성 지배적으로 전개되었다는 것을 증언하기도 한다." 이혜령, 「1930년
대 가족사 연대기소설의 형식과 이데올로기」, 『상허학보』 10, 2003.2, 135면.

54 한설야, 『탑』, 매일신보사 출판부, 1942, 308면.

55 위의 책, 255면.

56 실제 한설야는 자신의 부친인 한직연에 대해 이중적인 감정을 나타낸다. "장편소설 『탑』
에서 벼슬도 많이 하고 재산도 많았으나 여러 사업을 벌인 끝에 망해버린 박 진사로 형상
화되었고 또 중편소설 「귀향」에서 몰락양반 유단천으로 그려진 한직연은 군수요 지주로
서 아들 한설야에게는 성공과 패배를 동시에 겪은 양극적인 삶으로 비쳤을 것이다." 조
남현, 「한설야의 일관성과 굴절성」, 『한국 현대문학사상 탐구』, 문학동네, 2001, 121~
122면) 이러한 이중적인 아버지에 대한 인식은 한설야의 『탑』을 해석하는 데도 중요한
시사점을 제공해준다.

57 한설야, 앞의 책, 605면.

‘장자’로 형상화된다.

따라서 아버지의 권위에 저항하는 상도가 여동생과의 연대를 통해 오이디푸스 구조의 외부로 탈주하는 것은 자연스럽다.[58] 흥미로운 것은 이러한 탈주가 단지 가족사적 층위에 한정된 것이 아니라, 보다 넓은 전 세대적인 차원으로 확장되어 의미화 된다는 점이다.

> 그는 거듭 거듭 제 마음에 다짐을 두었다. 그는 쌓이고 쌓인 무엇이 가슴에서 연성 폭발 하려는 것을 느꼈다. 그것은 단지 아버지에게 대한 것만도 아닌 듯하였다. 이때와 이 땅에 대해서 그는 어지러운 역청과 같은 거믄 그림자를 지질히 끌고 이 땅의 절믄 세대를 짓밟고 나가랴는 낡은 역사의 마지막 장을 제 손으로 쥐어 찢고 싶었다.[59]

위의 인용문에서 나타나듯, 상도와 여동생의 가출은, 당대 식민지 근대화 과정에서 잔존하고 있던 봉건적인 “낡은 역사”를 극복하기 위한 “절믄 세대” 모두의 저항으로 확장되어 서술된다. 물론 이러한 서술은 서술자의 주관적 논평에 가까우며, 상도와 이순의 가출에 이러한 의미를 부여하는 것이 객관적으로 가능한지에 대해서는 이견이 존재할 수 있다. 그러나 차남과 여동생 간의 연대를 통한 오이디푸스 구조로부터

---

58 이와 관련하여 이경재의 다음과 같은 연구를 참조할 수 있다. “식민주의에 순응하여 그 구조에 편입된 부유층의 가족은 오이디푸스적 아버지에 저항하는 아들의 가출에 의해 해체의 위기에 처한다. 『탑』의 상도는 가출과 아버지와의 의절을 통해, 즉 스스로 고아 되기를 선택하는 반항적인 모습을 통해 식민주의와 자본주의의 오이디푸스 구조에 저항하는 변혁의 욕망을 드러낸 것이다.” 이경재, 「한설야 소설의 서사시학 연구」, 서울대 박사논문, 2008, 63면.
59 한설야, 앞의 책, 601면.

의 이탈이라는 가족 로망스의 형식이, 당시 견고하게 잔존하고 있던 봉건적 질서로부터의 탈주를 장르적으로 반영한다는 해석에는 무리가 없을 것이다. 이는 특히 가족 로망스로서는 매우 드물게 차남과 여동생 간의 연대의 형식으로 나타난다는 점에서 주목된다.

비-오이디푸스 서사의 구조는 실제 서구의 가족사 연대기소설 작품과 비교할 때 더욱 그 특성이 명확해진다. 최재서 등에 의해 가족사 연대기소설의 전범으로 제시된 토마스 만의 『부덴브로크 가의 사람들』의 경우 총 4대에 걸친 부덴브로크 가의 흥망성쇠의 과정이 형상화된다. 그런데 주목되는 것은 이들이 각각의 세대에 따라 조금씩 다른 가치 지향을 지니고 있음에도 불구하고, 이를 가문의 '역사'의 진행 과정의 일부로서 인식하고 있다는 점이다. 이는 이 작품 초반에 등장하는 가문의 대소사를 기록한 노트의 존재에서 단적으로 나타난다.

영사는 이리저리 공책을 넘겼다. 그는 거의 맨 뒤쪽에 기재된 자기 자식들에 관한 사소한 이야기들을 읽었다. 톰은 홍역을 치렀고 안토니는 황달에 걸렸으며 크리스찬은 수두를 앓았다. 그는 아내와 함께 파리, 스위스, 마리엔바트로 여러 차례 여행한 이야기를 읽었다. 그리고 노란 반점이 박혀 있는 양피지 모양의 너덜너덜해진 종이까지 펼쳤다. 그것은 아버지의 아버지인 요한 부덴브로크 할아버지가 담회색 잉크로 큼직하게 휘갈겨 쓴 글이었다. 이 기록은 조상의 증손을 중심으로 한 상세한 계보로 시작되었다. 16세기 말경, 후세에 알려진 조상 중에서 가장 오래된 부덴브로크라는 사람이 파르킴에서 살았는데 그의 아들 그라바우는 시의원이 되었다고 한다. 어떤 조상이 부덴브로크라는 이름으로 양복점을 운영했는데 로스토크에서 결혼해 '아주 잘 살았다' — 이 구절에 밑줄이 그어져 있었다 — 그리고 자식을 아주 많이 낳았는데 당시에 그랬듯이 죽은 아이들도 있었고 산 아이들도 있었다. 또 다른 할아버지는, 드디어 요한이라는 이름을 쓰기 시작했는데, 로스토크에서 상인으로서 살았다. 그러다가 여러 해 뒤에 영사의 조부가 여기로 와서 마침내 곡물 회사를 열었다는 것이다.[60]

부덴브로크 가의 대소사는 모두 가문의 역사로 기록되며, 사건들은 가문의 흥망성쇠의 과정 속에서 그 의미를 획득한다. 따라서 각 세대 간의 불화와 갈등의 양상보다는, 가문의 연속성이 강조되어 서술되는 특성을 지닌다. 예컨대 1대인 요한 부덴브로크가 죽기 직전에 하는 행위는 "늙은 요한 부덴브로크는 노령으로 말미암아 여태까지의 사업 활동을 포기함으로써 그의 선친이 1768년에 창설한 '요한 부덴브로크' 상사는 동일한 상호로 채권 채무 관계를 유지하면서 오늘부로 아들이며 주주인 요한 부덴드로크에게 소유권이 계승된다고 되어 있"[61]는 서류를 확인하는 것이다. 그리고 1대인 요한 부덴브로크가 죽었을 때, 2대인 요한(장) 부덴브로크가 슬퍼하는 것은 아버지의 죽음보다는, 오히려 "아버지는 당신의 장손인 토마스가 벌써 그해 부활절 무렵에 사업에 참여했는데 그걸 보지 못하고 세상을 떠난 것"[62] 때문이다. 이는 '부덴브로크 상사'로 대표되는 가문의 역사적 전개를 기준으로 각 세대의 행위가 결정되고 있음을 단적으로 보여준다. 따라서 부덴브로크 가의 몰

---

60 Thomas Mann, 홍성광 역, 『부덴브로크 가의 사람들』 1, 민음사, 2001, 76~77면.
61 위의 책, 96면.
62 위의 책, 100면.

락이 다름 아닌 다음과 같은 4대 요한 부덴브로크의 '장난'으로 암시되어 나타나는 것은 필연적이다.

하노는 긴 의자에서 게으른 동작으로 미끄러져 내려와 책상 쪽으로 갔다. 책이 펼쳐진 곳에는 부덴브로크 가의 조상 계보가 적혀 있었다. 그의 아버지를 포함하여 그의 몇몇 조상들의 친필이 분명한 날짜와 아울러 괄호와 붉은 글씨로 정리되어 있었다. 한쪽 다리로 안락의자에 무릎을 꿇고 부드럽게 물결치는 담갈색 머리카락에다 손바닥을 대며 하노는 한동안 그 서류를 찬찬히 들여다보았다. 그는 진지한 태도였지만 아무래도 전혀 상관없다는 듯이 비판적이고도 다소 경멸적인 생각이 들었다. 그는 금과 흑단이 반반씩 든 엄마의 펜대를 다른 손으로 만지작거렸다. 그의 시선은 아래로 옆으로 줄지어 적혀 있는 모든 남녀들의 이름을 좇아갔다. 가끔씩 구식으로 당초무늬를 한 글씨가 나왔다. 누렇게 변색되어 있거나 검은 잉크로 적혀 있는 그 굵은 글씨에는 금가루가 붙어 있었다. 그는 제일 밑에 아빠가 종이 위에 아주 작게 급히 휘갈겨 쓴 글씨도 읽어보았다. 그의 부모들 이름 밑에 적힌 자신의 이름이었다. '유스투스, 요한, 카스파르, 1861년 사월 십오일생' 그걸 보고 약간 흥미를 느낀 그는 몸을 약간 일으켜서 역시 굼뜬 동작으로 자와 펜을 집어 들었다. 자를 그의 이름 위에 대고는 또 한 번 혼란스런 계보 전체를 훑어보았다. 그러고는 침착한 표정으로 아무 생각 없이 멍하니, 기계적으로, 꿈꾸는 것처럼, 종이 전면에 대각선으로 깨끗하고 아름답게 쌍선을 그었다. 산수 공책의 각 면마다 그렇게 장식한 것처럼 윗선은 아랫선보다 더 굵게 그렸다. 그런 다음 잠시 머리를 옆으로 기울이고 찬찬히 들여다보다가 그 자리를 떴다.[63]

　토마스 만의 『부덴브로크 가의 사람들』에서 확인할 수 있는 것처럼, 서구의 가족사 연대기소설은 할아버지-아버지-아들-손자로 이어지는 3~4대에 걸친 오이디푸스 서사 구조를 장르적 규범으로 삼고 있다고 할 수 있다. 서구의 가족사 연대기소설에서는 모든 사건이 가문의 '역사'로 기록되며 그 의미를 획득하는 부분에서 강고한 오이디푸스 서사 구조가 작동하고 있다.

　반면 기존의 문학사적 통설과는 달리, 1930년대 후반기 이후 발표된 조선의 가족사 연대기소설의 경우 서구 문학의 오이디푸스 서사 구조와는 다른 비-오이디푸스적 서사 구조를 보여준다. 김남천의 『대하』에서 두드러지는 서자와 가출 모티프, 한설야의 『탑』에서 두드러지는 차남과 여동생 간의 연대를 통한 부권 부정의 양상 등이 그 구체적인 사례이다. 이러한 비-오이디푸스적 서사 구조는 비교적 안정적인 근대화 과정을 수행한 서구와는 달리, 식민지 체제 하의 압축적 근대화 과정을 겪은 당시 조선의 상황을 형상화하는 과정에서 나타난 새로운 장르적 규범으로 평가될 수 있다. 서구 가족사 연대기소설의 기반을 이루는 가족 로망스가 강고한 부권을 전제로 하는 것에 반해, 식민지 조선의 경우 이미 부권 자체가 몰락하거나, 혹은 식민지 하위 계층으로 편입되어 그 권위를 상실했기 때문이다. 이러한 관점에서 접근할 경우, 이들 작품에 나타나는 가족 로망스의 전유 양상은 서구와는 다른 조선의 식민지 근대성에 대한 문학 장르적 대응의 기획으로서 그 의미를 획득할 수 있을 것이다. 특히 『대하』에 나타나는 형제 사이의

63　Thomas Mann, 홍성광 역, 『부덴브로크 가의 사람들』 2, 민음사, 2001, 175~176면.

'연대', 『탑』에 나타나는 차남과 여동생 사이의 '연대'는 서구 가족사 연대기소설 장르의 규범을, 식민지 조선의 현실에 적용해 변용한 구체적인 서사 문법으로서 부각하여 평가할 수 있을 것이다.

한편 이기영의 『봄』에서는 현실에서 존재할 수 없는 이상화된 아버지가 등장한다. 주인공 석림의 아버지 유선달은 『대하』나 『탑』에 등장하는 아버지들과는 달리 "개화의 둗조"[64]에 감화되고 "조정의 부패한 정사"와 "탐관오리의 비루한 행동"[65]을 없애고자 스스로 "관립무관학교"[66]에 입학하는 인물로 형상화된다. 나아가 그는 귀향 이후에도 근대적 교육 기관의 설립을 위해 "넉넉지 못한 생활"에도 불구하고 "이백 원"[67]을 투척하는 인물로 형상화된다. 그 결과 유선달은 식민지 근대화와는 달리 나름의 내재적 근대화 과정을 추구하는 인물로 설정된다.

그런데 사실 이러한 아버지 상은 실제 존재하는 아버지라기보다는 과도하게 이상화된 아버지 상으로 볼 수 있다. 『봄』에서 아버지 유선달은 아들 석림에게 극복하거나 부정해야 할 대상으로 설정되지 않는다. 이러한 사실의 직접적인 원인으로는 석림의 어머니의 부재를 들 수 있다. 이 작품은 석림의 어머니의 죽음으로 시작된다. 이후 유선달이 귀향하고 실질적인 석림의 어머니의 역할까지 상당 부분 대신하게 된다. 그러나 그 심층에는 부모를 이상화하려는 심리적 구조가 놓여 있다.

프로이트는 가족 로망스가 표면적으로는 부모를 부정하는 양상을

---

64 이기영, 『봄』, 대동출판사, 1942, 37면.
65 위의 책, 38면.
66 위의 책, 39면.
67 위의 책, 468면.

나타내지만, 실제 그 이면에는 자신의 부모를 이상화하고자 하는 욕망이 놓여 있음을 지적한다. "지금보다 나은 아버지로 바꾸려는 노력은 가장 고상하고 힘센 사람이 바로 아버지이며, 가장 아름답고 여성다운 사람이 어머니라고 느꼈던 사라져간 행복한 시절에 대한 갈망의 표현인 것이다. 지금 알고 있는 아버지에게서 더 어린 시절 믿었던 아버지에게로 돌아가는 것이다. 그리고 이런 상상은 가버린 시절에 대한 아쉬움의 표현일 뿐이다. 이 환상에 유년 시절의 과대평가가 다시 나타난 것일 뿐이다."[68]

이러한 관점에서 볼 때, 이기영의 『봄』에서 유독 아버지가 이상화되어 나타나는 것은, 이 작품이 발표되던 1930년대 후반 이후, 더 이상 현실에서 존재할 수 없는 왜곡된 식민지 근대화 과정이 아닌, 내적 동력에 의한 봉건적 모순의 극복과 근대적 맹아의 발현이라는 오래된 욕망이 우회적인 방식으로 표출된 것이라 할 수 있다. 즉, 그 은밀하고 오랜 욕망이 이른바 신체제와 대동아공영론의 대두 속에서 개화기로 표상되는 조선의 근대 초기인 "가버린 시절에 대한 아쉬움"과 개화기, 즉 "유년 시절의 과대평가"로 나타나는 것이 『봄』이라고 할 수 있다.

다른 한편으로, 이들 작품이 모두 미완의 형식을 지닌다는 점이 주목된다. 김남천의 『대하』는 형걸의 가출로 끝나며, 그 이후 행적에 대해서는 이렇다 할 암시를 주지 않는다. 한설야의 『탑』 역시 상도와 이순의 가출 이후에 대해서는 아무런 단서를 주지 않으며, 이기영의

---

68 Sigmund Freud, 김정일 역, 『성욕에 관한 세 편의 에세이』, 열린책들, 2003, 202면.

『봄』은 석림의 내적 고뇌의 토로에서 작품이 종결된다. 이 점이 주목
되는 것은 일반적인 가족 로망스의 플롯 구성상 가출 '이후' 아들 세대
의 새로운 모험이나, 혹은 귀향 등이 작품의 초점으로 맞추어지기 때
문이다. 그런데 이들 작품은 모두 가출 '이후'의 부분에 대해 어떠한 암
시도 주지 않는다. 이것이 주목되는 것은 한 편의 작품만이 아니라, 당
시 발표된 세 편의 가족사 연대기소설 모두가 미완의 형식을 지닌다는
점 때문이다. 보다 범위를 확장해서 이태준의『사상의 월야』까지를 가
족사 연대기소설의 범주에 넣을 경우에도 사정은 동일하다. 이 작품
역시 주인공 송빈이 도일한 후, 다시 조선으로 돌아오는 부분에서 갑
작스럽게 종결되기 때문이다.

일반적인 서구 가족 로망스는 사성아적 유형의 경우 "탄생의 비밀들
을 폭넓게 활용하며, 목표를 향해 똑바로 나아가면서 요정 이야기에
걸맞은 반적들 덕택으로 모든 불운한 출생자들을 권력의 정상에 앉힘
으로써 복수"[69]하며 "실제로 가능하거나 아니면 단지 상상할 수 있는
모든 정복 ― 여자, 권력, 돈, 또는 어떤 형태의 명성의 쟁취 ― 을 모방
을 통해 수행"[70]하는 구성을 취한다. 반면 업둥이적 유형의 경우에는
"'다른 쪽'에서 일어나는 경이로운 모험들을 찾아 세상을 두루 돌아
다"[71]니며 "성장의 필연성을 회피하는 유아적인 영혼의 도피처"[72]를
찾아다니는 구성을 취한다. 이러한 구성상의 특징이 전자를 사실주의,

---

69 Marthe Robert, 김치수·이윤옥 역,『기원의 소설, 소설의 기원』, 문학과지성사, 1999, 202면.
70 위의 책, 203면.
71 위의 책, 122면.
72 위의 책, 123면.

후자를 낭만주의적 문예사조와 결합하여 논하는 까닭이다.

그런데 앞서 살펴본 1930년대 후반기 이후 조선의 가족사 연대기소설들은 이와 같은 서구의 가족 로망스의 구성으로부터 일탈한다. 모든 작품들이 공통적으로 가출과 미완의 형식을 취하고 있다. 그렇다면 왜 이러한 독특한 가족 로망스의 변형이 일어나는가를 살펴볼 필요가 있을 것이다.

서구 가족 로망스에서 사생아적 유형은 스스로가 아버지가 되는 구성 원리를 취한다. 그런데 1930년대 후반기 이후 조선문학에서 스스로가 아버지가 되기 위해서는 당시 서구적 근대의 몰락을 대체하기 위한 담론으로 대두했던 신체제와 대동아공영론의 주체로서 신생해야 했다. 그러나 개화기에 대한 소설적 탐색을 통해 조선의 식민지 근대의 특수성을 읽어낸 이들 작가들에게 신체제와 대동아공영론이 제시하는 전망이란 쉽게 수용하기 어려운 것이었다. 특히 이들이 부정한 아버지가 바로 신체제와 대동아공영론과 동일한 외부 제국에 의한 위로부터의 근대화 과정을 통해 그 권위를 획득했다는 점으로 인해서, 서사 구성상 아들 세대가 새로운 아버지로 성장하기 위해 이러한 제국의 담론을 수용하는 주체로 재생되는 것은 불가능하다.

다른 한편으로 업둥이적 유형은 부정하고 싶은 현실로부터 도피하는 구성 원리를 취한다. 그런데 이는 "유아적인 영혼의 도피처"가 마련되어 있을 경우에만 가능한 것이다. 이미 사회주의 담론의 영향 속에서 문학적 정체성을 형성한 이들에게 이와 같은 도피처는 존재하기 어려웠다. 특히 서사 구성상 아들 세대는 세계와의 대결을 위해 가출을 감행하기 때문에, 이러한 도피적 경향은 플롯 자체를 붕괴시키는 결과를 낳는다.

따라서 1930년대 후반기 이후 서구 가족 로망스의 조선적 전유 형식인 가족사 연대기소설들이 미완의 결말을 지니는 것은 필연적이라 할 수 있다. 이들 작가들은 섣불리 서구적 근대의 합리적 핵심을 폐기하고, 새로운 신체제와 대동아공영론을 승인할 수도 없었고, 그렇다고 유아기로 퇴행하여 도피할 수 있는 공간을 찾을 수도 없었다. 더욱이 서사 구성상 아들 세대의 가출은 곧 1919년 3·1운동과 그 후 본격화된 사회주의 운동으로 이어질 개연성이 매우 크다. 이는 당시의 검열 제도를 고려할 때 서술 불가능한 내용이다. 따라서 이들 작품이 공통적으로 가출과 미완의 형식을 지니고 있다는 점을, 완결성 미달로 평가하는 것은 다소 단순하고 일면적인 평가이다. 오히려 당대 식민지 조선의 특수한 성격으로부터 서구 가족 로망스와는 다른 조선적 가족 로망스의 독특한 형식으로 이러한 가출과 미완의 구성이 고안된 것으로 평가하는 것이 보다 타당할 것이다.[73]

김남천, 한설야, 이기영은 물론 나아가 이태준의 가족 로망스까지도 서자 모티프와 가출 모티프, 고아 모티프 등의 활용과 가출 및 미완의 구성 원리를 통해 비-오이디푸스적 구조를 모색한 것으로 평가할 수

---

[73] 이러한 가출 모티프와 미완의 구성이라는 점을 고려할 때, 다음과 같은 가족사·연대기소설에 대한 평가는 재고의 여지가 있다. "일제 말기는 민족의 정체성이 붕괴되고 말살되는 시기이므로, 가족은 단순히 가족자체가 아니라 민족이나 사회를 형성하는 기초적 집단이라는 의미를 강하게 가지게 된다. 그러므로 가족과 가계의 지킴의 논리는 곧 민족보전의 욕구로 확대 해석할 수 있다. (…중략…) 그러므로 가족사·연대기소설은 민족의 정체성이 붕괴되는 시기에 가족사의 연속성과 세대계승의 연장선상에서 민족정체성의 회복을 내면적 주제로 하고 있는 소설 유형이다." 류종렬, 앞의 책, 178~179면. 이러한 평가는 이들 작품이 공통적으로 지닌 가출 모티프와 아비 부정, 형제 및 남매간의 연대를 주된 모티프로 삼고 있다는 점에서 다소 무리한 해석으로 판단된다.

있다. 오히려 비-오이디푸스 구조를 통해 아버지-아들로 이어지는 권력관계를 극복하는 새로운 공동체에 대한 탐색의 의지로서 이들 작품의 특성을 평가할 수 있을 것이다. 이는 일반적인 서구의 가족 로망스가 그대로 적용될 수 없었던 당시 조선의 특수한 식민지 근대에 조응하는 서사 장르 문법의 고안이라는 점에서 그 의의가 크다고 할 수 있다.

2. 서사 구성 원리의 실험을 통한 다성적 담화의 구현

1) 타자의 시각 도입을 통한 중층적 현실 인식

문학사의 흐름 속에서 볼 때, 1930년대 후반기는 1935년 카프의 해소로부터 시작된다고 해도 과언이 아니다. 바꾸어 말하자면, 과거 사회주의적 리얼리즘에 입각한 소설 장르론의 붕괴 속에서 새로운 소설 장르의 실험과 모색이 진행된 시기가 바로 1930년대 후반기였던 것이다. 그러나 사회주의적 리얼리즘에 입각한 소설 장르론의 붕괴를 단순히 외적인 제국의 탄압에 의한 것으로 환원할 수는 없다. 무엇보다 과거 카프 계열의 작가들이 지향하던 사회주의적 리얼리즘에 입각한 소설 장르론 자체가, 소설 장르의 본질이라고 할 수 있는 텍스트의 다성적 성격을 억압한 경향이 있기 때문이다. 따라서 1930년대 후반기 과거 카프 계열의 작가들에게 일차적으로 요구되던 문학적 과제는, 사회주의 리얼리즘에 입각한 단성적인 소설 장르의 한계를 극복하기 위한 미학적 모색이었다 할 수 있다. 그리고 이러한 모색은 김남천, 한설야, 이기영을 비롯한 작가들에 의해 구체적인 소설 작품으로 나타난다.

　이러한 문제의식 속에서 미학적 실험과 모색을 가장 뚜렷하게 수행한 작가는 김남천이다. 특히 그는 이 시기 외국문학의 능동적 변용과 탈식민적 수용을 통해 소설 장르론에 대한 근본적인 성찰을 수행한다. 그런데 김남천에 대한 기존 연구는 즈로 그의 카프 문예운동과 작품의 리얼리즘적 성과를 규명하는 것에 초점을 맞추고 있다. 특히 문예운동가이자 비평이론가로서의 위상이 강조되면서, 정작 그의 소설 텍스트에 대한 정치한 분석은 다소 간과된 것이 사실이다. 그러나 그가 40여 편의 중단편과 3편의 장편 소설을 창작했으며, 그의 비평 논의 역시 궁극적으로는 창작을 위한 이론적 모석의 결과였다는 점에서 김남천의 소설에 대한 분석은 매우 중요한 과저로 남는다.[74]

　특히 1930년대 후반기 김남천의 소설은 실상 고전적인 리얼리즘론의 관점에서는 해명되기 어렵다. 예컨대 「장날」 등의 작품에서 두드러지는 복수 초점화(multiple focalization) 기법이나 「낭비」 연작에서 나타나는 연작 구성과 토론체 기법의 사용은 객관적 반영론을 핵심으로 하는

74 　이와 관련하여 기존의 프로 문학 연구에 대한 손유경의 다음과 같은 지적은 경청할 만하다. "일제하 프로 문학 연구에 있어서의 방법론적 편향성이나 과잉 해석 경향 등에 비판적 태도로 요약될 수 있는 이러한 시각은, 유독 프로 문학 연구에 있어서는 구체적인 작품 분석이 제대로 이루어지지 않았다는 사실에 대한 비판과도 맥락을 같이 한다. 사실 1980년대 중반경의 프로 문학 연구는 대체토 비평사, 논쟁사, 운동사적 관점에 의거한 경우가 대부분이었는데, 이는 식민지 시기의 작가들이 비평의 영역에서 보였던 이념에 대한 치열한 열정과 현실에 대한 깊이 있는 이해가 실제 창작의 영역에서 제대로 실현되지 않았다는 연구자의 판단에 주로 기인한다. 여기서 문제는, 비평의 영역과 작품 간에 놓인 간극을 인정할 것이냐 아니냐에 놓여 있는 것이 아니라, 만일 그러한 간극이 존재한다면 그 격차를 기정사실화한 채 논의를 진행하기보다는 개별 작품의 위상을 비평에 종속된 상태에서 해방시키는 대신 제3의 지평에서 새롭게 의미화 할 가능성이 있겠는가 하는 점을 모색하는 데 놓여 있다고 생각된다." 손유경, 「최근 프로 문학 연구의 전개 양상과 그 전망」, 『상허학보』 19, 2007. 2, 289~290면.

리얼리즘론과는 상당한 거리를 지닌 작품이다. 따라서 이 시기 그의 소설을 평가하기 위해서는 사회주의 문예운동가로서의 김남천과는 다른, 새로운 소설 장르의 모색을 실험했던 소설가 김남천의 양상을 복원하는 것이 필요하다.

김남천은 위에서 언급한 사회주의적 리얼리즘에 입각한 소설 장르론의 한계를 극복하기 위해, 크게 두 가지 외래 모델을 수용하며 소설 장르의 본질에 대한 탐구를 진행한다. 하나는 아쿠타가와 류노스케로 대표되는 일본문학이며, 다른 하나는 발자크로 대표되는 서구 리얼리즘 문학이다. 그가 아쿠타가와 류노스케의 영향을 받았다는 사실은 「청년 솔로호프」를 비롯한 그의 수필에서 단적으로 드러난다.

허기는 高普時節에 내가 굉장히 傾到했든 作家가 단 한 분 있다. 어떠한 根據가 있었든지, 全혀 偶然한 일이였든지間에, 그는 故, 芥川龍之介다. 그러나 내가 지금 쓰고 있는 作品의 어느 구석에, 그의 影響이 들어있는지는 나 쪼차 알 수 없다. 中學 때에 쓴 作品(?)에는 芥川의 것을 模倣한 것이 大端히 많았고, 그의 著書의 裝幀畫家, 小穴隆一氏를 본받어, 제법 내 原稿를 매어 떡꿍을 裝飾했던 적도 決코 한두 번이 아니었다. (오늘날, 내가 처음으로 「大河」를 上梓하면서, 裝幀을 서투른 내 손으로 直接한 것은, 내게 親分 있는 畫家가 없는 탓도 있겠지만, 小穴이 같은 장정을 하는 이가 한 분도 없는 때문이었다는 것에, 或은 中學時節에 받은 芥川의 影響이 아직도 남어 있는지 몰으겠다.

(…중략…)

그 뒤 여러 가지 事情으로보아, 고-리키- 같은 분의 影響은 가장 커서야 할 터인데 不拘하고 나는 그의 作品에서보다도, 그의 文學論에서 더 많이 營養素를 攝取했다는 것이, 부끄러우나 眞景에 가까운 事實이다.[75]

김남천은 자신이 "고리끼"보다도 오히려 아쿠타가와 류노스케[芥川龍之介]의 영향을 강하게 받았음을 고백하고 있다. 이는 그의 소설 「장날」에서도 확인되는 바, 아쿠타가와 류노스케의 「덤불 속」을 패러디한 이 작품의 마지막 부분에는 "附記―이 한 篇을 芥川龍之介의 靈에 받히는 것은 나의 當然한 禮儀라고 생각한다"[76]라는 헌사를 남기고 있다. 김남천의 실제 소설 창작 영역에서도 아크타가와와의 연락관계를 찾을 수 있다.

주목되는 점은 김남천의 아쿠타가와 수용이 상당히 의식적인 선별을 통해 이루어진다는 사실이다. 일반적인 일본문학사에서 아쿠타가와가 차지하는 위상은 "그가 기록한 '몽롱한 불안'이라는 애매한 말처럼 당시 인텔리겐치아의 위기의식을 구체적으로 표현"[77]했다거나, 혹은 "시대에 대한 불안"[78]을 표현했다는 등, 주로 그가 근대의 불안심리를 형상화한 작가라는 사실로 모아진다. 그러나 김남천은 아쿠타가와 문학의 주조를 이루는 근대의 불안이라는 모티프는 수용하지 않는다. 오히려 그가 적극적으로 수용하는 것은 아쿠타가와가 「덤불 속」 등에서 사용한 복수 초점화 기법으로 볼 수 있다.

---

75 김남천, 「청년쇼로홉흐」, 『조광』, 1939.3, 261면.
76 김남천, 「장날」, 『문장』, 1939.6, 65면.
77 히라노 겐, 고재석·김환기 역, 『일본 쇼와 문학사』, 동국대 출판부, 2001, 16면.
78 호쇼 마사오 외, 고재석 역, 『일본 현대문학사』, 문학과지성사, 1998, 63면.

실제 「장날」에서 전면적으로 사용되는 복수 초점화 기법은 한국 근대소설에서는 보기 드문 실험적 성격을 지닌다. 그런데 김남천은 단지 이 작품뿐 아니라, 1차 카프 검거 사건으로 인한 투옥과 석방 이후부터 「남편, 그의 동지」(『신여성』, 1933.4), 「남매」(『조선문학』, 1937.3), 「처를 때리고」(『조선문학』, 1937.6), 「녹성당」(『문장』, 1939.3), 「이런 안해―혹은 이런 남편」(『농업조선』, 1939.4), 「장날」(『문장』, 1939.6), 「어머니」(『농업조선』, 1939.9), 「노고지리 우지진다」(『문장』, 1940.7) 등의 작품에서 다양한 시점을 통한 사건에 대한 입체적 진술을 시도한다. 이러한 사실은 김남천의 아쿠타가와 수용이 자신의 고유한 문제설정 속에서 지속적으로 전개된 것임을 방증한다.

김남천이 아쿠타가와 류노스케의 영향을 받았다는 사실은 그의 평문과 수필뿐 아니라 소설 「장날」을 통해서도 증명된다. 아쿠타가와는 「덤불 속」 등의 작품을 통해 하나의 사건에 대한 다양한 인물들의 발화와 해석을 실험한 바 있는데, 김남천이 주목한 것은 아쿠타가와의 문학사상이기보다는 이러한 서술기법이었다. 이를 서사학적 개념으로 설명할 경우 복수 초점화 기법으로 볼 수 있다.

쥬네트는 소설의 구조 분석에서 '누가 말하는가'의 문제를 중요한 과제로 설정한다. 이는 '초점 화자'의 문제로 구체화되는데 크게 나누어 비초점 서술(zero focalization), 내적 초점화(internal focalization), 외적 초점화(external focalization)으로 구분할 수 있다. 그리고 다시 내적 초점화의 경우에는 고정된 초점화(fixed focalization), 가변적 초점화(variable focalization), 복수 초점화(multiple focalization)으로 나누어진다.[79] 그런데 일반적인 소설이 작품 외부의 서술자를 통해 진술되거나(비초점 서술), 작품 내의 특정

인물이 초점 화자로 설정되는데 반해(고정된 초점화), 복수 초점화는 초점 화자가 여럿이라는 특징을 지닌다. 특히 복수 초점화는 이야기의 전개 과정에서 다양한 인물들의 시점에 의해 서술이 이루어짐으로써 하나의 사건에 대한 다의적인 해석이 가능하다는 특징을 지닌다.[80] 쥬네트는 복수 초점화의 대표적인 예로 바로 아쿠타가와의 소설을 원작으로 한 구로사와 아키라 감독의 영화 〈라쇼몽〉을 들고 있다. 이는 아쿠타가와의 「덤불 속」이 지니는 복수 초점화적 성격을 단적으로 드러낸다.

김남천이 아쿠타가와 문학을 경유해 주목한 복수 초점화 기법은 하나의 작품에 대한 다양한 초점 화자들의 발화와 해석이 가능한 형식이라는 점에서 소설의 다성성을 생성하는데 있어 매우 유용하게 기능한다. 특히 작가의 관점에서 일방적으로 서술되기 쉬운 제재를 객관화시켜 다양한 관점에서 평가할 수 있는 기법으로 사용될 수 있다.

이와 관련하여 김남천이 복수 초점화 기법을 사용한 작품 중 상당수가 과거 카프 문예운동을 제재로 삼고 있다는 점이 주목된다. 이에 해당하는 대표적인 작품으로는 「남편, 그의 동지」, 「처를 때리고」, 「이런

---

79 G. Genette, 권택영 역, 『서사담론』, 교보문고, 1992, 177~178면.

80 정확하게 규정하자면 복수 초점화는 물론 가변적 초점화 역시 사건에 대해 초점화자가 변동되면서 서술되기 때문에 유사한 효과를 낼 수 있다. 단, 복수 초점화의 경우 개념상 하나의 사건에 대해 복수의 초점화자가 진술하는 형식인 반면, 가변적 초점화는 초점화의 정도에 따라 복수 초점화에 가까운 효과를 낼 수도 있고, 그렇지 않을 수도 있다. 쥬네트 역시 자신의 위와 같은 분류가 실제 작품 분석에서는 보다 유연하게 적용되어야 함을 지적하고 있다. 이 책에서는 이 두 가지 개념을 별도로 사용하지만, 가변적 초점화에 가까운 '효과'를 낼 경우 복수 초점화에 포함시켜 논의하도록 하겠다. 이는 이 책에서 주목하고자 하는 것이 복주 초점화 기법의 사용을 통한 텍스트 내의 다양한 시각의 확보라는 '효과'의 측면이기 때문이다. 리먼 캐넌은 실제 주네트의 초점화 논의를 발전시켜 논하면서 초점화 구분의 기준으로 '지속의 정도'를 제시하고 있다. 이는 실제 작품분석에서 엄밀하게 구분되기 어려운 초점화 유형을 보다 유연하게 사용할 수 있도록 고안된 기준으로 볼 수 있다. S. Rimmon Kenan, 최상규 역, 『소설의 현대시학』, 예림기획, 1999, 138면.

안해, 혹은 이런 남편」, 「녹성당」 등을 들 수 있다. 이들 작품은 공통적으로 김남천 자신이 참여했던 사회주의 운동을 제재로 삼고 있다. 그런데 주목되는 것은 사회주의 운동에 대해 서술하는 주체가 김남천 자신이 아니라 다른 인물로 설정된다는 점이다.

「남편, 그의 동지」는 작품만으로는 복수 초점화 기법이 사용되었음을 확인하기 어려운 작품이다. 그러나 이 작품을 「물」과 함께 독해한다면 동일한 사건에 대해 초점화자만 변동된 작품임을 확인할 수 있다. 「남편, 그의 동지」와 「물」은 모두 평양 고무공장 파업 사건으로 인해 투옥된 김남천 자신의 체험을 주 모티프로 하고 있다. 다만 차이가 있다면, 「물」의 경우 투옥된 남성 사회주의자가 초점화자로 설정된 반면, 「남편, 그의 동지」는 투옥된 남편을 옥바라지 하는 여성 인물이 초점화자로 설정되어 있다는 점이다. 즉, 김남천은 「남편, 그의 동지」를 통해 자신의 투옥 체험을 아내의 시점에서 형상화하고 있는 것이다. 이와 같은 초점화자의 설정을 통해, 김남천은 자칫 일방적으로 미화되기 쉬운 자신의 투옥 체험을 객관화시켜 평가하는 성과를 거두고 있다.

「물」에서 두드러지는 형식적 특징은 서간체의 고백 양식이 전면화된다는 점이다. 이 작품은 부기에 "百도의 여름이 다시 오련다. 이 한 편을 여름을 맞는 여러 동무들에게 올닌다"[81]라는 장르적 표지를 통해, 자신의 투옥 체험을 담은 고백체의 서간임을 명시하고 있다. 그런데 이 작품은 고백 중에서도 유독 '서간체'를 사용하고 있다는 점에서 주목된다. 서간체 형식의 작품 분석에서 중요한 것은 발신자와 수신자의 관계이

81　김남천, 「물」, 『대중』, 1933.6, 59면.

다. 이 작품의 발신자는 작가＝서술자＝주인공의 구도에 의한 김남천 자신임이 뚜렷하게 나타난다. 수신자의 경우 두 가지 요건이 필요하다. 첫째, 수신자는 이 작품이 김남천 자신의 자전적 이야기임을 알 수 있는 인물이어야 하며, 둘째, 수신자는 이 작품의 발표 지면을 쉽게 접할 수 있는 인물이어야 한다. 우선 김남천이 평양 고무공장 파업 투쟁을 통해 투옥된 사실을 아는 인물이라면 당시 좌익운동의 동향에 대해 어느 정도의 이해를 가지고 있던 인물군으로 볼 수 있다. 그리고 이 작품이 발표된 지면이 당시 좌익 계열의 잡지인『대중』지인 것을 고려한다면, 이 작품의 수신자 역시 당시 좌익 계열의 지식인으로 볼 수 있다. 즉, 이 작품의 서간체 형식의 특성에 초점을 맞출 경우 편지의 발신자는 감옥 안의 김남천으로, 수신자는 감옥 밖의 좌익 계열의 지식인으로 볼 수 있다.

그런데 이러한 수신자를 염두에 둘 경우 이 작품은 다소 한계를 지닌다. 왜냐하면 고백의 한 유형인 서간체 형식의 작품은 친밀한 이들에게 자신의 내면을 그대로 내보임으로써 그 진정성을 확보할 수 있는 장점이 있는데 반해, 이 작품은 수신자에 비해 발신자의 위치가 훨씬 우월하게 설정되어 오히려 수신자의 반감을 살 수 있는 구성을 지니고 있기 때문이다.

  ①'미, 네, 르, 바, －, 의, 옷, 뱀, 이, 는, 황, 혼, 을, 기, 대, 려, 서, 비, 로, 서, 비, 상, 하, 기, 시, 작, 한, 다'

그러나 십 분도 못 계속하여 나는 내가 글을 읽고 잇는 것이 안이라 활자를 읽고 잇는 것을 깨닷는다.[82]

②물론 공장에서 일하는 노동자나 시골서 김매고 풀 뽑는 농군이나 쏘 부엌에서 밥을 짓는 녀편네들도 우리들보다 못지 안케 땀을 흘닌다. 그러 나 아모 것도 하지 안코 멀거니 안저서 붓채질만 하는 사람들이 이럿케 땀 흘니는 것은 아모래도 보지 못하는 일이였다.[83]

①에서 드러나는 것은 감옥의 열악한 상황에서 헤겔의 유명한 위와 같은 문구도 글이 아니라 다만 활자에 지나지 않는다는 고백이다. 즉, 어떠한 철학적이고 과학적인 이론도 실제 감옥과 같은 열악한 환경 앞 에서는 현실적인 힘을 발휘하지 못한다는 것이다. 그런데 이러한 고백 은 ②의 진술과 맞물려 새로운 의미로 확장된다. ②에서 김남천은 자 신이 감옥 안에서 땀을 흘리는 행위를 노동자나 농민, 하층 여성 등의 노동의 고통으로 인한 것과 동일한 위치에 놓고 있다. 즉, 평양고무공 장 파업 투쟁을 통해 투옥된 자신의 정치적 행위로 인한 실제 프롤레 타리아트와의 결합으로 해석하고 있는 것이다. 따라서 ①의 고백은 실 상 이론적인 층위에서만 급진적일 뿐, 실제 투쟁에서는 실천적인 모습 을 보이지 못하는 다른 좌익 계열의 지식인에 대한 우회적인 비판으로 읽혀질 수 있다. 따라서 감옥 안의 체험을 그대로 고백하는 김남천의 「물」은, 결과적으로 그 수신자인 좌익 계열의 지식인으로 하여금 거부 감을 갖게 만드는 한계를 지니게 된다. 이는 근본적으로 서간체의 수 신자에 비해 발신자의 위치가 높게 설정된 작품의 구조에 기인한다.

반면 동일한 모티프를 다룬 「남편, 그의 동지」에서는 이러한 한계가

---

82 위의 글, 56면.
83 위의 글, 55면.

극복된다. 이 작품은 「물」과 동일한 김남천 자신의 투옥 체험을 모티프로 삼고 있다. 그런데 주목되는 점은 작품의 초점화자가 자신의 '아내'로 설정된다는 점이다. 그 결과 「물」에서 보여진 자전적 체험 서술의 자기중심적 해석이 상대화되고, 자신의 투옥의 직접적인 계기인 사회주의 운동에 대한 객관화된 자기 성찰이 가능해진다. 즉, 「물」의 초점화자의 입장에서는 불가능한 당대 사회주의 운동의 남성 지식인 중심성과 파벌주의에 대한 객관화된 타자의 시선을 통한 서술이 「남편, 그의 동지」에서 이루어지고 있는 것이다.

「처를 때리고」의 경우 전향 사회주의자인 남편 남수와 그의 아내 정숙 사이의 갈등이 각자의 시점이 교차되면서 서술되는 독특한 형식을 취하고 있다.

①나는 울고 싶었다. 나는 때리고 싶었다. 그래서 나는 생전처음 그를 갈겼다. 내 주먹은 몇 번 주저하고 또 몇 번은 스스로 억제할 수도 있었으나 드디어 나는 그를 갈겼다. 아 그것은 내 자신을 때리는 것이었다.[84]

②네가 뭘 잘했기에 내에게 손을 거니. 이놈아. 날 죽여라. 죽여라. 자. 이걸로 날 찔러라. 응 이놈아.

야 사회주의자 참 훌륭허구나. 이십 년간 사회주의나 했기에 그 모양인줄 안다. 질투심 시기심. 파벌심리. 허영심. 굴욕. 허세. 비겁. 인찌기. 뿌록커. 네 몸을 흐르는 혈관 속에 민중을 위하는 피가 한 방울이래도 남어서 흘러

있다면 내 목을 바치리라.[85]

①은 부부싸움 중 처를 때린 남수의 독백이고, ②는 남수에게 폭행 당한 처 정숙의 발화이다. 즉 부부싸움 중 남수의 정숙에 대한 폭행이 각기 다른 시점에서 해석되고 있는 것이다. 남수의 경우 처 정숙을 때린 것 자체는 큰 문제가 되지 않는다. 오히려 자신의 폭행은 "나 자신을 때리는 것"으로 해석된다. 반면 처 정숙의 입장에서 남수의 폭행은 단지 사소한 부부싸움의 결과가 아니라 과거 남편의 사회주의 운동의 허위성을 폭로하는 계기로 이어진다.

이러한 교차적인 서술은 전향 사회주의자인 남편 남수의 입장에서 서술되었을 경우 자칫 사소한 일로 치부되기 쉬운 처에 대한 폭행을 객관적인 시점에서 평가할 수 있도록 해 준다. 남수의 입장에서 처를 때린 행위는 "나 자신을 때리는 것"이라는 표현에서 극명하게 드러나듯, 철저히 자기중심적으로 해석되고 있다.

그러나 동시에 처 정숙의 시점에서 사건이 서술됨으로써 이러한 남수의 자기중심적인 해석은 비판된다. 정숙의 입장에서 남수의 폭행의 근본적인 원인은 "이십 년간 사회주의나 했기" 때문이다. 즉, 일상의 층위에서 진보적 가치관이 발현되는 것이 아니라, 일종의 허영심에 기반한 남성 지식인 중심의 사회주의 운동의 필연적인 결과로서 남수의 폭행으로 나타난 것이다. 이러한 복수 초점화 기법을 통해 「처를 때리고」는 과거 사회주의 운동의 남성 지식인 중심성과 일상과의 괴리라

---

85 위의 글, 25면.

는 치명적인 한계를 객관적으로 성찰하는 계기를 마련하고 있다.

「이런 안해, 혹은 이런 남편」의 경우 전체 작품은 남편의 시점에서 서술되고 있으나, 작품의 중요 부분마다 서술자를 통해 아내의 입장이 서술되는 형식을 지니고 있다. 이 작품에서 남편은 아내에 대해 부정적인 시선을 유지한다. 이는 아내가 과거 사회주의 문예운동을 포기하고 "동양극장과 부민관무대에"[86]서 공연하는 것에 기인한다.

'동양극장'과 '부민관'은 당시 상업적 연극과 영화가 상연되던 대표적인 공간이다. 조선에서의 대중극은 1910년대 신파극에서 출발하여 1920년대에는 조선연극사가 대표적인 대중극단으로 활동하였고, 1930년대에는 '동양극장'이 대중극의 중심에 서게 된다.[87] 즉, 남편의 아내에 대한 불신은 상업적 영화 활동에 대한 비판적인 인식에 기인하는 것이다.

그런데 남편은 아내의 상업적 영화 활동에 대해 적극적으로 비판할 위치를 지니지 못한다. 왜냐하면 현실적인 생계의 문제를 아내가 해결하고 있기 때문이다. 즉, 아내의 상업적 연극 활동을 통해 남편의 "담배값과 설렁탕 값이 그런대로 떨어진 날이 없"[88]기 때문이다. 따라서 남편의 아내에 대한 비판적 인식은 결국 자기 자신에 대한 자조감을 폭력적인 방식으로 표출하는 것 이외의 적극적인 행동으로 이어지지 못한다.

이 작품의 경우 작품 전반에 걸쳐 서술되는 남편의 시점은 상업적 영화 활동에 대한 비판이 중심을 이룬다. 그런데 이러한 인식은 결국

---

86 김남천, 「이런 안해―혹은 이런 남편」, 『농업조선』, 1939.4, 42면.
87 양승국, 『한국 현대희곡론』, 연극과인간, 2001, 245~246면.
88 김남천, 앞의 글, 1939.4, 43면.

현실적인 생계의 문제에 대해 아내의 상업적 영화 활동에 의존하고 있는 남편의 한계로 인해 적극적인 문제제기로 이어지지 못한다. 결국 이 작품은 아내의 시점을 작품 내에 투영시킴으로써 남편의 비판이 지니는 관념적 성격의 한계를 지적하는 효과를 낳고 있다.

「녹성당」의 경우 김남천의 전기적 사실에 비추어 볼 때 자신의 이야기를 서술하고 있음이 확인되는데도 불구하고, 아예 작품 안에 김남천이라는 인물을 노출시키면서 그를 상대화하여 서술하는 특이한 구성을 취하고 있다.

> 누구 생각 있는 이는 곰곰이 생각하면 알 일이지 마는, 박성운이는 소화 칠년에 그러므로 서력으로 따지면 일천구백삽십이 년, 그 전후해서, 그러니까 다시 또 한 번 따지자면 경향 문학인가 푸로문학인가 가, 한참 성할 때 신진 작가루 소설을 쓰던 사람이다.[89]

위의 인용문에서 나타나듯, 이 작품의 주인공 박성운은 실제 김남천과 동일한 인물이다. 즉, 「녹성당」은 김남천 자신의 이야기를 소설화한 자전적 작품인 것이다. 그런데 흥미로운 것은 위의 언급 뒤에 또한 다음과 같은 언급이 등장한다는 것이다.

> 아풀사, 또 한 가지 말해 둘 것은, 원작은 일인칭(一人稱)으로 되었다는 것, 이것도 미리 알리어 둠이, 고 박성운에 대한 사죄의 뜻이 될가 한다. 이만큼

---

[89] 김남천, 「녹성당」, 『문장』, 1939.3, 68면.

지꺼려 놓았으니 허두는 그만해두고, 인제부터 「녹성당」이라는 이름을 붙여갖고 고인의 소설을 개작해야 할 판 인데 …….[90]

김남천은 자신의 이야기를 박성운이라는 가상의 인물을 주인공으로 내세워 서술하고 있는 한편, 동시에 작품의 서두에서는 「녹성당」은 박성운의 유고이며 이를 김남천이 가작하고 있다고 밝히고 있다. 따라서 이 작품은 두 개로 이루어진 셈이다. 하나는 박성운에 의해 쓰여진 자전적 이야기인 「녹성당」이며, 다른 하나는 이를 개작한 김남천의 「녹성당」이다. 그런데 실상 박성운이 김남천 자신과 동일한 인물임을 고려한다면, 이 작품은 결국 김남천이 자신의 이야기를 마치 박성운이라는 다른 인물의 이야기인 것처럼 서술하고 있는 셈이다.

이러한 독특한 기법을 사용하는 이유는 위의 인용문에서 나타난다. 즉, 본래 "일인칭"으로 서술된 작품을 "개작"하는 것이 그것이다. 그런데 "일인칭"으로 서술된 자전적 소설은 고백의 진정성을 담보할 수 있다는 장점과 함께, 자신의 이야기를 자칫 미화시키거나 자기중심적으로 해석하기 쉽다는 한계 역시 지닌다. 김남천이 일련의 자전적 소설에서 복수 초점화 기법을 사용한 이유는 이 때문이다. 특히 그의 자전적 소설들은 대부분 평양고무공장 파업 투쟁과 사회주의 문예운동으로 인한 투옥과 출옥 이후의 사상적 모색 과정을 그리고 있다. 이 과정에서 자칫 자신의 실천적인 체험을 절대화시킨 나머지 이에 대한 객관적인 자기 성찰의 과정이 소거될 위험이 있다. 이는 특히 일반적인 자

---

[90] 위의 글, 69면.

전적 소설의 문법인 "일인칭" 서술의 경우에 두드러진다. 김남천이 유독 자신의 체험을 형상화한 자전적 소설에서 복수 초점화 기법을 빈번히 사용하는 것은 "일인칭" 서술이 지니는 이와 같은 위험성을 피하기 위한 서사 전략으로 평가할 수 있다. 나아가 자전적 소설의 "개작" 과정에서 타자의 시선을 통한 자기 객관화 서술을 적극적으로 활용하는 점에 주목할 필요가 있다. 이는 과거 카프 문예운동이 지닌 단성적 담화 형식을 극복하고 소설의 다성성을 복원하기 위한 미학적 시도로 평가될 수 있을 것이다.

나아가 그는 「낭비」를 통해 헨리 제임스의 수용을 보여준다. 김남천의 미완작인 「낭비」(『인문평론』, 1940.2~1941.2)를 관통하는 모티프는 주인공 이관형의 논문 작성이다. 이 작품의 서두에는 다음과 같이 이관형의 논문의 주제가 제시되어 있다.

> 제목을 『文學(문학)에 있어서의 不在意識(부재의식)』이라 붙이고 소제목을 『헨리 · 쩸스에 있어서의 心理主義(심리주의)와 인터내슈낼 · 시튜에ー숀(國際的舞臺)』이라고 붙여볼까 생각하고 있다.[91]

왜 식민지 영문학도인 이관형은 굳이 '헨리 제임스'를 논문 대상으로 설정하는가, 그리고 왜 일본인 교수는 바로 논문의 대상이 '헨리 제임스'임을 들어 이관형의 논문을 통과시키지 않는가를 해명하는 것이 이

---

91 김남천, 「낭비 (1)」, 『인문평론』, 1942.2, 217면.

작품을 온전히 이해하기 위한 핵심적 과제이다. 이를 위해서는 이 시기 김남천이 헨리 제임스를 수용하게 된 배경을 먼저 살펴볼 필요가 있다. 「낭비」의 창작을 전후한 시기. 김남천의 문학적 모색에서 주목되는 것 중 하나는 소설의 다성적(多聲的) 성격을 복원하기 위한 서술 기법의 실험이다. 주지하다시피 그가 과거에 추구했던 카프의 리얼리즘은 사회주의적 전망에 근거한 현실의 총체적 반영을 추구했다. 그 결과 강력한 정치적 메시지를 표출하는 것에는 성공했으나, 역으로 사회주의 문예운동의 주체만이 단일한 더문자 주체로 설정되면서 일종의 도그마적 성격을 지니게 된 것 역시 사실이다. 카프 문예운동의 좌절은 단지 제국에 의한 강제적 탄압만이 아니라, 내적으로 노정된 미학적 폐쇄성에도 그 근본적인 원인이 있는 셈이다. 카프 해소 이후 김남천의 문학적 모색은 이와 같은 리얼리즘 문학에 대한 자기 갱신에의 의지로 집약된다. 그는 「장날」을 통해 복수 초점화 기법의 사용을 실험하며,[92] 이후 『사랑의 수족관』을 통해 이른바 '총화소설'의 기획을 보여준다.[93] 이러한 모색은 모두 사회주의 문예운동의 주체의 발화만

---

92 이는 김남천의 아쿠타가와 류노스케의 의식적 수용과 직결된 성과로 보인다. 실제 김남천은 「장날」의 부기에 이 작품이 아쿠타가와의 영향 속에서 창작된 것임을 밝히고 있으며, 여러 수필 등에서 그의 문학 수업 과정에서의 아쿠타가와의 영향이 확인된다. 김남천의 「장날」과 아쿠타가와 류노스케의 「덤불 속」의 관련 양상에 대한 연구로는, 박진숙, 「김남천의 「장날」과 아쿠타가와 류노스케의 「덤불 속」 연구」, 『텍스트로의 귀환—2011년 한국현대문학회 1차 전국학술대회 자료집』, 한국현대문학회, 2011 참조. 이 논문은 당시 조선 농회의 확대 과정을 중심으로 「장날」의 특수성을 지적하고 있다.

93 기존 연구에서 『사랑의 수족관』이 지닌 '총화소설'적 성격은 충분히 지적되지 못한 것이 사실이다. 김남천은 그의 평문 「소설의 운명」을 통해 알베르 티보데의 총화소설을 새로운 소설의 구성 원리로 제시한다. 티보데에 다르면 총화소설이란 "旣成의 特權的 形式 즉 混濁과 無秩序를 용서치 않는 統一과 構成을 原理로 하는 演劇・悲劇 또는 喜劇에 대립하는 것"(Albert Thibaudet, 유억진 역, 『소설의 미학』, 신양사, 1960, 59면)이다. 김남천의 총화소설 개념의 수용에 대한 논의는 이진형, 「1930년대 후반기 소설론 연구」, 연세대 박사논문, 2011, 135~137면을 참조.

을 절대화시키는 과거 카프의 리얼리즘의 한계를 극복하기 위한 소설적 실험으로 볼 수 있다. 이러한 맥락에서 그가 「낭비」를 통해 헨리 제임스의 수용을 보여주는 점이 해명될 수 있다.

헨리 제임스는 영문학에서 특히 시점(point of view) 이론과 관련하여 중요한 위치를 차지한다. "소설에서 전지적 관점의 문제점을 지적하고 등장인물의 관점에서 내용을 서술할 것을 주장한 인물은 헨리 제임스였다. 그는 자신의 작품에서 각기 다른 관점을 가진 인물이나 화자에 의한 다양한 서술로 스토리를 효과적으로 통제하여 소설의 기법에서 중요성이 인정되지 않았던 제한적 관점을 부각시킨 결과, 러복의 표현처럼 소설 서술의 가능성을 깊이 있게 탐색한 최초의 작가로 인정되었"[94]으며, 나아가 "자신의 소설에서 한 인물의 시각을 다른 인물의 시각과 비교하여 등장인물들 사이의 관점의 한계나 특질을 드러"[95]낸 독특한 효과를 생성한 작가로 평가된다. 이러한 헨리 제임스의 소설 기법의 특징은 "작가의 목소리나 전지적 화자"에 의한 단성적(單聲的) 진술 대신 "상대적 의미를 발견하는 데"[96] 유용하다는 점이다. 그 결과 소설 내의 등장인물들의 다양한 진술이 가능하다는 특징을 갖는다.

이러한 헨리 제임스의 서술 기법상의 특징은 당시 김남천이 모색한 소설의 다성성 복원에 유용한 것이었다. 따라서 다음과 같은 장면은 주목을 요한다.

---

94 최경도, 『헨리 제임스의 문학과 배경』, 영남대 출판부, 1998, 117면.
95 위의 책, 121면.
96 위의 책, 124면.

이관형이가 착수한 논문의 테-마와 모티-브는 이러한 아카데미스트들의 기정된 연구적업적과 평까를 뒤집어 놓고, 헨리·쩸스의 이른바 국제적 무대, 인터내슈널·시튜에-슌과 심리주의를 밀접하게 관련시키고, 이러한 각도에서 그를 재검토하고, 시대와의 연관성에서 그의 소설방법과 기술적 특성을 추구하고 이리하여 그의 존재를 전혀 사회적으로 규정할려는 데 있다.[97]

이관형은 헨리 제임스를 다루면서 "시대와의 연관성에서 그의 소설방법과 기술적 특성을 추구"하려 한다. 즉, 단순히 헨리 제임스의 시점 개념을 서사적 층위에서 분석하는 것이 아니라, 이러한 시점 개념이 도출된 특정한 "시대와의 연관성"을 해명하고, 나아가 이를 "사회적" 관점에서 규명하려는 것이 이관형의 문제의식이다. 이러한 진술이 가능한 것은, 김남천의 문학적 모색이 바로 사회주의로 표상되는 근대적 기획이 붕괴된 시기, 새롭게 요구된 다성적 서술 기법을 "시대와의 연관성" 속에서 규명하려는 것이었기 때문이다. 김남천의 다성성의 기획이 단지 기법적 층위에 한정된 것이 아니라, 과거 사회주의 미학의 단성적 성격을 극복하고, 발자크적 구성을 통해 시대의 "성좌적 총체성"[98]을 형상화하려는 것임을 고려할 때 이관형의 논문 주제가 지닌 문제성이 확인된다.

다른 한편으로, 당시 동양론의 대두 속에서 김남천이 견지한 보편주

97　김남천, 「낭비 (1)」, 『인문평론』, 1940.2, 218면.

98　이는 서영인이 김남천의 소설적 실험을 통한 새로운 리얼리즘의 기획을 벤야민과 아도르노의 용어를 통해 규명한 개념이다. 서영인, 「김남천 문학 연구―리얼리즘의 주체적 재구성 과정을 중심으로」, 경북대 박사논문, 2003, 100~114면 참조.

의적 사유에 주목할 필요가 있다. 그는 서인식 등과의 교류를 통해 부당한 동양의 특권화로 대표되는 제국의 동양론에 대한 비판적 인식을 확보할 수 있었다.[99] 그 결과, 김남천은 당대 제국 담론으로서의 동양론과 거리를 둘 수 있었다.[100] 그러나 이러한 거리의 확보는 일종의 부재의식을 담보로 한 것이었다. 그가 과거 지향했던 서구의 사회주의적 근대의 기획은 파시즘의 대두와 함께 몰락했으며, 새로운 원리로 등장한 동양론은 그의 보편주의적 사유 속에서 폐기되어야 할 것으로 인식되었다. 따라서 그는 자신의 사유를 지탱한 지배적인 인식구조를 잃은 채, 당대의 에피스테메로부터 일탈하여 존재할 수밖에 없었다. 이러한 맥락에서 「낭비」의 이관형이 헨리 제임스의 '부재의식'에 대해 주목하는 것은 필연적이다.

"끝으로 한 가지 더 묻겠는데 ……."

이번에는 정면으로 이관형의 낯을 건너다보았다.

"헨리·쩸스를 선택한 동기는 어데 있소?"

"심리주의 문학의 원조라는데 그에 대한 흥미가 움직였습니다. 이십세기

---

99 김남천과 서인식의 사상적 교류에 대해서는 이미 몇 편의 선행 연구가 축적되어 있다. 김철, 「'근대의 초극', 『낭비』 그리고 베네치아」, 『민족문학사연구』 18, 2001; 정종현, 「폭력의 예감과 '동양론'의 매혹」, 『한국문학평론』, 2003 여름; 졸고, 「카프 문인들의 전향과 대응의 논리」, 『상허학보』 22, 2008 등을 참조.

100 이는 예컨대 다음과 같은 글에서 확인된다. "그러나 그럼에도 불구하고 우리는 한 가지 사실을 여기에서 잊어서는 안 될 것이다. 즉 서양이라는 문화적 개념이 가지는 것과 동일한 통일성을 동양은 가지고 있지 못하였다는 사실이다. (…중략…) 이러한 중세와 같은 통일된 서양의 문학적 개념을 동양은 일찍이 가진 적이 없다는 것이다. 고야마 씨 외에 다른 논자들은 모두 이것을 인정하고, 이러한 전제에 서서 동양의 지성이 가져야 할 전환기 사상에 대해서 언급하고 있는 것이다." 김남천, 「전환기와 작가」, 『조광』, 1941.1 (정호웅·손정수 편, 『김남천 전집』 1, 박이정, 2000, 688면에서 재인용).

에 들어와서 가장 큰 봉오리를 이루어 놓은 문학은 이러니저러니 하여도 역시 쪼이스의 문학이라고 생각했습니다. 쪼이스의 문학의 가치를 인정하건 안하건, 그것은 어떤 관점으로 부터라도 가장 크게 문제될 문학이라고 생각했습니다. 그런데 이 심리주의문학의 이 같은 완성은 그 기원으로부터 검토될 이유가 있는 것으로 믿었습니다. 속된 수작이지만 '헨리·쩸스·쪼이스'란 말도 있지 않습니까. 헨리·쩸스와 쩸스·쪼이스를 밀접히 연결시킨다는 뜻으로 말한 것임에 틀림이 없겠는데, 제가 이 논문을 쓰고 싶은 충동을 느낀 것도 역시 그러한데 동기라고 할 만한 것이 들어있었습니다."

그러나 교수는 이러한 설명으로 만족하려 하진 않았다.

"그것은 그런런지도 모르겠소. 그러나 그것은 순전히 문학적인 이유뿐이오. 이 논문은 그렇지만, 단순한 문학적인 이유만으로 해석할 수 없는 군데가 많지 않겠소. 문학적인 이유 외에 사회적인 이유라고도 말할만한 것이 있지는 않소. 헨리·쩸스는 군의 설명에도 있는 것과 같이 미국에 났으나 구라파와 미국새를 방황하면서 그 어느 곳에서나 정신의 고향을 발견치 못하였다고 말하오. 또 그의 후배라고 할만한 쩸쓰·쪼이스는 아일랜드태생이 아니오? 뿐만 아니라 군이 부재의식의 천명의 핵심을 관습과 심정의 갈등, 모순, 분리에서 찾는 바엔 여기에 단순히 문학적인 이유만으로 해석될 수 없는 다른 동기가 있는 것이 아니오?"[101]

이관형의 논문에 대해 일본인 교수는 "부재의식"을 들어 비판한다. 즉, "미국에 났으나 구라파와 미국새를 방황하면서 그 어느 곳에서나

---

[101] 김남천, 「낭비 (11)」, 『인문평론』, 1941.2, 205견.

정신의 고향을 발견치 못"한 헨리 제임스의 면모가 문제시 되는 것이다. 이때 "구라파와 미국새를 방황"하는 헨리 제임스의 양상은 곧 김남천의 당시 상황과 일치한다. 그 역시 과거의 사회주의적 지향과 현재의 동양론의 대두 사이에서 정착할 곳을 잃은 상태이기 때문이다. 따라서 김남천이 그의 작품에서 굳이 이관형으로 하여금 헨리 제임스에 대한 논문을 쓰도록 하는 것은 자연스럽다. 무엇보다 헨리 제임스는 당시 김남천의 내면을 투영시킬 수 있는 존재이기 때문이다. 이에 대해서는 다음과 같은 연구를 참조할 수 있다.

> 제임스의 소설은 미국의 가치를 전면에 내세우고 유럽을 직접 비판하는 전략 대신 유럽의 가치 속으로 들어가서 유럽을 허무는 간접적인 전략을 동원한다. 그의 소설에 등장하는 주인공들이 보여주는 애매한 입장 즉, 영미사회 어디에도 안주하지 못하고 '틈새에 끼인' 어중간한 태도는 제임스의 정치사회적 태도가 모호하고 특정 계급이나 특정 민족 어디에도 진정한 뿌리를 둔 적이 없기 때문이 아니다. 제임스의 애매성을 비판하는 비평가들이 보는 제임스의 '분열된 정신의 산물'은 제임스 자신의 의도적인 서사전략의 결과로서 오히려 그의 소설을 다성적이고 대화적인 텍스트로 만들고 있다. 따라서 그동안 제임스의 탈정치적인 보수성으로 비판받아온 제임스 소설의 주인공의 '틈새에 끼인' 의식은 민족성과 문화적 가치가 상호교섭하고 충돌하는 혼성적인 문화적 계기들과 과정들의 결과물로 보아야한다.[102]

---

102 이효석, 「헨리 제임스의 틈새 미학—제국에 대한 반응으로서의 글쓰기」, 『새한영어영문학』 47-2, 2005, 23면.

헨리 제임스가 영문학사에서 중요한 위상을 지니는 것은 그가 미국과 유럽 사이에서의 "분열된 정신의 산물"을 고유의 "의도적인 서사전략"을 통해 형상화했기 때문이다. 이러한 헨리 제임스의 '부재의식'과 이로 인한 '낀 존재'로서의 자기 인식은 당대 서구 근대적 사회주의의 전망과 제국의 동양론 모두를 수리할 수 없었던 김남천의 그것과 일치한다. 일제 말기 김남천이 취한 정치적·문학적 위치(position)는, 예컨대 제국의 동양론을 새로운 사상적·문학적 지향으로 승인했던 백철이나, 혹은 제국 담론 내에서의 고유한 '전유'의 기획을 통해 이를 비틀려는 의지를 보이는 임화의 경우와 구별된다. 백철이 「전망」을 통해 보여준 과거의 원리로서의 사회주의와 새로운 원리로서의 신체제론이라는 인식구조는 김남천에게서 찾기 어렵다. 동시에 임화가 학예사 운영과 문학사 서술을 통해 보여준 제국 이데올로기로서의 동양론에 대한 나름의 전유 양상 역시 김남천에게서는 보이지 않는다. 그는 과거 자신이 지향했던 사회주의적 기획의 몰락을 인정했으나, 새로운 인식 원리로 제기된 제국의 동양론에 더해서도 승인하지 않는다. 그 결과 김남천은 당대 담론 장의 '외부'에서 사상적, 문학적 지향점을 모색하려는 의지만을 보여줄 뿐, 뚜렷한 자신의 지향점을 표출하지 못한다. 따라서 김남천 자신과 이관형, 그리고 헨리 제임스를 동일시하는 다음과 같은 장면은 주목을 요한다.

헨리·쩸스를 시작할 때에도 끝까지 심리현상을 냉혹한 과학적인 태도로 분석할려는 명심만은 버리지 않으려 애썼으나, 그것이 어느 정도까지 이루어 졌는지는 역시 의문이 아닐 수 없었다. 학문 속에 '자긔'가 섞이고 '자

긔'가 끌려들어가 버리는 것이다. 헨리・쩸스는 헨리・쩸스, 이관형은 이
관형, 거기에 어떠한 교섭이 있을 리 없다고, 거듭 생각해 보았으나, 일개의
후진한 문화전통 속에서 자라난 청년의 정신이 '너'와 '나'를 구별하기 힘드
는 가운데, 헨리・쩸스가 현대인의 사상으로 통하는 길이었고, 다시 동방
의 하나의 청년의 마음이 세계사상으로 통하는 통로가 열려있는지도 알 수
없었다.[103]

이관형은 헨리 제임스로 논문을 쓰는 과정에서 그와 자신을 동일시
하는 경향을 지니게 된다. 분명 "냉혹한 과학적인 태도로 분석"하려는
학문적 자세를 유지하려 했음에도 불구하고 이러한 현상이 나타나는
근본적인 이유는 김남천이 지닌 당대 담론 장에서의 '부재의식'에 기인
한다. 더불어 헨리 제임스가 모색한 소설의 다성적 성격의 복원이라는
문제의식 역시 이러한 현상을 추동하는 중요한 계기로 작동했을 개연
성이 크다.

그렇다면 김남천은 왜 이 작품을 끝맺지 못한 것일까? 보다 정확하
게 말하자면, 「낭비」의 결말을 짓지 못한 상황에서 「경영」과 「맥」 연
작으로 나아간 까닭은 무엇일까?[104] 물론 일차적인 원인은 『인문평

---

[103] 김남천, 「낭비 (9)」, 『인문평론』, 1940.11, 140~141면.
[104] 장문석은 그 원인을 식민지 아카데미즘의 한계에서 찾고 있어서 주목된다. "1940년대 김
남천에게 있어 장편소설이란 이성과 이론적인 작업에 의해 지탱되고 있었고, 또한 '알바
이트'와 함께 존재하는 것이었다. 그렇기 때문에, 이미 근대 이성이 몰락하고, 서구적 교
양이 불가능한 상황, 또한 식민지 권력에 의해 아카데미즘이 현실과 관계 맺는 것이 금지
되는 상황이라면, 서구적 이성과 지성에 기반한 그의 장편소설 창작 또한 불가능해지는
것이다." 장문석, 「소설의 알바이트화, 장편소설이라는 (미완의) 기투」, 『민족문학사연
구』 46, 2011, 248~249면. 이러한 지적은 김남천의 외국문학 수용이 최재서를 매개로 한
경성제대의 아카데미즘과 밀접한 관계를 맺고 있다는 점에서 타당한 것으로 보인다. 그
러나 김남천의 외국문학 수용의 또 다른 축인 전향 사회주의자들의 사유구조를 검토할

론』지의 폐간에 있을 것이다. 그러나 그보다 더 근본적인 까닭은 태평
양전쟁의 발발과 함께 '부재의식'의 표출 자체가 불가능해지던 시기가
도래했기 때문이다. 이에 대해서는『인문평론』지를 주재하며 영문학
수용 과정의 한 축을 담당했던 최재서의 다음과 같은 변화된 언급을
상기할 수 있을 것이다.

　　코스모폴리탄으로 이름을 날린 최초의 문인은 미국의 소설가 헨리 제임
스입니다. 그는 미국의 조야한 물질문명에 혐오를 느껴 드디어 영국으로
귀화한 국제적 교양인입니다. 그러나 그는 일생 고향을 찾아다녔으나 얻을
수 없었습니다. 그래서 그의 작품에는 사건의 배경이 될 현실적인 상황이
란 것은 없습니다. 그는 마침내 자기의 심리 속에서 그 상황을 얻으려고 생
각해 냅니다. 이것이 곧 오늘날 심리주의 소설의 시초입니다. 거기에 프로
이드의 정신분석적 수법이 더해져 소위 조이스 일파의 심리주의적 리얼리
즘이라는 역겨운 병적 문학이 만들어집니다. 이것은 일본에도 상당한 영향
을 주었다고 생각되는 모더니즘의 일파입니다.[105]

『인문평론』을 주재하며 실험적인 영문학 작가와 작품, 이론을 수용
하는 기획자로 활동하던 최재서는, 태평양 전쟁의 발발과 함께『국민

필요 역시 있을 것이다. 앞에서 살핀 것처럼, 김남천은 펄 벅의『대지』에 나타난 아시아
적 생산양식의 문제를 인식할 수 있었고, 이는『대하』에서의 급속한 조선의 식민지 근대
화 과정에 대한 정밀한 묘사로 일단의 결실을 맺는다. 이를 논증하기 위해서는 백남운은
물론, 당시 이청원, 인정식, 서인식 등 전향 사회주의자 그룹의 논의를 고찰할 필요가 있
을 것이다. 이 책 역시 2장과 4장 1절에서 이에 대한 시론적인 문제제기를 진행했을 뿐,
충분한 논의를 수행하지는 못했다. 후속 연구가 필요한 지점이다.
[105] 최재서,「국민문학의 입장」, 노상래 역,『전환기의 조선문학』, 영남대 출판부, 2006, 107면.

문학』의 주간으로 활동한다. 그리고 그는 다름 아닌 바로 "헨리 제임스"를 대표적인 사례로 들어 "역겨운 병적 문학"의 청산과 '국민문학'의 제창을 주장하고 있다. 이러한 당대 문학 장의 급속한 변동 과정에서, 김남천은 더 이상 자신의 '부재의식'을 표출할 수 없었다. 그리고 이는 이후 「어떤 아침(或る朝)」(『국민문학』, 1943.1)에서 나타나는 여담적 글쓰기나 「신의에 관하여」(『조광』, 1943.9)에 나타나는 사적 회고담의 형식으로밖에 글을 쓸 수 없던 김남천의 상황과 연동된 것이기도 하다.

이와 같이 김남천 소설에 나타난 영문학 작품은 카프 해소이후부터 일제 말기에 이르는 시기, 김남천의 문학적 문제설정을 표출하는 중요한 매개로서 작동한다. 그는 카프 해소 직후부터 아쿠타가와 류노스케는 물론, 발자크, 알베르 티보데 등 다양한 외국문학 작가들의 선별적 수용을 통해 카프 문학이 지녔던 단성적 성격을 극복하고자 했다. 그 결과 「낭비」의 헨리 제임스가 이룬 작가와 초점화자의 분리를 통한 텍스트의 다성적 성격의 복원이라는 서술기법을 인식할 수 있었다. 다른 한편 그는 과거 자신이 지향했던 사회주의 운동의 몰락과 새로운 인식 원리로 제출된 제국 담론 사이에서, 그 어떤 쪽에도 속하지 못한 채 담론 장의 '외부'에 존재했다. 이러한 그의 '부재의식' 역시 「낭비」의 헨리 제임스와 이관형의 동일시를 통해 표출될 수 있었다. 결국 김남천의 「낭비」는 두 개의 텍스트로 구성된 셈이다. 하나가 이관형 일가를 둘러싼 당대 퇴폐의 망딸리떼의 묘사라면, 그 이면에 놓인 '헨리 제임스'라는 기호는 당대 김남천의 작가의식이 투영된 보다 심층적인 텍스트로 작동하는 셈이다. 그리고 이 작품의 숨겨진 주제는 '헨리 제임스'라는 기호를 읽어냄으로써 비로소 명확하게 밝혀질 수 있을 것이다. 결국 김남천은 헨리 제임스의 수용을 통해 소설의 다성적 구성을 서술 기법의 층위에서 모색할 수 있었으며, 나아가 당시 대동아공영론과 신체제론의 대두를 새로운 사상적 원리로 승인할 수 없었던 자신의 '부재의식'을 표출할 수 있었던 것이다.

1930년대 후반기 김남천은 아쿠타가와 류노스케로부터 복수 초점화 기법을 선택적으로 수용하며 나아가 헨리 제임스 수용을 통해 소설 장르의 다성적 구성의 기법적 요소를 수용한다. 그리고 이를 통해 소설 장르의 다성성을 복원시키기 위한 미학적 실험을 전개한다. 이는 구체적으로 두 가지 방향으로 진행되는데, 하나는 다양한 초점 화자의 도입을 통해 타자의 시선으로 과거 카프 문예운동에 대한 비판적 해석을 전개하는 것이며, 다른 하나는 서술 자아와 경험 자아 간의 분리를 통해 자신의 과거 행적에 대한 냉철한 성찰을 시도하는 것이다. 이러한 김남천의 기법적 모색은, 소설 장르의 본질이라고 할 수 있는 다성성을 복원시키기 위한 의식적인 노력의 결과였다는 점에서 높이 평가할 수 있을 것이다.

이와 같은 소설 장르의 다성성 복원을 위한 실험은 김남천뿐 아니라, 한설야, 이기영 등의 작품에서도 두드러진다. 이들 역시 카프의 미학적 방법론이었던 사회주의 리얼리즘의 단성적 한계를 극복하기 위한 의식적인 서술 기법의 시도를 진행한다. 이는 과거 카프 문예운동의 내재적 한계가 소설 장르를 단성적인 것으로 한정시켰다는 점을 고려할 때, 자연스러운 실험으로 볼 수 있다.

한설야의 경우 카프 해소 이후 「이녕」, 「귀향」 등의 작품을 통해 소설의 다성적 성격을 복원하려는 서술 기법을 보여주며, 나아가 「임금(林檎)」, 「철로교차점」 연작과 「홍수」, 「부역」, 「산촌」 연작을 통해 서술 대상에 대한 다양한 해석을 가능하게 하는 형식에 대한 모색을 시도한다.

기존 연구에서 「이녕」이나 「귀향」은 주로 한설야의 전향을 다룬 작품으로 평가되어 왔다. "가장으로서의 현실이란 생활에 책임을 지는 일이며, 그것은 직장으로 나아감이 아닐 수 없다"[106]는 「이녕」에 대한 지적이 이를 대표한다. 이때 '생활'이 구체적으로 "보호관찰소의 알선에 따라 창고회사에 취직을 하는 것"[107]이며, 이는 곧 과거 급진적 사상의 포기로 이어진다는 것이 주된 평가이다. 특히 「귀향」의 경우 일본 나프의 나카노 시게하루의 전향 소설과 비교되어 논의되어 왔다. 그 결과 한국 전향소설의 특수성, 즉 "특히 한국의 경우는 독립운동의 일환으로 계급주의 문예운동이 이루어졌던 만큼 전향을 수용할 내적 필연성이 없고, 전향해도 회귀할 사상적 거처가 없었다"[108]는 점이 해명되기도 하였다. 그러나 이 과정에서 카프 해소 이후 한설야 소설을 모두 '전향소설'의 범주로 규정하면서, 정작 소설 내적인 변모 양상에 대한 연구는 간과된 것이 사실이다.

이 책의 주제와 관련하여 이들 작품에서 주목되는 양상은 카프 해소 이전시기 한설야 소설에서는 찾아보기 어려웠던 타자의 담론이 텍스트에 투영된다는 점이다. 이는 강력한 목적의식을 지닌 카프 활동 시

---

106 김윤식, 「1930년대 후반기 카프문인들의 전향유형 분석」, 『한국 현대문학사상사론』, 일지사, 1992, 128면.
107 위의 글, 128면.
108 황치복, 「한일 전향소설의 문학사적 성격 ─ 한설야와 나카노 시게하루를 중심으로」, 『한국문학이론과 비평』 16, 2002, 367면.

기의 텍스트에서는 찾아보기 힘든 특성으로, 소설의 다성적 성격을 복원하는 계기로 작동한다.

> 정주에 모여온 안악네들이란 거이 다 민우의 안해와 처지가 어슷비슷한 사람들이다. 한때는 그 남편들이 역씨 민우와 같이 나랏밥술이나 조이 얻어 먹은 일들이 있으나 지금은 대개 직업을 가지고 있다. 옛날에는 어깨를 살리고 모여들 다니고 고작 형이니 아우니 하다가도 금시 핏줄을 세우고 말쌈질을 하고 직업 잡고 돈버릴 하라면 무슨 파문(破門)이나 당하듯이 꺼리던 사람들이지만 지금은 어찌된 바람인지 하다못해 단돈 이삼십 원 버리라도 잡고 들있다. 그래서 안악네들은 사람이란 나이 먹으면 지각이 드는 것이라는 옛사람 말을 여기서 또 한 번 참답게 되씹어본다.[109]

사회주의 운동에 참여하여 투옥된 후 출소한 주인공 '민우'는 출소 이후 특정한 직업이나 사상적 지향을 지니지 못한 채 소일하고 있다. 그러나 그의 아내와 과거 민우의 동료들의 아내들은 당장 생계 문제를 해결하기 위해 과거 사회주의 운동에 참여했던 민우를 비롯한 동료들에게 취직을 권한다. 민우는 이에 대해 처음에는 강한 거부의 의지를 보이지만, 위에 인용된 부분, 즉 동료들의 아내들이 하는 얘기를 들으며 결국 보호관찰사를 찾아가 취직을 의탁하게 된다. 이는 자신의 과거 사상적 지향이 지닌 관념적 측면을, 인용된 부분에서의 아내들의 구체적이고 현실적인 발화를 통해 인식하게 되기 때문이다. 따라서 아

---

109 한설야, 「이녕」, 『한설야 단편선』, 박문서관, 1941, 14면.

내들의 현실적인 담론을 통한 다음과 같은 민우의 변화는 필연적이다.

> 민우는 바루 관찰소 전촌씨를 찾아갔다. 그는 매우 반가운 낯으로 취직은
> 전부터 말이 있던 창꼬회사에 거이 확정이 되었으나 자네 일이니만치 남보
> 다 돈 좀 더 받게 하려고 지금 교섭중이라고 한다. 그리고 또 요새는 물까가
> 비싸지고 또 민우집 식솔이 여니 사람집보다 많으니까 소불하 오십 원은 굳
> 겨 준다는 거다.[110]

이러한 민우의 변화, 즉 추상적 사상에서 구체적 현실로의 전환은
물론 일정 부분 전향을 의미하는 것이기도 하다. 이는 특히 그의 취직
이 "관찰소", 즉 출옥한 사회주의자들의 기본적인 생계를 유지시켜주
면서, 이를 매개로 하여 "보호관찰과 예방구금"[111]을 시행하려는 기관
을 통해 이루어진다는 점에서 나타난다. 그러나 민우의 변화는 기본적
으로는 텍스트 내에 삽입된 구체적인 생활의 담지자인 아내의 담론에
따른 것이다. 즉, 텍스트 내에 타자의 담론이 삽입되어 주인공의 담론
과 충돌한 결과 이와 같은 변화가 가능해지는 것이다. 이는 과거 카프
문예운동 시기 한설야의 작품에 거의 드러나지 않던 타자의 담론이 텍
스트에서 주인공의 담론과 충돌하며 자신의 담론의 추상적 성격을 성
찰하게 하는 계기로 작동하고 있다는 점에서 소설 장르의 다성성이 구
현된 사례로 볼 수 있다.

이러한 타자의 담론의 삽입을 통한 자신의 담론에 대한 상대화와 성

---

110 위의 글, 47면.
111 장신, 「1930년대 전반기 일제의 사상전향정책 연구」, 『역사와현실』 37, 2000, 349면.

찰의 시도는 「귀향」에서도 나타난다. 이 작품은 한설야의 자전적 소설로 볼 수 있는 바, 과거 사회주의 운동을 지향했던 주인공 기덕과 봉건적 질서를 신봉하는 아버지 간의 가치관의 충돌과 대화가 주된 플롯으로 기능하고 있다. 즉, 아버지의 입장에서 기덕의 소설 창작과 사회주의 운동의 참여는 다음과 같이 비판되며, 이에 대한 아들 기덕의 반발역시 다음과 같이 나타난다.

"웨 군청고원이든지 순사든지 하다못해 면서기라도 못 단기느냐 말이다. 그들도 월급 수십 원은 다 되지. 그것을 수치라고 생각하느내 그것보다 밥 처먹고 빈둥빈둥 노는 게 훤신 더 큰 수치다 또 놀면 놀았지 그 미친놈들하고는 웨 얼려 단기는 거냐 회라는 건 무슨 말러 죽은 것이면 운동이란 무슨 지랄하는 거냐? 그런 미친 진허구 댕기니까 칠거지악 없는 안해를 버리고 허파에 바람든 무당 죽은 귀신같은 년을 가까이 굴게 되는 거지. 사람의 새끼가 여북 못났으면 계집을 가지고 오록조록 하겠느냐 말이다. 엥 범의애비에 개새끼란 너를 두고 한 말인가부다"

그러다가 그 뒤 미처 이러난 제 누이의 약혼문제를 기덕이가 극력 반대하든 끝에 결국 누이를 빼돌려서 서울로 피신시켜 혼담이 깨여지기되여 양반의 가문을 더럽히고 점잔은 체면을 허르렀다 하야. 아버지는 마지막 선고를 아들에게 내리는 단호한 태도에 나왔다.

"너는 내 자식이 아니다, 나를 애비로 생각할 거 없다."

그럼 아들도 결코 이에 굴하지 않았다. 아니 차라리 젊은 혈기는 애비의 이 말을 통쾌히 생각하였다.

"소원입니다."

하고 자리를 차고 갈라져버린 지가 벌써 구 년이다. 한번 그렇게 갈라져버린 후 아직 한 번도 소식 한 쪼각 전한 일이 없다.[112]

봉건적 질서를 대표하는 아버지와 사회주의적 가치를 추구하는 아들 사이에서의 갈등은 해소되지 못한 채, 주인공 기덕이 출소하는 현재까지 지속된다. 그런데 흥미로운 것은 정작 주인공 기덕과 아버지가 기덕의 출소 후에 화해하게 되는 것은 아버지의 다음과 같은 내적 번민을 거친 발화 때문이라는 점이다.

아버지의 마음은 괴로웠다.

아모리 세월이 변하고 나히 먹고 궁경에 떠려저 있다하더라도 타고난 강직한 개성은 아직 다 말라버리지 않었다. 애비 괄세하는 자식을 그대루 두고 볼 수 없다는 생각이 때따라 반디ㅅ불같이 가슴속에서 반짝 반짝 날르기도 하였다.

'네 생각은 잘 알었다. 그러나 내게도 내 생각이 있지 않겠니'

이렇게 우선 첫 서슬을 내려 보고 싶었다.

'아모리 내가 늙고 형편없이 되었다하더라도 아직 다 죽지는 않었다……
자식 없는 사람도 살어……'

이렇게도 말해주고 싶었다.

'내가 그렇게 애비를 볼 말이면 구타여 애비라고 부를 필요가 없을 것이다. 나도 애써 그런 자식을 자식이라고 부르고 싶지 않다. 소가 닭 보듯 하는

---

112 한설야, 「귀향 (1)」, 『야담』, 1939.2, 172~173면.

처지에 애비가 무엇이며 아들이 무었이냐. 너는 너 좋을 대로 살고 나는 나 좋을 대루 살면 그만 않니냐'

이렇게 딴말로 끝장을 내구도 싶었다.

그러나 아버지의 마음은 그렇게 단순한 범위에 머므르지 않었다.

한말로 과단을 지어버리랴는 적극적인 충동은 곧 아들의 마지막 반성에 호소하랴는 소극직인 기대(期待)이기도 하다.

그리고 보니 문제되는 것은 역시 기'덕의 태도다. 자기가 생각한 데루 말한다면 기덕이는 다시 출가해버릴 것이요 따라서 또 부자간에 파탄이 올 것은 뻔한 사실이다. 그러면 가부간 아무 말도 하지 안는 것이 나을가?

그렇나 그다음 순간 그는 말하면 파탄이 오고 두덮어 두면 현상이나 유지할 수 있는 실로 거미줄로 얽어논 것 같은 난감한 부자의 과거를 생각하였다.[113]

이 작품의 기본 구도인 아버지와 아들 간의 대립구도는, 작품의 주인공으로 설정된 아들 기덕의 입장만을 제시하는 것으로는 해소될 수 없다. 그리고 카프 해소 이전의 한설야 소설의 경우 서술자-주인공의 입장을 텍스트 전반에 걸쳐 투영하는 것이 주된 경향이었다. 그런데 위의 인용문에 나타나듯, 「귀향」의 경우 아버지의 내적 고뇌의 과정이 삽입되면서 과거 사회주의 운동에 투신했던 주인공 기덕의 변화가 가능해진다. 즉, 아버지의 관점에서 생활과 현실의 문제가 지니는 중요성이 부각되며, 이러한 사유가 초점화자의 이동을 통해 서술됨으로써 아들 기덕의 다음과 같은 변모가 진행되는 것이다.

---

113 한설야, 「귀향 (4)」, 『야담』, 1939.5, 142면.

아버지와 아들은 물론 사상적으로는 일치하지 못하였으나 그렇나 인간으로서 어디선지 깊이 부디침이 있는 것을 기덕이는 생래 처음으로 느끼었다. 그리며 동시에 단한다디 아버지에게 말할 필요를 느끼었다.

"아버지의 뜻은 잘 알었습니다. 저도 동감입니다."[114]

결국 「귀향」이 이전 시기 한설야 소설과 구분되는 것은, 작가-서술자-주인공의 담론 이외의 타자의 담론이 텍스트에 삽입되어, 주인공의 내적인 성찰이 진행된다는 점이다. 더불어 이러한 성찰이 단순한 타자의 입장에 대한 수용이 아니라, 텍스트 내에서 타자의 발화 조건에 대한 고려 속에서 진행된다는 점이 주목된다. 즉, 아버지의 발화를 삽입하는 가운데 초점화자의 이동을 통해 발화를 둘러싼 타자의 내적 고뇌를 서술하여 제시하는 과정이 진행되며, 이로 인해 타자의 발화는 그 내용뿐 아니라 발화 방식에 있어서 신빙성을 획득하게 되는 것이다. 이러한 기법 상의 변화는 카프 활동 시기 한설야가 보여준 강력한 사회주의적 지향에 대한 단성적 전달과는 달리, 소설 장르의 다성성을 복원하며 자신의 과거 사회주의 운동에 대한 성찰을 가능하게 만드는 매개로 작동한다는 점에서 그 의미가 크다.

나아가 한설야는 1930년대 후반 이후 일련의 연작 형식을 실험한다. 「임금(林檎)」, 「철로교차점」 연작과 「홍수」, 「부역」, 「산촌」 연작이 이에 해당한다. 특히 이 책의 주제와 관련하여 주목되는 것은 「홍수」, 「부역」, 「산촌」 연작이다. 이들 연작은 기본적으로 1930년대 후반 일제의

---

114 위의 글, 144면.

농촌진흥운동의 모순을 형상화하는 것에 초점을 맞추고 있다. 그런데 한설야는 이들 연작 구성을 통해 이에 대한 당위적인 비판과 모순의 해결을 요구하는 것에 그치지 않고, 자신의 사회주의적 구도로 해명되지 않는 당대 현실에 대한 다각적인 해명을 시도하고 있어서 주목된다. 이는 특히 이후 과거 도식적인 사회주의적 전망에 대한 성찰로 나아가는 계기로 작동한다는 점에서 그 의미가 더욱 크다고 할 수 있다.

> "저놈의 동 때문에 똑 이 지경이어! 무진년 창파에도 아무 일 없었는데 저 동이 생기더니 대뜸 이지경이 아니우? 물길을 막아놓아서!"
>
> 하고 그가 다시 외칠 때
>
> "하기야 그렇지만 벙어리 냉가슴 앓기지 속은 먼 ― 해가지구도 하는 수 있나? 칠백 리 동정호를 제 나귀 제 타고 가는데 누가 감히 말리겠나?"
>
> 하고 허리 굽은 늙은이가 쓴입을 쩍쩍쩍 다신다.
>
> "하늘이 낸 물길은 나라도 못 막는다는데 그래 그런 법이 있단 말이요?"
>
> 사실 종걸이동이 생긴 지 일 년만인 금년 여름부터 웬만한 대수롭지 않은 비에도 물 걱정을 하게 되었든 것이다.
>
> 종걸이란 C보통학교 훈도요 기술의 옛 선생이다. 하나 나라도 못 막는 이 물길을 막은 선생을 그는 옳다고 생각할 수는 없다.
>
> 그런데 실상인즉 그동은 종걸의 것이 아니요 그학교 교장 '사사끼'가 경영하는 것이다.[115]

---

115 한설야, 「홍수」, 『조선문학』, 1936.5, 68면.

마을에 '홍수'가 나는 것은 "사사끼"가 경영하는 새로운 '동'이 물길을 막았기 때문이다. 그런데 이 동은 단순한 경작지가 아니라, 당시 이른바 농촌진흥운동의 일환으로 진행된 '모범경작'의 일환으로 시도된 곳이다. 즉, "자기 학교 졸업생 중에서 모범청년을 뽑아가지고 농촌진흥과 사상 선도를 위해서 모범경작을 하겠다는 것"[116]이 사사끼 교장이 새롭게 경영한 '동'의 특징인 것이다.

흥미로운 것은 이들 연작이 각 작품마다 이를 둘러싼 다른 해석에 집중하고 있다는 점이다. 연작의 첫 번째 작품에 해당하는 「홍수」에서는 이 '모범경작촌'으로 인한 마을의 홍수를 다룰 뿐, 이에 대한 특별한 해석은 보이지 않는다. 그러나 두 번째 작품에 해당하는 「부역」에서는 이에 대한 비판적 해석이 강하게 나타난다.

일방 저편에서는 유력한 사람들의 힘까지 빌어가지고 T회사에서 토지를 경락(競落)해 가진 후에 그것을 대부(貸付)맡을 운동을 착착 진행하고 있었다. 자력갱생 농사개량 게다가 심전개발이라는 웃짐까지 처가지고 그 토지를 그러한 방면에 이용한다는 것이었다. 즉 자기고향에서 모범농민을 더 옮겨오는 동시에 T고교 졸업생 중에서 중견분자를 가려서 그 토지를 소작시켜 다수확(多收穫)과 온건착실한 근로(勤勞)정신을 아울러 심물량면(心物兩面)의 전형적 모범농장을 만든다는 것이었다. 그래서 그 교섭은 이미 십상팔구는 성공할 것이라는 것이었다.

기술이도 문근의 말의 어느 정도까지는 이미 풍편에 들어온 바이나 정작

---

116 위의 글, 69면.

그렇게 넘어가게까지 되었다는 것은 전연 첨 듣는 말이었다.

"앙이 글면 작인들은 어떻게 되능가?"

기술은 조바심이 나서 그렇게 물었으나 감당키 어려운 괴롬을 당한 때에 제 눈을 슬적 감는 것같은 일종의 허약증이 돌아서

"설마한들 작인들이야 일없겠지? 선새미, 글이나 쓸 줄 알었지 제 손으로 땅을 팔나구……"

하고 혼자 벙긋이웃었다.

"무스거…… 정신 없는 소리…… 말은 듣는지 먹는지 모르겠다…… 저 어 고향에서 모범농민을 데려오고, 조 졸업생을 쓴다지애−으늬"[117]

위의 인용문에서 나타나듯 「부역」에서는 일본에서의 "모범농민"과 사사끼 교장의 제자들로 기존의 소작인들을 대체하려는 것에 대한 비판적인 인식이 표출된다. 앞서 「홍수」에서 단지 기존의 물길을 막는 존재 정도로 형상화되었던 사사끼 교장의 '모범경작촌'은, 「부역」에서는 기존 조선 소작인들의 생계를 위협하는 존재로 비판된다. 이는 "자력갱생 농사개량 게다가 심전개발"이라는 당대 일제의 농촌진흥운동에 대한 비판으로까지 나아간다. 이러한 비판은 이 작품이 발표되던 당시 농촌진흥운동에 대한 다음과 같은 연구를 통해 그 의미가 분명해진다.

진흥운동이 본격화한 것은 1933년 3월 정무총감 통첩으로 「농산어촌 진흥계획 실시에 관한 건」이 발표되면서부터였다. 이 통첩은 이른바 '농가경

---

117 한설야, 「부역」, 『조선문학』, 1937.6, 17면.

제갱생 5개년계획'의 실행방침으로서 각 면마다 1개의 지도부락을 선정하여 5개년간 '식량 충실', '현금수지 개선', '부채 정리' 등 이른바 '갱생 3목표'를 연차적으로 달성해나갈 것을 지시하고 있다. 이외에 총독부는 진흥운동의 '보조시책'으로서 '궁민구제 토목공사'(취로사업), '저리자금융자'(농가부채 정리사업), '자작농 창설사업'(농민후계자 육성사업) 등을 실시하였으며, 동시에 소작권 안정을 위한 비상조처로서 조선농지령(1934)을 발포하기도 했다.

그러나 1935년에 접어들면서 전쟁위기가 고조되자 총독부는 '자력갱생'보다는 '내선일체'를, 개별 농가의 '안정'보다는 부락단위의 '증산'을 더 중시하는 쪽으로 운동의 방향을 틀기 시작했다. 예를 들면, 1935년 1월에 발표된 「갱생지도부락 확충계획」과 같은 해 4월부터 시작된 '심전개발운동'은 농가경제의 안정보다는 증산을 통한 '전쟁동원'을 더 강조하는 운동이었다. '자력갱생'을 강조하던 우가키가 퇴임하고 '생업보국(生業報國)'을 강조하는 미나미가 조선총독으로 취임한 것도 바로 이 무렵이었다.[118]

사사끼 교장의 모범경작촌은 위의 연구에 제시된 "지도부락"의 성격을 지닌다. 따라서 중일전쟁을 전후한 시기, 전쟁자원으로서의 식량증산과 내선일체 담론의 확산 등 이른바 '심전개발'이 동시에 진행된 군국주의 파시즘의 하부조직의 성격을 지닌다. 이러한 맥락에서 이 작품이 "농촌운동으로 포장된 일본인 침탈자본과 이를 가속화시키는 식민지의 왜곡된 경제체제를 보여준다"[119]는 평가가 가능하다.

---

118 지수걸, 「일제의 군국주의 파시즘과 '조선농촌진흥운동'」, 『역사비평』 47, 1999. 5, 20~21면.
119 김종호, 「한설야 「탁류」 3부작의 리얼리즘적 세계와 구조」, 『국어교육연구』 24, 1992. 12,

그런데 3부에 해당하는 「산촌」에서는 사시끼 교장의 모범경작촌에 대한 이와는 또 다른 해석이 나타나서 주목된다. 이는 그 배경이 식민지 식량자원의 전쟁동원에 있다고 하더라도, 기존의 봉건적인 조선의 농촌 경제와는 비교할 수 없는 생산력 증대를 바라보는 장면에서 두드러진다.

> 지난여름에도 교장선생이 육십 원이나 내여서 그들은 광포로 해수욕을 갔다 왔다는 이야기도 들렸다. 또 여원 이 김갑산동이 십여 년만에 첨으로 금년에 비싼 금비(金肥)를 싫도록 처먹고 유들유들 펄어둥둥한 벼를 키어 주어 살진 나락이 놀랄 만큼 그득 났다는 말도 기술은 이야기로 들었다.
> "서 마지기에서 여들 섬인가 났다네"
> 그전 작인들은 이런 이야기에 입을 버리고 닫지 못하였다. 농장은 전보다 훨씬 좋아졌다. 동도 높아지고 땅바닥도 골라졌다. 줄늪은 전부 매여지고 돌(물길)이 오리바그레 이리저리 째여졌다. 그리고 김갑산동과 그 아래 사사끼동은 완전히 연결되어버렸다. 그 큰 동 북쪽에는 새로 저수지(貯水池)가 되고 그 남으로는 광포로 나가는 뺏돌(排水路)이 길다랗게 내를 이루고 있다.[120]

물론 증산된 벼가 결과적으로는 일제의 중일전쟁의 식량자원으로 사용된 것이 사실이다. 그러나 분명 봉건적인 조선 농촌의 생산방식에 비해 비약적인 증산이 이루어진 것 역시 사실이다. 위와 같은 「산촌」

172면.
[120] 한설야, 「산촌」, 『조광』, 1938.11, 204면.

의 결말이 이를 단적으로 보여주는 바, "서마지기에서 여들섬"의 수확
이 난 것은 이 마을 역사상 처음이기 때문이다.

이와 같이 「산촌」의 경우에는 과거 사회주의적 전망으로 해명되지
않는 식민지 근대화 과정에 대한 객관화된 인식이 두드러진다. 결국
이들 연작 작품은 동일한 모티프를 공유하고 있음에도 사사끼 교장의
모범경작촌에 대한 각기 다른 해석을 수행하고 있다. 「홍수」가 사사끼
교장의 모범경작촌으로 인한 기존 농토의 수해에 초점을 맞추는데 반
해, 「부역」은 소작인들의 생계 문제에 초점을 맞춘다. 그리고 「산촌」
의 경우에는 사사끼 교장의 모범경작촌이 거둔 생산력 증대라는 객관
적 사실에 초점을 맞춘다. 그 결과 이 연작들은 당시 식민지 농촌진흥
운동에 대한 다각적인 해석을 가능하게 만드는 성과를 낳는다. 이러한
구성은 카프 해소 이후 한설야 소설이 그전 시기와는 달리 다양한 중
층적 시각을 통해 다양한 해석의 가능성을 만들고 있다는 사실을 보여
주는 사례이다.

이기영의 경우 카프 해소 이후 일련의 토론체 소설을 발표한다. 바
흐친은 소설 장르의 특성을 다성성에서 찾으며 그 언어적 특성을 다음
과 같이 논한바 있다. "다양한 발언과 언어 사이의 이러한 독특한 연결
및 상호작용, 다양한 언어 및 발언유형을 통한 주제의 이동, 다양한 사
회적 언어들 속으로의 주제의 분산 및 그것의 대화화(對話化), 바로 이것
이 소설의 문체론을 특징짓는 기본적 특성이다."[121] 이기영은 1930년

---

121 M.Bakhtin, 전승희 외역, 『장편소설과 민중언어』, 창작과비평사, 1988, 69면.

대 후반기, 그 이전 시기 카프의 사회주의 리얼리즘이 간과한 이와 같
은 다성성을 복원하기 위해 다양한 대화화 양상이 표출되는 토론체 소
설을 시도하는 것으로 볼 수 있다.

"그럼 고물철학이 무엇인지 아는가? :

"무엇이라니?"

윤걸이는 덩들하니 반문한다.

"나두 처음에는 저런 폐물들이 무슨 소용 있을가 하구, 내가 하는 장사를
의심하였네 …… 저거 보게! 저기 있는, 보로나, 종이부스러기나, 이 헝겊조
각이나, 흔 병나부랑이를 모아다가, 대체 무엇에 쓰느냐 말일세― 그것은
고물이 아니라, 아주 폐물이란 말야 …… 그렇지만, 이것들이 한번 공장을
거쳐 나오면, 멀끔한 새 물건이 된단 말일세"

하고 긍재는 헛간에 널려있는 잡동산이를 가리킨다.

"그야 그렇겠지, 나루호도 ……"

"그게 신기하지 않은가― 그러나, 그것은 고물이 아니라, 사람두 그렇거
든― 사람두 고물야― 알아듣겠나"

윤걸이는 다시 또 어리둥절한다.

"사람두 고물이나 마찬가지 거든― 아니 사람은 고물보다두 더, 더, 고물
이지 ― 사람은 몇 만 년 전에 생겼다니까 ……"

"인간의 역사가 말이지"

"그러이―역사가 그렇게 오래된 인간이라면, 그것은 고물보다도 더, 오
래전 고물이라 볼수 있거든. 그러니 낡은 상식에 저질 수밖에― 하지만 이
러한 고물이라도 생활의 풀뭇가에서 다시 달구워 나오면 새 물건―즉 새 사

람이 될 수 있는 것 아니겠나"

"생활의 풀뭇간이란 무엇인가?"

"진리 — 이론과 실천이 일치되는 행동!"

윤걸이는 머리가 띵해서 돌아갔다.[122]

위의 인용문은 이기영의 「고물철학」의 일부이다. 이 작품은 고물상을 운영하며 나름의 새로운 철학적 사유를 수행하려는 긍재와 이에 대해 의문을 품는 이들 간의 토론 형식으로 구성되어 있다. 긍재의 경우에도 처음부터 고물상 운영을 통해 철학적 사유를 명징하게 추출하는 것은 아니다. 오히려 위의 인용문에서와 같이 윤걸을 비롯한 다른 이들과의 토론 과정을 통해 자신의 철학적 사유를 끊임없이 모색, 형성해나가는 인물로 형상화된다. 이는 윤걸을 비롯한 다른 이들의 경우도 마찬가지이다. 윤걸은 처음에는 긍재의 고물상 운영을 이해하지 못한다. 그러나 긍재의 '고물철학'에 대한 토론을 통해 자신이 미처 생각하지 못했던 철학적 사유의 단초를 찾게 된다.

그러나 이기영의 「고물철학」이 소설 장르의 다성성을 구현했다는 것은, 단순히 이 작품 내에 '고물철학'을 둘러싼 토론이 삽입되어 있기 때문만은 아니다. 오히려 중요한 것은 긍재의 '고물철학'이 자기완결적이고 폐쇄적인 담론이 아니라, 윤걸을 비롯한 다양한 타자와의 토론을 통해 점차 형성되어 가는 개방적이고 다원적인 담론의 성격을 지닌다는 점이다. 본래 소설 장르의 다성성이 다양한 담론 간의 충돌과 교섭

---

122 이기영, 「고물철학」, 『문장』, 1939.7, 92~93면.

을 통해 새로운 담론을 형성해나가는 특징을 지닌다는 점에서, 이와 같은 이기영 특유의 토론체 소설의 실험은 그 의미가 크다고 할 수 있다. 이러한 개방적 담론 간의 충돌과 이를 통해 새로운 담론의 형성은 『인간수업』(『조선중앙일보』, 1936.1.1~7.23)에서 보다 뚜렷이 나타난다.

『인간수업』의 주인공 현호는 본래 "어려서부터 귀동자로 자라"나 "물질적으로는 조곰도 부족을 느끼지 안"[123]은 인물이다. 그의 노동 체험을 통한 인간수업의 기획 역시, 처음에는 다음과 같은 관념적 성격에서 출발한다.

> 그래서 그는 병원에서 나오는 길로 바로 서재에 들어백혀서 철학서류를 정리하고 독서를 시작했다. ─쏘크라테스, 푸라톤, 아리스토톨의, 기리샤 삼대 철학자는 물론이요 스토아철학자 스피노자, 라이뿌니쓰, 스펜사, 쇼펜아엘, 또 누군 누구 기타 근세철학자까지 ─ 유교, 불교 등의 동서고금을 물론하고 철학자들과 도학자는 모두 그의 연구대상이 될 수 잇엇다. 그이 서재에는 그런 서책이 ─ 책장 안에 (각국나라 글짜로 박어낸 원서가) ─ 하나 갓득 끼여 있다. 그리고 사방의 볔에는 그들- 괴상한 철학자들의 사진이 빈틈없이 걸려잇다.[124]

따라서 현호의 첫 인간수업의 과정은 구체적인 현실과 괴리된 채 관념적 성격을 벗어나지 못한다. 그 결과 "그는 회의(懷疑)를 느끼게 되고 그것은 다시 염세주의로 흘러서 마침내 신경쇠약에 걸"[125]리게 된다.

---

123 이기영, 『인간수업』, 문우출판사, 1948, 5면
124 위의 책, 4면.

이는 작품 초반에 빈번히 등장하는 그의 독백조의 담화가 철저히 현실과 괴리된 폐쇄적 성격을 지니는 것과 연동된다. 오히려 그가 구체적인 현실의 삶을 경험하며 본래 의미의 '인간수업'을 진행하게 되는 것은 다음과 같은 하층민 천식과의 토론 과정이라는 계기를 통해서이다.

"그것은 모두 위선적 행동이라구요 노동자의 막다른 생활은 결코 그 귀족과 같은 여유 있는 것이 아니라고요! 그 귀족은 생활에 대해서는 아무불안이 없으니까 노동을 그와 같이 오락으로 생각하는지는 모르나 하루 벌어서 하루를 먹고사는 그들은 노동을 지옥과 같이 생각한다구요! 그러면 생활에 아무 불안이 없는 사람으로서 어떻게 막다른 생활에 대한 공포와 불안에서 오는 정신적 고통을 체험 할 수 있느냐고? ─ 그들은 하루하루 사는 물질적 고통도 크지마는 그보다도 명일(明日)의 생활을 걱정하는 불안과 고통이 더 크다고요! 그러므로 그것은 오즉 그들과 같은 처지에 있지 않은 사람으로서는 도저히 체험은커녕 상당도 할 수 없는 일이라구요. 저는 그때 그 책을 보고 과연 그렇게 생각되었어요! 그건 저역시도 그와 같은 생활의 곤난을 겪어보았으니까요"

현호는 천식의 이야기를 다 듣고 나서 한참동안 무엇을 생각하는 것처럼 눈을 감은채로 우두커니 있었다.

별안간 그는 벌떡 일어나 앉으며 가장 침착한 태도로 말하기를─

"그것은 나도 그렇게 생각하기 때문에 집을 나와서 이렇게 독립생활을 시작한 것이 아니겠오 그러나 나는 하필 노동자의 생활만 체험하랴는 것이 아

---

125 위의 책, 6면.

니라 각 방면의 생활을 실제로 체험하 보자는 것인데 또한 그런 일이 일조
일석에 되는 것은 아니거든— 무슨 일이고간에 계단이 있는 것인즉 차차 그
길로 밟어가면 되는 날이 있는 법이야— 자— 두말말고 우리 이담에는 도로
공사(道路工事)든지 경성부의 하수도공사(下水道工事) 같은 일터를 찾아가
서 정말로 힘찬 노동을 해보자구! 그리고 봄이 되거든 농사꾼의 품파리꾼
도 되어보고—"[126]

본래 하층민으로서 지방에서 상경한 천식의 관점에서 현호의 인간
수업은 일종의 "위선적 행동"을 벗어나지 못한다. 실상 현호는 잡지 발
간 등의 활동을 진행하지만, 정작 구체적 현실 속에서 노동을 수행하며
자연스럽게 철학적 사유를 진행하는 것이 아니라, 관념적인 이론 속에
서 철학적 사유를 진행한다는 점에서 위와 같은 천식의 비판은 타당성
을 지닌다. 주목되는 것은 현호가 자신의 "부엌일과 심부름하는"[127] '제
자'에 불과한 천식의 비판을 수용한다는 점이다. 현호는 이후 천식의
비판을 수용하여 다양한 노동 체험을 수행하며, 이를 통해 비로소 관념
적 층위를 벗어나 다음과 같은 현실적인 인식을 획득하게 된다.

그는 이 세상에 가난한 사람이 많이 사는 줄도 알고 또한 책으로도 읽어
보았지마는 자기 몸으로 그런 생활을 해보기는 처음인 만큼 그것은 그전에
는 생각도 못하든 딴 세상이었다.

---

126 위의 책, 244면.
127 위의 책, 174면.

(…중략…)

그런데 현호는 재래의 봉건적 생활과 관념철학에 사로잡혀서 부질없이 공중누각을 세우려는 망상에 허매였다. 실제의 생활과 배치되는 이론은 아무리 위대한 사상이라 하더라도 그것은 아름다운 공상에 불과한 것이다.[128]

현호는 실제 노동 체험을 통해 비로소 자신의 "봉건적 생활과 관념철학"의 한계를 깨닫는다. 이를 통해 현호는 이후 다양한 삶의 체험을 수행하고, 나름의 진정한 '인간수업'을 수행할 수 있게 된다. 그리고 이러한 전환의 계기는 천식과의 토론을 통해 타자의 담론을 새롭게 인식하게 되는 것에서 시작된다.

이기영의 『인간수업』은 단순히 작품 내에 토론체 형식을 삽입하는 것을 넘어, 주인공-초점화자의 담론과 충돌하는 타자의 담론을 배치하고, 이들 간의 다성적 교섭을 통해 주인공의 내적 논리의 한계를 지적하며, 이를 극복하기 위한 계기를 마련하고 있다는 점에서 주목된다. 이는 특히 이기영의 초기 작품에 등장하는 토론체 형식이 종종 지식인의 계몽적 언설을 벗어나지 못하는 것과 비교할 때, 하층민의 담화를 텍스트에 투영하여, 지식인 작가로서의 자기 정체성까지를 성찰하는 매개로 작동한다는 점에서 그 의미가 크다.

이기영의 『동천홍』에도 토론체 형식이 빈번히 등장한다. 이 작품의 주인공 일훈은 광산촌에 들어가 다양한 노동자들과 토론하고 논쟁하

---

128 위의 책, 406면.

며, 자신이 지향하던 자치적인 공동체로서의 '야학'을 만드는데 성공한
다. 이 공간은 특정한 위계질서 대신 상호 간의 신뢰를 기반으로 자유
로운 토론과 논쟁을 통해 자치적인 활동이 진행되는 공간이다. 그리고
이 공간의 운영의 핵심 역시 강요된 질서가 아닌 자율적인 토론을 통
한 의사결정이다. 이런 맥락에서 다음과 같은 장면은 주목된다.

아니 내가 달래 묻는 게 아니라 자네 한테 의론 할 말이 있어서 그러네. 일
전에 고산 씨가 나와 가치 자네를 찾어가 보지 않었든가. 그때 고산 씨는 자
네의 하는 일에 매우 감격한 나머지에 회사에서도 후원을 할 필요가 있다
구, 넌지시 자네에게 호의를 표시한단 말일세. 그래 나두 자네와의 친분관
계를 말한 후에 자네가 이곳으로 드러오게 된 동기와 그동안 자네의 광부생
활을 자초지종 설명했더니만 고산 씨는 아, 그러냐고 더욱 감심하면서 만
일 그와 같이 훌륭한 지도자적 인물이라면 그것은 이광산 자체를 위해서도
매우 좋은 일이니까 자기 힘껏은 협력을 아끼지 않겠다구- 그 말을 우선
자네한테 전하는 동시에 야학 확장에 대한 예산표를 꾸며서 보여 달란 말
야. 그러니 좋지 않은가? 자네두 인제는 그만치나 체험을 해보았으니"하고
일훈의 눈치를 슬쩍 본다.
일훈은 벌써 윤걸의 속을 죄다 알고 있었다. 그만큼 그는 별로 놀랠 것도
없이 침착한 대답을 할 수 있었다.
"자네의 말과 고산 씨의 호의는 매우 감사하네. 그러나 아직 시기가 아니
니까, 그 문제는 당분간 보류해두세."
일훈은 이렇게 한말로 사절 하였다.

(…중략…)

본시 야학을 시작한 동기에서부터 장래에 대한 원대한 포부가 있었다. 만일 그런 점이 없었다면 애당초에 시작도 않았을 것이었다.

따라서 그들의 생활은 어디까지 자치(自治)해 나가자는 결심이었다. 누구를 물론하고 자립정신(自立精神)은 존귀하다. 또한 그렇지 않고서는 적은 일이라도 유종의 미를 걷을 수가 없다.[129]

일훈의 '야학' 운영이 성과를 거두자, 회사 측에서는 이에 대한 경제적 지원 및 제도적 보완을 도와줄 것을 제안한다. 그러나 일훈은 이에 대해 "자치"의 중요성을 강조하며 지원을 거절한다. 즉, 이기영에게 토론은 동등한 위치에서 자율적으로 진행되며 공동체의 담론을 형성하는 계기로 인식되었으며, 따라서 여기에 강제적인 제도가 개입하는 것에 대해서는 철저한 비판적 인식을 고수했던 것이다. 이 점이 주목되는 것은 이기영의 1930년대 후반기 이후 소설에 빈번히 등장하는 토론체 형식이 형식적인 층위에서 계몽적 언설을 뒷받침하는 것에 그치는 것이 아니라, 동등한 주체들 사이에서 자율적으로 수행되어 담론 형성의 계기가 되기 때문이다. 이기영의 『동천홍』에서 주인공 일훈이 끝까지 회사 측의 지원을 거부하는 것은, 이러한 맥락에서 비로소 이해될 수 있다. 그리고 이러한 이기영의 다양한 담론 간의 수평적 충돌과 교섭의 매개로서의 토론 형식에 대한 고수는, 담화의 발화 주체의 계급

---

129 이기영, 『동천홍』, 조선출판사, 1943, 226~230면.

이나 지위, 신분 등과는 무관하게 자율적인 방식으로 새로운 담론을 형성하기 위한 기획이었다는 점에서 그 의미를 지닌다. 이는 특히 바흐친이 언급한 담론 간의 충돌과 교섭을 통한 소설 장르의 다성성 구현을 그 형식적 측면뿐만이 아니라 담론 구성의 실질적 측면으로까지 확장한 성과라는 점에서 그 의미가 더욱 크다고 할 수 있다.

서구 소설 장르의 형성 과정을 정치하게 논증한 바흐친의 연구에 의하면, 소설 장르의 본질은 단성적 담화에 대한 카니발적인 다성적 담화 구성이다. 바흐친의 논의는 소설 장르가 이데올로기적 발화 형식과 구분되는 중요한 속성을 지적한 것으로 평가할 수 있다. 특히 바흐친의 관점에서 볼 때, 카프 문예운동의 한계는 무엇보다 작가의 세계관을 강조하면서 정작 소설 장르에 다양한 관점의 발화를 투영시키지 못한 사회주의 리얼리즘의 단성적 성격으로 볼 수 있다. 특히 바흐친의 논의에서 주의해야 할 점은, 그가 제시한 다성성이 단순히 다양한 담론을 텍스트에 기계적으로 투영하는 것으로 이루어지지 않는다는 점이다. 바흐친의 다성성 논의의 근저에는 언어학적 탐구가 놓여 있으며, 그의 논의의 핵심 역시 사회적 문체에 대한 탐구를 통해 소설속의 담론을 내용의 측면뿐 아니라 형식의 측면에서도 표출하는 것으로 모아진다. 즉, "언어적 다양성이 소설 속으로 들어가면 그것은 예술적 재구성에 종속된다. 언어(모든 어휘와 모든 형식)를 채우고 있으면서 그것을 구체적이고 특수하게 개념화하는 사회, 역사적 음성들은 작가가 자기 시대의 언어적 다양성의 한가운데서 차지하고 있는 독특한 사회, 이념적 위치를 소설 속에 표현해주는 구조화된 문자체계로 조직되는 것이다."[130]

이러한 관점에서 볼 때, 1930년대 후반기 과거 카프 계열의 작가들은 공통적으로 사회주의적 리얼리즘에 입각한 소설 장르론의 한계를 극복하기 위한 미학적 실험과 모색을 수행한다. 특히 과거의 단성적 발화의 한계를 극복하고 소설 장르의 다성적 성격을 복원하기 위한 의식적인 노력이 두드러진다. 김남천의 복수 초점화 기법 수용과 이를 통한 타자에 의한 발화의 기획, 한설야의 연작 형식의 실험과 다의적 해석의 가능성의 모색, 이기영의 토론체 형식의 도입과 토론을 통한 중심인물의 사유의 변화 추동 등이 이에 해당한다. 이러한 일련의 성과는 사회주의적 리얼리즘에 입각한 소설 장르론의 한계, 즉 단성적 발화를 극복하기 위한 다각적인 실험과 모색의 결과라는 점에서 주목할 만하다.

2) 인물 재출(再出) 방식의 실험과 총화소설의 기획

앞에서 살펴본 것처럼 김남천은 아쿠타가와를 통해 복수 초점화 기법을 수용하여 텍스트의 다성성을 극대화시키는 성과를 낳는다. 그는 나아가 발자크 수용을 통해 독특한 연작소설 형식을 구성한다.

기존의 김남천의 발자크 수용에 대한 연구는 주로 서구 리얼리즘을 기준으로 하여 이루어져왔다. 그 결과 김남천의 발자크 수용은 발자크의 리얼리즘적 성취에 미달되는 것으로 평가되어왔다. 대표적으로 김윤식은 "김남천은 이러한 편집광이나 악당이 자본주의 사회가 낳는 전

---

130 M. Bakhtin, 전승희 외역, 『장편소설과 민중언어』, 창작과비평사, 1988, 111면.

형적 성격임을 고찰하는 데까지는 나아가지 못하고 있다. 다른 말로 하면 김남천에게는 장편소설이라는 대서사양식이 고대서사시에 연결되어 있고 서사시는 개인과 사회과 분리되므로 삶 속에 시가 소멸된 조건 속에 있다는 헤겔적인 시점이 결여돼 있다. 입으로는 장편소설을 내세우면서도 그 양식에 대한 인식은 결여돼 있었던 것이다."[131]라고 평가한다. 즉, 발자크의 리얼리즘이 이른바 전형적 성격의 창조를 통해 총체적 형상화에 성공한 반면, 김남천의 경우 총체성에 대한 인식의 결여로 인해 리얼리즘적 성취를 이루지 못했다는 것이 주된 평가이다.[132]

이러한 평가는 서구의 고전적 리얼리즘을 완성된 기준으로 삼으면서 이 기준에 김남천 문학을 일방적으로 대입하고 있다는 한계를 지닌다. 한 작가가 다른 국가의 문학을 수용하는 과정은 능동적인 선택과 배제를 통해 진행된다. 즉, 자국의 특수성과 자신만의 독특한 문제설정 속에서 타국의 문학을 수용하는 것이지, 일방적이고 기계적인 '이

---

[131] 김윤식, 「사회주의 리얼리즘론」, 『한국 근대문학사상사』, 한길사, 1984, 238면.
[132] 김남천의 발자크 수용에 대한 본격적인 연구는 그다지 많지 않다. 그 중 위에서 언급한 김윤식의 연구 외에도 불문학 이입사의 관점에서 김남천의 소설론을 고찰하고 있는 박영근의 논문(박영근, 「프랑스 문학 이입사—김남천 문학이론을 중심으로」, 『불어불문학연구』 62, 2005 여름)과, 「발자크 연구노트」에 대한 정치한 분석을 보여주는 서경석의 논문(서경석, 「김남천의 「발자크 연구노트」론」, 『인문예술논총』, 대구대학교 인문과학 예술문화연구소, 1999.2), 그리고 발자크의 『고리오 영감』과 김남천의 「T일보사」를 비교 문학적 관점에서 고찰하고 있는 이성혁의 논문(이성혁, 「김남천의 발자크 수용에 대한 고찰」, 『이문논총』 18, 1998)이 주목된다. 그런데 이들을 비롯한 대부분의 연구가 공통적으로 김남천을 발자크와 비교하여 리얼리즘적 규율에 함량 미달이라는 평가를 내리고 있다. 예컨대 박영근의 다음과 같은 결론이 이러한 상황을 단적으로 보여준다. "전형이란 보편성을 안으로 포함하는 개별성이라는 것, 바꾸어 말하면 보편적인 발전 법칙을 가장 구체적이고도 개체적인 모습으로 그려내는 것, 따라서 전형화는 개체화인 동시에 보편화가 함께 녹아 있는 법이다. 그런데 김남천은 이 사실을 적확히 이해하지는 못하고 그 언저리에 맴돌거나 혹은 단편적으로 그 개념을 취하고 있는 정도였다. 그리고 전형적 상황과 전형적 성격의 상관관계에 대한 이해가 부족한 것을 한계로 지적해야 할 것이다." 박영근, 같은 글, 15면.

식'의 과정만이 진행되는 것은 아니다.[133] 따라서 김남천의 발자크 수용에 대한 연구 역시 새로운 관점이 요구된다고 할 수 있다. 즉 김남천이 발자크를 얼마나 잘 '모방'했는가의 여부를 문제삼는 것이 아니라, 어떠한 문제의식 하에서 김남천이 발자크를 수용했으며, 그 수용과정에서 어떠한 선택과 배제가 이루어졌는가, 그리고 그 성과와 한계는 무엇인가를 살펴보는 연구의 관점이 필요하다는 것이다.[134]

더욱이 그가 수용한 것은 엄밀히 말하자면 발자크의 리얼리즘적 성과라고 보기는 어렵다. 그는 「발자크 연구 노트」를 통해 제기한 '관찰 문학론'에서 실제 발자크에 대한 상당한 '오독'을 보인다. 특히 작가의 세계관과 현실 재현 간의 관계에 대한 김남천의 논의는 엥겔스의 고전적인 발자크 해석과는 상당한 낙차를 보이며, 실제 상당 부분 발자크의 리얼리즘론에 대한 오독의 결과로 판단된다. 그러나 이를 단순한 오독으로 치부하기는 어렵다. 오히려 당대 전향론의 대두 속에서 국민으로서의 작가 개념을 부정하기 위한 의도적인 '오독'으로 평가하는 것이, 당대 문학장의 변동을 고려할 때 타당할 것으로 보인다. 무엇보다

---

133 김흥규는 '전파론적 관점'의 비교문학 연구에 대해 다음과 같이 비판하고 있다. "요점부터 먼저 지적한다면 전파론적 전제는 19세기 이전까지 상당한 세력을 지녔던 華夷論的 世界觀과 20세기 이후의 西歐主義및 植民地的 自己否定의 깊은 뿌리에 맥이 닿아 있다. 세계의 창조적, 능동적 중심은 중국 또는 서양이며(식민지 시대에는 '內地'였고) 한국의 문화는 그 변방에 있는 주변문화라는 의식이 이 사이를 흘러온 생각이다. 가치있는 문화의 典範은 으레히 중국 또는 서양에서 이루어졌고 우리 문화는 그것의 전파, 이식, 영향에 의해 성장해 올 수 있었다는 사고방식에 이미 전파론적 전제는 갖추어져 있다." 김흥규, 「전파론적 전제위에 선 비교문학과 가치평가의 문제점」, 『비교문학과 비교문화』 1, 1977, 12면.

134 탈식민주의 이론에 따르면 주변주의 작가들은 중심부 제국의 문화를 수용하는 과정에서 폐기와 전유를 통해 독특한 문화를 형성한다. 이러한 폐기와 전유를 통한 새로운 문화의 형성은 문화적 식민성을 극복하기 위한 유력한 전략이다(폐기와 전유의 개념에 대해서는 B. Ashcroft 외, 이석호 역, 『포스트 콜로니얼 문학이론』, 민음사, 1996, 65~69면 참조). 김남천의 발자크 수용 역시 이러한 관점에서 접근할 수 있을 것으로 보인다.

김남천의 '관찰문학론'의 초점이 선험적 이데올로기를 통한 세계의 재단을 거부하는 것으로 모아지고 있으며, 이는 당시 이른바 '국민문학'에서 요구하는 작가상과 정면에서 충돌하는 것이기 때문이다.[135]

특히 이 책의 주제와 관련하여 주목되는 것은 김남천이 발자크 수용을 통해 연작 형식의 소설 구조를 모색한다는 사실이다. 그는 「발자크 연구 노트」를 통해 발자크를 나름대로 해석한 '관찰문학론'을 제기한다. 그러나 그의 발자크 수용은 단지 비평적 층위에만 한정된 것이 아니었다. 그는 발자크 수용을 전후하여 일련의 독특한 연작 형식을 구성한다. 따라서 김남천의 발자크 수용에 대한 온전한 연구는 발자크의 『인간극』과 김남천의 일련의 연작소설의 형식적 상동성을 고찰하고, 이를 통해 김남천이 새롭게 기획한 연작 형식이 지니는 문학사적 의의를 규명할 때 비로소 가능할 것이다.

이와 관련하여 김남천이 발자크 수용을 전후하여 「남매」 연작, 「소년행」 연작, 「낭비」, 「경영」, 「맥」 연작 등 일련의 연작 형식을 직접 소설 창작에 사용했다는 점은 주목을 요한다. 이뿐 아니라 1930년대 후반기 소설 전반에 걸쳐 동일한 인물을 각기 다른 사회적 장(場)에 재배치하여 다른 작품에 다시 등장시키는 독특한 연작 형식이 실험된다는 점도 기억할 필요가 있다. 특히 이들 연작 구성은 기존의 단일한 플롯에 기반한 사회주의 리얼리즘 계열의 소설 장르론과는 달리, 중층적인 사회적 장의 구성에 따라 각기 다르게 해석되는 인물과 사건의 형상화라는 독특한 소설 장르의 인식으로 나아간다.

---

135 이에 대해서는 졸고, 「김남천의 발자크 수용과 '관찰문학론'의 문학사적 의미」, 『비교문학』 45, 2008 참조.

김남천의 발자크 수용이 집약된 「발자크 연구노트」는 『인문평론』지에 1939년 10월부터 1940년 5월까지 총 4회에 걸쳐 연재되었다. 「발자크 연구노트」는 그 초점에 따라 크게 세 부분으로 나눌 수 있다. 1회와 2회의 경우 각각 『고리오 영감』과 『으제니 그랑데』를 소개하면서 소설 인물의 성격창조에 대해 논하고 있는 반면, 3회는 발자크의 『인간극』[136]의 구성에 대한 논의를 통해 이른바 '관찰문학론'을 제기하고 있으며, 4회의 경우에는 발자크를 수용하면서 리얼리즘 갱신의 한 방법으로 제기한 '관찰문학론'을 본격적으로 논하고 있다. 따라서 글의 구성 상 김남천은 1, 2회에서 자신이 다룬 발자크의 소설론을 기반으로 해서, 3회에서 발자크론의 핵심이라고 본 『인간극』의 구성과 그 의의를 다룬 후, 4회에서 나름의 문제설정 하에서 리얼리즘의 갱신의 문제를 제기하고 있다고 볼 수 있다.

그런데 김남천의 발자크 수용이 1차적으로는 엥겔스의 발자크론에 충실한 것이라면, 1, 2회에서 다루어야 하는 내용은 소설론의 문제가 아닌 당대 사회에 대한 총체적 인식의 문제여야 한다. 그럼에도 불구하고 김남천은 객관적 반영론의 문제가 아닌 소설 구성 방식의 문제로 발자크 수용의 초점을 맞추고 있으며, 나아가 이를 기반으로 리얼리즘론의 갱신을 주장하고 있는 것이다. 이 점은 일반적인 발자크론과 김

---

136 발자크의 소설 전체를 관통하는 총체적 기획인 *La Comédie humaine*은 연구자에 따라 『인간희극』, 『인간극』 등으로 번역된다. 그런데 비교적 초기 번역의 경우 발자크의 풍자적 성격을 강조하기 위해 『인간희극』이라는 용어를 주로 사용하는 반면, 최근 번역의 경우 전통적인 소설 구성과는 다른 발자크 고유의 소설 구성 원리를 강조하기 위해 『인간극』이라는 용어를 사용하는 경향이 크다. 이 책 역시 발자크 고유의 소설 구성 원리를 강조하는 입장에서 『인간극』이라는 용어를 사용하기로 한다. 단 기존 연구나 자료를 인용할 경우에는 원문 표기를 그대로 사용한다.

남천의 발자크 수용이 변별되는 지점으로서 주목할 필요가 있다.

김남천에게 있어 소설론은 단순히 소설의 창작 기법의 문제가 아니라, 문학일반이 세계와 상호 교섭하는 미학을 규명하는 문제이다. 실제 그의 모랄론, 고발문학론, 풍속론, 곤찰문학론 등의 전개 과정은 창작 방법은 물론 그의 작가 의식과 직결된 것으로서 일종의 '세계관'으로까지 볼 수 있다. 따라서 그의 소설론에 대한 연구는 단지 몇몇 창작에서의 기법적 층위에 국한되는 것이 아니라, 김남천의 미학 전반을 구명할 수 있는 핵심적인 과제로 볼 수 있다. 그렇다면 김남천이 「발자크 연구노트」에서 전형성, 총체성, 반영론 등의 문제를 다루지 않은 것을 리얼리즘에 대한 미달로 평가하기보다는 오히려 그의 구체적인 소설론의 수용 양상을 복원하고 이로부터 그 의미를 살펴볼 필요가 있다.

이와 관련하여 주목되는 것은 김남천의 「발자크 연구노트」에서 제기되는 소설론이 발자크의 『인간극』을 그 모델로 삼고 있다는 점이다. 기존의 연구는 주로 「발자크 연구노트」의 1, 2회에 초점을 맞추면서 김남천의 발자크 수용의 핵심이 주인공의 성격 창조의 문제에 있다고 보았다.[137] 그러나 엄밀히 따져본다면 「발자크 연구노트」에서 주인공의 성격 창조의 문제는 루카치류의 도식적인 리얼리즘에 대한 비판으로서 기능하고 있다는 것이 보다 정확한 것으로 보인다.

---

[137] 이성혁의 다음과 같은 논의가 대표적인 것으로 보인다. "김남천 연구들 중 그의 발자크 수용에서 도출된 '전형-성격론'이 리얼리즘 론에 도달한 것이라고 평가하는 논문도 있는 반면에 리얼리즘 이론에 못 미친다고 평가하는 논문도 있음을 살펴보았다. 필자는 리얼리즘 이론가인 루카치의 '전형론'과 김남천의 '전형론'을 대비한 결과, 후자의 입장으로 결론을 내리게 되었다." 이성혁, 앞의 글, 227면. 이성혁의 논의가 다른 논의보다 설득력을 지니는 것은 그가 『고리오 영감』과 「T일보사」의 인물의 성격을 구체적으로 비교하여 위와 같은 결론을 도출하고 있기 때문이다. 그러나 과연 김남천의 발자크 수용의 핵심이 인물의 성격 창조에 있는지의 여부에 대해서는 재론의 여지가 있다고 보인다.

여기에서 나는 典型的 性格創造에 있어서의 리알리스트의 最大의 教訓을
다음과 같이 定式化하련다. 資本主義 社會의 貨幣의 偉力과 그의 法則을 暴露
하는데 小說家는 淸貧主義와 貧窮文學을 擇하지는 않았다고! 黃金을 忌避하
고 그것을 輕蔑하는 '샌님'을 그려서 市民社會가, 그리고 그 社會에서의 貨幣
의 罪惡이 描破된 것이 아니라, 實로 그랑데 氏와 같은 黃金溺愛者와 눗칭겡
氏와 같은 銀行的惡黨을 그려서 그것이 비로소 可能하였다는 것을 나는 이
곳에서 強調하려고 생각한다. (이것은 俗物世界의 俗物性을 描破한다고, 俗
物을 비웃고 輕蔑하는 神經質的인 孤高한 潔癖性만을 따라다니는 우리 文壇
의 昨今의 小說家와, 그것을 時代思想의 反映이라고 極口讚揚하고 있는 批評
의 流行에 對하여도 커다란 教訓이 될 것이라고 생각한다. 그러나 '발자크'
의 手法에 依하면 作家는 俗物性을 비웃는 人間이 아니라, 俗物 그 自體를 強
烈性에서 具顯하고있는 人物을 創造하는 것이 리알리즘의 定則이엿다.)**138**

위의 인용문에서 드러나는 바와 같이 김남천이 인물의 성격에 대해
논하는 근저에는 이른바 '전형성'에 대한 도식적인 규정을 비판하고자
하는 문제의식이 가로 놓여 있다.**139** 따라서 「발자크 연구 노트」에서

---

138 김남천, 「성격과 편집광(偏執狂)의 문제-발자크 연구 노트 2」, 『인문평론』, 1939. 12, 83면.
139 루카치는 카프카와 무질 등 전위주의적 작가들의 인물 형상화를 비판하면서 다음과 같
   이 논하고 있다. "한 문학작품의 직접적인 출발점, 구체적인 테마, 직접적인 목적 등이 무
   엇이든 간에 작품의 가장 깊은 본질은 인간이 무엇이냐 하는 문제를 통해 표현된다. /
   (…중략…) 아리스토텔레스 역시 미학적인 문제와는 무관하게, 인간을 정치적 동물 혹은
   사회적 동물이라고 칭했다. 이로써 그는 그 후 세계를 고찰하는 일의 구체적인 척도를
   하나 제시해준 셈이다. 아울러 그는 위대한 리얼리즘 문학 모두의 중심적인 문제를 건드
   린다. 아킬레스이든 베르테르이든, 오이디푸스이든 톰 존스이든, 안티고네이든 안네 카
   레리나이든, 돈 키호테이든 보르탱이든 사회적, 역사적 존재는 그로부터 추론되는 모든
   카테고리들과 마찬가지로 그들의 현실로부터, 헤겔식으로 말해 그들의 즉자적 존재로
   부터, 혹은 유행하는 말로 그들의 존재론적 본질로부터 분리될 수 없다. 그러한 인물들
   의 순수한 인간적 성격, 극히 개성적이고 전형적인 특성, 예술적인 표현성 등을 그들의

성격 창조의 문제는 루카치류의 리얼리즘에 대한 비판으로 기능하는 것이지 김남천의 발자크 수용의 핵심적인 요소를 이루는 것은 아니다. 왜냐하면 김남천이 강조하는 성격이란 악당과 편집광으로 한정되어 있으며, 성격 창조의 일반론으로까지 전개되는 것은 아니기 때문이다.[140] 오히려 그의 논의는 기존의 리얼리즘론이 기피하는 속물적 인물 역시 자본주의 사회를 드러내는 하나의 전형일 수 있다는 점에 집중되어 있다. 즉, 「발자크 연구노트」의 핵심으로 평가되어 온 성격 창조의 문제는, 사실 발자크 수용에 있어 한 부분일 따름이며, 이 성격 창조 문제는 기실 발자크의 『인간극』의 창작 방법의 일부에 그칠 따름인 셈이다.

김남천의 발자크 수용의 핵심적인 부분은 『인간극』의 구성 방식에 대한 그의 통찰에서 찾아져야 할 것으로 보인다. 주지하다시피 발자크의 『인간극』은 각각의 작품들이 서로 유기적으로 연결되면서, 당대 프랑스 사회를 총체적으로 조망하려는 구도로 구성되어 있다. 이는 구체적인 소설 창작에서는 일종의 '연작' 형식으로 드러난다. 그렇다면 리얼리즘론의 갱신이라는 문제설정에서 발자크를 수용한 김남천이, 여타의 리얼리즘적 개념을 수용하는 것이 아니라 연작 형식을 수용한 까닭을 살펴볼 필요가 있다. 이에 대해 살펴보기 이전에 발자크의 『인간극』의 구성 원리에 대해 먼저 살펴보자.

생활이 구체적인 역사적, 인간적, 사회적 연관관계 속에 구체적으로 뿌리를 내리고 있다는 사실과 불가분의 관계를 지닌다." G. Lukács, 홍승용 역, 「전위주의의 세계관적 기반」, 『문제는 리얼리즘이다』, 실천문학사, 1985, 155~156면.

[140] 이는 김남천의 실제 소설 창작에 있어 「이리」 한 편만이 「발자크 연구노트」에서 논의된 강렬한 성격 창조가 적용된 작품이라는 점에서도 확인된다.

사회가 필요로 하는 인간들을 택해서 그 어디에서도 그들과 닮은 사람들을 찾지 못하도록 그들을 변형시키고, 수많은 직업만큼이나 다양한 유형들을 창조하여, 마침내 사회적 인간성이 동물학만큼이나 다양함을 보여준다는 원리로부터 출발해, 한 작가가 사회의 구석구석을 살펴 완벽한 묘사를 하고자 계획했을 때 약간의 주의와 약간의 인내를 가지고 이 용기 있는 작가를 믿어 줄 수는 없는가? 한 걸음을 옮길 때마다 이 새로운 소설은 광대한 건축물의 일부일 뿐이라고 설명할 필요 없이 그렇게 한 걸음 한 걸음 완성을 위해서 나아가게 할 수는 없는가? 그리하여 완성된 건축물이 훌륭할 때 비로소 그 조각들도 세부적으로 드러내는 것이 낫지 않겠는가? 결국 각각의 소설은 사회라는 거대한 소설의 한 장(章)에 지나지 않는 것이다.[141]

여전히 진행 중인 이 당대 풍습에 관한 긴 이야기가 끝나는 날까지, 전체로서 고려되어야 하는 작품의 각 부분들을 아직 작업대에 있는 한 조각이 포개기, 덧붙이기, 근접시키기에 의해 다른 것이 되기로 되어 있는 작품의 각 부분들을 따로 떼어 판단하는 경솔한 비평들을 작가는 아무 소리 못하고 받아들이도록 강요당한다.[142]

발자크는 자신의 각각의 작품들을 『인간극』의 전체적인 구성 속에서 배치하고 있다. 즉, 각각의 작품들은 각기 독립성을 지니는 완결된 작품이지만, 이들 작품이 온전한 의미를 얻기 위해서는 『인간극』 속에서 각

---

141 Honoré de Balzac, 『환멸』의 초판 서문(Joëlle Gleize, 이정민 역, 『발자크 비평』, 동문선, 2005, 61면에서 재인용).
142 Honoré de Balzac, 『이브의 딸』의 초판 서문(위의 책, 61면에서 재인용).

각의 작품들이 지니는 의미와 관계에 대한 전체적인 이해가 필요한 것이다. 발자크는 이러한 작업을 통해 당대 프랑스 사회에 대한 입체적인 형상화를 시도했다. 따라서 "발작의 작품군 중에서 물론 이 『인간희극』이 가장 크고 중요한 위치를 차지한다. 각각의 작품은 당연히 독립적이지만, 체계적으로 그 작품들이 배치된 데다가 인물들이 종횡무진하게 여러 작품에 다시 출현함으로써 입체감이 부여된다. 그러한 의미에서 그 작품들은 서로 유기적인 관련을 맺으면서 『인간희극』이라는 하나의 거대한 작품을 이루게 된다"[143]는 평가가 가능하다. 김남천이 발자크를 통해 수용한 연작 형식은 이러한 맥락에서 형성된 것이다.

그렇다면 김남천의 발자크 수용의 문제의식, 즉 리얼리즘 갱신의 문제와 발자크의 연작 형식 간의 관계에 대해 살펴볼 필요가 있다. 이와 관련해서 우선 리얼리즘론이 지니는 한계에 대해 간략히 살펴보자. 객관적 반영론을 철학적 기반으로 하는 고전적 리얼리즘은 하나의 고정된 주체 외부의 현실을 당파성을 담지한 주체가 인식하고, 이를 예술 작품에 반영하는 것을 그 골자로 한다. 그런데 이러한 고전적 리얼리즘론은 필연적으로 단일하고 고정된 객관 현실을 상정하게 된다. 문제는 이 과정에서 어떤 것이 그 객관 현실의 핵심적인 부분인 것인지가 불분명하다는 것이다. 루카치류의 리얼리즘론은 이른바 당파성에 입각해서 이 문제를 해결한다. 즉, 복잡한 현실 중 역사의 발전방향과 일치하는 경향성을 보여주는 것이 핵심적인 현실이라는 것이다. 그러나 이 역사 발전방향이라는 것은 언제나 사후적으로 확인될 수 있을 따름

---

143 김중현, 『발작』, 건국대 출판부, 1995, 68면.

이다. 따라서 루카치류의 리얼리즘론은 계급적 주체의 관점으로 다양한 현실을 중심과 주변, 본질과 비본질로 나누고, 이에 따라 현실의 복잡한 성격을 경제적 토대와 계급모순의 문제로 환원시키는 경향을 지닌다.[144]

그런데 이러한 환원론은 고정된 단일한 본질을 상정한다는 점에서 관념론적 성격을 지닌다. 더불어 중심 / 주변, 본질 / 비본질의 구분은 현실의 다양한 양상을 폭력적으로 토대의 문제로 환원시키는 문제를 지닌다. 객관 현실이 역동적으로 변모하는 복합적인 일련의 운동의 과정이라고 볼 때, 리얼리즘론은 이 변화의 측면을 적절히 형상화하지 못한다는 한계를 지닌다.

발자크의 연작 형식은 이러한 측면에서 접근할 때 리얼리즘론의 갱신에 큰 시사점을 준다. 그의 연작 형식은 각각의 인물이나 사건, 배경 등이 하나의 작품 안에 고정된 것이 아니라, 다른 사회적 장(場)과의 연관 속에서 끊임없이 변화하는 과정 속에 있음을 보여주기에 유용한 형식이다. 더불어 선험적으로 특정한 요소나 경향을 본질적인 것으로 설정하는 것이 아니라, 다른 여타의 요소나 경향들 속에서 이들이 지니

---

[144] 이는 루카치의 마르크스주의 미학이 상당부분 헤겔적인 성격을 지니고 있기 때문이다. 알렉스 캘리니코스는 이에 대해 다음과 같이 비판하고 있다. "루카치의 『역사와 계급의식』에 설명된 바의 마르크스주의는 이와 대조적으로 프롤레타리아트를 부르주아 사회의 절대적 부정으로 파악한다는 점에서 유토피아적이고 메시아적이다. 헤겔주의적 마르크스주의의 대작이자 20세기에 가장 영향력 있는 철학적 저작들 중의 하나인 이 책은 루카치가 혁명가가 되기 전에 이미 발전시켰던 반자연주의를 마르크스주의의 틀 내에 복권시키려는 체계적인 시도에 해당한다." Alex Callinicos, 정남영 역, 『현대철학의 두 가지 전통과 마르크스주의』, 갈무리, 1995, 123면. "루카치가 변증법적 유물론의 초석이라고 높여 세웠던 부정의 부정이 가진 기능은 존재에 담겨 있는 차이라는 질병을 치유하는 것이었고, 개념의 본질적으로 정신적인 통일을 회복하는 것이었으며, 유한한 물질세계를 무한한 절대자로 용해시키는 것이었다." 같은 책, 148면.

는 의미를 파악할 수 있도록 해 준다는 점에서 루카치류의 리얼리즘의 환원론적 속성을 극복하는데 유의미한 시사점을 준다.

결국 김남천이 발자크를 수용하는 과정에서 연작 형식을 핵심적인 것으로 수용한 것은 이러한 루카치류의 리얼리즘론이 지니는 한계를 극복하기 위한 문제의식의 발현으르 볼 수 있다. 연작 형식을 통해 복수(複數)로 존재하는 현실을 복수의 작품으로 고찰하고, 이를 기반으로 당대 조선 현실을 다층적으로 형상화하려는 김남천의 리얼리즘의 갱신이 발자크 수용을 통한 성과인 것이다.

김남천이 발자크를 수용한 결론이라할 수 있는 '관찰문학론'은 이러한 맥락에서 독해되어야 한다. 「발자크 연구노트」의 결론부에 해당하는 관찰문학론은 "沒我性과 客觀性의 保持"[145]를 통해 객관적인 사실을 있는 그대로 묘파함으로써 리얼리즘의 갱신을 이룰 수 있다는 것이 그 골자이다. 관찰문학론은 선험적인 계급적 주체의 세계관에 입각해 현실을 반영하는 것이 아니라, '몰아성'과 '객관성'을 통해 현실을 관찰하고, 이로써 리얼리즘을 성취할 수 있다는 주장을 담고 있다.[146] 이러한 관찰문학론에 대해서 한편으로는 작가의 관점과 시각을 경시하고 있다는 점에서 리얼리즘을 자연주의의 수준으로 후퇴시켰다고 평가할 수 있을 것이다.[147] 그러나 김남천이 관찰문학론은 제기한 내적 논리

---

145 김남천, 「관찰문학소론 ─ 발자크 연구 노트 3」, 『인문평론』, 1940.4, 18면.
146 김남천은 「발자크 연구 노트」의 첫머리에 다음과 같이 말하고 있다. "'오노레 드 발자크'는 '人間戱曲總序文'에서, '佛蘭西社會가 歷史家가 되고, 나 自身이 그의 秘書로 勤務하는 것으로 充分하였다'고 말하고 있다. 나는 '발자크'의 大樹海를 向하야 探索의 길을 떠나면서, 그를 模倣하야 다음과 같이 말해보는 것을 기쁨으로 생각한다. "人間戱曲'이 敎師가 되고, 나는 하나의 적은 小學童이 되는 것으로 充分하리라." 김남천, 「발작크 연구노트 1」, 『인문평론』, 1939.10, 86면.
147 이에 대해서는 서경석의 다음과 같은 지적을 참고 할 수 있다. "발자크의 경우에는 협착

를 추적할 경우, 그의 발자크 수용이 카프가 주창하던 사회주의 리얼리
즘론의 갱신의 문제설정 속에서 이루어졌음을 추정할 수 있다. 즉, 그
의 발자크 수용은 "구체적인 현실을 어떻게 작품 속에 형상화할 것인가
라는 미학적인 차원의 논의가 부족했던 초기의 문학론에서 벗어나 카
프 해체 이후 리얼리즘 문학론의 갱신이라는 문제"[148]에 다가가고자
했던 문제의식의 발로였던 것이다. 따라서 김남천의 관찰문학론은 루
카치류의 사회주의 리얼리즘의 한계를 극복하기 위한 실험이라는 관
점에서 해석될 필요가 있다. 루카치류의 리얼리즘에서 작가의 '주관성'
이란 세계관을 의미한다. 그런데 이 주관성은 현실의 다양한 양상을 작
가의 세계관에 의해 재단하고 환원하는 경향을 지닌다. 이러한 점에서
'주관성'은 리얼리즘적인 성격이라기보다는 작가의 세계관을 중시하
는 관념론적 성격을 지닌다. 당시 임화로 대표되는 계급적 주체의 문제
를 중심으로 한 리얼리즘론은 이런 면에서 비판될 수 있다. 김남천은
발자크를 수용하면서 선험적인 작가의 세계관 대신, '객관성'을 통해 현
실을 형상화할 것을 제안하고 있는데, 이는 앞서 언급한 루카치류의 리
얼리즘론을 극복하기 위한 문제의식의 발로인 것이다.

　김남천의 발자크 수용과 함께 주목되는 것은, 그가 이 시기 알베르
티보데의 소설론을 수용하고 있다는 점이다. 그는 「소설의 운명」에서

한 주관을 현실의 지배에 종속시키려 노력한 것이 아니다. 발자크의 리얼리즘의 승리를
추동한 것은 김남천이 의지한 루카치의 지적에도 명확히 드러난다. (…중략…) 즉 주관
성의 계기가 사물의 관찰과 묘사에 언제나 개입되며 그것이 날카로운 묘사를 가능케하
는 힘 자체이다. 이러한 주관성의 계기란 김남천에게는 이물질로 인식될 수도 있겠지만
이 주관성이란 사회발전자체의 모순들로부터 생겨나는 것이며 이 모순들이야말로 리얼
리즘의 승리를 구성하는 요건이다." 서경석, 「김남천의 「발자크 연구노트」론」, 『인문예
술논총』, 대구대학교 인문과학 예술문화연구소, 1999. 2, 18~19면.
148 박성창, 『비교문학의 도전』, 민음사, 2008, 204면.

소설 장르에 대한 역사철학적 검토를 수행하며 알베르 티보데의 논의를 논거로 제시한다. 다소 길지만 김남천의 소설 장르 인식을 뚜렷하게 보여준다는 판단하에 인용한다.

長篇小說의 樣式上本質이 以上과 같을 때에 小說의 美學은 長篇小說에 對하여 어떠한 形式을 要請할 수 있을 것인가. 于先 市民理念의 理論家들에게 있어서는 上述한바, 長篇小說은 古代의 敍事詩를 市民社會에서 代行하는 文學形式이었다. 그러므로 헤―겔에 있어서는 古代的 大敍事詩가 가지는 一般的인 美學的特徵을 市民的 長篇小說도 가졌으면 하는 것을 希望하였을 것이다. 時代場景의 廣大한 紀念碑적인 再現 — 이것은 敍事詩로부터 長篇小說에 引繼되었다. 그러나 爾餘의 試驗이나 企圖는, 市民社會의 基礎 우에서 古代的 敍事詩를 復活시켜 볼려는 다른 努力과 함께 모두 成功치 못하였었다. (…중략…) 그러나 矛盾을 描破할려고 하지 않고 中間의 安協을 意識한 아이데알리스틱한 모든 努力은 언제나 現實을 歪曲하였다. 主人公을 英雄으로 만들어서 矛盾을 隱蔽할려는 努力, 構成을 劇의 美學에 準據하여 敍事性을 拘束할려는 企圖가, 한 가지로 失敗하였다는 것은 『小說의 美學』의 著者인 알베르·티―보데도 認定하고있다. "小說은 旣成의 特權的 形式, 卽, 混沌과 無秩序를 容恕치 않고 統一과 構成을 原理로하는 演劇, 悲劇 또는 喜劇과 對立하는 것으로서 自身을 定義한다"고 말하면서, 그는 構成 대신에 '總和'라는 散文的인 述語를 내세우고 있다. 이러한 狀態에 있어는 英雄을 그리라던가, 積極的 主人公을 創造하라던가, 構成을 가지라던가 하는 것이, 長篇小說의 形式的 原理와 背馳되는 要求가 될 뿐 아니라, 市民社會의 矛盾을 糊塗하던가 廻避하라든가 하는 要望까지를 兼하게된다는것을 特히 記憶해둘 必要가 있다.[149]

위의 인용문에서 두 가지 사실을 확인할 수 있다. 첫째, 김남천이 "시대장경의 광대한 기념비적 재현"이라는 헤겔적 의미의 "장편소설"을 부정하고 있다는 점이다. 이는 시민사회의 대두와 함께 형성된 근대소설 장르가 더 이상 유효하지 않다는 인식으로 나타난다. 둘째, 이러한 상황에서 김남천이 새롭게 주목하는 소설 장르가 알베르 티보데의 "'총화'라는 산문적인 술어"로 인식된다는 점이다. 즉, 김남천은 「발자크 연구 노트」를 통해 연작 구성의 기획을 실험하는 한편, 알베르 티보데의 '총화소설'을 그 구체적인 형식으로 수용하고 있음을 확인할 수 있다.[150]

알베르 티보데는, 김남천이 위에서 언급한 그의 저서 『소설의 미학』을 통해 소설은 "戱曲처럼 有機的인 構成에 의해서 만들어지지 않"[151]는다고 주장한다. 그는 소설을 "한 時代를 묘사하는 總括體 小說(Roman burt), 生活을 展開시키는 受動的 小說(Roman passif), 危機를 遊離해서 보이는 能動的 小說(Roman actif)"[152]의 세 가지로 분류한다. 그는 소설을 "旣成의 特權的 形式 즉 混濁과 無秩序를 용서치 않는 統一과 構成을 原理로 하는 演劇·悲劇 또는 喜劇에 대립하는 것"[153]으로 정의하며, 이를 '총화소설'로 명명한다. 그는 소설의 구성이 극 양식과는 달리 '혼돈과 무질서'를 그 특징으로 한다는 점을 강하게 주장한다.

김남천이 알베르 티보데의 '총화소설' 개념을 인용한 것은 주목할 만한데, 이는 실제 김남천의 연작 구성이 일반적인 근대소설의 '구성'의

---

149 김남천, 「소설의 운명」, 『인문평론』, 1940.11, 10~11면.
150 김남천의 '총화소설' 개념 수립 과정에 대해서는, 이진형, 「1930년대 후반 소설론 연구」, 연세대 박사논문, 2010, 135~137면 참조.
151 Albert Thibaudet, 유억진 역, 『소설의 미학』, 신양사, 1960, 59면.
152 위의 책, 60면.
153 위의 책, 67면.

측면으로는 해명되지 않는 독특한 체계를 구축하고 있기 때문이다. 즉, 김남천은 발자크의 『인간극』과 유사한 형태의 연작 형태를 구성하는 한편, 알베르 티보데의 '총화소설'을 그 구체적인 형식을 모색한 것으로 볼 수 있다.

특히 주목되는 것은 발자크가 『인간극』에서 사용한 인물 재출(再出) 방식의 구성이 김남천의 일련의 연작 작품의 구성 원리로 작동하고 있다는 점이다. 와다 토모미의 연구에 의하면 발자크 특유의 인물 재출 방식은 "1930년대 초반에 일본에서 발자크의 독자적인 방법으로 소개"[154] 되었으며, 김남천 역시 일본을 매개로 하여 발자크의 인물 재출 구성을 접했을 것이다.

발자크의 각각의 작품들은 그 자체로서도 하나의 완결성을 지니지만, 전체 『인간극』의 구성 속에서 보다 폭넓은 의미를 획득한다. 이를 추동하는 구성원리가 바로 인물 재출 방식인 바, 발자크는 한 편의 작품에 등장한 인물을, 다른 작품에 다시 등장시킴으로써 각각의 사회적 장의 중층적 성격을 표출할 수 있었다. 따라서 발자크 연작에서 반복적으로 등장하는 인물들은 각각의 사회적 장에 따라 다른 성격을 지닌 인물로 나타난다.

매혹적인 누이들의 오빠로서 법학을 공부하는 『고리오 영감』의 청년 라스티냐크는 문학계에 소개된 저널리스트이자 멋쟁이인 『오돌도톨한 가죽』의 도락가 라스티냐크와는 거의 관계가 없다. 텍스트의 이야기는 우리

에게 그 이유를 설명한다. 이를테면 1831년의 라스티냐크인 전자의 라스티
냐크는 그의 멋쟁이 친구인 지라르뎅 상점의 로투르-메제레에 의해 발자
크에게 시사되었다. 그는 바로 보아온 라스티냐크이다. 1834년의 라스티냐
크인 후자의 라스티냐크는 인생에 데뷔하는 발자크의 경험과 추억과 강박
관념을 구현한다. 그는 수용된 라스티냐크이다. 발자크가 두 라스티냐크를
그들의 여정의 전혀 다른 두 순간에 동일 인물로 만들기로 결정한 것은 부
차적인 순간 속에서이다. 그러나 통일은 일회적이고 맹목일 뿐이며, 인물
은 거의 고정되지 않는다. (…중략…) 왜냐하면 두 라스티냐크는 다른 두 세
계의 출신들이기 때문이다.[155]

실제 발자크의 작품을 살펴보면 이와 같은 특징은 보다 구체적으로
확인 가능하다. 예컨대 『고리오 영감』에서 라스티냐크는 다음과 같은
모습으로 등장한다.

그 당시 법학 공부를 하려고 앙굴렘에서 파리로 올라온 청년이 이 두 방 가
운데 하나에 살고 있었다. 식구가 많은 그의 집에서는 이 청년에게 일 년에
천이백 프랑씩을 부쳐주느라고 온갖 고생을 해야만 했다. 이 청년의 이름은
으젠 드 라스티냐크였다. 그는 어려운 환경 속에서 열심히 공부했다.[156]

「고리오 영감」에서 라스티냐크는 지방에서 파리로 유학을 온 학생
으로 설정된다. 따라서 그는 근대 자본주의 체제가 형성되어가던 당대

---

155 Pierre Barbéris, 배영달 역, 『리얼리즘의 신화-발자크 소설세계』, 백의, 1995, 232~233면.
156 Honoré de Balzac, 박영근 역, 『고리오 영감』, 민음사, 1999, 17면.

파리의 속물적 성격을 폭로하는 역할을 수행하게 된다. 그 결과 라스티냐크는 고리오 영감의 죽음을 둘러싼 재산 분배 과정에서의 추악함과 당시 파리 사교계의 허위적 성격을 보여주는 인물로 기능한다. 이는 이 작품에서 라스티냐크가 막 지방에서 유학을 와, 아직 파리의 근대 자본주의 체제의 속물성에 물들지 않은 청년으로 설정되기 때문이다.

그런데 다른 작품에서 라스티냐크는 전혀 다른 인물로 형상화된다. 그는 『고리오 영감』의 마지막 부분어서 고리오 영감의 죽음을 맞아 다음과 같이 결심한 바 있다.

> 혼자 남은 라스티냐크는 묘지 꼭대기를 향해 몇 걸음 옮겼다. 그리고 그는 센 강의 두 기슭을 따라서 꾸불꾸불 누워 있는, 등불들이 빛나기 시작하는 파리를 내려다보았다. 그의 눈은 방돔 광장의 기둥과 불치병자 병원의 둥근 지붕 사이를 뚫어지게 바라보았다. 그곳에는 그가 들어가고 싶었던 아름다운 사교계가 있었다. 그는 벌들이 윙윙거리는 벌집에서 꿀을 미리 빨아먹는 것 같은 시선을 던지면서 우렁차게 말했다.
>
> "이제부터 파리와 나와의 대결이야!"
>
> 사회에 도전하려는 첫 행동으로, 라스티냐크는 뉘싱겐 부인 집으로 저녁 식사를 하러 갔다.[157]

그러나 이러한 결심 이후 작품이 끝나기 때문에, 이 작품만으로는 이후 라스티냐크가 진행하는 파리와의 "대결"의 전개 과정을 알 수 없

---

157 위의 책, 396면.

다. 그러나 이후 라스티냐크의 행적은 『인간극』을 구성하는 다른 작품인 『나귀 가죽』을 통해 알 수 있다.

『나귀 가죽』의 주인공은 19세기 초반, 급격한 프랑스혁명의 전개 과정 속에서 가치 지향점을 찾지 못한 채 방황하는 학생인 라파엘이다. 그런데 그가 우연히 손에 넣은 '나귀 가죽'을 통해 자살을 포기한 후, 그를 당대 저널리즘 및 출판계에 소개하는 인물이 바로 라스티냐크이다. 그런데 그는 『고리오 영감』에서의 순진한 학생과는 판연히 다른 인물로 형상화된다.

작년 겨울이 되기 전까지는 나의 삶은 내가 자네에게 어렴풋이나마 보여주려고 했던 것처럼 평온하고 근면한 삶 바로 그 자체였다네. 그런데 1829년 12월 초순경 우연히 라스티냐크를 만났어. 그는 초라하기 그지없는 내 입성에도 아랑곳하지 않고 내게 팔을 내밀며 정말로 친형제같이 내 인생역정에 관심을 보여주었다네. 끈끈이에 사로잡힌 듯 그의 태도에 끌린 나는 그에게 나의 삶과 희망을 간략하게 이야기했지. 그는 한바탕 웃어젖히더니 나를 천재인 동시에 얼간이로 취급하더군. 그의 호언장담, 세상 경험, 수완이 보통이 아님을 보여주는 호사스런 차림 등은 감히 그를 거역할 수 없게 만들더군. 라스티냐크는 내가 요양원에서 바보 멍청이처럼 알아주는 이 하나 없이 죽을 운명이라고 말했지. 내가 그렇게 죽으면 그가 내 관을 직접 운구해 극빈자 무덤에 던져버리겠다고 하더군. 그는 내게 허장성세에 대해 말했어. 그를 아주 매혹적인 존재로 만들어주는 그 친근한 언변으로 그는 내게 모든 천재는 알고 보면 다 허풍선이들이라고 말했지. 그는 내가 계속 코르디에 거리에서 벗어나지 않는다면 내 존재는 더하기가 아닌 빼기의 의미, 곧 죽을 이유만 가질 뿐이라고 단언했어. 그의 말을 따르자면 나는 사교계로 진출해서 사람들이 내 이름만 익숙하게 입에 올리도록 만들어야 한다는 거였어.[158]

주인공 라파엘을 저널리즘 및 출판계, 나아가 파리의 사교계에 입문시키는 것은 다름 아닌 라스티냐크이다. 라스티냐크는 "5만 리브르의 연금" 때문에 귀족 출신인 "자그맣고 예쁘장한 과부"[159]와 결혼을 약속한 상태이며, 주인공 라파엘의 "내가 왜 나의 정직한 다락방에서 나왔단 말인가? 세상은 정말로 추악하기 그지없는 이면을 지니고 있구나"라는 진술에 대해 "자넨 아직 어린애야"[160]라고 대답하는 인물로 설정된다. 즉, 『고리오 영감』에 등장한 라스티냐크가 젊은 학생으로서 파리의 속물성에 대한 비판적 인식을 견지하는 인물인 데 반해, 『나귀 가죽』에 등장하는 라스티냐크는 그 이후 파리의 사교계에 진입하여 그 속물성에 적응한 세속적인 인물로 형상화되는 셈이다.

이러한 변화는 발자크의 인물 재출 방식이 단순히 동일 인물을 다른 작품에 등장시키는 것이 아니라, 시공간적 배경 및 사회적 장의 변화에 따라 개별 인물의 각기 다른 면모를 부각시키는 기법이라는 점에 기인한다. 『고리오 영감』의 라스티냐크는 세대적으로 젊은 학생 세대, 지역적으로 지방 출신, 경제적으로 궁핍한 인물로 설정되었기에 파리의 속물성에 대한 비판적 인식을 보여줄 수 있었다. 반면 『나귀 가죽』의 라

---

158 Honoré de Balzac, 이철의 역, 『나귀 가죽』, 문학동네, 2009, 178~179면.
159 위의 책, 219면.
160 위의 책, 218면.

스티냐크는 기성세대로 진입했으며, 파리의 사교계를 통해 경제적, 문화적으로도 상당한 자본을 확보한 인물로 설정된다. 따라서 그는 오히려 타락한 채 현실에 적응한 세속적인 인물의 전형으로 나타난다.

비단 라스티냐크뿐 아니라, 발자크의 『인간극』에 등장하는 인물들은 다른 작품에 재등장하는 경우가 매우 많다. 예컨대 『고리오 영감』에서 '보세앙 부인'은 주인공 라스티냐크를 파리 사교계에 입문시켜주는 인물로 등장한다.[161] 그녀는 라스티냐크를 사교계에 입문시키는 계기를 마련해 주는 인물로 제시될 뿐, 이후 행적에 대해서는 자세한 서술이 진행되지 않는다. 그런데 발자크의 다른 작품인 『골짜기의 백합』에서 보세앙 부인의 이후 행적이 제시된다.

인간의 정의란 얼마나 나약하고 무력한가! 겉으로 드러나는 행위들만 처벌하다니. 잠자는 동안에 본인도 모르게, 단번에 살해함으로써 영원히 잠들게 하거나, 느닷없이 덮쳐서 고통 없이 죽이는 자비로운 살인범은 왜 사형과 수치를 당해야 하는가? 마음속에 악의를 한 방울 한 방울씩 떨어뜨리고 육체를 좀먹어서 파괴하는 살인범은 어찌하여 행복한 삶과 존경을 누리

---

[161] "그(라스티냐크―인용자)의 백모인 마르실라크 부인은 옛날에 궁정에 출입했기 때문에 귀족 사회의 쟁쟁한 인물들을 잘 알고 있었다. 야심에 가득 찬 청년은 백모가 자신이 어렸을 때, 그를 흔들어 재우며 들려주었던 옛날 얘기들 가운데에서 갑자기 사회를 정복하는 데 필요한 여러 요소들을 알아챘다. 적어도 이 요소들은 법률 학교에서 노리고 있던 영예만큼이나 중요한 것이었다. 그는 아직도 교제할 수 있는 친척 관계에 대해 백모에게 물어보았다. 이 노부인은 족보를 따져본 다음, 돈 많고 이기적인 인물들 중 자기 조카에게 도움을 줄 수 있는 사람으로는 보세앙 자작 부인이 가장 다루기 쉬운 사람이라고 생각했다. 노부인은 이 젊은 부인에게 접근하는 데 성공만 하면 자작 부인이 다른 친척들을 소개해 줄 것이라고 말했다. 파리에 도착한 지 며칠이 지난 다음, 라스티냐크는 백모 편지를 보세앙 자작 부인에게 보냈다. 편지를 받은 자작 부인은 다음날 있을 무도회에 그를 초대했다." Honoré de Balzac, 박영근 역, 『고리오 영감』, 민음사, 1999, 45면.

는가? 처벌받지 않은 살인범들이 얼마나 많은가! 세련된 범죄에 대해 사람
들이 얼마나 관대한가! 정신적인 학대에 의한 살인죄가 무죄 판결을 받는
경우가 얼마나 많은가! 어떤 보복의 손이 사회를 덮는 장막을 갑자기 들어
올렸는지 모르겠으나, 당신도 잘 아는 그런 희생양들이 내 앞에 나타났다.
내가 떠나기 며칠 전에 죽어 가며 노르망디로 출발한 보세앙 부인![162]

『골짜기의 백합』은 주인공 펠릭스의 성장 과정을 다룬 작품으로 평
가된다. 펠릭스는 모르소프 부인과의 사랑을 통해 성인으로 성장하며,
정치적으로는 프랑스혁명을 둘러싼 급변하는 정세 속에서 당시 왕당
파에 가담하여 "루이 18세의 재위 기간 내내 맡을 비밀 직무"로서 "국무
회의의 심리관(審理官)"[163]으로 임명된다.

그런데 모르소프 부인의 죽음을 맞아 펠릭스는 그녀의 죽음과 동시
에 "보세앙 부인"이 죽어가며 노르망디로 떠났음을 상기한다. 이를 통
해 『고리오 영감』에서 라스티냐크를 파리 사교계에 입문시키던 보세
앙 부인이, 당대 정치적 격변 과정 속에서 모종의 이유로 일종의 망명
을 떠나게 됨을 추측할 수 있다. 특히 『골짜기의 백합』을 관통하는 왕
당파적인 정치적 관점을 고려할 때, 보세앙 부인의 이후 행적은 공화
파에 의한 프랑스혁명의 급변 과정어 기인한 것임을 추정할 수 있다.
이러한 인물 재출 방식을 통해, 보서앙 부인은 『고리오 영감』에서는
파리 사교계의 중심인물로, 『골짜기의 백합』에서는 프랑스혁명의 진
행으로 인해 파리에서 쫓겨나 몰락하는 구 귀족을 표상하는 인물로 각

---

162 Honoré de Balzac, 정예영 역, 『골짜기의 백합』, 을유문화사, 2008, 333면.
163 위의 책, 206면.

기 다르게 형상화된다.

이는『고리오 영감』에 등장하는 "라스티냐크의 친구이며 의대생인 오라스 비앙숑"[164]의 경우에도 마찬가지이다. 그는 이 작품에서 라스티냐크의 친구로서 고리오 영감의 죽음을 확인하는 역할을 한다. 그 역시 발자크의 다른 작품인『나귀 가죽』에 재등장하는데, 여기서는 "철두철미하게 과학적이고 미래의 의학을 짊어질"[165] 의사로 형상화된다. 즉, 근대 과학 지식에 입각한 의학 체계를 집약하는 인물로 재등장하는 것이다.

이 외에도 '고리오 영감'의 두 딸인 뉘싱겐 부인과 레스토 부인 역시 『나귀 가죽』에 파리의 사교계를 대표하는 인물로 재등장하며,『외제니 그랑데』에 등장하는 샤를 그랑데는 파리 사교계를 통해 신분 상승을 이루며 이 과정에서 고향의 친척을 이용한다는 점에서 라스티냐크와 유사성을 강하게 지닌다. 특히『외제니 그랑데』의 경우 라스티냐크의 출세 과정에 수반되는 고향 친척의 희생이 형상화된다는 점에서, 라스티냐크를 다른 관점에서 평가할 수 있는 새로운 시각을 제시한다고 할 수 있을 것이다.

따라서 김남천의 발자크 수용에 대한 기존의 연구는 재고의 여지가 크다. 앞서 살펴본 것처럼 기존 연구는 주로 비평사적 측면에서, 특히 엥겔스의 이른바 '리얼리즘의 승리'라는 테제를 기준으로 김남천의 발자크 수용을 평가해 온 경향이 강하다. 그러나 정작 발자크가 구상한

---

164 Honoré de Balzac, 박영근 역,『고리오 영감』, 민음사, 1999, 70면.
165 Honoré de Balzac, 이철의 역,『나귀 가죽』, 문학동네, 2009, 375면.

인물 재출 방식과 이를 통한 당대 현실에 대한 다층적인 재현에 대한 문제의식이 어떠한 방식으로 김남천의 구체적인 작품에 투영되었는가를 고찰한 연구는 전무한 것이 사실이다.

이러한 관점에서 김남천이 일련의 연작 구성에 대한 보다 심도 깊은 연구가 필요한 것으로 판단된다. 김남천은 1930년대 후반 「남매」 연작, 「소년행」 연작은 물론 동일 인물을 복수(複數)의 작품에 등장시키는 구성을 통해 연작 형식이 지닌 미학적 특성을 실험한다. 이는 김남천의 다음과 같은 언급에서도 확인된다.

> 이미 發表된 作品中 今後에 創作될 作品에 再登場시킬 人物에 限하여 人名錄을 꾸며 둔것이 있으니까 이제 노ー트를 내어놓고 그것을 若干씩 際削해서 所請대로 여기에 옮겨 보기로 한다. 短篇같은 데 한番씩 登場시켰든 人物들은 적어 둔것도 없고 내의 머리속에서도 사라져버린 지 오래되므로 여기에 紹介할 必要도 없을 것이오 또 '再出 시킬 意圖 밑에 制作되지도 않았던 것이므로 그런 것을 여러분 앞에 公開하는 것도 쑥스러운 일일 것이다. 作品中에서 死亡하지 않은 사람은 내의 머릿속에서는 언제나 生活을 營爲하고 있는 사람들이다.[166]

위의 인용문에서 김남천은 작품에 등장한 인물들 "금후에 창작될 작품에 재등장" 시킬 것을 소설 창작 이전에 미리 기획해두고 있음을 밝히고 있다. 이는 발자크 소설 연작의 중요한 특성으로서 김남천이 실

제 창작의 영역에서도 발자크적 형식을 기획하고 있었음을 방증한다.

실제로 김남천은, 그 스스로가 연작 형식임을 밝힌 작품 외에도 1930년대 후반 이후 발자크적인 연작 구성의 형식을 취하고 있다. 이에 속하는 작품으로 「이런 안해―혹은 이런 남편」, 「세기의 화문」(『여성』, 1938.3~10), 「바다로 간다」(『조선일보』, 1935.5.2~6.15), 「가애자」(『광업조선』, 1938.3), 「주말여행」(『야담』, 1939.3), 「기행」(『광업조선』, 1938.11), 「길우에서」(『문장』, 1939.7), 『사랑의 수족관』(『조선일보』, 1939.8.1~1940.3.3), 「낭비」(『인문평론』, 1940.2~1941.2), 「경영」(『문장』, 1940.10), 「맥」(『춘추』, 1941.2) 등이 있다. 이들 연작 형식이 일반적인 연작 형식과 구별되는 것은 연작의 한 단편에 등장하는 인물이나 사건이 다른 단편에서는 새로운 해석의 가능성을 제시하는 것으로 설정된다는 점이다. 이를 편의상 도표로 정리하면 〈표 1〉과 같다.

〈표 1〉 김남천의 연작형식 작품에 나타난 인물의 재출(再出)

	청의양장점 주인	대재벌 비서	대재벌의 딸	건축기사	카페 여급
이런 안해―혹은 이런 남편	이난주				
세기의 화문			이경희		
바다로 간다					최영자
가애자		김윤수			
주말여행		윤수			
기행					
길우에서				K기사	
사랑의 수족관	문난주	송현도	이경희	김광호	최양자
낭비	문난주				
경영	문난주				
맥	문난주				
1945년 8·15			이경희	김광호	

따라서 이들 1930년대 후반기에 집중적으로 창작된 김남천 소설을 온전히 해석하기 위해서는 동일 인물이 변화하는 맥락을 분석하는 것이 필수적이다. 이와 관련하여 김남천이 소설의 인물에 대해 언급한 부분이 주목된다.

'典型的 性格'에 對한 別個의 解釋을 가저야 한다고 나는 대답한다. 다시 말하면 典型的 性格 乃至 '타입'이란 것을 한 사람의 '피라밋드'의 上層으로 理解하지 말고 當該時代가 內包하는 各層의 各階層의 '타입'으로 把握할 必要가 잇다고 생각한다 指導者나 思想家나 突擊隊員만을 時代精神의 具顯者라 보지 말고 그리고 이러한 한 사람의 主人公의 運命을 通하여서만 思想을 읽으랴 하지 말고 歷史的 轉換期가 産出하는 各層의 代表者의 個別的 性格 創造를 通하여 歷史的 法則의 暴露에 到達하는 文學의 方法을 배워야 할 것이다.[167]

여기서 김남천은 사회주의 리얼리즘론의 '전형성' 개념을 비판하고 있다. 즉, 이른바 전형성을 담지한 '둔제적 인물'인 "한 사람의 주인공의 운명을 통하여서만 사상을 읽으려 하지 말" 것을 주장하며, 다양한 층위의 "각층의 각 계층의 타입"을 통해 소설 인물을 구성할 필요가 있다는 것이다. 이는 과거 카프의 사회주의 리얼리즘론의 소설 인물이 당대 모순을 총체적으로 체현하고, 이를 당파성에 입각한 전망을 통해 타개하는 인물로 설정된 것과는 상이하다. 김남천은 그 이유로 "각층의 각 계층의 타입"이 필요한 현실, 즉 하나의 계급적 주체로 해명되지

---

167 김남천, 「명일(明日)에 기대하는 인간 "타입"(2)」, 『조선일보』, 1940.6.12.

않는 현실 모순의 복합성을 제시하고 있다. 이는 특히 당대와 같은 "역사적 전환기"에는 더욱 중요한 바, 1930년대 후반기는 사회주의적 전망으로 표상되는 근대적 기획이 위기에 처한 시기였기 때문이다.

따라서 1930년대 후반기 김남천의 연작 형식의 소설은 두 층위에서 분석될 필요가 있다. 첫째, 인식론적 층위에서 개별 인물들이 각각의 사회적 장 속에서 어떻게 변화하며, 이로 인해 각기 상이한 변모 양상을 보이는지를 분석할 필요가 있다. 이는 과거 사회주의 리얼리즘이 지녔던 단성적 한계를 극복하기 위한 소설 양식의 실험으로 볼 수 있다. 둘째, 경제자본외의 다양한 모순이 각각의 사회적 장 속에서 표출되는 양상을 분석할 필요가 있다. 이는 사회주의적 전망이 한계에 처한 시기, 그 경제결정론적 한계를 성찰하기 위한 모색의 일환으로 볼 수 있다.

우선 개별 인물들이 각각의 작품에서 변화하는 양상을 살펴보자. 「이런 안해―혹은 이런 남편」에서 상업영화로 출세한 이난주는 이후 「낭비」, 「경영」, 「맥」 연작에서 이관형과 모종의 관계를 맺는 인물로 나타난다. 홍미로운 것은 그녀가 단순한 상업영화배우에서 "데카당스의 상징"[168]으로 변화한다는 점이다. 전자의 경우 이난주의 상업영화 활동은 상식적인 층위에서 비판되지만, 후자의 경우 문난주의 "퇴폐적이고 불건강"한 요소는 당대의 시대적 분위기를 표상하는 것으로 형상화된다. 이 '데카당스'는 식민지 조선이 "받어 들은 문명과 문화는 소화도 하지 못하고 있는데 벌써 구라파 정신은 갈 턱까지 가서 두 차례나

---

168 김남천, 「맥」, 『춘추』, 1941. 2, 345면.

커다란 전쟁을 경험하고 있"[169]는 상황, 즉 근대에 대한 회의에서 비롯된 것이다. 그녀의 퇴폐적 성격은 동일하게 유지되지만, 「이런 안해―혹은 이런 남편」에서 그것은 실질적인 가정경제의 곤란과 상업영화에 대한 비판 사이에서의 갈등으로 나타나는 반면, 「맥」에서는 일개인적인 기질의 문제가 아닌 사회적 근대 인식의 재현으로 나타나는 것이다.

이와 같은 변화는 난주가 놓인 사회적 장이 변화하면서 생성된다. 「이런 안해―혹은 이런 남편」에서의 사회적 장은 근대적 가정 구조에 국한되어 있다. 따라서 가정 경제를 책임지지 못하는 남편의 입장에서 난주에 대한 평가는 양가적일 수밖에 없다. 반면 「맥」에서의 사회적 장은 이관형을 중심으로 한 당대 부르주아 가문으로 확장된다. 이관형의 가문은 "그것 자체로 하나의 현란하고 난숙한 불조와의 가정"[170]이다. 더욱이 이관형은 경성제대 영문과 출신으로 당시 서구 근대에 대해 깊이 있는 성찰을 보이는 인물이다. 따라서 동일한 난주는 「맥」이 놓인 서구 근대에 대한 회의라는 문제설정 속에서 "데카당스의 상징"으로 재해석되는 것이다.

「가애자」에서 대재벌 최충국의 비서로 등장하는 윤수는 최충국의 애첩과 모종의 관계를 맺으면서 최충국의 딸을 노리는 입신출세를 꿈꾸는 인물로 형상화된다. 그러나 결국 광부들의 파업을 무리하게 제압하려다가 조롱당하고 만다. 이 작품에서 윤수는 소시민의 허황된 욕망을 풍자적으로 드러내는 역할을 하고 있다. 반면 「주말여행」에서의 윤수는 거액의 회사 재정을 지닌 채, 이를 유용하고자 하는 욕망과 회사

---

169 위의 글, 344면.
170 위의 글, 344면.

재정의 보전 사이에서 갈등하는 인물로 형상화된다. 이 작품에서 윤수는 「가애자」에서와는 달리 자신의 소시민성에 대한 냉철한 인식을 보여준다는 점에서 주목된다.

> 문득 집에 두고 온 가족들의 생각이 머리에 떠올은다. 한 주일동안 출장을 나간다니까, 출장비가 생기고 그만큼 집안의 비용도 덜 나가고, 그러니 그걸 갖고 재봉침 월부를 마저 갚어버리자고 반가워하던 그의 안해와 영양불량에 걸렸는지 머리털이 노란 어린것들의 얼굴이 떠올은다. 드디어 윤수는 참혹하리만큼 슬퍼졌다.[171]

위의 인용문에서 나타나듯 윤수의 소시민성은 기실 소시민이 지닌 경제적 궁핍성에 의해 필연적으로 나타나는 것이다. 「가애자」의 경우 윤수가 지닌 소시민성에 대한 풍자적인 비판만이 강하게 나타날 뿐 그 배경에 대한 서술이 없는 반면, 「주말여행」의 경우 윤수의 소시민성이 발생한 실질적인 원인을 서술함으로써 윤수에 대한 가치평가를 다시 할 수 있는 계기를 마련하고 있는 것이다. 이러한 독특한 연작 형식을 통해 김남천은 각 인물에 대한 다양한 관점이 충돌하고 교차하는 소설 양식의 다성성을 복원시키는데 성공하고 있다.

이경희의 경우는 더욱 문제적이다. 이경희는 특히 그녀가 등장하는 사회적 장에 따라 매우 다른 인물로 해석될 여지가 크게 형상화된다. 「세기의 화문」에 등장하는 이경희는 당대 신여성이 지닌 성과와 한계

---

171 김남천, 「주말여행」, 『야담』, 1939.3, 161면.

를 동시에 보여주는 역할을 한다. 이경희는 다소 불합리한 신춘문예 규정에 정면으로 항의하는 문학 지망생이자, "낡은 도덕과 인습"[172]을 비판하는 신여성으로 형상화된다. 그러나 실제 하애덕의 임신으로 송현도와의 관계가 복잡해지면서 그녀의 관념적 층위에서의 "인테리젠스"와 "크리티시즘, 강렬한 비판정신"[173]은 현실과 충돌하는 양상을 보인다. 즉, 관념적 층위의 신여성 담론은 실제 식민지 조선 사회 현실에서 그대로 적용되기 어려운 측면을 지니고 있던 것이다. 특히 경제적·문화적으로 상위 계급에 속한 이경희의 신여성 담론은 하애덕과 같은 중하위 계급 여성에게는 그대로 적용되기 어렵다는 점 역시 이 작품에서 두드러지는 문제의식 중 하나로 볼 수 있다. 이 작품은 젠더의 측면에서 신여성 담론이 지닌 긍정성을 인정하면서도, 경제적·문화적 측면에서 중하위 계급에 속한 여성에게 이러한 신여성 담론이 자칫 일종의 엘리트주의로 환원될 수 있다는 점을 환기시키는 다성적인 해석을 보여주고 있다.

김광호는 세대론적으로는 과학기술담론을 신봉하는 신세대, 문화적으로는 경도제대 출신의 엘리트, 경제적으로는 대재벌에 종속된 일개 기사로 설정된다. 「길 우에서」어서 두드러지는 것은 그의 세대론적 측면이다. 이 작품에서 사회주의 운동에 투신했다 사망한 K의 동생인 K기사는 형의 친구인 박에게 형에 대해 다음과 같이 언급한다.

요컨대 인도주의란 한편으로 생각해 보면 일종의 센티멘탈리즘이 아닐

---

172 김남천, 「세기의 화문 (1)」, 『여성』, 1938. 3, 72면.
173 위의 글, 73면.

까요? 그런 의미에서 물론 피할 수는 없는 사정이었겠지만, 내 종형 같은 이
는 비극의 주인공이겠지요. 박 선생님 앞에서 이런 소리 하기는 무엇 허지
만 ……. [174]

그는 과거 사회주의 운동을 "일종의 센티멘탈리즘"으로 평가하며,
"하나의 방정식(方程式)으로 간단하게 표현된 것을 되색여 생각해 보며,
공식과 방정식과 공리와 정리의 싸늘직한 수짜나 활자가운데서, 뜨거
운 휴―매니티를 느"[175]끼는 인물이다. 이러한 K기사는 당시 근대에
대한 회의가 지배적인 지적 담론장에서 새롭게 대두한 신세대를 대표
한다고 볼 수 있다. 그런데 흥미로운 것은 정작 이 작품의 초점화자는
K기사가 아닌 '박'으로 설정되어 있다는 점이다. 이로 인해 신세대를
표상하는 K기사의 담화는 박에 의해 중개된다. 위와 같은 K기사의 담
론이 독자에게 신뢰감을 주는 것은 구세대를 표상하는 박과의 대화를
통해 일방적인 단성적 담화에 멈추지 않기 때문이다. 예컨대 초점화자
인 박에 의해 K기사의 책장에 "『자연변증법』의 암파문고(岩波文庫)도 들
어있었다"[176]는 진술이 이루어지며, K기사의 담화는 그 균형감각을 획
득하게 된다.

그런데 이상의 작품들에서 단편적으로 재등장한 이경희와 김광호
는 물론, 송현도, 문난주, 최양자 등은 이후 모두 『사랑의 수족관』에 재
등장한다. 즉, 『사랑의 수족관』은 1930년대 후반 김남천 단편에 등장

---

174 김남천, 「길우에서」, 『문장』, 1939.7, 237면.
175 위의 글, 238면.
176 위의 글, 234면.

한 중요 인물들을 장편 형식이 구비한 다양한 사건과 배경 설정을 통해 재배치한 작품으로 볼 수 있다. 따라서 『사랑의 수족관』을 단순히 세태소설, 혹은 풍속소설로 평가하는 경향은 재고되어야 한다. 오히려 논점은 이전 단편에 등장했던 인물들이 『사랑의 수족관』에 설정된 다양한 사회적 장의 중첩적 구조 속에서 어떻게 다양한 면모를 보이는가에 대한 분석으로 맞추어질 필요가 있다.[177]

이경희는 「세기의 화문」에서는 신여성 담론의 층위와 실제 봉건적 요소가 잔존해 있는 현실의 층위 사이에서 갈등하는 여성으로 형상화된다. 이때 이경희가 위치한 사회적 장은 기본적으로 젠더의 층위로 볼 수 있다. 그런데 『사랑의 수족관』에서는 젠더의 층위에 대재벌의 딸이라는 그녀의 경제적 층위의 사회적 장이 겹쳐서 형상화된다. 즉, 다른 인물의 시각에서 그녀의 '자선사업'은 "이것을 하고잇는 이의 정의감의 주관적인 만족"[178]을 위한 것, 혹은 "작란 가튼 소리", "아이의 솟곱작난"[179]으로 서술된다. 이는 이경희가 젠더의 층위에서는 당대 신여성 담론의 진보적 측면을 대변할 수 있으나, 경제적 층위에서는 하층 여성의 현실과는 다소 유리된 인물임을 상기시키는 대목이다. 따라서 「세기의 화문」에 등장하는 젠더적 진보성을 담지한 인물인 이경희는, 『사랑의 수족관』에서는 경제적 측면에서 하층여성의 현실을 인

---

177 이와 관련하여 장문석의 다음과 같은 연구를 참조할 수 있다. "김남천이 단지 장을 대표한 인물들을 등장하는 것에 그쳤다면 그것은 다른 소설들이나 단편들에 크게 다르지 않았을 수도 있다. 그러나 여기서 그가 더 주목한 것은 각 장을 대표한 인물들 사이의 '충돌'과 '경쟁'이었다. (…중략…) 김남천은 장을 대표하는 인물들을 출현시키고 그 인물들을 충돌시키면서 장들 사이의 역학관계를 탐색한다." 장문석, 「소설의 알바이트화, 장편소설이라는 (미완의) 기투」, 『민족문학사연구』 46, 2011.8, 233면.
178 김남천, 「사랑의 수족관」, 『조선일보』, 1939.9.29.
179 김남천, 「사랑의 수족관」, 『조선일보』, 1939.10.19.

식하지 못하는 인물로도 해석 가능해지는 셈이다.

김광호는 「길 우에서」에서는 과학기술을 신봉하는 새로운 세대로서의 위상이 두드러진다. 반면 『사랑의 수족관』에서는 이경희와 대비되어 경제적 층위에서는 하층에 위치하고 있으나, 당대의 문화적 층위에서는 이경희보다 우위에 있는 인물로 설정된다. 이는 이경희가 김광호와 결혼을 결심하게 되는 계기가 바로 그의 지적 우월성에 있다는 점에서 단적으로 나타난다.

> "기사 중에는 고등공업을 나온 사람두 만치만 김광호는 대학을 나온 학사다" 하고 아버지는 말하였다.
>
> "아니 대학이요?" 하고 경희는 깜짝 놀래는 듯한 표정을 지어보앗다.
>
> 그 놀래는 표정의 어느 구석엔가 기쁨이 나타나 잇는 건 그가 김광호의 이력서의 첫 조목을 탐지하고 그곳에서 학력에 대한 만족을 맛본 것임에 틀림이 업섯다. 그럴쑤록 그는 김광호의 졸업한 학교가 안타까이 알고 시펏다.
>
> "그래 대학졸업생이다." 이러케 대답하곤
>
> "아마 경도제댄가 그러치" 하고 아버지는 말하였다.[180]

이경희가 자신보다 경제적 지위가 낮은 김광호와 교류하게 되는 것은, 위의 인용문에서 나타나듯 김광호가 "경도제대"를 졸업한 "학력"을 지닌 인물이기 때문이다. 이 작품에서 김광호가 이경희의 자선사업에 대해 "그것은 마치 중태에 처한 문둥병환자에게 고약을 부치고 잇는

---

180 김남천, 「사랑의 수족관」, 『조선일보』, 1939.10.22.

거나 가튼거"181라고 비판할 수 있는 것 역시 그의 지적 우월성에 근거한 것이다. 이러한 지적, 문화적 층위에서의 우월성으로 인해, 김광호는 자신보다 경제적 층위에서 절대적인 우위를 점하고 있는 이경희를 비판할 수 있는 기회를 갖게 된다.

흥미로운 것은 「길 우에서」에서 새로운 세대의 표상으로 형상화된 김광호가, 이 작품에서는 더 이상 새로운 세대를 상징하지 못한다는 점이다. 이 작품에서는 그는 한편으로는 형 광준으로 표상되는 사회주의를 지향하던 구세대와 구별되지만, 다른 한편으로는 동생 광신으로 표상되는, 즉 "장차 위대한 문호가 될 모양으로 학교를 경멸하고 과학이나 기술을 멸시하고 잇는 중학생"182의 입장에서는 오히려 그 역시 구세대로 인식된다. 작품에서 김광호가 경도제대 출신의 엘리트 기술자로 형상화되는 반면, 동생 김광신은 문학 전공을 지망하며 다소 퇴폐적인 면모를 보이는 다음 세대로 형상화된다. 그 결과 「길 우에서」에서 과학기술담론을 신봉하는 새로운 세대로 형상화된 김광호는, 『사랑의 수족관』에서는 오히려 "인격과 개성을 배움할 재격과 권위를 상실한 학교"183에 저항하는 동생 광신의 입장에서 기성세대로 상대화된다. 결국, 이러한 김남천의 발자크식 연작 구성을 통해 김광호는 「길 우에서」와는 다른 세대를 표상하는 인물로 변모하게 되는 셈이다.

한편 젠더 내에서도 경제적인 문제에 따라 갈등이 발생한다. 이경희와 강현순은 공히 여성이라는 점으로 인해 직업여성 대상의 탁아소 자

---

181 김남천, 「사랑의 수족관」, 『조선일보』, 1939.11.1.
182 김남천, 「사랑의 수족관」, 『조선일보』, 1939.11.26.
183 위의 글.

선 사업을 함께 추진하게 된다. 그러나 이들의 경제적 차이는 결국 공동 사업을 좌절시킨다. 이는 이경희가 강현순의 집에 찾아가는 과정에서 단적으로 나타난다.

> 현순이가 거처하고 잇는 '수운장'은 언젠가 그가 경히에게 말한 것처럼 조촐하거나 정갈한 '아파ー트'는 아니었다. 집의 위치부터도 종로에서 수표교로 나가는 골목 '카페'와 '빠아'와 '오뎅집'과 식당이 난잡스럽게 뒤석겨 잇는 요란스러운 거리인데 그 집 안에 살고 잇는 사람들도 경히가 선뜻 보기에는 정체를 알 수 업는 종류의 남녀들이엇다.
>
> (…중략…)
>
> 그중에서도 현순이가 들어잇는 방은 복판에서 떨어져서 복도를 따라 깊숙이 들어 가다가 갑자기 까끌선 층층계를 더듬어 올라가서 불쑥 눈 아페 나타나는 '다다미' 석장이 깔린 적은 것이어서 경히는 이곳을 차즐 때마다 낫설은 이국의 '토인부락'을 심방하는 듯한 느낌을 들지 않을 수 업섯다.[184]

위 인용문에서 이경희는 강현순이 사는 아파트를 보며 "토인부락"을 떠올린다. 이는 이경희와 강현순이 젠더적 동일성에 기반을 두고 탁아소 자선 사업을 진행하지만, 이들 간에 경제적 차이가 크게 놓여져 있음을 단적으로 보여준다. 따라서 이 작품의 결말이 이들의 자선사업의

---

184 김남천, 「사랑의 수족관」, 『조선일보』, 1939.10.24.

성공으로 끝나는 것이 아니라, 강현순의 만주행으로 끝나는 것은 필연적이다. 왜냐하면 이경희와 강현순 간의 경제적 격차는 이들의 젠더적 동일성에도 불구하고 엄연한 계급적 차이로 작동하기 때문이다.

김남천은 『사랑의 수족관』을 통해, 그 이전 단편에 등장시킨 주요 인물들을 재등장시키고 있다. 그러나 이들 인물은 이전 단편에서 형상화된 것과는 다른 인물로 형상화된다. 젠더의 층위에서 신여성을 표상하던 이경희는 그녀의 경제적 한계로 인해 하층 여성의 삶과는 괴리된 자선사업에 매몰된 것으로 평가될 수 있다. 김광호 역시 「길 우에서」 등의 작품에서 보인 신세대로서의 특징보다는, 경도제대 출신의 엘리트로 기성세대에 편입하는 양상이 두드러져 나타난다. 강현순은 하층 여성을 대표하는 인물로 등장하여 이경희의 자선사업의 허구성을 비판하는 역할을 하며, 김광신은 김광호가 이미 기성세대로 편입되어 있음을 나타내는 더욱 새로운 세대의 표상으로 기능한다. 특히 강현순이 작품 말미에 만주로 떠나는 점은 매우 중요한 의미를 지니는데, 이는 김광호의 만주행이 플롯상 일시적인 '고난'에 그치는 반면, 그녀의 만주행은 당대 하층민의 생계형 이즈라는 점에서 이와 뚜렷하게 구별되기 때문이다.[185]

---

[185] 이러한 관점에서 볼 때, 김광호의 만주형을 근거로 김남천이 당대 '만주 판타지'로 대표되는 제국 이데올로기에 포획되었다는 견해에는 재고의 여지가 있다. "김광호는 스스로의 위치를 거대한 제국의 한 기능인으로 설정하고 있는데, 이 인물은 새로운 대주체로의 귀속을 통해 심리적 안정을 추구하는 전향의 코스가 도달한 하나의 지점이 아닐까 생각된다. 식민지인으로서의 운명의 자각, 그로부터 발생하는 온갖 불안과 동요가 말끔히 사라지고 제국의 당당한 주체로서의 직분의식과 소명을 자각하고 있는 이 인물에게 부여된 밝고 건강한 이미지에 식민지의 그늘이나 흔적은 전혀 없다. 그는 제국의 주체로서 다시 태어난 인물이다." 김철, 「'근대의 초극', 『낭비』 그리고 베네치아」, 『민족문학사연구』 18, 2001.6, 393면. "짓테(규범, 관습―인용자)와 게뮤트(심정―인용자)가 분리 상극하는 현대를 사는 인물을 그리면서 이 분리 상극에서 연원하는 부재의식(그늘―혹은 식

해방 이후 김남천은 『자유신문』에 1945년 10월 15일부터 1946년 6월 28일까지 『1945년 8·15』라는 장편을 연재한다. 흥미로운 것은 이 작품에도 이경희와 김광호가 다시 등장한다는 점이다. 그런데 이 작품에서 이경희는 『사랑의 수족관』에서 보여준 최소한의 진보성마저 상실한 인물로 등장한다. 그녀는 일제로부터의 해방 이후 아버지의 대흥콘체른이 군수산업을 중심으로 성장한 까닭에 "적지 않은 공포"[186]를 느낀다. 그러나 미 군정이 들어서면서 "그의 오빠인 이경철이가 군정고문관이 되고 또 한편 아버지인 이신국이가 최진성 씨와 함께 꾸민 대한공화당도 처음 생각 이상으로 강력한 것"[187]이 되면서, 이경희는 결국 해방 이후 극우파에 가담하게 된다. 그래서 그녀는 "일찍이 노자협조와 노동자의 생활개선을 위하여 적은 일이라도 사업을 해야 한다고 탁아소를 신길정(新吉町) 위에다 굉장히 만들어 놓았던"[188] 인물이었으나, 해방 이후에는 "이제 다시 그런 걸 되풀이 할 맘은 없고"[189]라고 독백하고 만다. 김광호 역시 자신의 장인인 이신국의 정치 활동에 대해 "이신국이와 그의 대흥계의 산업은 군수산업이요, 군수산업가가 아닌가"[190]라고 말 하면서 장인에게 "대흥의 기구 경영 시설 일체를 들어 이를 새로 서는 우리 국가에 종속시키는 동시에 본인(이신국을 지칭함―

민지적 특수)이 말끔히 가셔 버린 김광호라는 제국의 신민을 그리는 『사랑의 수족관』은 미키 키요시에서 연원하는 '직능론'과 동양론이 파시즘의 논리에 완벽히 흡수되어 가고 식민지인의 자의식이 말소되어가는 형국을 보여주는 대표적인 사례이다." 정종현, 「폭력의 예감과 '동양론'의 매혹」, 『한국문학평론』, 2003 여름, 44면.

186 김남천, 이희환 편, 『1945년 8·15』, 작가들, 2007, 168면. 이 작품은 기존에 부분적으로 발굴되어 연구되었으나, 이희환에 의해 전면 발굴되어 위 단행본으로 출간되었다.

187 위의 책, 168면.

188 위의 책, 169면.

189 위의 책, 169면.

190 위의 책, 180면.

인용자)은 차후 재계를 위시하여 여하한 장소에서도 은퇴"[191]할 것을 제안하지만, 결국 거부당하고 "내 형의 아우이기보다는 내 장인의 사위이기 쉬운 존재. 왜냐하면 나는 지금 내 장인의 그늘에서 살고 있으니까"[192]라고 자조하는 인물로 형상화된다.

김남천은 1930년대 후반기 이후 자신의 단편에 등장하는 인물들을 다른 작품에 재등장시켜 그 인물에 대한 새로운 관점에서의 평가를 가능하게 만드는 독특한 소설 형식을 활발히 사용한다. 이는 그가 발자크의 연작소설론과 알베르 티보데의 총화소설론을 능동적으로 수용하여 새롭게 구성한 소설 형식으로 볼 수 있다. 그 결과 김남천은 고정된 인물이 다른 사회적 장에서 어떻게 변화하는지를 실험할 수 있었으며, 나아가 각 인물의 변화 양상을 통해 소설 구성의 측면에서 고정된 발화가 아닌 다성적 발화와 평가를 가능하게 할 수 있었다. 이러한 독특한 연작 구성은 1930년대 후반기 김남천이 보인 고유한 문학적 성과로 볼 수 있는데, 특히 이는 과거 사회주의 리얼리즘론에 입각한 소설 개념이 지닌 단성적 한계를 극복하고, 나아가 외국 문학의 능동적 전유를 통해 새로운 자신만의 소설 개념을 모색하려한 결과라는 점에서 높이 평가될 수 있을 것이다.

---

[191] 위의 책, 182면.
[192] 위의 책, 188면.

결론

기존의 한국 근대문학 연구가 서구의 'literature'를 절대적인 기준으로 설정한 것은 부정하기 어려운 사실이다. 그리고 이러한 관점에 입각한 연구를 통해 한국 근대문학의 보편적 성취가 입증된 것 역시 분명한 사실이다. 그러나 이 과정에서 조선 및 동양의 고전적인 '문(文)'의 계승과 굴절, 나아가 이들 전통 장르와 서구적 근대문학의 충돌과 교섭을 통해 형성된 독특한 한국 근대문학의 성격은 다소 간과된 감이 있다. 그 결과 한국 근대문학은 서구 문학의 이식과 모방의 과정으로 평가되었으며, 이로 인해 그 특수한 성격을 충분히 해명되지 못했다.

이와 같은 문제의식 속에서 이 책은 특히 1930년대 후반기 소설 장르 인식에 초점을 맞추어 조선 및 동양의 고전 서사 장르와 서구의 근대

'novel' 장르 간의 충돌과 교섭을 통한 조선적 소설 개념의 재형성 양상을 규명하고자 하였다. 이는 1930년대 후반기 담론 장을 관통하는 서구적 근대의 위기와 이에 대한 성찰이라는 문제설정이 문학 장에도 강력한 영향을 미쳤으며, 이로 인해 이전 시기 자명한 것으로 간주되어온 서구적 근대소설 개념에 대한 재인식과 이를 극복하기 위한 다양한 실험과 모색이 이 시기 활발히 이루어졌다는 사실에서 출발한다.

실제 1930년대 후반기 소설 작품을 검토할 때 문제로 제기되는 것 중 하나는, 서구의 근대 'novel' 장르로는 해명될 수 없는 다양한 양상들이 급증한다는 것이다. 그러나 기존 연구에서는 이를 서구적 근대 'novel' 장르를 기준으로 평가하여, 본격적인 소설 장르의 미달태로 간과해온 것이 사실이다. 이로 인해 정작 1930년대 후반기 소설이 지니는 조선 및 동양의 고전 서사 장르의 현재화 양상, 그리고 서구 'novel' 장르의 탈식민적 수용 양상에 대한 연구는 거의 진행되지 못했다. 특히 한국 근대소설 장르를 형성하는 이 두 가지 축, 즉 조선 및 동양적 '문(文)'과 서구적 근대 'novel' 간의 충돌과 교섭을 통한 독특한 '소설' 장르의 재인식에 대한 연구는 절대적으로 부족하다.

이 책은 이러한 기존 연구의 서구 편향적 한계를 극복하고, 1930년대 후반기 소설 장르 인식을 규명하는 것을 목적으로 하였다. 이를 위해 우선 당대 담론 장에 대한 분석을 통해 서구적 근대에 대한 성찰이 어떠한 방식으로 문학 장에 영향을 미쳤는지를 실증하였다. 이를 기반으로 하여 당대 전통론의 대두 속에서 새롭게 인식된 조선 및 동양의 고전 서사 장르의 현재화 양상을 실증하였고, 다른 한편으로 서구 근대 'novel'의 탈식민적 수용을 통한 새로운 조선적 소설 장르의 실험과 모색 양상을 실증하였다. 이를 위해 구체적으로 각 장마다 다음과 같은 연구를 수행하였다.

1장에서는 1930년대 후반기 소설에 대한 기존 연구의 성과와 한계를 검토하고, 새로운 연구의 시각의 필요성을 제기하였다. 특히 기존 연구가 주로 서구적 근대 'novel'을 절대적인 장르적 기준으로 설정하고 있으며, 이로 인해 조선 및 동양의 고전 서사 장르의 계승과 서구적 근대 'novel' 수용 과정에서의 탈식민적 양상을 간과하고 있음을 지적하였다. 그리고 이를 극복하기 위한 연구의 시각으로 조선 및 동양의 고전 서사 장르와 서구적 근대 'novel' 장르 간의 통합적 인식의 필요성을 제기하였다.

2장에서는 1930년대 후반기 담론 장을 규정하는 당대 지배적인 에피스테메를 실증하고, 이것이 문학 장에 미친 영향을 구체적으로 분석하였다. 1930년대 후반기 담론 장을 관통하는 에피스테메는 서구적 근대의 위기와 이에 대한 성찰로 볼 수 있다. 신일용, 김형준 등은 물론 인정식, 서인식, 박치우, 김오성 등을 비롯한 역사철학자들은 공통적으로 서구적 근대에 대한 위기와 성찰의 필요성을 강조한다. 이는 이전 시기 민족주의나 사회주의를 비롯한 서구적 근대 완성의 기획이 몰락했으며, 전세계적으로 파시즘이 대두하기 시작하던 시대적 상황에 의한 것으로 볼 수 있다.

이러한 당시 담론 장의 논의는 문학 장에도 큰 영향을 미쳤다. 자명한 것으로 간주되어온 서구 근대소설 장르 개념에 대한 성찰이 광범위하게 진행되었으며, 이는 곧 기존의 소설 장르론에 대한 성찰과 새로운 소설 장르에 대한 실험 및 모색의 계기로 작동하였다. 이는 크게 전통론에 입각한 조선 및 동양 고전 서사 장르에 대한 재인식과 서구 근대 'novel' 장르의 탈식민적 수용과 전유로 진행되었다. 전자의 경우 이태준, 이병기, 이희승, 조윤제 등『문장』지를 중심으로 한 조선 고전문학에 대한 탐구, 김태준의 조선 고전 서사 장르의 사적 체계화 작업, 임화의 문학사 서술 등으로 나타난다. 후자의 경우 아카데미즘에 기반을 둔 해외문학파와 경성제대 영문과 네트워크의 아일랜드문학의 수용을 통한 탈식민적 자의식의 발현, 인정식, 서인식, 이청원 등 전향 사회주의자 네트워크의 조선적 특수성에 대한 인식과 펄 벅 수용, 나아가 김남천의 발자크와 알베르 티보데 연구 등으로 나타난다. 이는 1930년대 후반기 서구적 근대 'novel' 장르에 대한 탈식민적 수용과 전유의 배경으로 작동한다.

3장에서는 조선 및 동양의 고전 서사 장르에 대한 재인식과 이에 기반을 둔 전통 장르의 현재화 양상을 구체적인 소설 작품 분석을 통해 입증하고자 하였다. 조선 및 동양의 고전 서사 장르에 대한 재인식은 크게 두 가지 소설 장르의 현재화를 통해 구체적으로 구현된다.

첫째, 1930년대 후반기에 급증한 자전적 소설이 그 한 사례이다. 이태준의 경우 3인칭 시점을 통해 자신의 자전적 이야기를 서술하는 독특한 실험 양상을 보여준다. 이는 조선 고전 서사 장르 중 '탁전'을 현대적으로 변용한 결과로 볼 수 있다. 그 결과 이태준의 자전적 소설은 자칫 자기중심적 서술의 위험에 빠질 수 있는 일반적인 자전적 소설의 문법의 한계를 극복하는 성과를 낳고 있다. 더불어 이태준은 물론, 채만식, 박태원, 유진오 등은 자전적 소설에 한시나 동양 고문을 삽입하여 상호텍스트성을 발현시키는 서술 기법을 사용하고 있다. 이들은 스토리의 층위에서는 표출될 수 없는 작품의 주제를 삽입된 동양 고전 텍스트를 통해 환기시키는 서술 전략을 활용한다. 이는 고전 텍스트의 삽입을 장르적 규범으로 삼는 고전 서사 장르의 특성을 활용하여, 당대 시대상황에 대한 작가의식을 우회적으로 표출하는 성과로 나아갔다는 점에서 그 의의가 크다고 할 수 있다.

둘째, 이 시기 활발히 창작, 유통되던 역사소설에 주목할 필요가 있다. 이태준은 '사전' 장르의 수용을, 김동인과 현진건 등은 '야담' 장르의 수용을 통해 이전 시기의 역사소설과는 구별되는 독특한 장르적 모색을 수행한다. '사전' 장르는 공식적인 역사서술에서 배제된 인물의 삶을 복원하는 동양 고전 서사 장르에 해당한다. 이태준은 이러한 사전 장르의 특성을 차용하여 유교적 가치관에 입각하여 서술된 공식적 역사서술의 한계를 극복하기 위한 독특한 역사소설 장르의 구현 양상을 보여준다. '야담' 장르는 유교적 가치관에 입각한 지배적 역사서술에 대한 비판적 재해석을 장르적 특성으로 삼는다. 김동인과 현진건 등은 공통적으로 이른바 '정사(正史)'에 대한 비판적 재해석을 통해 지배층의 역사서술 이면에 놓인 역사적 가능성을 복원에 초점을 맞춘다. 특히 이 시기 역사소설은 이전 시기 기록적 역사소설에서 환상적 역사소설로 급변하는 장르적 변화 양상이 두드러진다. 환상적 역사소설은 역사의 객관적 재현과 발전 경로의 제시라는 서구 근대 역사소설 장르론과는 달리, 지배적인 역사적 규범이 붕괴된 시기의 인식론적 틀을 장르사회학적으로 보여주는 동양 고전 서사 장르에 해당한다. 이는 1930년대 후반기 기존의 서구적 근대 지향성에 대한 회의와 성찰을 특징으로 하는 에피스테메가 장르사회학적으로 투영된 결과로 볼 수 있다.

4장에서는 서구 문학의 탈식민적 수용을 통한 서구 근대 'novel' 장르의 조선적 전유의 기획과 그 양상을 구체적인 작품을 통해 입증하고자 하였다. 이 기획은 크게 두 가지 소설 장르의 실험과 모색으로 구체화된다.

첫째, 이 시기 활발히 창작된 가족사 연대기소설이다. 이들 작품은 기존의 통설인 최재서의 토마스 만 등의 서구 가족사 연대기소설의 영향 속에서 창작되기보다는, 오히려 인정식을 비롯한 전향 사회주의자 그룹들의 아시아적 정체성에 대한 논의와 펄 벅의 수용 과정 속에서 창작된 것으로 판단된다. 그 결과 김남천, 한설야, 이기영 등의 가족사 연대기소설은 서구의 그것과는 상이한 양상으로 나타난다. 우선 이들 작품은 삽화적 구성과 여담의 삽입을 통해 개화기 식민지 근대화 과정의 모순과 조선적 특수성을 압축적으로 표현하는 것에 초점을 맞춘다. 나아가 서구 가족사 연대기소설의 일반적인 구성 원리인 가족 로망스와는 달리, 가출 및 미완의 형식을 통한 비 오이디푸스 서사 구조를 차용하고 있다는 점이 주목된다. 이러한 전유를 통해 이들의 가족사 연대기소설 작품들은 서구의 완만한 근대화 과정과는 다른 식민지 조선의 근대화 과정에서 나타나는 특수한 성격을 소설 문법의 층위에서 구현할 수 있었다.

둘째, 중층적 시각의 도입을 통한 소설 장르의 다성성 복원을 위한 실험이다. 이는 특히 과거 사회주의적 리얼리즘에 입각한 소설 장르론의 한계를 극복하려던 일련의 카프 계열의 작가들에게서 뚜렷하게 나타난다. 김남천의 복수 초점화 기법의 사용을 통한 타자적 관점 도입

의 실험, 한설야의 연작 형식의 실험을 통한 다의적 해석의 추구, 이기
영의 토론체 형식을 통한 주체의 사유 변화와 다성적 텍스트의 구상
등이 이에 해당한다. 이들은 공통적으로 과거 이들이 간과했던 소설
장르의 다성성 복원을 위한 다양한 실험을 수행한다는 점에서 주목된
다. 특히 김남천의 경우 발자크와 알베르 티보데의 소설 장르론을 독
특하게 변용한 '총화소설'을 실험한다. 그 결과 중층적인 현실의 장(場)
속에서 변화하는 인물을 형상화할 수 있었고, 이를 통해 중층적인 식
민지 현실에 대한 입체적 접근을 수행할 수 있었다.

1930년대 후반기는 문학사에서 흔히 '전형기'로 인식된다. 이는 이
시기를 카프의 해소 및 중일전쟁의 발발 등으로 인해, 더 이상 문학적
주조가 존재하지 못했던 시기로 파악하는 것으로 볼 수 있다. 그러나
역설적으로, 이 시기 급격한 사회적 변화는 과거 서구적 근대소설 장
르의 개념에 대한 성찰의 계기로 작용할 수 있었다. 이러한 기존 소설
장르에 대한 성찰과 새로운 소설 장르에 대한 실험 및 모색이 활발히
진행된 것이 1930년대 후반기이다. 이때 장르 변화는 조선 및 동양의
전통 서사의 재인식과 서구 문학의 탈식민적 수용의 두 가지 계기를
통해 구체화되었다. 그 결과 이 시기 소설의 장르적 실험은 서구의
'novel'과 조선 및 동양의 고전적 '문(文)'을 종합하려는 문제의식으로 발
전할 수 있었다. 이러한 1930년대 후반기 소설의 장르적 실험과 모색
을 통해 기존의 서구 근대소설 장르톤으로 환원되지 않는 독특한 조선
적 근대소설에 대한 고민이 풍부화 될 수 있었다. 특히 이들의 문제의
식은 단순히 소설 장르론적 측면에 국한된 것이 아니라, 구체적인 작

품을 통한 형상화로까지 나아갔다는 점에서 그 의미가 더욱 강조되어야 할 것이다.

　이 책은 기존의 근대문학 연구의 관행인 서구의 'literature' 개념의 선험적 전제가 가지는 한계를 극복하기 위한 문제의식에서 출발하였다. 이를 위해 구체적으로 1930년대 후반기 소설 장르 인식을 검토함으로써 조선의 근대소설 장르가 서구의 'novel'과 조선 및 동양의 '문(文)' 간의 갈등과 충돌을 통해 형성되고 굴절되는 특수한 성격을 지녔음을 확인할 수 있었다. 이러한 이 책의 성과를 통해 기존 근대문학 연구의 서구 편향성을 극복하고 조선 근대소설 장르의 특수성을 해명하기 위한 단초를 제기할 수 있을 것으로 기대된다.

참고문헌

1. 기본자료

『동아일보』,『매일신보』,『조선일보』,『조선중앙일보』 등 신문자료
『개벽』,『광업조선』,『국민문학』,『농업조선』,『대중』,『문장』,『삼천리』,『삼천리문학』,『야담』,『여성』,『월간야담』,『인문평론』,『조광』,『조선문학』,『중앙』,『청색지』,『춘추』 등 잡지자료

김남천,『대하』, 인문사, 1939.
______, 이희환 편,『1945년 8 · 15』, 작가들, 2007.
김태준,『조선소설사』, 학예사, 1939.
백남운,『조선사회경제사』, 하일식 역, 이론과실천, 1994.
서인식,『역사와 문화』, 학예사, 1939.
안 확,『조선문학사』, 한성도서주식회사, 1922.
이기영,『봄』, 대동출판사, 1942.
______,『동천홍』, 조선출판사, 1943.
______,『인간수업』, 문우출판사, 1948.
이태준,『이태준단편집』, 학예사, 1941.
______,『돌다리』, 박문서관, 1943.
임 화,『문학의 논리』, 학예사, 1940.
최재서, 노상래 역,『전환기의 조선문학』, 영남대 출판부, 2006.
한설야,『한설야 단편선』, 박문서관, 1941.
______,『탑』, 매일신보사 출판부, 1942.

김동인,『김동인 문학전집』(전12권), 대중서관, 1983.
채만식,『채만식 전집』(전10권), 창작과비평사, 1989.
이태준,『이태준 문학 전집』(전18권), 깊은샘, 1988~2004.

이경훈 편역, 『한국 근대 일본어 소설선 - 1940~1944』, 역락, 2007.

Balzac, H. d., 박영근 역, 『고리오 영감』, 민음사, 1999.
__________, 정예영 역, 『골짜기의 백합』, 을유문화사, 2008.
__________, 조명원 역, 『외제니 그랑데』, 지식을만드는지식, 2008.
__________, 선영아 역, 『인생의 첫출발』, 문학과지성사, 2008.
__________, 이철의 역, 『나귀 가죽』, 문학동네, 2009.
__________, 송기정 역, 『루이 랑베르』, 문학동네, 2010.

Gard, R.M., 정지영 역, 『티보 가의 사람들』(전5권), 민음사, 2008.
Mann, Thomas, 홍성광 역, 『부덴브로크 가의 사람들』(전2권), 민음사, 2001.

2. 단행본

강영주, 『한국 역사소설의 재인식』, 창작과비평사, 1991.
계명대 철학연구소 편, 『실학사상과 근대성』, 예문서원, 1998.
공임순, 『우리 역사소설은 이론과 논쟁이 필요하다』, 책세상, 2000.
권명아, 『가족이야기는 어떻게 만들어지는가』, 책세상, 2000.
권영민, 『서사양식과 담론의 근대성』, 서울대 출판부, 1999.
_____, 『한국 현대문학사』, 민음사, 2002.
김예림, 『1930년대 후반 근대인식의 틀과 미의식』, 소명출판, 2004.
김윤식, 『한국 근대문예비평사 연구』, 한얼문고, 1974.
_____, 『최재서의 『국민문학』과 사토 기요시 교수』, 역락, 2009.
김윤식·정호웅, 『한국소설사』, 예하, 1993.
김준오, 『문학사와 장르』, 문학과지성사, 2000.
김중현, 『발작』, 건국대 출판부, 1995.
김진균·정근식 편저, 『근대주체와 식민지 규율권력』, 문화과학사, 1997.
김택호, 『이태준의 정신적 문화주의』, 월인, 2003.
나병철, 『가족로망스와 성장소설』, 문예출판사, 2007.
대중서사학회, 『역사소설이란 무엇인가』, 예림기획, 2003.

류종렬, 『가족사·연대기소설 연구』, 국학자료원, 2002.
민족문학연구소 편, 『탈식민주의를 넘어서』, 소명출판, 2006.
박성창, 『비교문학의 도전』, 민음사, 2009.
박희병, 『조선 후기 전의 소설적 성향 연구』, 성균관대 대동문화연구원, 1993.
______, 『유교와 한국문학의 장르』, 돌베개, 2008.
방민호, 『일제 말기 한국문학의 담론과 텍스트』, 예옥, 2011.
______, 『채만식과 조선적 근대문학의 구상』, 소명출판, 2001.
배개화, 『한국문학의 탈식민적 주체성』, 창작과비평사, 2009.
백 철, 『조선 신문학 사조사』, 백양당, 1949.
양승국, 『한국 현대희곡론』, 연극과인간, 2001.
유재엽, 『한국 근대역사소설 연구』, 국학자료원, 2002.
이경돈, 『문학 이후』, 소명출판, 2009.
이승윤, 『근대 역사담론의 생산과 역사소설』, 소명출판, 2009.
정명기 편, 『야담문학연구의 현단계』 1, 3, 브고사, 2001.
정종현, 『동양론과 식민지 조선문학』, 창작과비평사, 2011.
조관희, 『중국소설사론』, 차이나하우스, 2010.
조남현, 『소설신론』, 서울대 출판부, 2004.
______, 『한국 현대소설 유형론 연구』, 집문당, 2004.
조동일, 『동아시아문학사비교론』, 서울대 출판부, 1993.
차승기, 『반근대적 상상력의 임계들』, 푸른역사, 2009.
채호석, 『한국 근대문학과 계몽의 서사』, 소경출판, 1999.
한국철학사연구회, 『한국 실학 사상사』, 다은샘, 2000.
홍상훈, 『전통 시기 중국의 서사론』, 소명출관, 2004.

Aristotle, 천병희 역, 『시학』, 문예출판사, 2002.
Ashcroft, B., 외, 이석호 역, 『포스트 콜로니얼 문학이론』, 민음사, 1996.
Bakhtin, M., 전승희 외역, 『장편소설과 민중언어』, 창작과비평사, 1988.
__________, 김희숙·박종소 역, 『말의 미학』, 길, 2006.
Bal, M., 한용환·강덕화 역, 『서사란 무엇인가』, 문예출판사, 1999.
Barbéris, Pierre, 배영달 역, 『리얼리즘의 신화 - 발자크 소설세계』, 백의, 1995.
Bourdieu, Pierre, 하태환 역, 『예술의 규칙 - 문학 장의 기원과 구조』, 동문선, 1999.

Brooks, Cleanth, 안동림 역,『소설의 분석』, 현암사, 1975.

Callinicos, Alex, 정남영 역,『현대철학의 두 가지 전통과 마르크스주의』, 갈무리, 1995.

Eagleton, Terry, 김준환 역,『포스트 모더니즘의 환상』, 실천문학사, 2000.

Frye, N., 임철규 역,『비평의 해부』, 한길사, 1982.

Genette, G., 권택영 역,『서사담론』, 교보문고, 1992.

Gleize, Joëlle, 이정민 역,『발자크 비평』, 동문선, 2005.

Hegel, G.W.F., 두행숙 역,『완역판 헤겔 미학』(전3권), 나남출판, 1996.

Hume, Kathryn, 한창엽 역,『환상과 미메시스』, 푸른나무, 2000.

Hunt, Lynn, 조한욱 역,『프랑스혁명과 가족 로망스』, 새물결, 1999.

Jackson, Rosemary, 서강여성문학연구회 역,『환상성 - 전복의 문학』, 문학동네, 2001.

Kenan, S. Rimmon, 최상규 역,『소설의 현대시학』, 예림기획, 1999.

Lu, Hsiao-peng, 조미원・박계화・손수영 역,『역사에서 허구로 - 중국의 서사학』, 길,
        2001.

Lukács, G., 홍승용 역,『문제는 리얼리즘이다』, 실천문학사, 1985.

_________, 반성완 역,『소설의 이론』, 심설당, 1985.

_________, 이영욱 역,『역사소설론』, 거름, 1987.

Robert, Marthe, 김치수・이윤옥 역,『기원의 소설, 소설의 기원』, 문학과지성사, 1999.

Sabry, Randa, 이충민 역,『담화의 놀이들』, 새물결, 2003.

Scholes, Robert・Kellogg, Robert, 임병권 역,『서사문학의 본질』(40주년 기념 수정증
        보판), 예림기획, 2007.

Stanzel, F.K., 안삼환 역,『소설형식의 기본유형』, 탐구당, 1990.

Thibaudet, Albert, 유억진 역,『소설의 미학』, 신양사, 1960.

Veyne, Paul, 이상길・김현경 역,『역사를 어떻게 쓰는가』, 새물결, 2004.

White, Hayden V., 천형균 역,『19세기 유럽의 역사적 상상력 - 메타 역사』, 문학과지
        성사, 1991.

Zima, Peter V., 서영상・김창주 역,『소설과 이데올로기』, 문예출판사, 1996.

__________, 허창운・김태환 역,『텍스트사회학이란 무엇인가』, 아르케, 2001.

성백효 역주,『고문진보(後集)』, 전통문화연구회, 1994.

성백효 역주,『맹자집주』, 전통문화연구회, 1991.

魯迅, 정범진 역,『중국소설사략』, 학연사, 2008.

劉勰, 최동호 편역,『문심조룡』, 민음사, 1994.

陳平原, 이보경·박자영 역,『중국소설사』, 기룸, 2004.

伊藤 勢 외, 유은경 편역,『일본 사소설의 이해』, 소화, 1997.

平野謙, 고재석·김환기 역,『일본 쇼와 문학사』, 동국대 출판부, 2001.

保昌正夫 외, 고재석 역,『일본 현대문학사』(전2권), 문학과지성사, 1998.

Bawarshi, Anis S.·Reiff, Mary Jo, *Genre*, Parlor Press LCC, 2010.

Fishelov, David, *Metaphors of Genre*, Pennsylvania State University Press, 1993.

Fowler, Alastair, *Kinds of Literature*, Harvard University press, 1982.

3. 논문 및 기타

강석근,「무영탑 전설의 전승과 변이 과정에 대한 연구」,『신라문화』37, 2011.2.

강영주,「한국 근대역사소설 연구」, 서울대 탁사논문, 1987.

공임순,「한국 근대 역사소설의 장르론적 연구」, 서강대 박사논문, 2001.

곽승미,「김남천 문학연구-인식적·미학적 원리로서의 근대성」, 이화여대 박사논
      문, 2000.

권성우,「1920~30년대 문학비평에 나타난 '타자성' 연구」, 서울대 박사논문, 1994.

______,「이태준의 수필 연구-문학론과 상고주의에 대한 해석을 중심으로」,『한국
      문학이론과 비평』22, 2004.3.

김륜옥,「'가부장적 가문의 몰락', 혹은 토마스 만의 장편『부덴부르크 일가』에 그려
      진 젠더 상」,『뷔희너와 현대문학』22, 2004.

김명인,「한국 근현대소설과 가족로망스」,『딘족문학사연구』36, 2006.4.

김외곤,「김남천 문학에 나타난 주체 개념의 변모과정 연구」, 서울대 박사논문, 1995.

김윤식,「사회주의 리얼리즘론」,『한국 근대문학사상사』, 한길사, 1984.

______,「1930년대 후반기 카프문인들의 전향유형 분석」,『한국 현대문학사상사론』,
      일지사, 1992.

김종균,「현진건의 역사의식연구」,『국어국문학』85, 1981.5.

김종호,「한설야「탁류」3부작의 리얼리즘적 세계와 구조」,『국어교육연구』24,
      1992.12.

김창환, 「도연명 시 연구」, 서울대 박사논문, 1999.

김　철, 「'근대의 초극', 『낭비』 그리고 베네치아」, 『민족문학사연구』 18, 2001.6.

김치홍, 「김동인의 역사소설론연구」, 『국어국문학』 88, 1982.

김흥규, 「전파론적 전제위에 선 비교문학과 가치평가의 문제점」, 『비교문학과 비교
　　　문화』 1, 1977.

류보선, 「1930년대 후반기 문학비평 연구」, 서울대 박사논문, 1996.

류종렬, 「1930년대 말 한국 가족사 연대기소설 연구」, 부산대 박사논문, 1991.

민충환, 「이태준의 전기적 고찰」, 『상허학보』 1, 1993.12.

박영근, 「프랑스 문학 이입사-김남천 문학이론을 중심으로」, 『불어불문학연구』 62,
　　　2005 여름.

박용식·고재석, 「양건식 문학연구」, 『민족문화연구』 24, 1991.

박지향, 「아일랜드 역사서술-민족주의와 수정주의를 넘어서」, 『역사비평』 50, 2000 봄.

박지현, 「당대(唐代) 정치 문인의 등장과 소설적 글쓰기」, 『중국소설논총』, 2009.9.

방민호, 「임화와 학예사」, 『상허학보』, 2009.6.

백낙청, 「역사소설과 역사의식」, 『창작과비평』 5, 1967.2.

변성환, 「판소리 단가의 개념과 범주」, 『어문학』 97, 2007.9.

사노 마사토, 「경성제대 영문과 네트워크에 대하여」, 『한국현대문학연구』, 2008.12.

서경석, 「김남천의 「발자크 연구노트」론」, 『인문예술논총』, 1999.2.

서영인, 「김남천 연구에 나타난 근대성 담론의 이데올로기」, 『어문논총』, 2002.

＿＿＿＿, 「김남천 문학 연구-리얼리즘의 주체적 재구성 과정을 중심으로」, 경북대 박
　　　사논문, 2003.

손유경, 「최근 프로 문학 연구의 전개 양상과 그 전망」, 『상허학보』 19, 2007.2.

송백헌, 「한국 근대 역사소설 연구」, 단국대 박사논문, 1983.

신상성, 「가족사소설의 비교문학적 연구」, 『용인대학교 논문집』 5, 1988.

신수정, 「'단층'파 소설 연구」, 『외국문학』 33, 1992.12.

오현숙, 「일제 말기 박태원 소설의 장르 전이 양상 연구」, 서울대학교 규장각 한국학
　　　연구소, 『한국문화』, 2011.9.

와다 토모미, 「김남천의 취재원에 관한 일고찰」, 『관악어문연구』, 1998.12.

원당희, 「토마스 만의 『부덴부르크 일가』」, 『독일문학』, 1993.

유성준, 「劉禹錫과 呂溫」, 『중국연구』 39, 2007.

유승환, 「김동인 문학의 리얼리티 재고」, 『한국현대문학연구』 22, 2007.8.

이경재, 「한설야 소설의 서사시학 연구」, 서울대 박사논문, 2008.

이도연, 「이태준의 전통주의 연구」, 『한국문학이론과 비평』, 2007.6.

이성혁, 「김남천의 발자크 수용에 대한 고찰」, 『이문논총』 18, 1998.

이승엽, 「조선인 내선일체론자의 전향과 동화의 논리」, 천정환 외편, 『근대를 다시 읽는다』 1, 역사비평사, 2006.

이승윤, 「한국 근대 역사소설의 형성과 전개」, 연세대 박사논문, 2006.

이주미, 「백화 양건식 소설과 동양주의」, 『우리어문연구』 32, 2008.

이진형, 「1930년대 후반 소설론 연구」, 연세대 박사논문, 2010.

이현식, 「1930년대 후반 한국 문예비평이론 연구―특히 주체 문제와 관련하여」, 연세대 박사논문, 1996.

이혜령, 「1930년대 가족사 연대기소설의 형식과 이데올로기」, 『상허학보』 10, 2003.2.

장남희, 「이의산 시의 用事 연구」, 『중국인문과학』, 1986.12.

장문석, 「전형기 임화와 '조선'의 발견―출판활동과 신문학사 서술을 중심으로」, 서울대 석사논문, 2009.8.

______, 「소설의 알바이트화, 장편소설이라는 (미완의) 기투―1940년을 전후한 시기의 김남천과 『인문평론』이라는 아카데미, 그 실천의 임계」, 『민족문학사연구』 46, 2011.8.

장성규, 「이태준 문학에 나타난 이상적 공동체주의」, 『한국문화』 38, 2006.

______, 「김남천의 발자크 수용과 '관찰문학론'의 문학사적 의미」, 『비교문학』 45, 2008.

______, 「일제 말기 소설 유형의 탈식민성 연구」, 『우리문학연구』, 2010.10.

______, 「일제 말기 소설의 영문학 작품 수용과 상호텍스트성의 기획」, 『민족문학사연구』, 2011.12.

______, 「1930년대 후반기 소설의 고전 서사 양식 수용 연구」, 『국제어문』, 2011.12.

장수익, 「강담 양식으로 담은 민중적 시각―홍명희의 『임꺽정』론」, 『한남어문학』 26, 2002.

장 신, 「1930년대 전반기 일제의 사상전향정책 연구」, 『역사와현실』 37, 2000.

정부교, 「근대 야담의 전통 계승 양상과 의미」, 정명기 편, 『야담문학연구의 현단계』 3, 보고사, 2001.

정여울, 「'풍속'의 재발견을 통한 '계몽'의 재인식―김남천의 『대하』론」, 『한국현대문학연구』 14, 2003.12.

정종현, 「폭력의 예감과 '동양론'의 매혹」, 『한국문학평론』, 2003 여름.

조남현,「『大河』1, 2부 잇기와 끊기」,『한국 현대문학사상 연구』, 서울대 출판부, 1994.
______,「한설야의 일관성과 굴절성」,『한국 현대문학사상 탐구』, 문학동네, 2001.
조동일,「중국, 한국, 일본 '소설'의 개념」,『한국문학과 세계문학』, 지식산업사, 1991.
조영복,「1930년대 문학에 나타난 근대성의 담론 연구」, 서울대 박사논문, 1996.
지수걸,「일제의 군국주의 파시즘과 '조선농촌진흥운동'」,『역사비평』47, 1999.5.
진영복,「1930년대 한국 근대소설의 사적 성격 연구」, 연세대 박사논문, 2003.
______,「네이션의 서사학과 낭만성」,『대중서사연구』15, 2006.6.
차혜영,「1930년대『월간야담』과『야담』의 자리」,『1930년대 한국문학의 모더니즘과
          전통연구』, 깊은샘, 2004.
______,「사실, 주체, 섹슈얼리티」,『대중서사연구』14, 2005.12.
천정환,「일제 말기의 작가의식과 '나'의 형상화」,『현대소설연구』, 2010.4.
한만수,「이태준의 '패강냉'에 나타난 검열우회에 대하여」,『상허학보』19, 2007.
한상무,「현진건의 역사의식 형성」,『국어국문학』94, 1985.12.
허병식,「폐허의 고도와 창조된 신도(神都)」,『한국문학연구』36, 2009.6.
홍종욱,「중일전쟁기 사회주의자들의 전향과 그 논리」, 서울대 국사학과 석사논문, 2000.
황윤철,「1930년대 가족사・연대기소설 연구」,『우리말글』9, 1991.
황종연,「한국문학의 근대와 반근대」, 동국대 박사논문, 1991.
황치복,「한일 전향소설의 문학사적 성격-한설야와 나카노 시게하루를 중심으로」,
          『한국문학이론과 비평』16, 2002.

Plaks, Andrew H.,「중국 서사론」, 김진곤 편역,『이야기, 小說, Novel-서양학자의 눈
          으로 본 중국소설』, 예문서원, 2001.
Freud, Sigmund,「가족 로맨스」, 김정일 역,『성욕에 관한 세 편의 에세이』, 열린책들,
          2003.

Prince, Michael B., "Mauvais Genres", *New Literary History*, spring 2003.
Schaeffer, Jean-Marie, "Literary Genres and Textual Genericity", Ralph Cohen(ed.), *The
          Future of Literary Theory*, Routledge, 1989.
Turner, J.W., "The kinds of historical novel", *Genre* 12, 1979.